무서록 외

이태준 전집 5

지은이

이태준(李泰俊, Lee Tae-jun) 호는 상허(尙虛). 1904년 강원도 철원에서 태어났다. 1909년 부친 사망, 1912년 모친 사망으로 친척집에서 성장하였다. 1921년 휘문고등보통학교에 입학하였으나 동맹 휴교의 주모자로 지목되어 퇴학하였다. 일본으로 건너가 고학하면서 쓴 「오몽녀」로 1925년 등단하였다. 도쿄 조치대학 예과에 입학하여 수학하다가 1927년 귀국하였다. 개벽사, 『중외일보』, 『조선중앙일보』 기자, 『조선중앙일보』 학예부장을 지냈고, 이화여자전문학교, 경성보육학교 등에서 작문을 가르쳤다. 1933년 정지용, 김기림, 박태원, 이상 등과 구인회활동을 하였고, 1939년 『문장』지를 주재하였다. 해방 이후 조선문학가동맹에서 활동하다가 1946년 월북하였다. 북조선문학예술총동맹 부위원장을 지내기도 하였으나, 구인회 활동과 사상성을 이유로 숙청되었다. 소설가, 수필가, 문장가로서 한국 문학의 발전에 기여하였다.

엮은이(가나다 순)

강진호(姜珍浩, Kang Jin-ho) 성신여자대학교 교수
김준현(金埈顯, Kim Jun-hyun) 성신여자대학교 초빙교수
문혜윤(文惠允, Moon Hye-yoon) 고려대학교 교수
박진숙(朴眞淑, Park Jin-sook) 충북대학교 교수
배개화(裵開花, Bae Gae-hwa) 단국대학교 교수
안미영(安美永, Ahn Mi-young) 건국대학교 교수
유임하(柳王夏, Yoo Im-ha) 한국체육대학교 교수
정종현(鄭鍾賢, Jeong Jong-hyun) 인하대학교 HK교수
조윤정(趙胤姃, Jo Yun-jeong) 카이스트 교수

무서록 외 – 이태준 전집 5

초판1쇄 발행 2015년 6월 10일
초판2쇄 발행 2019년 3월 25일
지은이 이태준 **엮은이** 강진호·김준현·문혜윤·박진숙·배개화·안미영·유임하·정종현·조윤정
펴낸이 박성모 **펴낸곳** 소명출판 **출판등록** 제13-522호
주소 서울시 서초구 서초중앙로6길 15, 1층
전화 02-585-7840 **팩스** 02-585-7848 **전자우편** somyungbooks@daum.net **홈페이지** www.somyong.co.kr

ISBN 979-11-86356-23-4 04810
        979-11-86356-18-0 (세트)

값 19,800원 ⓒ 상허학회, 2015

이태준
전집

5

THE RANDOM COMPILATION OF ESSAYS(MU-SEO-ROK)
AND OTHER WORKS

무서록 외

상허학회 편

 소명출판

간행사

『이태준 전집』을 내며

상허(尙虛) 이태준(李泰俊)은 20세기 한국 문학의 상징적 지표이다. 이태준은, 1930년대에 순수 문학단체이자 모더니즘 운동의 중심지로 평가받는 구인회(九人會)를 결성하여 활약한 소설가로서, '시의 정지용, 소설의 이태준'이라는 평가를 받으며 한국 근대문학의 형태적 완성을 이끈 인물이다. 그가 창작한 빼어난 작품들은 한국의 소설을 한 단계 발전시켰을 뿐만 아니라 대중의 폭넓은 지지를 얻었다. 이태준이 가지고 있던 단편과 장편에 대한, 그리고 소설 창작에 대한 장르적 인식은 1930년대 후반 『문장(文章)』지의 편집자로서 신인작가들을 등단시키는 데 큰 영향력을 행사하였다.

이태준이 소설을 발표하던 당시부터 그의 소설에 대해 언급하는 논자들은 공통적으로 그가 어휘 선택이나 문장 쓰기에 예민한 감각을 소유하고 있다는 점을 인정하였고, 소설은 물론 수필에서도 단정하면서 현란한 수사를 구사하는 '스타일리스트'로 평가하였다.

그런데 이태준의 작가적 행보를 따라가다 보면 그가 제기했던 문학에 대한 인식에 모순되는 문제들과 마주치게 된다. 근대적인 언어관·문학관과 상충되는 의고주의(擬古主意)라든지, 문학의 순수성에 대한 발언과 어긋난, 사회 참여적인 작품 창작과 해방과 분단 이후로까지 이어지는 행적(조선문학가동맹 부위원장, 월북, 숙청) 등은, 이태준의 문학 경향을 일관성 있게 해명하는 데 여러 가지 난점을 제공한다. 이태준의 처음과 중간과 끝의 작가적 행보를 확인하는 일은 한국 소설, 나아가 한국 문학이 성립·유지되었던 근거를 탐색하는 일이라 할 수 있다.

1988년 해금 이후 이태준에 대한 연구가 활발하게 집적되었고 이태준 관련 서적들의 출판도 왕성하였다. 이태준 전집이 발간된 지도 20년이 지났다. 상허학회가 결성된 1992년 이후 전집 간행의 필요성이 본격적으로 제기되면서 총 17권의 전집이 기획되었고, 1994년부터 순차적으로 전집이 간행되기 시작하였다. 그렇지만 여러 요인들로 인해 전집은 완간을 보지 못한 채 현재 절판과 유실 등으로 작품을 구하기 힘든 상황에 이르렀다. 이런 현실에서 상허학회는 우선 상허의 문학적 특성을 잘 보여주는 작품들만이라도 묶어서 간행할 필요를 절감하였다. 작가의 생명력은 독자를 통해서 유지되기에 전집의 간행은 더 이상 지체할 수 없는 일이었다.

상허학회는 이런 문제의식을 바탕으로, 기간(旣刊) 『이태준 전집』(깊은샘)을 전면적으로 재검토하고 체제와 내용을 새롭게 구성하였다. 원본 검토와 여러 판본의 대조를 통해서 기간 전집의 문제점을 최소화하고자 했고, 또 새로 발굴된 작품들을 추가하여 한층 온전한 형태의 전집을 만들고자 하였다. 총 7권으로 기획된 『이태준 전집』은 이태준의 모든 단편소설, 중편소설, 수필, 기행, 문장론을 대상으로 삼았다. 『이태준 전집』1권과 2권은 이태준의 첫 번째, 두 번째 단편집인 『달밤』과 『가마귀』 및 그 시기 전후 발표한 모든 단편소설을 모았고, 3권과 4권은 해방 전후 발표한 「사상의 월야」, 「농토」 등 중편소설을 모았다. 5권과 6권은 『무서록』을 비롯한 수필과 소련기행・중국기행 등의 기행문을 묶었고, 마지막 7권은 『문장강화』와 여타 문장론들을 모두 실었다. 이 전집은 한국 문학을 연구하는 전문 연구자들뿐만 아니라 문학을 사랑하는 일반 독자들에게도 유용하고 의미 있는 텍스트가 될 것이다.

어려운 여건에도 불구하고 전집 간행에 뜻을 같이 해 준 상허학회 여러 선생님들께 감사의 말씀을 전한다. 특히 물심양면으로 도움을 주신 이태준 선생의 외종질 김명렬 선생님과 상허학회 안남연 이사께 감사의 말씀을 드린다. 그리고 작지 않은 규모의 전집 간행을 흔쾌히 수락해 준 소명출판 박성모 사장님과 전집 간행을 위해 정성을 쏟은 편집부 한사랑 님의 수고도 잊을 수 없다. 이분들의 정성과 노고가 헛되지 않도록 이 전집이 일반 독자들과 연구자들에게 널리 사랑 받기를 소망한다.

2015년 6월
『이태준 전집』 편집위원 일동

차례

일러두기

1. 『이태준 전집』은 이태준의 단편소설(1~2권), 중편소설(3~4권), 수필 및 기행(5~6권), 문장론(7권)으로 구성되어 있다. 새롭게 발굴된 이태준의 작품을 모두 수록하였다. 일문소설은 번역문을 실었다.

2. 이태준의 해방 전 최초 단행본을 원본으로 삼았고, 단행본에 수록되지 않은 작품은 잡지나 신문에 게재된 텍스트를 원본으로 하였다. 단행본에 수록되었음에도 검열 등의 이유로 삭제·수정되어 원본의 훼손이 심한 경우 잡지나 신문의 판본을 확인하여 각주에 표시하였다. 단행본에 수록되었던 작품은 단행본의 순서를 따랐고, 단행본에 게재되지 않았던 작품은 발표순으로 배열하였다. 작품마다 끝부분에 본 전집이 정본으로 삼은 판본의 출전을 밝혔다.

3. 띄어쓰기는 현대 표기법에 따라 교정하였다.

4. 맞춤법은 원문을 따르되, 원문의 의미가 훼손되지 않는 경우 현대 표기법으로 교정하였다. 다만, 대화에서는 말투를 전달하기 위해 원문의 표기에도 충실했다.

5. 한자어·사투리·토속어·외래어의 경우 원문을 따르되, 이해가 어려운 경우에는 각주로 설명을 달았다. 외국 작가와 지명의 경우, 현행 외래어표기법에 따랐다.

6. 작가가 의도적으로 채택했다고 판단되는 사투리는 원문에 따르되, 오늘날 일반적으로 통용되는 낱말의 사투리 및 토속어는 현대 표기법에 따랐다.

7. 한글표기를 원칙으로 삼아 원본의 한자는 한글로 고쳤다. 의미를 명확히 할 필요가 있는 경우, ( ) 안에 한자어를 병기했다. 본문에는 없으나 뜻을 명확히 할 필요가 있는 경우, [ ] 안에 뜻을 부기했다.

8. 책·잡지 부호는 『 』, 책 속 작품명은 「 」, 희곡, 영화명은 〈 〉, 대화·인용은 " ", 생각·강조는 ' '으로 표시하였다.

무서록

무서록

벽

뉘 집에 가든지 좋은 벽면을 가진 방처럼 탐나는 것은 없다. 넓고 멀직하고 광선이 간접으로 어리는, 물속처럼 고요한 벽면, 그런 벽면에 낡은 그림이나 한 폭 걸어놓고 혼자 바라보고 앉았는 맛, 그런 벽면 아래에서 생각을 소화하며 어정거리는 맛, 더러는 좋은 친구와 함께 바라보며 화제 없는 이야기로 날 어둡는 줄 모르는 맛, 그리고 가끔 다른 그림으로 갈아 걸어 보는 맛, 좋은 벽은 얼마나 생활이, 인생이 의지할 수 있는 것일까!

어제 K군의 입원으로 S병원에 가보았다. 새로 지은 병실, 이등실, 세 침대가 서로 좁지 않게 주르르 놓여 있고 앞에는 널따란 벽면이 멀찌가니 떠 있었다. 간접광선인데다 크림빛을 칠해 한없이 부드럽고 은은한 벽이었다.

우리는 모두 좋은 벽이라 하였다. 그리고 아까운 벽이라 하였다. 그렇게 훌륭한 벽면에는 파리 하나 머물러 있지 않았다.

다른 벽면도 그랬다. 한 군데는 문이 하나, 한 군데는 유리창이 하나 있을 뿐, 넓은 벽면들은 모두 여백인 채 사막처럼 비어 있었다. 병상에 누운 환자들은 그 사막 위에 피곤한 시선을 달리고 달리고 하다가는 머무를 곳이 없어 그만 눈을 감아 버리곤 하였다.

나는 감방의 벽면이 저러려니 생각되었다. 그리고 더구나 화가인 K군을 위해서 그 사막의 벽면에다 만년필의 잉크라도 한줄기 뿌려놓고 싶었다.

벽이 그립다.

멀직하고 은은한 벽면에 장정 낡은 옛 그림이나 한 폭 걸어놓고 그 아래 고요히 앉아 보고 싶다. 배광(背光)이 없는 생활일수록 벽이 그리운가 보다.

물

나는 물을 보고 있다.

물은 아름답게 흘러간다.

흙 속에서 스며 나와 흙 위에 흐르는 물, 그러나 흙물이 아니요 정한 유리그릇에 담긴 듯 진공 같은 물, 그런 물이 풀잎을 스치며 조각돌에 잔물결을 일으키며 푸른 하늘 아래에 즐겁게 노래하며 흘러가고 있다.

물은 아름답다. 흐르는 모양, 흐르는 소리도 아름답거니와 생각하면 이의 맑은 덕, 남의 더러움을 씻어는 줄지언정, 남을 더럽힐 줄 모르는 어진 덕이 이에게 있는 것이다. 이를 대할 때 얼마나 마음을 맑힐 수 있고 이를 사귈 때 얼마나 몸을 깨끗이 할 수 있는 것인가!

물은 보면 즐겁기도 하다. 이에겐 언제든지 커다란 즐거움이 있다. 여울을 만나 노래할 수 있는 것만 이의 즐거움은 아니다. 산과 산으로

가로막되 덤비는 일 없이 고요한 그대로 고이고 고이어 나중 날 넘쳐흘러가는 그 유유무언(悠悠無言)의 낙관(樂觀), 얼마나 큰 즐거움인가! 독에 퍼 넣으면 독 속에서, 땅 속 좁은 철관에 몰아넣으면 몰아넣는 그대로 능인자안(能忍自安)한다.

물은 성스럽다. 무심히 흐르되 어별(魚鼈)이 이의 품에 살고 논, 밭, 과수원이 이 무심한 이로 인해 윤택하다.

물의 덕을 힘입지 않는 생물이 무엇인가!

아름다운 물, 기쁜 물, 고마운 물, 지자(智者) 노자(老子)는 일찍 상선약수(上善若水)라 하였다.

밤

동경서 조선 올 때면 늘 밤을 새삼스럽게 느끼곤 하였다.

저기도 주야가 있지만 전등 없는 정거장을 지나 보지 못하다가 부산을 떠나서부터는 가끔 불시정차 같은 캄캄한 곳에 차가 서기 때문이다. 무슨 고장인가 하고 내다보면 박쥐처럼 오락가락하는 역원들이 있고 한참 둘러보면 어느 끝에고 깜박깜박하는 남폿불도 보인다.

밤, 어둠의 밤 그대로구나! 하고 밤의 사진이 아니라 밤의 실물을 느끼곤 하였다. 그리고 정말 고향에 돌아오는 것 같은 아늑함을 그 잠잠한 어두운 마을 속에서 품이 벌게 받는 듯하였다.

"아이 정거장도 쓸쓸하긴 하이 ……."

하고 서글퍼하는 손님도 있지만 불 밝은 도시에서 지냈고 불투성이 정거장만 지나오면서 시달릴 대로 시달린 내 신경에는 그렇게 캄캄한 정거장에 머물러 주는 것이 도리어 고마웠다. 훌륭한 산수(山水) 앞에 서 주는 것만 못하지 않았다.

그때부터 나는 불 없는 캄캄한 밤을 즐겨 버릇하였다. 그 후 동경 가서는 불 없이 노는 회(會)를 만들어 여러 친구와 다음날 해가 돌아오도록 긴 어둠을 즐겨본 일도 있다.

밤이 오는 것은 날마다 보면서도 날마다 모르는 새다. 그러기 때문에 낮에서부터 정좌하여 기다려도 본다. 닫힌 문을 그냥 들어서는 완연한 밤걸음이 있다. 벽에 걸린 사진에서 어머님 얼굴을 데려가 버리고 책상 위에 혼자 끝까지 눈을 크게 뜨던 꽃송이도 감겨 버리고 나중에는 나를 심산(深山)에 옮겨다 놓는다.

그러면 나는 벌레 우는 소리를 만나고 이제 찾아올 꿈을 기다리고 그리고 이슥하여선 닭 우는 소리를 먼 마을에 듣기도 한다.

조숙

밭에 갔던 친구가,

"벌써 익은 게 하나 있네."

하고 배 한 알을 따다 준다.

이 배가 언제 따는 나무냐 물으니, 서리 맞아야 따는 것이라 한다. 그런데 가다가 이렇게 미리 익어 떨어지는 것이 있다 한다.

먹어보니 보기처럼 맛도 좋지 못하다. 몸이 굳고 찝찔한 군물이 돌고 향기가 아무래도 맑지 못하다.

나는 이 군물이 도는 조숙한 열매를 맛보며 우연히 천재들의 생각이 났다. 일찍 깨닫고 일찍 죽는 그들의.

어떤 이는 천재들이 일찍 죽는 것을 슬퍼할 것이 아니라 했다. 천재는 더 오래 산다고 더 나을 것이 없게 그 짧은 생애에서라도 자기 천분(天分)의 절정을 숙명적으로 빨리 도달하는 것이라 하였다. 그러나 인생은 적어도 70, 80의 것이어니 그것을 20, 30으로 달하고 가리라고는 믿어지지 않는다.

오래 살고 싶다.

좋은 글을 써 보려면 공부도 공부려니와 오래 살아야 될 것 같다. 적어도 천명을 안다는 50에서부터 60, 70, 100에 이르기까지 그 총명, 고담(枯淡)의 노경(老境) 속에서 오래 살아 보고 싶다. 그래서 인생의 깊은 가을을 지나 농익은 능금처럼 인생으로 한번 흠뻑 익어 보고 싶은 것이다.

"인생은 즐겁다!"

"인생은 슬프다!"

어느 것이나 20, 30의 천재들이 흔히 써 놓은 말이다. 그러나 인생의 가을, 70, 80의 노경에 들어 보지 못하고는 정말 '즐거움' 정말 '슬픔'은 모를 것 같지 않은가!

오래 살아 보고 싶은 새삼스런 욕망을 느끼다.

죽음

그저께 아침, 우리 성북정에서는 이 봄에 들어 가장 아름다운 아침이었다. 진달래, 개나리가 집집 울타리마다 웃음소리 치듯 피어 휘어지고 살구 앵도가 그 뒤를 이어 봉오리들이 트는데, 또 참새들은 비개인 맑은 아침인 것을 저희들만 아노라고 꽃숲에 지저귀는데, 개울 건너 뉘집에선지는 낭자한 곡성이 일어났다.

오늘 아침, 집을 나오는 길에 보니, 개울 건너 그 울음소리 나던 집 앞에 영구차가 와 섰다. 개울 이쪽에는 남녀 여러 사람이 길을 막고 서서 죽은 사람 나가는 것을 바라보았다. 나도 한참 그 축에 끼어 서 있었다.

그러나 나의 눈은 건너편보다 이쪽 구경꾼들에게 더 끌리었다. 주검을 바라보며 죽음을 생각하는 그 얼굴들, 모두 검은 구름장 아래 선 것처럼 한 겹의 그늘이 비껴 있었다. 그중에도 한 사나이, 그는 일견에 '저 지경이 되고 살아날 수 있을까?' 하리만치 중해 보이는 병객이었다.

그는 힘줄이 고기밸처럼 일어선 손으로 지팡이를 짚고 가만히 서서도 가쁜 숨을 몰아쉬면서 억지로 미치는 듯한 무거운 시선을 영구차에 보내고 있었다. 나는 속으로 '옳지! 그대는 남의 일 같지 않겠구나!' 하고 측은히 그를 바라보았다. 그는 이내 눈치를 채었든지 나를 못마땅스럽게 한번 힐긋 쳐다보고는 지팡이를 돌리어 다른 데로 비실비실 가버렸다.

그 나에게 힐긋 던지는 눈은 비수처럼 날카로웠다. '너는 지냈니? 너는 안 죽을 테냐?' 하고 나에게 생의 환멸을 꼬드겨 놓는 것 같았다.

얼마 걷지 않아 영구차 편에서 곡성이 들려왔다. 그러나 고개를 넘는 길에는 새들만이 명랑하게 지저귀었다.

사람의 울음소리! 새들의 그것보다 얼마나 불유쾌한 소리인가!

죽음을 저다지 치사스럽게 울며불며 덤비는 것도 아마 사람밖에 없을 것이다.

죽음의 주위는 좀 더 경건하였으면 싶었다.

산

松下問童子	소나무 아래 동자에게 물으니
言師採藥去	스승님 약 캐러 가셨다고
只在此山中	이 산중에 계시긴 하나
雲深不知處	구름 짙어 어디 계신 줄 모른다네

서당에서 아무 뜻도 모르고 읽었다. 차차 알아질수록 좋은 시경(詩境)이다.

산은 슬프다.

강원도는 워낙 큰 산이 많다. 철원 용담이란 촌에서 안협 '모시울'이라는 촌까지 70리 길은 내가 열 살, 열한 살 때 여러 차례 걸은 길이다. 산협길이라 산 너머 물이요, 물 건너 산인데다, 제일 큰 물 '더우내'를 건너서 올라가기 시작하는 '새수목' 고개는 올라가기 십 리, 내려가기 십 리의 큰 영이다. 그 영을 나는 여름철에 혼자도 몇 번 넘어 보았다.

하늘을 덮은 옹울(蓊鬱)한 원생림(原生林) 속에서 저희끼리만 뜻있는 새소리도 길손의 마음에는 슬픈 소리요 바위틈에 스며 흘러 한 방울 두 방울 지적거리는 샘물 소리도 혼자 쉬이며 듣기에는 눈물이었다. 더구나 산마루에 올라 천애(天涯)에 아득한 산갈피들이며 어웅한 벼랑 밑에 시퍼런 강물이 휘돌아가는 것을 볼 때 나는 어리었으나 길손의 슬픔에 사무쳐 보았다.

산은 무섭다.
나는 원산 있을 때 어느 날 저녁, 길에서 여러 사람들이 웅성거리는 소리를 듣고 자다 말고 나가 산화(山火)붙는 것을 구경하였다.
그때 어른들의 말이 백 리도 더 되는 강원도 어느 산이라고 하는데 몇십 리 길이의 산마루가 불배암이 되어 기고 있었다. 우지끈우지끈하고 집채 같은 나무통이 불에 감기어 쓰러지는 소리가 들리는 것처럼 바라보기에 처참스러웠다. 무서운 꿈같았다.

산, 그는 산에만 있지 않았다. 평지에도 도시에도 얼마든지 있었다. 나를 가끔 외롭게 하고 슬프게 하고 힘들게 하는 모든 것은 일종의 산이었다.

화단

찰찰하신 노주인이 조석으로 물을 준다, 거름을 준다, 손아(孫兒)들을 데리고 일삼아 공을 들이건마는 이러한 간호만으로는 병들어가는 화단을 어찌하지 못하였다.

그 벌벌하고 탐스럽던 수국과 옥잠화의 넓은 잎사귀가 모두 누릇누릇하게 뜨기 시작하고 불에 데인 것처럼 부풀면서 말라들었다.

"빗물이나 수돗물이나 물은 마찬가질 텐데 ……."

물을 주고 날 때마다, 화단에서 어정거릴 때마다 노인은 자못 섭섭해 하였다.

비가 왔다. 소나기라도 한줄기 쏟아졌으면 하던 비가 사흘이나 순조로 내리어 화분마다 맑은 물이 가득가득 고이었다.

노인은 비가 개인 화단 앞을 거닐며 몇 번이나 혼자 수군거리었다.

"그저 하눌 물이라야 …… 억조창생(億兆蒼生)이 다 비를 맞아야 ……."

만지기만 하면 가을 가랑잎 소리가 날 것 같던 풀잎사귀들이 기적과 같이 소생하였다. 노랗게 뜸이 들었던 수국 잎들이 시꺼멓게 약이 오르고 나오기도 전에 움추려지던 꽃봉오리들이 부르튼 듯 탐스럽게 열리었다. 노인은 기특하게 여기어 잎사귀마다 들여다보며 어루만지었다.

원래 서화를 좋아하는 어른으로 화초를 끔찍이 사랑하는 노인이라, 가만히 보면 그의 손이 가지 않은 나무가 없고 그의 공이 들지 않은 가지가 없다. 그중에도 석류나무 같은 것은 철사를 사다 층층이 테를 두르고 곁가지 샛가지를 자르기도 하고 휘어붙이기도 하여 사층 나무도 되고 오층으로 된 나무도 있다.

장미는 홍예문같이 틀어 올린 것도 있고 복숭아나무는 무슨 비방으로 기른 것인지 키가 한 자도 못 되는 어린 나무에 열매가 도닥도닥 맺히었다. 노인은 가끔 안손님들까지 사랑마당으로 청하여 이것들을 구경시키었다. 구경하는 사람마다 희한해하였다.

　그러나 다행히 이러한 화단이 우리 방 앞에 있음에도 불구하고 나는 한 번도 노주인의 재공(才功)을 치하하지 못한 것은 매우 서운한 일이라고 생각한다.

　그가 있는 재주를 다 내어 기르는 그 사층 나무 오층 나무의 석류보다도 나의 눈엔 오히려 한편 구석 응달 밑에서 주인의 일고지혜(一顧之惠)도 없이 되는 대로 성큼성큼 자라나는 봉선화 몇 떨기가 더 몇 배 아름답게 보이기 때문이다.

　무럭무럭 넘치는 기운에 마음대로 뻗고 나가려는 가지가 그만 가위에 잘리우고 철사에 묶이어 채반처럼 뒤틀려 있는 것은 아무리 보아도 괴로운 꼴이다. 불구요 기형이요 재변이라 안할 수 없다.

　노인은 푸른 채반에 붉은 꽃송이를 늘어놓은 것 같다고 하나 우리의 무딘 눈으로는 도저히 그런 날카로운 감상을 즐길 수 없을 뿐 아니라 도리어 불유쾌를 느낄 뿐이었다.

　자연은 신이다. 이름 없는 한 포기 작은 잡초에 이르기까지 신의 창조가 아닌 것이 없다. 신의 작품으로서 우리 인간이 손을 대지 않으면 안 될 만한 그러한 줄작, 그러한 미완품이 있을까? 이것은 생각만으로도 어리석은 일일 것이다.

　우리는 자연을 파괴하고 불구되게 할 수는 있다. 그러나 그것을 창조하거나 개작할 재주는 없을 것이다.

파초

작년 봄에 이웃에서 파초(芭蕉) 한 그루를 사왔다. 얻어온 것도 두어 뿌리 있었지만 모두 어미 뿌리에서 새로 찢어낸 것들로 앉아서나 들여다 볼만한 키들이요 '요게 언제 자라서 키 큰 내가 들어설 만치 그늘이 지나!' 생각할 때는 저윽 한심하였다. 그래 지나다닐 때마다 눈을 빼앗기던 이웃집 큰 파초를 그예 사오고야 만 것이었다.

워낙 크기도 했지만 파초는 소 선지가 제일 좋은 거름이란 말을 듣고 선지는 물론이요 생선 씻은 물, 깻묵 물 같은 것을 틈틈이 주었더니 작년 당년으로 성북동에선 제일 큰 파초가 되었고 올봄에는 새끼를 다섯이나 뜯어내었다. 그런 것이 올여름에도 그냥 그 기운으로 장차게 자라 지금은 아마 제일 높은 가지는 열두 자도 훨씬 더 넘을 만치 지붕과 함께 솟아서 퍼런 공중에 드리웠다. 지나는 사람마다 "이렇게 큰 파초는 처음 봤군!" 하고 우러러보는 것이다. 나는 그 밑에 의자를 놓고 가끔 남국의 정조(情調)를 명상한다.

파초는 언제 보아도 좋은 화초다. 폭염 아래서도 그의 푸르고 싱그러운 그늘은, 눈을 씻어줌이 물보다 더 서늘한 것이며 비오는 날 다른 화초들은 입을 다문 듯 우울할 때 파초만은 은은히 빗방울을 퉁기어 주렴(珠簾) 안에 누웠으되 듣는 이의 마음 위에까지 비는 뿌리고도 남는다. 가슴에 비가 뿌리되 옷은 젖지 않는 그 서늘함, 파초를 가꾸는 이 비를 기다림이 여기 있을 것이다.

오늘 앞집 사람이 일찍 찾아와 보자 하였다. 나가니

“거 저 큰 파초 파십시오.”

한다.

“팔다니요?”

“저거 이전 팔아 버리셔야 합니다. 저렇게 꽃이 나온 건 다 큰 표구요, 내년엔 영락없이 죽습니다. 그건 제가 많이 당해 본 걸입쇼.”

한다.

“죽을 때 죽더라도 보는 날까진 봐야지 않소?”

“그까짓 인제 뒤 달 더 보자구 그냥 두세요? 지금 팔면 올엔 파초가 세가 나 저렇게 큰 건 오 원도 더 받습니다 …… 누가 마침 큰 걸 하나 구한다뇨 그까짓 슬적 팔아 버리시죠.”

생각하면 고마운 말이다. 이왕 죽을 것을 가지고 돈이라도 한 오 원 만들어 쓰라는 말이다.

그러나 나는 마음이 얼른 쏠리지 않는다.

“그까짓거 팔아 뭘 허우.”

“아 오 원쯤 받으셔서 미다지에 비 뿌리지 않게 챙이나 해 다시죠.”

그는 내가 서재를 짓고 챙을 해 달지 않는다고 자기 일처럼 성화하던 사람이다.

나는, 챙을 하면 파초에 비 맞는 소리가 안 들린다고 몇 번 설명하였으나 그는 종시 객쩍은 소리로밖에 안 듣는 모양이었다.

그는 오늘 오후에도 다시 한 번 와서

“거 지금 좋은 작자가 있는뎁쇼 …….”

하고 입맛을 다시었다.

정말 파초가 꽃이 피면 열대지방과 달라 한번 말랐다가는 다시 소생

하지 못할는지도 모른다. 그러나 내 마당에서, 아니 내 방 미닫이 앞에서 나와 두 여름을 났고 이제 그 발육이 절정에 올라 꽃이 핀 것이다. 얼마나 영광스러운 일인가! 그가 한번 꽃을 피웠으니 죽은들 어쩌리! 하물며 한마당 수북하게 새순이 솟아오름에랴!

소를 길러 일을 시키고 늙으면 팔고 사간 사람이 잡으면 그 고기를 사다 먹고 하는 우리의 습관이라 이제 죽을 운명의 파초니 오 원이라도 받아 팔아 준다는 사람이 그 혼자 드러나게 모진 사람은 아니다. 그러나 무심코 바람에 너울거리는 파초를 보고 그 눈으로 그 사람의 눈을 볼 때 나는 내 눈이 뜨거웠다.

"어서 가슈. 그리구 올가을엔 움이나 작년보다 더 깊숙하게 파주슈."

"참 딱하십니다."

그는 입맛을 다시며 돌아갔다.

발

아파 누웠으니 성한 사람들의 오며가며 하는 발들이 이상스러 보인다. 그 눈도 코도 없는 다섯 대가리가 한 몸에 붙은 것이 성큼성큼 다니는 것은 어찌 보면 처음 만나는 무슨 괴물 같기도 하다.

그리고 저렇게 보기 싫게 생긴 것이 사람의 발인가! 도 생각된다.

발은 정말 사람의 어느 부분보다도 보기 싫게 생겼다. 아무리 미인이라도 그의 발은 얼굴만 못할 것이요, 또 손이나 가슴이나 허리나 다리만도 못할 것이다. 사람의 발만은 확실히 잘생기지 못했다. 발에 있어선 짐승의 것만 못한 것 같다. 개를 보아도 발은 그의 얼굴보다 훨씬 잘생겼다. 불국사에 있는 석사자(石獅子)를 보아도 발은 그의 어느 부분보다 더 보기 좋았다.

생각하면 사람의 발은 못생긴 것뿐 아니라 가장 천대를 받는 것도 그것이다.

나도 그렇지만 아내를 보아도 제일 아끼지 않고 다스리지 않는 것이 발이다. 그래서 몸 가운데 제일 나이 많이 먹어 보이는 부분이 먼저 발이 된다. 힘줄이 두드러진 것, 주름살이 굵은 것, 발은 손보다도 훨씬 먼저 늙는다.

그러나 다시 생각하면 발은 얼마나 고마운 것이랴! 눈이나 입처럼 그다지 아쉬운 것은 아닐는지 모르나 언제든지 제일 낮은 곳에서 제일 힘들여 모든 것을 받들고 서고 또는 다닌다.

차라리 눈보다 입보다 더 몇 배 고마운 것이 발이다. 어떤 때는 돌부리를 차고, 어떤 때는 가시나 그루에 찔리고, 찬물에, 풀숲에, 늘 먼저 들어서며 배암에게도 먼저 물리는 것이 발이 아닌가!

동정

길에서 불쌍한 아이들이

"돈 한 푼 줍쇼."

할 때 욕만 못지않게 불쾌하다. 돈이 없어 못 주어도 그렇고 견디다 못해 한 푼 꺼내 주어도 역시 마찬가지다. 그리고 그런 때마다 알치빠쇼

프의 소설의 주인공 쎄리오프가 생각나곤 한다.

　…… 한 대학생이, 옆방에 들어있는 한 구차한 식솔이 며칠째 굶고 떨고 앉았는 것을 집주인은 와서 방세를 안 낸다고 내어 쫓는 것을 차마 그냥 보기 어려워 자기의 주머니를 털어 방세를 대신 갚아주었다. 그리고 이 대학생은 자기가 선을 베푼 것을 크게 만족하고 같이 있는 쎄리오프가 돌아오매 곧 그 이야기를 자랑삼아 하였다. 대학생 생각에는 물론 칭찬을 받으려니 했는데 웬걸 쎄리오프는 대호(大號)하여 나무랬다.

　"너는 이 세상에 불행한 사람이 그 한 집안뿐인 줄 아니? 그네들은 공교히 네가 보는 데 있었으니까 그만한 동정을 받았지만 네 앞에 있지 못한 다른 무수한 불행한 사람들은 어찌할 작정이냐?"

　대학생은 아무런 대답도 하지 못했다…….

　나는 이 장면에서 먼저 대학생의 그 따뜻한 동정심에 충동되었고, 다음에는 대학생의 그까짓 동정심엔 침을 뱉게 하는 쎄리오프의 그 거대한 동정심에 황홀하지 않을 수 없었다.

　그렇다고 내가 거지아이들에게 한 푼을 던져주고 불유쾌해 하는 것이 쎄리오프와 동일한 심경에서라는 망언은 아니다. 적게 그 대학생의 심경에도 미쳐보지 못하는 내 자신의 너무나 옹졸함에서이다.

　돌

　지난밤에 찬비를 맞으며 돌아온 우산이다. 아침에 나와 보니 거죽에 조그만 나뭇잎 두엇이 아직 젖은 채 붙어 있다.

아마 문간에 선 대추나무 가지를 스치고 들어온 때문이리라.

그러나 스친다고 나뭇잎이 왜 떨어지랴 하고 보니 벌써 누릇누릇 익은 낙엽이 아닌가!

가을! 젖은 우산이 자리에서 나온 손엔 얼음처럼 찬 아침이다.

뜰에 내려 화단 앞에 서니 화단에도 구석구석에 낙엽이 보인다. 어쩐지 앵두나무가 꺼칠해졌고 살구나무도 끝 가장귀들만 푸른빛이 흔들릴 뿐, 굵은 가지들은 엉성하게 줄거리만 드러났다.

낙엽이 놓여 그런지, 눈에 선뜻 화단도 파리해졌다. 틈틈이 올려 솟는 잡초를 거의 날마다 한 움큼씩 뽑아 주었는데 그것을 잊은 지 며칠 동안 화단은 상큼하니 야웨졌구나!

우썩우썩 자라던 힘이 한밤에 정지한 듯, 빛 낡은 꽃송이들은 씨를 물고 수그렸고 살 내린 가지 밑에는 벌레 소리만이 어지럽다.

과꽃과 코스모스가 아직 앞날을 보이나, 그들의 꽃은 워낙 가을 손님, 추풍과 함께 설렁설렁 필 것이었다. 그러나 그들도 잠깐이려니 생각하면 가을꽃의 신세는 피기도 전에 서글프다.

오래 볼 것이 무엇인가?

화단을 아무리 둘러보아야 눈에 머무름이 없다. 어느새 웅긋중긋 올려 솟는 것은 단을 모은 돌멩이밖에.

돌! 나는 다시 마루로 올라와 아침 찬비에 젖는 잡석(雜石)을 내려다 본다. 그리고 좀 더 돌에 애착하지 못했던 것이 저윽 부끄러워도 진다.

동양화에 석수도(石壽圖)가 생각난다. 또 동양의 선비들이 돌석 자를 사랑하여 호(號)에까지 흔히 석자를 가진 것도 생각난다.

그것은 돌의 그 묵직하고 편안하고 항구한 성품을 동경한 때문이리라. 생각하면 돌은 동양인의 놀라운 발견이다. 돌을 그리고 돌을 바라보고 이름까지 즐겨 돌로 부른 동양 예술가들의 심경은, 찰나적인 육체에 붙들린 서양인의 그것에 비겨 얼마나 차이 있는 존경할 것이리오!

돌!
가을 아침 우연히 비 맞는 잡석을 보며 돌을 사랑한 우리 선인들의 청담고박(淸淡枯朴)한 심경을 사모하다.

바다

바다!
바다를 못 본 사람도 있다.
작년 여름에 갑산 화전지대에 갔을 때, 거기의 한 노인더러 바다를 보았느냐 물으니 못 보고 늙었노라 하였다. 자기만 아니라 그 동리 사람들은 거의 다 못 보았고 못 본 채 죽으리라 하였다. 그리고 옆에 있던 한 소년이 바다가 뭐냐고 물었다. 바다는 물이 많이 고여서, 아주 한없이 많이 고여서 하늘과 물이 맞닿은 데라고 하였더니 그 소년은 눈이 뚱그래지며

"바다?

바다!"

하고 그윽이 눈을 감았다. 그 소년의 감은 눈은 세상에서 넓고 크기로 제일가는 것을 상상해 보는 듯하였다.

내가 만일 아직껏 바다를 보지 못하고 '바다'라는 말만 듣는다면 '바다'라는 것이 어떠한 것으로 상상될까? 빛은 어떻고 넓기는 어떻고 보기는 어떻고, 무슨 소리가 날 것으로 상상이 될고? 모르긴 하지만 흥미 있는 상상일 것이다. 그리고 '바다'라는 어감에서 무한히 큰 것을 느낄 것은 퍽 자연스러운 감정이라 생각도 된다.

한번 어느 자리에서 시인 지용은 말하기를 바다도 조선말 '바다'가 제일이라 하였다. '우미[ぅ み]'니 '씨―[sea]'니보다는 '바다'가 훨씬 큰 것, 넓은 것을 가리키는 맛이 나는데, 그 까닭은 '바'나 '다'가 모두 경탄음인 '아'이기 때문, 즉 '아아'이기 때문이라 하였다. 동감이다. '우미'라거나 '씨―'라면 바다 전체보다 바다에 뜬 섬 하나나 배 하나를 가리키는 말쯤밖에 안 들리나 '바다'라면 바다 전체뿐 아니라 바다를 덮은 하늘까지라도 총칭하는 말같이 둥글고 넓게 울리는 소리다.

바다여

너를 가장 훌륭한 소리로 부를 줄 아는 우리에게 마땅히 예가 있으라.

지구의를 놓고 보면 육지보다는 수면이 훨씬 더 많다. 지구가 아니라 수구라야 더 적절한 명칭일 것 같다. 사람들이 육지에 산다고 저희 생각만 해서 지구라 했나 보다. 사람이 어족이었다면 물론 수구였을 것이요, 육대주라는 것도 한낱 새나 울고 꽃이나 피었다 지는 무인절도(無人絶島)들이었을 것이다. 여기다 포대(砲臺)를 쌓는 자 누구였으랴. 오직 「별주부전」의 세계였을 것을.

벌써 8월! 파도 소리 그립다. 파도 소리뿐인가 하면 그렇지도 않다. 이국 처녀들처럼 저희끼리만 지껄이되 일종의 연정이 가는 갈매기 소리들, 이동하는 파이프 오르간, 기선의 기적들, 그리고
"언제 여기 오셨세요? 얼마 동안 계십니까? 산보하실까요?"
오래간만에 만나는 사람들, 전차에서나 오피스에서 만날 때보다 모두 활발한 소리들.
저녁이면 슬픈 데도 바다다. 파도 소리에 재워지는 밤엔 흔히 꿈이 많았다. 꿈을 다시 파도 소리에 깨워지는 아침, 멀리 피곤한 기선은 고동만 틀고.

우리의 육안이 가장 먼데를 감각하는 데도 바다다. 구름은 뭉게뭉게 이상향의 성곽처럼 피어오르고 물결은 번질번질 살진 말처럼 달리는데
'허! 어떻게 가만히 서만 있는가?'
뛰어들어 비어(飛魚)가 되자. 셔츠라도 벗어 깃발을 날리자. 쨍쨍한 모래밭 새발자국 하나 나지 않은, 새로 탄생한 사막의 미! 뛰고 또 뛰고
…….

"오―."

"어―."

"아―."

소리쳐도, 암만 기운껏 소리쳐도 파도 소리에 묻혀 그 거친 목소리 부끄러울 리 없도다.

바다는 영원히 희랍(希臘)으로 즐겁다.

성

아침마다 안마당에 올라가 칫솔에 치약을 묻혀 들고 돌아서면 으레 눈은 건너편 산마루에 끌리게 된다. 산마루에는 산봉우리 생긴 대로 울멍줄멍 성벽이 솟기도 하고 떨어지기도 하여 있다. 솟은 성벽은 아침이 첫 화살을 쏘는 과녁으로 성북동의 광명은 이 산상의 옛 성벽으로부터 퍼져 내려오는 것이다. 한참 쳐다보노라면 성벽에 드리운 소나무 그림자도, 성돌 하나하나 사이도 빤히 드러난다. 내 칫솔은 내 이를 닦다가 성돌 틈을 닦다가 하는 착각에 더러 놀란다. 그러다가 찬물에 씻은 눈으로 다시 한 번 바라보면 성벽은 역시 조광(朝光)보다는 석양의 배경으로 더 아름다울 수 있는 것을 느끼곤 한다.

저녁에 보는 성곽은 확실히 일취(一趣) 이상의 것이 있다. 풍수에 그을린 화강암의 성벽은 연기 어린 듯 자욱한데 그 반허리를 끊어 비낀 석양은 햇빛이 아니라 고대 미술품을 비추는 환등 빛인 것이다.

나는 저녁 먹기가 아직 이른 때면 가끔 집으로 바로 오지 않고 성(城)

터진 고개에서 백악순성로(白岳巡城路)를 한참씩 올라간다.

성벽에 뿌리를 박고 자란 소나무도 길이 넘는 것이 있다. 바람에 날려 온 솔 씨였을 것이다. 바람은 그전에도 솔 씨를 날렸으련만 그전에는 나는 대로 뽑아버렸을 것이다. 지금에 자란 솔들은 이 성이 무용물이 된 뒤에 난 것들일 것이다. 돌로 뿌리를 박고 돌로 맞벽을 쳐올려 쌓은 성, 돌, 돌, 모래 헤이 듯해야 할 돌들, 이 돌 수효처럼 동원되었을 그때 백성들을 생각한다면 성자성민야(城者盛民也)라 한 말과 같이 과거 문화물 중에 성처럼 전 국민의 힘으로 된 것은 없을 것 같다.

팔도강산 방방곡곡에서 모여든, 방방곡곡의 방언들이 얼마나 이 산속에 소란했을 것이며 돌 다듬는 정 소리와 목도 소린들 얼마나 귀가 아팠을 것인가.

그러나 이제 귀를 밝히면 들려오는 것은 솔바람 소리와 산새 소리뿐, 눈을 들어 찾아보면 비치는 것은 다람쥐나 바쁘고 구름만이 지나갈 뿐, 허물어져 내려진 성 돌엔 앉아 들으나 서서 보나 다른 아무것도 없는 것이다.

멀리 떨어지는 석양은 성 머리에 닿아선 불처럼 붉다. 구불구불 산등성이로 달려 올라간 성곽은 머리마다 타는 것이, 어렸을 때 자다 말고 나와 본 산화(山火)의 윤곽처럼 무시무시하기도 하다. 그러나 그도 잠시 꺼지는 석양일 뿐, 아무것도 아니다. 고요히 바라보면 지나가는 건 그저 바람이요 구름뿐이다. 있긴 있으면서 아무것도 없는 것, 그런 것은 생각하면 이런 옛 성만도 아닐 것이다.

가을꽃

미닫이에 불벌레 와 부딪는 소리가 째릉째릉 울린다. 장마 치른 창호지가 요즘 며칠 새 팽팽히 켕겨진 것이다. 이제 틈나는 대로 미닫이 새로 바를 것이 즐겁다.

미닫이를 아이 때는 종이로만 바르지 않았다. 녹비(鹿皮) 끈 손잡이 옆에 과꽃과 국화와 맨드라미 잎을 뜯어다 꽃 모양으로 둘러놓고 될 수 있는 대로 투명한 백지로 바르던 생각이 난다. 달이나 썩 밝은 밤이면 밤에도 우련히 붉어지는 미닫이엣 꽃을 바라보면서 그것으로 긴 가을밤 꿈의 실마리를 삼는 수도 없지 않았다.

과꽃은 가을이 올 때 피고 국화는 가을이 갈 때 이운다. 피고 지는 데는 선후가 있되 다 마찬가지 가을꽃이다.

가을꽃, 남들은 이미 황금 열매에 머리를 숙여 영화로울 때, 이제 뒷산머리에 서릿발을 쳐다보면서 겨우 봉오리가 트는 것은 처녀로 치면 혼기가 훨씬 늦은 셈이다. 한 되는 표정, 그래서 건강한 때도 이윽히 들여다보면 한 가닥 감상(感傷)이 사르르 피어오른다.

감상이긴 코스모스가 더하다. 외래 화(花)여서 그런지 그는 늘 먼 곳을 발돋움하며 그리움에 피고 진다. 그의 앞에 서면 언제든지 영녀(令女) 취미의 슬픈 로맨스가 쓰고 싶어진다.

과꽃은 흔히 마당에 피고 키가 낮아 아이들이 잘 꺾는다. 단춧구멍에도 꽂고 입에도 물고 달아달아 부르던 생각은, 밤이 긴 데 못 이겨서만 나는 생각은 아니리라.

차차 나이에 무게를 느낄수록 다시 보이곤 하는 것은 그래도 국화다. 국화라면 으레 진처사(晉處士)를 쳐드는 것도 싫다. 고완품(古翫品)이 아닌 것을 문헌치레만 시키는 것은 그의 이슬 머금은 생기를 빼앗는 짓이 된다.

요즘 전발(電髮)처럼 너무 인공적으로 피는 전람회용 국화도 싫다. 장독대나 울타리 밑에 피는 재래종의 황국이 좋고 분(盆)에 피었더라도 서투른 선비의 손에서 핀, 떡잎이 좀 붙은 것이라야 가을다워 좋고 자연스러워 좋다.

국화는 사군자의 하나다. 그 맑은 향기를, 찬 가을 공기를 기다려 우리에게 주는 것이 고맙고, 그 수묵필로 주욱쭉 그을 수 있는 가지와, 수묵 그대로든지, 고작 누른 물감 한 점으로도 종이 위에 생운(生韻)을 떨치는 간소한 색채의 꽃이니 빗물 어룽진 가난한 서재에도 놓아 어울려서 더욱 고맙다.

국화를 위해서는 가을밤도 길지 못하다. 꽃이 이울기를 못 기다려 물이 언다. 윗목에 들여놓고 덧문을 닫으면 방 안은 더욱 향기롭고 품지는 못하되 꽃과 더불어 누울 수 있는 것, 가을밤의 호사다. 나와 국화뿐이려니 하면 귀뚜리란 놈이 화분에 묻어 들어왔다가 울어내는 것도 싫지는 않다.

가을꽃들은 아지랑이와 새소리를 모른다. 찬 달빛과 늙은 벌레 소리에 피고 지는 것이 그들의 슬픔이요 또한 명예이다.

여명

　우리는 불국사에서 긴긴 여름날이 어서 지기를 기다렸다. 더욱기도 하려니와 처음 뵈입는 석불을, 낮에도 밤에도 말고 여명(黎明) 속에 떠오르심을 뵈이려 함이었다. 밤길 토함산을 올라 석굴암에 닿았을 때는 자정이 가까웠다. 암자에서 석굴은 지척이지만 우리는 굳이 궁금한 채 목침을 베었다.

　산의 고요함은 엄숙한 경지였고 잠이 깊이 들지 못함은 소리 없는 여명을 놓칠까 함이었다. 우리들은 보송보송한 채 중보다도 먼저 일어나 하늘이 트기를 기다렸다.

　하늘이 튼다는 것은 끔찍한 일이었다. 사람으로는 모래알만큼 작아서 기다리고나 있어야 할 거대한 탄생이었다. 몇만 리 긴 성에 화광(火光)이 뜨듯 동해 언저리가 병짓이 금이 도는 듯하더니 은하색 광채가 번져 오르기 시작하는 것이다. 우리는 중을 앞세우고 조심조심 석굴로 올라왔다. 석굴은 아직 어두웠다. 무시무시하여 우리는 도리어 주춤거려 물러섰다. 아무도 무어라고 지껄이지 못하였다. 이윽고 공단 같은 짙은 어둠 위에 뿌연 환영의 드러나심, 그 부드러운 돌빛, 그 부드러우면서도 육중하신 어깨와 팔과 손길 놓으심, 쳐다보는 순간마다 분명히 알리시는 미소, 전신이 여명에 쪼여지실 때는, 이제 막 하강하신 듯, 자리 잡는 옷자락 소리 아직 풍기시는 듯.

　어둠은 둘레둘레 빠져나간다. 보살들의 드리운 옷 주름이 그어지고 도틈도틈 뺨과 손등들이 드러나고 멀리 앞산 기슭에서는 산새들이 둥지를 떠나 날아나간다. 산등성이들이 생선가시 같다. 동해는 아직 첩

첩한 구름갈피 속이다. 그 속에서 한 송이 연꽃처럼 여명의 영주(領主)가 떠오르는 것이었다.

고독

뎅그렁!

가끔 처마 끝에서 풍경이 울린다.

가까우면서도 먼 소리는 풍경 소리다. 소리는 그것만 아니다. 산에서 마당에서 방에서 벌레 소리들이 비처럼 온다.

벌레 소리! 우는 소릴까? 우는 것으로 너무 맑은 소리!

쏴— 바람도 지난다. 풍경이 또 울린다.

나는 등을 바라본다. 눈이 아프다. 이런 밤엔 돋우고 낮추고 할 수 있어 귀여운 동물처럼 애무할 수 있는 남폿불이었으면.

지금 내 옆에는 세 사람이 잔다. 아내와 두 아기다. 그들이 있거니 하고 돌아보니 그들의 숨소리가 인다.

아내의 숨소리, 제일 크다. 아기들의 숨소리, 하나는 들리지도 않는다. 이들의 숨소리는 모두 다르다. 지금 섬돌 위에 놓여 있을 이들의 세 신발이 모두 다른 것과 같이 이들의 숨소리는 모두 한 가지가 아니다. 모두 다른 이 숨소리들은 모두 다를 이들의 발소리들과 같이 지금 모두 저대로 다른 세계를 걸음 걷고 있는 것이다. 이들의 꿈도 모두 그럴 것이다.

나는 무엇을 하고 무엇을 생각하고 앉았는가?

자는 아내를 깨워 볼까 자는 아기들을 깨워 볼까 이들을 깨우기만 하면 이 외로움은 물러갈 것인가?

인생의 외로움은 아내가 없는 데, 아기가 없는 데 그치는 것일까. 아내와 아기가 옆에 있되 멀리 친구를 생각하는 것도 인생의 외로움이요, 오래 그리던 친구를 만났으되 그 친구가 도리어 귀찮음도 인생의 외로움일 것이다.

山堂靜夜坐無言　　산집 고요한 밤에 말없이 앉았노니
寥寥寂寂本自然　　쓸쓸하고 고요하여 자연과 하나 되다

얼마나 쓸쓸한가!

무섭긴들 한가!

무섭더라도 우리는 결국 이 요요적적(寥寥寂寂)에 돌아가야 할 것 아닌가!

수선

최근 한 달 동안은 사(社) 일로 무슨 모임으로 또는 밤이 긴 때니 친구와 찻집에서 이야기로 가끔 늦어서야 나오곤 했습니다.

아기들과 아내는 흔히 잠들어 있었습니다. 바람이 있으면 풍경이 뎅그렁 해 줄 뿐, 그리고 방에 들어가면 문갑 위에 놓인 한 떨기 수선이 무거운 고개를 들기나 하는 듯이 방긋한 웃음으로 맞아 주었습니다.

수선.

"너는 고향이 어디냐?"

나는 지난밤 자리에 누우며 문득 그에게 이렇게 속삭였습니다. 그는 다음과 같이 도련도련 대답해 주는 것 같았습니다.

"내 고향은 멀어요. 이렇게 추운 데는 아니에요. 하늘이 비취 같고 따스한 햇볕이 입김처럼 서리고 그리고 물이 거울처럼 우리를 쳐다보면서 찰락찰락 흘러가는 데예요. 또 나비도 있예요. 부얼도 날러오는 데예요."

하는 듯, 또 그의 말소리는 애처로워 내 마음을 에는 듯 했습니다.

"그럼 너는 이제라도 너이 고향이 가고 싶으냐?"

"네, 네, 나는 정말 이렇게 칩고 새 소리도 없고 새파란 하늘도 없는 이런 방 속에서나 필 줄은 몰랐예요."

"하늘이 보고 싶으냐?"

"네 따스한 하늘 말예요."

"새 소리가 듣고 싶으냐?"

"네 물소리, 부얼 소리도요 …….."

"그럼 왜 이런 방에서 피었니?"

"그건 내 운명이야요. 물과 기온만 맞으면 아모데서나 피어야 하는 것이 내 슬픈 운명이야요. 나는 그래 저녁마다 혼자 울기도 했예요."

나도 슬펐습니다. 나는 저에게 사랑과 정성을 아끼지 않았습니다. 저는 나의 사랑에만 만족했을 줄 믿어왔습니다.

사랑이란 잔인하기도 한 것, 나는 불을 끄고 누워 이렇게 깨달았습니다.

그러나 어찌할까요? 나는 겨울이면 저를 사다 기르는 것이 무엇보다도 탐내온 향락이올시다. 그것이 나의 단념할 수 없는 행복이올시다.

민망한 일이올시다.

역사

어제가 없다면 오늘이 이처럼 새로울 수 없다. 어제를 망각하고 오늘에만 의식이 있다면 거기는 암매(暗昧)한 동물만이 존재할 것이다. 사람은 어제 때문에 받는 구속이 물론 크고 무겁다. 그러나 어제 때문에 받는 궤도와 이상은 한 아름다운 샘물로서, 크게는 대하로서, 인생의 먼 바다를 찬란히 흐를 수 있는 것이다.

앞이 막힐 때 우리는 아직껏 걸어온 뒷길을 돌아보는 것은 너무나 수신 교과서적인 교훈이다. 사실 우리는 좀 더 역사를 읽고 역사를 쓰고 해야 할 때다. 노신(魯迅)은 청년들에게 동양 책보다 서양 책 읽기를 권했다. 서양 책은 동양 것보다 좀 더 독자를 움직여 놓는다는 것이다. 좀 더 동양인은 더욱 청년은 움직여야겠다는 것이다. 언즉시야(言則是也)다. 그러나 나는 서양 책보다는 우리의 책을 먼저 읽되 역사를 읽으라 하고 싶다. 역사는 대개 인물의 전기가 중심이 되어 있다. 사적을 남길 만한 인물치고 동적 아닌 인물이 별로 없다. 실제 인물의 생활이요 실제 사회의 사태였던 만큼 박력은 물론 심각하다. 청년 교양에 제일과(第一課)는 역사라야 할 것을 주장한다.

과거를 기록한 문헌이라고 해서 다 역사가 아닐 것이다. 역사의 문제는 여기에 있다. 십인십색(十人十色)의 파한기류(破閑記類)들은 정말 역사의 성립을 위한 소재들에 불과하다. 투찰력(透察力)이 강한 사안(史眼)을 가진 역사학자의 손에서 만취일수(萬取一收)된 연후에 정곡(正鵠)을 얻는 해석이 첨부된 것이라야 위지(謂之) 역사자(歷史者)일 것이다. 한 조각의 문헌을 새로 발견했다 해서, 조그마한 술어 하나에 새 고증을 가질수 있다 해서 발표욕에 작약할 것은 아니다.

요즘 '역사소설'이란 말이 있다. 퍽 애매한 말로 가끔 작자와 사가들을 미로에 이끈다. 인물이거나 사건이거나 역사엣 것을 소설화한 것이 역사소설임은 사실인데 소설화시키는 그 태도가 문제인 것이다. 소설은 사건에 보다 먼저 인물에 있다. 사건이란 인물에 소유되는 것이기 때문이다. 그러므로 작가가 역사에서 찾을 것은 먼저 인물이다. 역사를 소설체로 강의하자는 것이 소설이 아니다. 어떤 인물의 사생활을 찾아 읽기 좋은 전기를 쓰자는 것도 소설은 아니다. 소설은 오직 한 인물을 발굴해서 문헌이 착색해 주는 대로 그 인물의 성격 하나를 포착할뿐이다. 성격만 붙잡으면 그 성격으로서 가능하게, 자연스럽게는 얼마든지 문헌에 있고, 없고, 틀리고, 안 틀리고 간에 행동시킬 수 있는 것이다. 그것이 소설이다. 그것이 소설이란, 강의나 전기가 아니라 창작이라고 명칭하는 이유다. 그러므로 역사에서 나온 인물은 한 인물이되, 열 작가면 열 작품으로 나타날 것이다. 거기에 예술의 무한한 가능성이 있는 것이다. 역사 그것으로 그친다면, 학문으로 그친다면 문헌에 매여야 하고 고증에 국한되어야 한다. 그러나 작가는 창작가다. 학자와는 달라 문헌에 대한 의무가 없는 것이다. 의무가 없다기보다 문헌을 신용하지 않는 것이다. 역사란 학문은 문헌의 정리다. 소설은 인물의 발견이다. 발견이되 어디까지 자기류의 발견이다. 그 인물의 진실한 그 당시의 현실을 찾기에는 모든 문헌은 너무나 표현이 비구체적인 것이다. 게다가 이조실록 같은 것은 예외요 모두 무책임한 인상기가 거의 전부다. 황진이에 대한 문헌도 십인십색이다. 모두 황진이는 보도 못하고 죽은 지 오랜 뒤에 전하는 말이 하 흥미가 있으니까 제 흥미 정도에서 적은 것이다. 이런 기록을 덮어놓고 암송해 가지고 이 소설은 역사와 틀리느니 안 틀리느니 하는 것은 역사의 예과생(豫科生)이다. 더욱 예술에 있어선 영원히 문외한이다. 소설가는 역사의 해설자는 아니다. 영화가 문학의 삽화가 아닌 것을 깨닫고 순수한 영화도(映畵道)에로 진취(進就)하듯, 소설은 역사의 해설이 아닌 것을 소설가 자신은 물론, 역사가, 독자, 모두 크게 깨달아야 할 것은 이미 때늦은 잠꼬대다.

그러므로 역사소설이라도 소설일진댄, 그 비평이 문예평론가의 영역에 있을 것이지 사가나 학자의 평론 권내에 던져질 바가 아닌 것이다. 최근에 역사소설이라 해서 사가나 학자의 입장에서 감연히 소설에 주필을 휘두름을 본다. 우리는 그 자신의 희극으로밖에 더 찬상(讚賞)할 수 없는 것이다.

역사란 아름다운 인류의 강물이다. 좀 더 정확하게 좀 더 구체적이고 좀 더 아름다운 기록이 얼마나 필요한 것일까.

누구를 위해 쓸 것인가

우리는 며칠 전에 김유정, 이상(李箱) 두 고우(故友)를 위해 추도회를 열었다. 세속적인 모든 것을 비웃던 그들이라 그런 의식을 갖기 도리어 미안스러웠으나 스노비즘을 벗지 못한 이 남은 친구들은 하루 저녁의 그런 형식이나마 밟지 않고는 너무 섭섭해서였다.

생각하면 우리 문단이 있어 온 후 가장 슬픈 의식이라 할 수 있다. 한 사람을 잃는 것도 아픈 일인데 한 번에 두 사람씩, 두 사람이라도 다 같이 그 존재가 귀중하던 사람들, 그들이 한 번에 떠나버림은 우리 문단이 날래 가실 수 없는 상처라 하겠다. 최초의 작품부터 자약(自若)한 일 가풍을 가졌고 소설을 쓰는 것이 운명인 것처럼 만난(萬難)과 싸우며 독실일로(篤實一路)이던 유정, 재기며 패기며 산매와 같이 표일하던 이상, 그들은 가지런히 선두를 뛰던 가장 빛나는 선수들이었었다.

이제 그들을 보내고 그들이 남긴 작품만을 음미할 때 같은 길을 걷는 이 벗의 가슴에 저윽 자극됨이 한두 가지가 아니다.

최근 수삼 년 내에 우리 문학은 괄목할 만치 자랐다 하겠다. 내가 읽은 범위 내에서도 유정의 「봄봄」, 이상의 「날개」와 「권태」, 최명익의 「비오는 길」, 김동리의 「무녀도」, 이선희의 「계산서」, 정비석의 「성황당」이 다 그 전에 보지 못하던 찬연한 작품들이다. 군데군데 거친 데가 있으면서도 대체로는 과거의 다른 신인들이나 또 어느 기성작가들의 초년작에서는 찾을 수 없는 쾌작들이었다. 신인들이 이만한 작품을 내어던지면 기성들은 신문소설에서는 별문제거니와 아직 정통예술의 무대인 단편 계에서는 섣불리 붓을 잡을 용기가 없을 것이다. 통쾌한 일이다.

문단의 자리는 임자가 없다. 좋은 작품을 쓰는 이의 자리다. 흔히 지방에 있는 신진들은 자기의 지반이 중앙에 없음을 탄한다. 약자의 비명이다. 김동리는 경주, 최명익은 평양, 정비석은 평북에 있되 빛난다. 예술가는 별과 같아서 나타나는 그 자리가 곧 성좌의 일부분이다. 중앙의 우선권은 잡문에밖에 없는 것이다. 잡문을 많이 써야 되는 것은 중앙 인들의 차라리 불행이다. 잡문에 묻혀 썩는 사람들이 중앙이기 때문에 얼마나 많은지 멀리서 바라보라.

내가 여기서 쓰고 싶은 말은 이런 것은 아니다. 유정과 이상을 바라보며 또 이상(以上)의 신인들을 생각하며 공통적으로 내가 느껴진 바는 그들의 '자신'이다. 사회는 우리에게 무엇을 요구하는가? 대중은? 물론 이것을 생각하여야 한다. 이상과 같은 사람은 전혀 이런 것은 불문에 부친 것 같기도 하다. 그러나 얼른 그러했으리라고 단정하는 것은 경솔이다. 이 점을 이상처럼 고민한 사람도 적을 줄 안다. 다만 대중의 노예가 안 된 것뿐이다. 만일 이상이 자신에게서 사회의식성이 그 아닌 것보다 더 승할 수 있는 성격을 진단했다면 그는 누구보다도 불꽃이 튀는 의식 작품을 써냈을 런지 모른다.

먼저 자신을 알면 모든 일에 있어 현명한 일이다. 작품은 개인의 뿌리에서 피는 꽃이다. 평론가는 여론에 무섭을 탈 경우가 많으리라. 그러나 작가에겐 여론이 어찌지 못할 것이다. 자기를 한번 정확하게 진단한 이상은 자기의 것을 자기의 투로 써서 천하에 떳떳이 내어놓을 것이다. 이상의 작가들에게서 그 떳떳함을 느낄 수 있는 것이 나는 무엇보다 즐거운 일이다. 목전에는 독자가 적어도 좋다. 아니 한 사람도 없어도 슬플 것이 없다. 그 고독은 그 작자의 운명이요 또 사명이다. 고독하되, 불리하되, 자연이 준 자기만을 완성해 나가는 것은 정치가나 실업가는 가져 보지 못하는 예술가만의 영광인 것이다.

모파상의 시대에도 여론의 침해가 작가들에게 심했던 모양으로 모파상은 그의 어느 단편 서문에 이런 뜻의 말을 써놓았다.

…… 독자는 여러 가지 사람들이다. 따라서 가지가지로 요구한다.

나를 즐겁게 해 달라

나를 슬프게 해 달라

나를 감동시켜 달라

나에게 공상을 일으켜 달라

나를 포복절도케 하여 달라

나를 전율케 하여 달라

나를 사색하게 하여 달라

나를 위로해 달라

그리고 소수의 독자만이, 당신 자신의 기질에 맞는 최선의 형식으로 무어든지 아름다운 것을 지어 달라 할 것이다.

우리 예술가는 최후의 요구, 이 독자의 요구를 들어 시험하기에 노력해야 한다. 그리고 비평가는 이 시험을 분석하고 그 결과를 평가해야 한다. 사상적 경향에 관해서는 용훼(容喙)할 권리가 없다. 혹은 시적 작품을, 혹은 사실적 작품을, 이렇게 자기의 기질에 맞는 대로 씀에 간섭을 못할 것이다. 간섭을 한다면 그것은 작가의 기질을 무리로 변조시키는 짓이요 그의 독창을 막는 짓이요 자연이 그에게만 준 그의 눈과 그의 재질의 사용을 금하는 짓이 된다.

모파상의 이 말은 오늘 우리에게도 그대로 독본적인 어구이다. 물론 소수의 그 독자, '당신 자신의 기질에 맞는 최선의 형식으로 무어든지 아름다운 것을 지어 달라'는 그 독자를 향하여 우리는 붓을 들 것이다. 그 외의 독자는 천이든 만이든 우리에겐 우상일 것뿐이다. 얼른 생각 하면 대중을 무시하는 것도 같다. 그러나 무시가 아니요 우대도 아니다. 정당일 뿐이다. '민족을 위해서 합네', '대중을 위해서 합네'란 말처럼 대중이 이해하기 쉬운 말은 없다. 대다수가 지지할 수 있는 표제라 절대의 권력을 잡을 수 있는, 가장 관작(官爵)과 같은 말이다. 소수를 위해서 쓴다는 말은 얼마나 내세우기 불리한가. 그래서 겁내는 작가가 많은 것이다. 대중을 향해서도 문학이면 문학이 아닐 리가 없다. 그쪽에 소질 없는 사람이 사조라 해서 문예를 철학처럼 쓰는 사람이 많다. 그것은 결국 문학의 본질의 한 귀퉁이를 촉각할 때 전변하고 만다. 같은 달음질이라도 백 미터와 천 미터와 또 마라톤이 다를 것이다. 마라톤이 인기 있다 하여 백 미터에 적당한 자기의 체질을 무시하고 마라톤에 나서면 거기에 남는 것은 무엇일 것인가? 유정이나 이상은 다 자기 체질에 맞는 종목을 뛴 사람이다. 그래서 그들 작품에는 자신이 있다.

기질에 맞는 것을 쓴 작가에게는 상식 혹은 개념 이상의 창조가 있다. 그러나 기질에 맞지 않는 것을 쓴 작가에게는 기껏해야 상식이요 개념 정도다. 종교는 윤리학이기보다는 차라리 미신이기를 주장한다. 문학은 사상이기보다는 차라리 감정이기를 주장해야 할 것이, 철학이 아니라 예술인 소이(所以)다. 감정이란 사상 이전의 사상이다. 이미 상식화된, 학문화된 사상은 철학의 것이요, 문학의 것은 아니다.

평론가

요즘 작가와 평론가의 사이가 꽤 문제가 되는 모양인데 사실 따지고 보면 그 사이가 좋지 못하다는 것도 그다지 걱정거리는 아닌 것이다. 서로 인격 문제만 아닌 한에서는 맞서 나가는 것이 오히려 자연이 아닐까. 문단처럼 개성과 개성이 대립하는 사회는 없을 것이다. 작가와 작가의 사이도 충돌이 없을 수 없다. 평론가와 평론가 사이도 그렇다. 하물며 그 서는 위치부터가 대립하는 작자와 평론가의 사이에 있어서랴. 피차에 진실하여 상대방을, 작품이든, 작가이든 정확하게만 인식하고는 얼마든지 부딪쳐 볼 것이다. 그것은 결코 개인으로나 문단으로나 불상사커녕 성사의 하나다.

우리는 작품으로나 작가로나 얼마든지 비평이 되어 좋다. 한 작품을 써놓을 때마다 그 작품의 정당한 가격을 알고 싶은 것은 누구보다도 그 작자 자신이다. 공정한 평안자(評眼者)만 있다면 어찌하여 그에게 작품 보이기를 두려워 할 것인가?

내가 불안을 갖는 평자는 작품을 가능성이 무한한 감성으로 느끼려 하지 않고 다만 고정된 개념만으로 정리하는 평자다. 그것도 톨스토이나 프랑스의 대부분의 작품처럼 논리성의 작품이라면 모르나 현대의 소설일수록 비논리성인 것을 아는 현대의 문학인이면 그런 필기장식 비평의 우(愚)는 스스로 담임(擔任)을 피할 것이다.

평자들이 소설에 대한 준비 지식으로 읽은 이론을 하물며 작자들이 안 읽을 리 없다. 그만 교양은 작자에게도 있으려니 여겨 마땅하거늘 너희가 어디서 이런 방법론이나 이론을 보았겠느냐는 듯이 사뭇 소설

작법 식으로 덤비는 평가(評家)가 더러 있다. 나는 우리 작가들에게 말한다. 평가에게서 비로소 작법이나 방법론을 배워가지고 소설을 쓰려는 그따위 게으르고 무지한 자라면 빨리 작가의 위치에서 물러가야 할 것이다. 이론은 알되 이론대로 못 되는 것도 작품이요 이론의 표본적인 작품일수록 좋은 작품이 아닌 경우도 더 많기 때문에 고의로 이론을 무시해야 되는 것도 소설이다. 소설의 산실은 원칙적으로 비밀인 것이다. 그리고 아무리 신인이라도 그는 제1작을 내어놓기 위해서 적어도 1, 2편 많으면 기십 편의 습작을 거친 사람들이다. 이론의 등대가 미치지 못하는 더 멀고 깊은 바다에서 천파만파와 싸운 사람들이다. 그런데 이미 그들도 읽고 난 유행사조나 방법론 따위를 좀 읽어가지고 그들의 난산품(難産品)을 경경(輕輕)히 논리만으로 정리해 버리려는데 어째서 분노가 없을 것인가?

　작가의 욕심으로는, 평론가는,

　첫째, 창작에 다소 경험자일 것,

　둘째, 인생관에 남의 것도 존중하는 신사일 것,

　셋째, 개념보다는 감성에 천재이기를 바라는 것이다.

동방정취

| 靑天有月來幾時 | 저 푸른 하늘에 달 있은 지가 몇 해런가 |
| 我今停盃一問之 | 내 지금 술잔을 멈추고 달에게 묻노니 |

| 古人今人若流水 | 옛 사람도 오늘 우리도 물 흘러가듯 하니 |
| 共看明日皆如此 | 내일 다시 보면 모두 또 이러하리 |

술이 있고 달이 있고 유수같이 지나감이 있을 뿐, 머무를 수도 없거니와 머물러 애착할 아무것도 없음을 단념한 지 이미 오랜 심경이다.

| 衆鳥高飛盡 | 뭇 새는 높이 날아가 버리고 |
| 孤雲獨去閑 | 외로운 구름만 홀로 한가로이 떠가는데 |

| 相看兩不厭 | 마냥 서로 마주봐도 싫증나지 않으니 |
| 只有敬停山 | 다만 경정산이 있을 뿐이다 |

중조(衆鳥) 고운(孤雲)이 다 자연이되 그들은 소리 있고 날고 변함이 있다. 자연 중에도 무구부동(無口不動)하는 산에게나 소회(所懷)를 천명(闡明)하는 심경이다. 두 시가 다 이백(李白)의 즉흥이려니와 이런 유의 생활 감정이 이적선(李謫仙) 일개인의 것이라기보다는 전 동양인의 것으로 보아 오히려 마땅할 것이다. 역시 동양인 파사(破斯)의 시인 오마 카얌도 그의 4행시 첫머리에

"이 세상은 오래 있을수록 고생이다. 일찍 떠나는 사람은 복되니 아예 이 세상에 태어나지 않은 사람은 얼마나 행복이냐!"

이런 뜻의 시구가 얹히었음을 기억한다.

명상은 동양인이 천재다. 명상은 본질상 생활에 어둡고 운명에 밝았다. 나올 것은 비관이었다. 불도는 현실로 본다면 비관의 종교다. 동양

의 교양으로 고도의 것이면 고도의 것일수록 선(禪)의 경지를 품지 않은 것이 드물 것이다. 서구 사람들은 방 속에서 미인의 나체를 그리고 있을 때 동양 사람은 정원에 나와 괴석(怪石)을 사생하고 있지 않았는가? 이런 취미는 미술에 뿐이 아니다. 동양의 교양인들은 시·서·화를 일원의 것으로 여겼다. 한 사람의 기술로서 이 세 가지를 다 가졌을 뿐 아니라 정신으로 괴석을 시·서·화에 다 신봉하였다. 나체를 생각하고 생활을 구상하는 것은, 즉 아(雅)가 아니요 속(俗)인 모든 것은 결코 예술일 수 없었다.

그래서 동양에선 아의 표현인 운문엔 자랑스러운 서명(署名)들이 전해와도 속의 표현인 소위 패사 소설류에는 작자가 성명을 남김조차 떳떳치 못했던 것이다.

이렇듯 괴석과 선(禪)과 아(雅)의 중독지대인 이 동양에선 서구식 산문 소설의 배양이란, 워낙 풍토에 맞지 않는 원예일지 모른다. 그러기에 동양에선 서구식 산문을 입식한 지 가장 오랜 일본에서도 '일본적'인 것이 무엇이냐는 반성을 이내 가지게 되었고 반성한 결과로 찾아낸 '일본적'이란 것은 결국 '사비'라는 것이었고, '사비'란 괴석의 산화 정도의 현상일 것이었다. 동방정취의 하나다.

돌이란 정물이 아니다. 정물인 사람이 어찌해 정물이 아닌 것과 사귀고 군이 정을 통하려 하였는가? 거기에 동방정취의 진수가 숨었을 것이다.

석수(石壽)라 하였대서 돌에서 수(壽)를 탐내었나 하면 수자다욕(壽者多辱)이라 하여 오히려 그와는 딴 쪽이었다. 상락독처(常樂獨處) 상락일심(常樂一心), 이 청정위종(淸淨爲宗)하는 선(禪)취미에서일 것이다. 고고표일(孤古飄逸)한 동방시문에다 셰익스피어나 도스토옙스키의 모든 작품들을 견주어 보라. 얼마나 그 살덩어리와 피의 비린내로 찬 여풍항속류 (閭風巷俗類)에 타(墮)한 것뿐이랴.

그러나 현대의 승리는 서구 저들에게 있다. 하시(下視)는 하면서도 저들의 뒤를 슬금슬금 따라야 하는 데 동방의 탄식이 있는 것이다.

단편과 장편(掌篇)

나는 어느 잡지에서 소설 이야기를 하다가

"인생을 그리는 데 각이 여럿 있는 선으로 둥그렇게 긋는다면, 그 둥그런 전체는 장편소설이요, 전체가 못되는 것은 중편소설이요, 한 각 면만은 단편소설이요, 면이 없이 한 모의 각만은 장편(掌篇)이라 할 수 있다." 하였다.

주먹구구 같은 소리지만 사실상 장(長), 중(中), 단(短), 장(掌)이란 모두 먼저 양을 가리키는 문자들이다. 장편과 단편을 규정하는 데 질로도 문제가 될 것은 물론이지만 결국 질이란 것도 단편의 것이라면 장편의 것보다는 단소(短少) 한 분량 내에서 성숙되어 버리는 운명은 어쩔 수 없는 것이다. 단편과 장편(掌篇)도 마찬가지다.

단편은 인생을 묘사하는 데 한 경제적 수단으로 발생한 형식이다. 그러므로 고대의 것이 아니라 근대의 것이다. 단편의 시조라면 창창하게 성경으로 올라가 '방탕한 자식'의 이야기를 꺼내는 사람들이 많으나 그것은 우연한 사실이요 소설가의 손으로 의식적으로 계획되기는 에드가 알랜 포(1809~1849)에서부터다.

그는 장편을 읽거나 쓰거나 하기에 누구보다 권태를 느낀 작자였다. 인생이란 반드시 길게, 늘어지게 이야기해야만 표현될 것은 아니다. 어느 한 단면만으로도 족하다.

이러한 포의 단편 주장은 세계적으로 호응되어 포의 뒤를 이어 모파상, 체호프 등 명 단편작가들이 출현하게 된 것이요, 따라서 작가와 평론가들 사이에 단편에 대한 정의니 규정이니 하는 것이 이루 매거(枚擧)할 수 없게 쏟아져 나온 것이다.

어렵게 생각할 것은 없다.

단편이란 소설 형태 중에서 인물 표현을 가장 경제적이게, 단편적이게 하는 자라 생각하면 그만이다.

"인물, 행동, 배경이 전체적으로 균등하게 취급되는 것이 아니라 인물이면 인물에만 치중하고, 행동이면 행동, 배경이면 배경에 강조해서 단일적인 효과를 거두는 것이 단편의 약속이다."

단일적이게 어느 한 가지가 강조 되도록만 구상을 한쪽으로 치우치게 해 가지고 시간과 공간을 되도록 절약하는 것이다. 독자에게 단시간 내에 강조된 인생의 일 단면을 보인다.

이것은 독자의 입장으로도 필요해졌고 19세기 말 이후로 정기간행물이 범람하게 되어 편집자들로도 장편보다는 몇 배나 더 단편이 필요하게 되었다. 20세기에 들어서는 단편소설은 정히 황금시대를 이루고 있는 것이다. 현재 우리 문단만 보더라도 수에 있어 장편은 단편을 따르지 못하고 또 질에 있어서도 장편은 단편보다 떨어져 있는 것이 사실이다. 장편은 대개 신문소설로서 본래의 장편과는 특수한 조건 밑에서 발달하는 것이니 현재 상태로는 소위 전작(全作) 이외에는 집필자의 태도부터 진정한 문학 제작이 아니다. 그러므로 작가들의 직업이 아니라 작가들의 예술을 보려면 아직은 단편을 떠나 구할 데가 없다.

그만치 현재 조선에서도 단편은 모든 작가들의 예술을 대표하고 따라서 조선문학을 대표하는 자라 하여도 과언이 아닐 정도다.

더구나 조선과 같이 공간적으로나 시간적으로나 대국적이게 취급하려면 가지가지 난점에 봉착되는 환경에 있어서는 가장 일 부분적이요, 일단편적인 단편밖에는 최적의 문학 형식은 없다 하여도 과언이 아닐 것이다.

단편이 장편 이후의 것이듯이 콩트도 단편 이후에 생긴 것은 물론이다. 단편이 장편의 권태에서라면 콩트는 단편의 권태에서 생긴 것이라 하겠다. 현대인처럼 바쁘게 시간에 째여 사는 인류는 과거에 없었다.

어떤 잡지에는 제목 밑에 몇 분 동안이면 읽을 수 있다는 안내까지 붙는다. 종로서 전차를 타고 경성 역까지 가는 동안에 완독할 수 있는 작품이 필요하게 된 현대 생활이다.

그러므로 콩트도 우선 질로 문제이기 전에 양으로 문제이다. 양의 제한을 예상하니까 질도 독특한 것으로 탄생될 것은 정한 이치다. 우선 짧은 것, 그래 콩트는 장편(掌篇)으로 번역된 것이다.

장편(掌篇)은 인생의 일단면도 못 된다. 단면이기보다는 인생의 일각도, 인생의 일시각의 인상이다. 인생에게서 가장 초점적인 섬광적인 일점의 인상을 날카롭게 촬영해 놓기에 전력한다. 그래 장편은 너무나 얄미운 기술이 되고 너무나 기경(奇驚)에 치우치는 내용을 갖기 쉽다. 미국의 오 헨리의 작품들이 그러하다. 관찰과 착상이 기묘한 것, 기지 그것뿐이다. 실로 전차 안에서 읽으면 족하다. 차 안에서 먹고 잊어버리는 벤또 같은 경편(輕便)이 있을 뿐이다.

나는 한동안 장편(掌篇)에 상당한 매력을 느끼며 읽었다. 더러 지어 보기도 했다. 「천사의 분노」, 「미어기」, 「마부와 교수」, 「만찬」 등이 그 것이다. 그것들을 쓰던 기분을 생각하면 지금까지도

'썼다기보다 만들었다'요,

'만들었다기보다는 다시 꾸미었다'는 기분이다.

한 개 수공품이란 느낌이다. 그러므로 콩트를 제작하는 것으로는 신 중한 진실한 작가 생활이라고는 할 수 없을 것같이도 느껴진다. 잡지 에서 여러 사람의 이름을 적은 지면에 나열할 필요가 있다든지, 신문 무슨 특집 페이지 같은데 화가들의 희호(戱豪)가 들어가듯 작가들의 일 종 희호로 청해다 넣기에 알맞은 것이 이 장편(掌篇)이다.

그 이상 장편(掌篇)의 가치가 있다면 소형단편이란 의미에서 초심자 들을 위해 간편한 학습 재료가 된다는 점이다. 전체가 한 개 조그마한 유리병 같아서 그 속에 든 것은 일목요연해진다. 작자가 무엇에 착안 한 것, 어떻게 발전할 전제를 가진 것, 모든 수단이 어느 한 점을 향해 강조되는 것, 국면이 좁고 극단으로 강조되기 때문에 단순한 눈에도 알른알른 보여 지기 때문이다. 소설 인식 공부로 처음에는 장편(掌篇) 읽는 것이 좋고 따라 소설을 처음 써 보는 데도 주제를 탈선시킬 염려 가 적어 장편(掌篇)이 좋다.

이런 정도일 뿐, 장편(掌篇)은 진정한 소설도(小說道)는 아니다. 장편(長 篇)에 있어 신문소설이 일종 외도로서 시세에 너무나 적응성이 농후하기 때문에 특수한 발전을 갖듯이 단편에 있어 장편(掌篇)도 일종의 외도요, 미미하게나마 저널리즘에 영합되는 성질상 특수한 위치를 지속은 할 뿐, 그 이상 산문 문학으로서 기대할 아무것도 없다 생각한다. 산문 문학

이란 한 감정이나 한 사상의 용기(容器)라기보다 더 크게 인생 전체의 용기(容器)다. 단편만 해도 너무 갑갑한데 장편(掌篇)이란 차라리 소설에 속할 것이 아니라 만문(漫文), 재담 유에 던져질 것이 아닌지도 모른다.

명제 기타

명제

아내가 아이를 가지면 딸일는지 아들일는지는 아직 모르면서도 두 경우를 다 가정하고 미리부터 이름을 지어 보는 것은 한 아비 되는 이의 즐거움이 아닐 수 없다. 마찬가지로 작품에 있어서도 그렇다. 상(想)이 정리되기 전부터 떠오르는 것이 표제요 또 표제부터 정하는 것이 광막한 상의 세계에 한 윤곽을 긋는 것이 되기도 한다. 새하얀 원고지 위에 표제를 쓰는 즐거움, 그것은 훌륭한 회화가 아닐 수 없다. 나중에 고치기는 할지언정 나는 번번이 표제부터 써놓곤 한다. 표제를 정하는 데 별로 표준은 없다. 콩트의 것은 경쾌하게, 신문소설의 것은 신선하고 화려하고 발음이 좋게 붙이는 것쯤은 표준이라기보다 자연스런 일이요 단편에 있어서는 다만 내용을 솔직하게 대명(代名)시키는 데 충실할 뿐이다.

구상

동양소설에서는 삼국지 유의 무용전이기 전에는 서양에서처럼 고층건축과 같은 입체적 설계는 어렵다. 생활형식이 저들은 동적인데 우리는 정적이요 저들은 입체적인데 우리는 평면적이다. 점잖은 인물이면 저들과 같이 결투를 청하거나 경마나 골프를 하지 않고 정자에 누워 반성하고 낚시질이나 바둑을 둔다. 이렇게 조용한 인물과 생활을 가지고 변화를 부린댔자 작자의 뒤스럭만 보이기가 십상팔구다. 왜 사소설이 많으냐? '이것은 작자들의 무기력이다' 이렇게 단정하는 것은 그 자신 역(亦) 약간의 부족이다. 동양화에서 입체감을 찾는 소리나 비슷하다. 구상, 이것은 동양 소설가들이 받는 최대의 고통일 것이다.

인물

내가 만드는 인물이라 내 마음대로 부릴 수 있으려니 했다가 몇 번 실패하였다. 얼굴이 생기고 말씨가 나와 버리어 한번 성격이 결정만 되면 천하 없는 작가라도 그 인물에게 끌려 나가든지 그 인물을 잡아 버리든지 두 가지 길밖에 없을 것이다. 사건의 발전을 봐서는 꼭 필요한 행동인데 인물이 듣지 않는 경우가 여간 많지 않다. 사건은 완성시키지 못할지언정 인물을 어쩔 수는 없는 것이다. 작자가 예상한 사건을 원만히 행동해 주는 인물, 그를 만나기 위해서는 복안을 오래 끄는 시간 여유가 제일이라 생각한다.

사상

문예작품에서는 사상보다는 먼저 감정이다. 사상으로 명문화하기 이전의 사상, 즉 사고를 거친 감정이라야 할 것이다. 흔히 작품의 생경성은 이미 상식화한 사상을 집어넣는 데 있다. 그러므로 사상가의 소설일수록 너무 윤리적이 되고 만다. 그런 작품은 아무리 대가의 것이라도 철학의 삽화 격이어서 문학으로는 귀빈실에 참렬(參列)하지 못할 것이다.

제재

잡기장이 책상에 하나, 가방에 하나, 포켓에 하나, 서너 개 된다. 전차에서나 길에서나 소설의 한 단어, 한 구절, 한 사건의 일부분이 될 만한 것이면 모두 적어 둔다. 사진도 소설에 나올 만한 풍경이나 인물이면 오려 둔다. 참고뿐 아니라 직접 제재로 쓰이는 수가 많다. 나는 사건보다 인물을 쓰기에 좀 더 노력하는데 사진에서 오려진 인물로도 몇 가지 쓴 것이 있다. 제재에 제일 괴로운 것은, 나뿐이 아니겠지만, 가장 기민하게, 가장 힘들여 취급해야 할 것일수록 모두 타산지석으로 내던져야 하는 사정이다.

문장

'내 문장'을 쓰기보다는 될 수만 있으면 '그 작품의 문장'을 써 보고 싶다. 우선은 '그 장면의 문장'부터 써 보려 한다.

퇴고

소설만으로 전업을 못 삼는 것은 슬픈 일이다. 충분히 퇴고할 시간을 얻지 못한다. 이것은 시간에만 미룰 것이 아니라 자신의 성의 문제가 될 것도 물론이다. 시간이 없다는 것으로 책임을 피하자는 것은 아니다.

아마 조선 문단 전체로도 이대로 3년이면 3년을 나가는 것보다는 지금의 작품만 가지고라도 3년 동안 퇴고를 해놓는다면 그냥 나간 3년보다 훨씬 수준 높은 문단이 될 것이라 믿는다.

조선의 소설들

현재 조선에는 여러 가지 소설이 읽히고 있다. 작자의 이름도 잘 드러나지 않는 구식 소설들, 그중에도 고대소설과 신소설의 구별이 있고, 작자들이 문학 행동으로서 책임 있는 서명(署名)으로 발행되는 현대소설에도 장편(掌篇)소설, 단편소설, 중편소설, 장편소설이 있고 다시 장편(長篇)에서는 신문소설이 대부분인데 신문에 연재하는 특수한 발표 형식 때문에 본래의 장편과는 성질이 달라서 요즘은 그것과 대립해, 본래의 장편을 의미하는 전작(全作)소설이란 것이 이름부터라도 불려지게 되었고 또 역사소설이란 이름도 장편 속에 존재해 있는 것도 뚜렷한 사실이다.

먼저 구식 소설에서 대강 한마디 말하려는 것은, 그들은 현재 문단에서 문학으로서 대우되지 못하는 사실과 그 원인이다. 천우신조의 망상을 그대로 수법으로 고진감래, 사필귀정식의 충효예찬과 권선징악을 일삼은 고대소설은 물론이요, 그 시대의 실제인물, 실제생활을 쓰기 시작한 이인직 전후의 신소설이란 것도, 소설사에서는 취급이 되되 문학으로, 예술로 예우되지 못하는 것은 마찬가지 운명이다. 「장화홍련전」, 「흥부전」, 「춘향전」 같은 작품들이 우리의 고전문학으로 재음미되고 있기는 하나 현대인의 소설 관념에서는 극히 먼 거리에 떨어져 있는 것이다. 한마디로 말하면 표현에 진실이 없었던 까닭이다. 인물 하나를 진실성이 있게 묘사해 놓는 것을 찾기가 어렵다. 장화의 계모 허부인, 흥부 형 놀부, 춘향이나 이도령이나 하나 제대로 그려나간 것이 없다. 문장이란 처음부터 끝까지 낭독조만을 위해 쓸데없는 과장과

대구와 유식한 체해서 우중을 무조건하고 압도해 나가려는 전고법(典古法)에만 몰두하고 말았다. 일례를 들면,

　부득이하야 허 씨를 장가드니 그 용모를 의논할진대, 두 볼은 한 자이 넘고 눈은 퉁방울 같고 코는 질병 같고 입은 미여기 같고 머리털은 도야지털 같고 키는 장승만 하고 소리는 이리 소리 같고 허리는 두아람이나 되는 것이 게다가 곰배팔이요 수중다리에 쌍언창이를 겸하였고 그 주둥이를 썰어 내면 열 사발은 되겠고 얽기는 콩멍석 같으니 그 형용은 차마 바로 보기 어려운 중에

이것이 「장화홍련전」의 허 씨의 묘사다. '진실'이란 근본적으로 염두에 두지 않은 표현이었다.

　춘향이 하릴없이 따라온다. 치마꼬리 휘루쳐 흉당(胸膛)에 떡 붙이고 옥보(玉步)방신 완보(緩步)할 제 석경산로(石經山路) 험준하다. 한단시상(邯鄲市上)의 수릉(壽陵)의 걸음으로 백월총중(百越叢中)의 서시(西施)의 걸음으로, 백모래 밭에 금자라 걸음, 양지곁 마당에 씨암탉 걸음, 대명전 대들보에 명막의 걸음, 백화원림(百花園林) 두루미 걸음, 광풍에 나비 노듯 물속에 잉어 노듯, 가만 사뿐 걸어와서

이것은 고본 춘향전 중의 일부이다. 수사란 표현을 위한 것이 아니요 익살과 현학을 위한 전고(典故)뿐이다. 그래서 목청을 내어 읽기에 멋이 나게 하고 또 문학에의 의식이 없는 독자에게 '문자'를 잘 쓰는 것

으로 흥미를 주게 되었을 뿐이다. 사실 구식 소설의 독자들인 부인네들이나 농군들이 소설을 문학으로 읽기에는 근본적으로 문학 의식을 갖지 못한 것이다. 이야기 책, 즉 귀로 듣는 책일 뿐으로, 뉘 집에서 얘기책을 본다 하면, 누구의 작품이라거나, 무슨 책이란 것은 문제가 아니다. 누가 읽느냐가 문제요, 또 처음부터 꼭 들어야 하는 것도 아니다. 춘향전 하면 대강은 내용을 알면서도 들으러 가는 것은, 소설 그것보다 목청을 돋우고 군소리를 넣어 가며 듣기 좋게 읽는, 그 소리를 들으려 가는 것이다. 육자배기를 할 때 옆에서 무릎을 치며 '좋다!' 소리를 내가며 즐기듯이, 소설을 읽는 데서도 무릎을 치며 혹은 혀를 차며 '그렇지!', '천도가 무심할 리 있나!', '열흘 붉은 꽃이 없거든!' 하는 유의 감탄으로 즐기다가 졸음이 오면 끝까지 들으려 애쓸 것도 없이 코를 골고 자 버리는 것이다. 이런 민중은 애초부터 독자가 아니라 청중이었다.

일명 '얘기책'인 그 소설들은 이런 청중을 위한 낭독자의 대본으로서 발달된 것으로 볼 수 있다. 내용은 아무리 훌륭하더라도 문장이 먼저 낭독조가 나지 않으면 읽히지 않을 것이요, 청중들의 단순한 흥미에 투합키 위하여 익살과 과장으로 시종하지 않을 수 없었을 것이다.

그러니까 이런 이야기책 속에도 내용만은 훌륭히 '문학적'인 것이 있다 할지언정 그 문장, 그 표현, 그대로를 소설이라, 문학이라 할 만한 관대는 가질 수가 없다. 그러기에 춘원 같은 이는 그렇게 많은 춘향전을 하나도 믿지 못해 자기의 붓으로 개작까지 해 본 것이다.

현대소설에 있어, 장편(掌篇), 단편, 중편, 장편 그중에도 다시 신문소설, 역사소설, 전작소설 이런 것을 자세히 언급해 나갈 여유가 여기서는 없다. 다만 간단이 나마 그들의 개념을 설명해 나가는 데 불과할 것이다.

장편(掌篇)은 '콩트'를 번역한 말로 단편소설보다 적은 것이다. 인생을 여러 각과 여러 면으로 돌아간 한 원이라면, 그 원 전체를 그린 것이 장편(長篇), 어느 한 면만을 단일적이게 그린 것이 단편, 면보다도 더 예리한 어느 한 각만을 건드린 것이 '콩트'라 말할 수 있다. 꼭 맞는 비유일 수는 없으나 대체로 그런 개념을 가져 타당하고 중편이란 단편과 장편의 중간 것으로 볼 수 있다. 신문소설이란 신문에 날마다 일정한 분량으로 끊어내도록 쓴 소설을 가리킴이요 그런 구속을 받지 않고 쓰는 것을 요즘 전작소설이라 대명한다. 역사에 있는 인물이나 사건이나 배경을 쓰는 것을 역사소설이라 통칭되는데 역사의 문예적 강의가 아니요 창작인 이상 그냥 단편, 장편(長篇)이라 구별되기만 하는 것이 원칙일 듯하다. 구태여 '역사소설'이란 관사를 갖기 때문에 작자 자신부터 사기(史記)에 구속을 당하고 독자들도 사기(史記) 이상의 진실을 작품에서 찾기는커녕 작자가 사기에 맹종하기를 도리어 강요하는 폐단이 생기는 듯하다.

그런데 어느 소설인 것을 막론하고 현대소설은 전반적으로 두 가지 길로 갈려 가는 사실에 주의해야 할 것이다. 작자의 입장에서 말한다면 쓰는 소설과 씨키는 소설이다. 미미하나마 조선에도 신문과 잡지가 발행되고 있다. 그들이 순문예기관이 아닌 이상 문학운동으로서의 문학편집을 할 리가 없다. 그날그날의 뉴스는 신문의 오늘과 내일의 연락성이 희박하다. 오늘 신문을 봤기 때문에 내일 신문을 기다리게 하는 연락성의 강점은, 어느 기사보다 소설이다. 신문이나 잡지 편집자로서도 소설은 문학으로 보기 전에 먼저 구(舊)독자를 잃지 않고 신(新)독자를 끌어들이는 중요한 '미끼'로 보일 것이다. 지금 『동아』나 『조선일보』 둘 중에 어느 하나가 소설연재를 전부 폐지한다 상상해 보라. 소설 없는 신문에 독자가 얼마나 그냥 붙어 나갈 것인가? 작년『동경조일(東京朝日)』서 나가이 가후(永井荷風)의 「묵동기담(濹東綺譚)」을 실어 동경 시내 부수만 2만이 증가되었다는 사실을 그대로 조선에 가져올 순 없지만 조선 신문에서들도 독자 득실에 소설 영향이 점점 커가며 있는 것은 사실이다. 그러니까 신문과 잡지는 조금만 이름이 나는 작가면 곧 이용한다. 이용이 되는 줄 알면서도 '쓰는 소설'만으로는 경제적으로 불리하니까 '씨키는 소설'에 붓을 대지 않을 수 없는 노릇이다.

'신문에 낸다고 좋은 소설이 못 되란 법은 어디 있느냐?'

신문소설은, 날마다 일정한 분량으로 끊되 단일화한 내용이 강한 인상으로 24시간 동안 여러 가지의 독자 머릿속에 또렷이 남게 할 것, 그러면서 다음 회를 마음이 졸여 기다리게 하는 매력을 남길 것, 물건 싸온 신문지에서 중간의 어느 한 회 치를 읽고라도 그 소설 때문에 곧 그 신문의 새 독자가 되고 말게 할 것, 그러자니까 매회 매회가 알기 쉽고, 새롭기는 첫머리 같고, 아기자기하고 다음 회엔 무슨 결말이 날 것 같기는 끄트머리 같도록 할 것, 이런 것들이 아마 신문소설의 중요한 조건들일 것이다. 더구나 조선 신문 독자의 대부분은 남녀를 물론하고 겨우 한글이나 부쳐 읽는 사람들이다. 따라서 이상의 '강한 인상'이니 매력이니 하는 것들도 대다수인 그런 독자의 취미와 교양을 표준 하는 것도 물론이다. 이런 정도의 제 조건을 살리며 자기의 창작 의욕도 살릴 수 있는 소설이란 거의 공상이 아닐 수 없을 것이다. 그러니까 신문소설은 신문소설로서의 길에 맡겨 두고 순수한 문학으로서의 소설은 연재 조건에 걸리지 않는, 단편소설과 전작소설에서 발육이 가능하리라 보는 것이 타당할 것이다.

소설의 맛

소설을 읽는 데 무슨 법이 있을 리 없다. 그러나 수박과 같은 단순한 과실을 먹는 데도 겉핥기란 말이 있다. 잘못 읽으면 소설은 겉도 제대로 핥지 못하는 경우가 있을 것이다.

그 소설을 원만히 이해하거나 음미하는 데 누구의 말을 듣는 것이 가장 첩경일까 얼른 생각하면 그 소설의 작자일 것 같고 일류의 비평가일 것도 같다. 그러나 모두 나 자신(독자)으로 아는 것만 못하다. 작자란 자기 작품일수록 어둡다. 작자가 주의시키는 대로만 읽으면 그 소설의 결점을 모르게 되고 또 작자도 의식하지 못한 장점을 발견할 수도 없고, 크게는 그 작자 이상으로 문학에의 견식을 높일 수도 없을 것이다. 독자의 대변자라 볼 수 있는 평론가도 결국 민중의 총화는 아니요 그도 그의 지성 그의 감성에 국한된 개인으로의 존재라 그로서만 보는 각도가 있고 그로서만 진찰하는 전문적 기술이 있다. 사람을 사귀는 데 반드시 관상술이나 의학이 필요치 않듯이 독서로서는 그런 전문적 견식은 오히려 무미건조에 빠질 위험성만 있을지 모른다.

그러면 어떻게 소설을 읽을 것인가? 나는 간단히 한 가지 주의할 사실을 지적하려 한다. 소설도 다른 모든 예술과 함께 '표현'이라는 점이다.

주인공의 운명이 어떻게 될까? 이 사건의 결말이 어떻게 떨어질까? 이런 것은 다음 문제로 돌려도 좋다. 그런 것은 다 읽기만 하면 결국 알고 말 사실이다. 읽어 내려가면서 맛보고 즐기고 할 현대소설의 중요한 일면이 있는 것을 알아야 한다. 밀레의 〈만종〉 같은 그림은 내용뿐이다. 젊은 부부가 종소리의 황혼을 배경으로 순결한 생활을 감사하는 극적인 내용 본위의 그림이기 때문에 대중이 알기 쉽고 즐기기 쉬운 그림이다. 그러나 고흐의 〈해바라기〉 같은 그림은 내용이란 해바라기 꽃 몇 송이를 병에 꽂아 놓은 것뿐이다. 아무 극적인 것이 없다. 그래 일반 대중은 그 그림의 맛을 모른다. 그러나 명화로 치는 그림이다. 고흐가 해바라기를 어떻게 보았나? 어떻게 표현했나? 그 선과 그 색조에 고흐의 개성 눈과 고흐의 개성 솜씨가 있는 것이다. 소설도 그것이 있다. 내용에만 소설의 전부가 있는 것은 아니다. 교양 수준이 일률적으로 높아 가는 현대인은 너무나 똑같은 사람들이 많다. 그래 무엇이나 자기의 존재를 드러내려면 개성을 강조하지 않을 수 없게 되었고 또 개성과 개성의 교제처럼 현대인의 생활 발전에 필요한 것은 없다. 소설 작가도 하고 많아졌다. 모두 똑같은 작가들이라면 무의미하다. 자기 색채를 의식적으로 강조하는 작가가 자꾸 늘어가고 있고 그들의 독특한 일가풍이 아닌 게 아니라 과거 소설에서 맛볼 수 없는 맛을 낸다. 이 맛이란 흔히 그의 눈과 손에 달려 있는 것이다. 인생을 소설로 다루는 작가의 솜씨를 맛볼 줄 알아야 현대소설을 완전히 음미하는 것이라 할 것이다. 물론 내용이란 엄연한 존재다. 그것을 무시하는 것은 소설의 위기다. 그림은 선과 색채만 있으면 그림으로 의미가 있을지 모르나 소설은 내용이 없으면 그냥 문자일 뿐이다. '그 내용에 그 형식'이 소설의 이상이다. 내용이 형식에 승해도 병이요, 형식이 내용에 승해도 병이다. 내용만 맛보아도 잘못 읽는 것이요 형식만 맛보아도 못 읽은 것이다. 그런데 대다수의 독자는 내용만을 맛볼 줄밖에 모르니까 소설도 표현이라는 점에 특히 주의를 하라는 것이다. 표현에 무관심하고는 그 소설에서 작자가 가장 애쓴 것의 하나를 완전히 모르고 나갈 수밖에 없을 것이다.

소설가

소설은 사람의 생활을 극적인 내용이게 미가 있는 형식이게 기록한 것이라 할 수 있다. 그런데 작자 자신도 소설의 재료인 사람이요 또 생활 그 속에 묻혀 있다. 자신이며 묻혀 있으며 초월해 인생과 생활을 요리하기는 근본적으로 어려울 일이다. 그래 소설은 적어도 40대부터 쓰라는 말도 있다. 이렇게 비관적으로 본다면 신이 아니고는 소설가의 자격이 없을 것이다. 그러나 20대에도 30대에도 훌륭한 소설을 쓰는 작가가 얼마든지 있다.

1. 소설가의 소질

나는 '눈치'가 소설가의 소질이라 본다. 눈치가 어두워선 뉴스 재료처럼 표면화되지 않는 인생 사실을 취사해 나갈 수도 없고 복잡한 이야기를 얻는댔자 거짓이 드러나지 않게 휘갑해 나가지도 못할 것이다.

2. 소설가의 준비

소설가는 천하만사를 다 알아야 한다. 천하만사의 주인공인 모든 인간과 천하만사가 종횡으로 얽혀 있는 모든 생활을 평소에 유심히 보아두어야 한다. 여기 식모가 한 사람 있다 치자. 그를 먼저 한 인간으로서 본다면, 외모, 말투, 몸짓, 무슨 버릇 같은 것을 관찰해야 그를 묘사할 수 있을 것이요, 다음에 한 생활로서 본다면 그의 일, 그가 자기 일에 대한 태도, 그의 인생으로서의 욕망, 그가 가장 슬픈 점, 그가 가장 행복스러운 점, 그를 기다리는 운명, 이런 것들을 관찰해야 그의 생활을 어떤 각도로든지 현실에다 극적이게 부딪쳐 놓을 수 있을 것이다. 인물과 생활에서 흔히는 인물이 주가 되고 생활이 종이 된다. 생활이 따라오는, 모든 인물만 흥미를 붙여 자기의 인생관, 세계관으로 의시(疑視)한다면 소설의 주인공으로 걸리지 않을 사람이 드물 것이다.

3. 소설의 표현

인물이나 사건[생활]을 붙잡으면 쓰는[문장] 문제가 온다. 여기도 문제는 복잡다단하다. 그중 근본적인 중요점만 한 가지 말하려 한다. 난조투어(爛調套語)가 소용없다. 고담준론(高談峻論)이 필요치 않다. 철두철미 묘사라야 한다. 설명적인 문구는 묘사에 자신이 없으니까 주석하는 것밖에 다른 의의가 없다.

"예술가의 직무는 만들어 보여 줄 뿐, 그는 설명하지 않는다."
한 앙리 마티스의 말은 소설 표현에 있어 영원한 교훈이다.

막연한 말이나 무엇으로나 의미가 있는 인물이나 생활을 발견해서 자기류로 보여 주면 훌륭한 소설 예술이다.

묘사 아닌 이야기체로도 얼마든지 표현은 할 수 있다. 그러나 처음엔 묘사로 들어가서 묘사를 졸업한, 이야기체라야 그것이 단순한 설명에 그치지 않는, 들려주는 이야기가 아니라 보여 주는 이야기로 나타날 수 있는 것이다. 그리고 아무리 장편이라도 첫줄, 첫 한마디부터 벌써 소설이라야지 벼르느라고 학문의 서문이 나오듯 해서는 안 되고 끝에서도 과실이 익어 떨어지듯 천연스러워야지, 심각미를 낸다고 작위가 있어서는, 즉 작자의 계획이 폭로되어서는 결코 우수한 표현에 이르렀다 못할 것이다.

이성 간 우정

같은 아는 정도라면 남자를 만나는 것보다 여자를 만나는 것이 우리 남성은 늘 더 신선하다. 왜 그런지 설명을 길게 할 필요는 없지만 얼른 생각나는 것은 동성끼리는 서로 너무나 같기 때문인 듯하다. 다른 데가 너무 없다. 입는 것도 같고, 말소리도 같고, 걸음걸이도 같고, 붙이는 수작도 거의 한 인쇄물이요, 나중에 그의 감정이 은근히 이성을 그리는 것까지 같아 버린다. 동일물의 복수, 그것은 늘 단조하다.

남자에게 있어 여자처럼 최대, 그리고 최적의 상이물(相異物)은 없다. 같은 조선 복색이되 우리 남자에게 있어 여자 의복은 완전히 이국복(異國服)이다. 우리가 팔 하나 끼어 볼 수 없도록 완전한 이국복이다. 같은 조선어이되 우리 남자에게 있어 여자들의 말소리는 또한 먼 거리의 이국어다. 뜻만 서로 통할 뿐, 우리 넥타이를 맨 성대에서는 죽어도 나오지 않는 소리다. 우리가 처음 이성을 알 때, 그 이성에게 같은 농도의 이국감을, 어느 외국인에게서 느꼈을 것인가.

우리에게 여성은 완전한 이국이다. 사막에 흑인과 사자만이 사는 그런 이국은 아니다. 훨씬 아름다운, 기름진, 향기로운 화원의 절도(絶島)인 것이다. 오롯한 동경의 낙토인 것이다. 이 절도에의 동경을 견디다 못해 서투른 수영법으로 바다에 뛰어드는 로빈슨 크루소들이 시정엔 얼마나 많은 것인가.

다른 것끼리가 늘 즐겁다. 돌멩이라도 다른 것끼리는 어느 모서리로 든지 마찰이 된다. 마찰에서 열이 생기고 불이 일고 타고 하는 것은 물리학으로만 진리가 아니다. 이성끼리는 쉽사리 열이 생길 수 있다. 쉽사리 탄다. 동성끼리는 돌이던 것이 이성끼리는 곧잘 석탄이 될 수 있다. 남자끼리의 십 년 정보다 이성끼리의 일 년 정이 더 도수를 올릴 수 있는 것은 석탄화 작용에서일 것이다. 타는 것은 맹목적이기 쉽다. 아무리 우정이라 할지라도 불이 일기 전까지이지 한번 한끝이 타기 시작하면 우정은 그야말로 오유(烏有)가 되고 만다. 그는 내 누이야요, 그는 내 오빠로 정한 이야요 하고 곧잘 우정인 것을 공인을 얻으려고 노력까지 하다가도, 어느 틈에 실화(失火)를 해서 우애는 그만 화재를 당하고 보험 들었다 타오듯 하는 것은 부부이기가 일수임을 나는 허다하게 구경한다.

우정이란 정보다도 의리인 것이다. 부자간의 천륜보다도 더 강할 수 있는 것이 우정이다. 인류의 도덕 가운데 가장 아름답고 완고할 수 있는 것이 우정이다. 이런 굉장한 것을 부작용이 그렇게 많은 청춘 남녀끼리 건축해 나가기에는 너무나 벅찰 것이 사실이다.

한 우정을 구성하기에 남자와 여자는 적당한 대수(對手)들이 아니다. 우정보다는 연정에 천연적으로 적재들이다. 주택을 위해 마련된 재목으로 사원(寺院)을 짓는 곤란일 것이다.

구태여 이성 간에 우정을 맺을 필요가 없다. 절로 맺어지면 모르거니와 매력이 있다 해서 우정을 계획할 것은 아니다. 매력이 있는데 우정으로 사귀는 것은 가면이다. 우정은 연정의 유충(幼蟲)은 아니다. 연정이전 상태가 우정이라면 흔히 그런 경우가 많지마는, 그것은 우정의 유린이다. 우정도 정이요, 연정도 정이다. 종이 한 겹을 나와서는 우정과 연정은 그냥 포옹해 버릴 수 있는 동혈형(同血型)이다. 사실 동성 간의, 더욱 여성간의 우정이란, 생리적으로 불화일 뿐, 감정적으로는 거의 부부상태인 것이 많다. 그러기에 특히 정에 예리한 그들은 친하던 동무가 이성과 연애를 하거나, 결혼을 하면 감정상 여간 큰 타격을 받는 것이 아니다. 그것은 벌써 우정의 경계선을 돌파한 이후인 증거다. 그러기에 동성연애란 명사까지 생긴다. 우정에게 있어 연정은 영구한 적이다.

결혼으로 말미암아 파괴되는 우정은 여성간의 우정뿐 아니다. 남성 간에는 별무한 편이나 남자와 여자 간에는 더 노골적인 편이다. 여자끼리는 결혼 당시에만 결혼 안 하는 한 편이 슬퍼할 뿐, 교양 정도를 따라서는 이내 그 우정은 부활할 수 있고, 도리어 과거의 우정에서 불순했던 것을 청산해서 우정은 영구히 우정으로 정화되는 좋은 찬스가 되기도 한다. 그러나 이성간의 우정은 한 편이 결혼 후에 부활되거나 나아가 정화되는 것이란 극히 희귀하다.

그러니까 이성 간에는 애초부터 연정의 혼색이 없이 순백한 우정이란 발생되기가 어려울 것이다. 아직 우리 사회 상태는 어떤 처소에서나 동성끼리 접촉하기가 더 편리하다. 편리한 데서 굳이 고개를 돌려 불편한 이성교제를 맺는 것부터 그 불편리에 대가 될 만한 무엇이 있기 때문이다. 그것은 이성 간에 본질적으로 있는 매력이다. 매력은 곧 미다. 인체에서 육체적으로나 심령 적으로나 미를 발견함은 우정의 단서가 되기보다는 연정의 단서가 되기에 더 적절하다. 그런데 연애관계는 우정관계보다 훨씬 채색적이다. 인기와 물론(物論)이 높아진다. 거기서 대담한 사람끼리는 연애라는 최단거리를 취하고 소심한 사람끼리는 최장거리의 우정 코스로 몰리는 듯하다.

아무튼 이성 간에 평범한 지면(知面) 정도라면 몰라, 우정이라고까지 특히 지목할 만한 관계라면, 그것은 일종 연정의 기형아로밖에는 볼 수 없을 듯하다. 기형아이기 때문에 이성간의 우정은 늘 감상성(感傷性)이 붙는다. 늘 일보 전에 비밀지대를 바라보는 듯한, 남은 한 페이지를 읽다 그치고 덮어놓는 듯한, 의부진(意不盡)한 데가 남는다. 우정 건축에 부적한 원료들이기 때문이다. 그 일보 전의 비밀지대, 못다 읽고 덮는 듯한 최후의 페이지, 그것은 피차의 인격보다도 오히려 환경의 지배를 더 받을 것이다. 한 부모를 가진 한 피의 남매간이 아닌 이상, 제삼자의 시력이 불급하는 환경에 단둘이 오래 있어 보라. 그 우정은 부부 이상 옛 것에라도, 있기만 하다면 돌진하고 남을 것이다.

현대생활은 이성간의 교제가 날로 빈번해진다. 부녀자가 동쪽에서 나타난다고 눈을 서쪽으로 돌이킬 수는 없는 시대다. 그 대신 본질적으로 우정 원료가 아닌 남녀끼리 우정을 계획할 필요는 없다. 알게 되면 요즘 문자로 명랑히 사교할 뿐, 특히 우정이라고 지목될 때까지 깊은 인연을 도모할 바 아니요 또 그다지 서로 매력을 견딜 수 없으면 가장을 할 것 없이 정정당당히 연애를 정당한 방법에 의해 행동할 것이다.

그러나 이성간의 우정을 절대로 부정함은 아니다. 적당한 원료는 아닐망정 집안과 집안 관계로, 혹은 단 두 사람의 사적 관계로도 또는 연령상 서로 현격한 차이로, 수미여일(首尾如一)한 우정이 생존하지 못하리라고 단언할 수는 없다. 그러니까 동성 간이라는, 생리적으로 다른, 피차 적응성을 가졌기 때문에 제삼자의 시력 범위 외에 진출하는 찬스는 의식적으로 피해 나가야 할 것이다. 남녀 문제에 있어 열 학식이나, 열 인격이 늘 한 찬스보다 약한 것이 영원한 진리이다. 더욱 이성간의 우정, 이것은 흥분한 사상청년(思想靑年) 이상으로 끝까지 보호 관찰을 필요 하는 것이라 생각한다.

통속성이라는 것

한문은 동양에만 있은 것이 아니었다. 서양에도 있었다. 나전문은 그들의 한문이었다. 승려들과 상류사회에서 기록한 것은 나전어의 나전문장이었다. 경서(經書) 공문류(公文類)는 모두 나전어로 되었다. 거기서도 민중이 저희 생활에 필요했던 것은 경서와 공문만이 아니요 이야기책이었어서 이 이야기책만은 저희들의 생활어(모두 나전에서 파생된 것이긴 하나), 이태리 사람들은 이태리어로, 불란서 사람들은 불란서어로 기록한 것이다. 이 전통이 시퍼런 나전어가 아니요 아무나 막 쓰는 속어요, 방언 격으로 이야기책이나 기록하는 이어(伊語), 불어(佛語)는 모두 '로만어' 즉 '이야기책말'로 총칭되었고 하대(下待)되었다.

오늘 서구의 찬란한 현대문학도 사실은 천대를 받던 속어(俗語)문학, 이야기책들의 발달이었다.

오늘에 우리가 문학을 쓰는 조선어란 (한어(漢語)에서 파생된 것은 아니나) 말하자면 동양의 '로만어'의 하나다.

머슴꾼의 방에서나 행세하던 이야기책이 오늘 우리 소설의 거룩한 조상이었던 것은 물론이다.

현대문학은, 현대문학을 대표하는 소설은 어디서나 속어로 적는다. 특히 소설의 속성이 여기 있는 것이다. 천만인 공용의 생활어로, 천만인 그 속에 있는 생활자를 묘사하는 것이라 소설은 차라리 통속성이 없이는 구성할 수 없는 것이다. 이 통속성이란 곧 사회성이다. 결코 무시될 수 없는, 개인과 개인 간의 각 각도로의 유기성을 의미하는 것이다. 통속성 없이 인류는 아무런 사회적 행동도 결성도 가질 수 없는 것이다.

소설뿐 아니라 통틀어 위대한 예술이란 위대한 통속성의 제약 밑에서만 가능한 자일 것이다. 이것을 생각지 않고 통속성을 떠나는 것만이 높고 새로운 예술인 줄 여기는, 전혀 객관성이 희박한 소설들이 더러 보이는 것은 딱한 현상의 하나다. 이런 이들로 말미암아 '통속성'이란 말은 '저급'이란 말로 방하(放下)되려는 위기에 있음을 가끔 느끼는 것이다.

정말 작품에 있어 하대(下待)될 소위 통속성이란 공통만속(共通萬俗)하는 그 통속이 아니라 작자가 대상을 영혼으로 통제하지 못하고, 흥미만으로 농하는 데서 생기는 불진실미(不眞實味), 그것인 것이다. 연애가 나온다고, 나체가 나온다고 통속이라 하면 인식 부족이다. 나체보다 더한 것이 나오더라도 작자가 열변의 태도면 그만이다. 아무리 성현열사만을 취급하였더라도 작자가 좌담식 농변(弄辯)의 태도라면 그건 소위 통속 즉 '불진실'이다. 통속이란 말은 애매하게 '불진실'이란 말에 대용되고 있다.

누구보다 소설가들은 이 도탄에 빠진 '통속'을 구출해야 할 것이다.

춘향전의 맛

춘향전은 대개 네 가지로 음미할 수 있다. 책으로, 영화로, 연극으로, 소리로. 보는 이 따라 모두 흥감이 다르겠지만 아직 나의 흥감은 소리에서 가장 좋았다. 즉 아직은, 소리만치 다른 표현들은 춘향전의 맛을 깊이 풍겨주지 못하는 것 같다.

춘향전은 누구 한 개인이 단시일에 결고(結稿)해 놓은 것이 아니라 수

백 년 간 수많은 사람들의 입심과, 몸짓과, 이상(理想)에서 다듬어진 것이다. 그런데 그 수많은 '사람'이란 대부분이 가객들이었다. 그러므로 춘향전은 아직까지도 소설이 아니요, 희곡이 아니요, 오직 광대의 소리 대본이었다. 이 소리 대본이기 때문에 소리로 듣는 춘향전이 가장 좋은 '춘향전의 맛'인 것은 원형이정(元亨利貞)이다. 소설로 읽을 때 느끼던 어색과 허풍이 소리판에서는 모두 격에 맞고 필연으로 발전한다. 무대에선 보기에 저열하던 '러브신'이 소리판에서는 시전풍(詩傳風)의 숙인군자(淑人君子)로 나온다. 더구나 전라도 사투리의 춘향의 말씨는, 이야말로 원판 춘향전이구나! 싶다.

'소설 춘향전'은 문제 밖이요, '연극 춘향전'은 이 앞으로 문제다. '소리 춘향전'은 수백 년을 두고 발달한 것이다. 영화나 연극이 1, 2년으로 '소리 춘향전'의 지위를 탐내는 것은 허영이다. 연극은 연극으로, 영화는 영화로 각기 자도(自道)에서 신편성(新編成)의 춘향전을 원대히 계획지 않으면 안 될 것이다. 물론 아무리 신편성이라 하더라도 춘향전은 춘향전이고 볼 것이니 여기서 춘향전이고 보기 위해 '춘향전의 맛'을 길을 우물은 '소리 춘향전'일 것이요, 연극이나 토키에서 춘향, 춘향모, 향단, 방자의 말씨는 남원에까지 가서라도 거짓말로 채집해야 할 것도 물론이다. '고증'이라는 것보다도 '춘향전 그것의 현실'이 강요한다고 보아 옳을 것이다.

기생과 시문

요즘 조선 소개에 금강산과 인삼과 함께 으레 나서는 것이 있다. 기생이다. 그러나 금강산도 길만 많이 났을 뿐, 옛 모양이 그다지 헐리지는 않았을 것이요 인삼도 레테르가 붙고 포장이 달라졌을 뿐, 그 맛이나 효력은 마찬가지일 것이다. 그중 변해 버린 것이 기생이다.

십수 년 전이다. 3년 만에 동경서 나와 그날 저녁으로 명월관에 노닌일이 있다. 그립던 조선 정조에 나로선 처음 앉아 보는 기생 있는 자리였다. 두 기생이 들어섰다. 미닫이를 닫으며 사뿐히 앉아 고개를 떨궈인사하는 태란 홀딱 반할 지경이었다. 되똑되똑 걸어오는 버선도 고왔다. 그러나 가까이서 보니 차츰 눈에 거슬려지는 것은, 두 기생이 다 중등매끼를 루바슈카 끈으로 하였고, 머리를 하나는 가리마를 비뚜로 탔고, 하나는 미미가꾸시[귀를 덮는 머리모양새]였다. 왜 미미가꾸시를 했느냐 물으니 웃기만 하였는데 그 옆에 앉았던 손님이 대신, 조선 낭자보다 이게 더 신식이요 좋지 않으냐 반문하는 것이었다. 그리고 중등매끼를 루바슈카 끈이나 넥타이로 대신 하는 것은 요즘 유행이라 하였다. 나는 기생들이 기생 고유의 미를 헐어가는 것은 기생 자신의 경거(輕擧)뿐 아니라 그들을 부르는 손님과, 그들이 처한 시대의 짓인 것을이내 느낄 수 있었다. 자리가 그럭저럭 을리기 시작할 때 또 기생 하나가 나타났다. 나는 정말 이 기생에는 끝까지 황홀할 수 있었다. 이름은 소옥(小玉)이란, 영남 태생으로 아직 서울말에 서투른 것이 오히려 시속에 서투른 맛으로서 저고리 치마 모두 흰모시, 그 속에서 수엽낭(繡葉囊)하나가 은은히 빛나고 있었다. 반듯한 낭자, 비취 비녀와 옥 귀이개뿐,

다른 두 기생이 가끔 꺼내 드는 분지(粉紙)도 분첩(粉帖)도 그에게는 없었다. 그리고 이 루바슈카 끈 기생들은 '籠の鳥[새장 속의 새]' 밖에는 능(能)이 없었으나 소옥은 가야금을 탔고 좌중에 소리하는 기생도 손님도 없으니 자기가 탄(彈)하며 창하며 하였다. 그리고 제일 인사성 있고 부끄럼성도 있었고 얼굴도 손님들 앞에서까지 유난스럽게 닦달하는 다른 기생들보다 희고 둥그러웠다. 한 가지 티는 단문(短文)한 것이었다. 시조를 불렀으나, 가사의 뜻을 제대로 해득치 못하는 것이었다.

그 후 오늘까지 여러 좌석에서 기생들을 구경해 오나 소옥이 만한 됨됨이 기생도 아직 다시는 만나지 못하였다. 기생도 이제는 동명이의의 것으로 진(眞)자는 고전이 되어 버리고 만 듯하다.

기생들이란 대체 정한의 여인들이다. 과거에는 그들에게 제법 시문이 있었다는 것이 얼마나 흥미 있는 일인가? 더욱이 황진이 같은 기생은 몇 수 전 하지 못하면서도 그의 노래는 그 허다한 문인학자의 것들을 넉넉히 짓밟는다 하니 그 기생들의 시문 경지가 얼마나 깊었던 것인가 놀라지 않을 수 없다. 「어져 내일」이나 「동짓달 기나긴 밤」 같은 시조는 물론이요 한시로도 「신월(新月)」이나 「송소세양시(送蘇世讓詩)」에 "流水和琴冷, 梅花入笛香" 같은 감각이란 요즘의 감각파들도 그 날카로움엔 따르지 못할 것이다.

그러나 백한시(百漢詩)를 주어 바꾸지 못할 것은 한 장의 시조다. 그 고질(痼疾) 한문 때문에 그처럼 세련된 우리 말 노래의 입들이 거의 함구를 당해 버렸다. 그러면서도 진랑(眞娘)도 우리말로 부른 노래가 지금 우리가 아는, 위에 말한 두 가지와 「청산리벽계수」와 「내 언제 신(信)이 없어」와 「산은 옛 산이로되」의 다섯 수만은 아닐 것이다. 우선 「해어화사(解語

花史)」에도「황진이의 상사몽(相思夢)」이란 노래는 안지정(安之亭)란 이가

| 相思相見只憑夢 | 그리는 이 심정은 꿈에서나 만날 뿐 |
| 儂訪歡時歡訪儂 | 내가 찾아가 반길 때 즐겁거든 날 찾아주소. |

| 願使遙遙他夜夢 | 바라거니 이 다음 다른 날 밤 꿈에는 |
| 一時同作路中逢 | 가는 그 길에서 한시에 같이 만나기를 |

이라고 소위「번기가(繙其歌)」란 것만 전해 있지 실상 금(金)인 원 가사는 잃어버리고 말았다. 상상컨대 이 노래도「동짓달 기나긴 밤」만 못지않게 뜻도 소리도 아름다웠으리라.

아무튼 저희 개인 정한 표현에 불과하나 그것이 문학에까지 격을 갖추어 몇백 년 뒤 수모(誰某)에게도 생신한 감흥을 전할 뿐 외(外)라 우리 문학 고전으로서 중보(重寶)가 된다는 것은 얼마나 감축할 미사(美事)인가!

진랑(眞娘)의 것 중에 전해지는 위의 다섯 수도 원 가사임은 틀림없겠지만 단어나 토는 비로소 기록되던 나중 사람들 투로 더러는 고쳐졌을 것이다. '어져' 같은 말이 좀 설 뿐, 다 요새 우리 귀에 너무 잘 통한다. 진랑 시대에서 얼마 아니 앞선「용비어천가」만 보아도 말이 훨씬 다르다. 진랑의 입에서 울려진 대로 그의 손이 적은 대로의 사형(詞形)은 영원히 꿈일 것인가! 여기 나의 원 사형(詞形) 그대로의 옛 노래 한 수를 구경하게 된 기쁨이 있다.

위창(葦滄) 선생[오세창]의 진완(珍玩)으로, 국초의 인(人) 고죽(孤竹) 최경창이란 이의 수초(手鈔)인데, 그가 북도평사(北道評事)로 가 있다 돌아올

때 홍랑(洪娘)이란 기생으로부터 받은 노래를 그대로 간직하고 그 연유
와 자기의 한문 번역까지 써놓은 것이다.

萬曆癸酉秋余以北道評事赴幕洪娘隨在幕中翌年春余歸京帥洪娘追及雙城而
別還到咸關嶺値日昏兩暗乃作歌一章以章以寄余

만력 계유년 가을 내가 불도평사로 막사에 나갔을 때 홍랑이 막사에 있
었다. 다음해 봄에 내가 서울로 돌아오는데 홍랑이 쌍성까지 따라와 이별
하고 돌아갔다. 함관령에 도착했을 때 날이 저물어 어두워졌다. 이에 (홍랑
이) 노래 한 장을 지어 나에게 보냈다.

라 하였는데 그 가(歌) 일장은 다음과 같은 것이다.

묏버들굴히것거보내노라
님의손되자시는창밧긔심거두고보쇼셔
밤비예새닙곳나거든나린가도너기쇼셔

홍낭

翻 方 曲
折楊柳寄與千里人 爲我試向庭前種 須知一夜新生葉 憔悴愁眉是妾身
孤竹 崔慶昌

其後音問相絶歲乙亥余疾病沉綿自春徂冬未離床褥洪娘聞之卽日發行凡七晝
夜已到京城時有兩界之禁且遭　國恤練雖已過非如平日人多以此言之者遂免官洪

娘亦還其土於其別書以贈之萬歷丙子夏孤竹病人

    그 뒤에 소식이 끊어졌다. 올해 년에 내가 병이 깊이 들어서 봄부터 겨울에 이르기까지 병상에서 일어나지 못했다. 홍랑이 이 소식을 듣고 즉시 길을 떠나 밤낮 이레 만에 서울에 왔다. 그때 평안도와 함경도 사람은 나오지 못하는 법이 있었고, 또 나라에 국상을 만나서 소상이 비록 지났으나 때가 보통 때완 달라 사람들이 이 때문에 말이 많았다. 그리하여 나는 벼슬에서 쫓겨나고 홍랑도 고향으로 돌아가게 됐다. 떠나갈 적에 이걸 써서 이별했으니 만력 병자년 여름에 고죽병인 쓴다.

    정인(情人)이 앓는다는 소식을 듣고 홍랑은 즉일발정(卽日發程)으로 7주7야를 왔고, 그 정인은 홍랑으로 인해 면관(免官)까지 되었으면서도 와준 정의(情義)만 고맙게 여겨 병석에서 붓을 들어 그전 작별 때 함관령에서 지어 보낸 노래를 번역을 하였고 이런 사실을 화전지(花箋紙)에 정필(精筆)로 성문(成文)하여 가전(家傳)케 하였다. 아름다운 로맨스다.

    '글희것거'는 '가려(擇) 꺾어(折)'인 듯, '듸자시는'은 '대이시는', '나린가도너기쇼셔'는 '나인가도 여기소서'인 듯하다. 뜻도 선명한 것보다는 오히려 그윽함이 있고, 성향(聲響)도 '글희것거', '듸자시는', '나린가도'다. 요즘 말보다 상냥스럽다. 황진이의 그 아름다운 노래들도 일어일토(一語一吐)가 원형 그대로라면 이런 뜻의 그윽함과 소리의 매끄럽고도 사각거림이 더욱 묘미를 나타내리라 믿는다.

    정한사(情恨事)를 비교적 자유스럽게 읊을 수 있던 것이 기생들이나 그러나 기생들이 저희 말로 노래를 짓기는 다시 나아가 노래, 즉 음악의 덕일 것이다. 시조와 가사라는 창곡이 없었던들, 그나마도 우리말 노래가 지어졌을 리 없고, 지어졌어도 전해졌을 리 없는 것이다.

노래를 부른 것은 기생들이다. 남창도 있지만 여창이 있으니 남창도 있은 것이다. 우리말 시문이 생기고 그것이 실 날 같게나마 전해진 데는 기생들의 덕이 크다 안할 수 없을 것이다.

난

일소부주(一所不住)란 말이 있다. 이르는 곳이 집이요 만나는 것이 모두 형제란 무한 친화(親和)의 생활을 가리킴이다.

그러나 아직 그야말로 삼척미명(三尺微明), 일개서생(一介書生)에게 있어서는 풍수를 가려야 하고 아역애아려(我亦愛我廬[나 또한 이 집을 사랑하고])로 일소아려(一所我廬[사랑하는 이 집])에 애착하지 않을 수 없는 것이다.

여러 해 별러 초려(草廬) 한 칸을 지어놓고 공부할 책권과 눈을 쉬일 서화 몇 폭을 걸어놓고 상심루(賞心樓)란 현판을 얻어 걸어놓은 지 이미 7, 8년. 그러나 하루를 누(累) 없이 상심낙사(賞心樂事)한 적이 별로 없다.

아직 젊은 나이라 차라리 이 앞으로 바랄 일이기도 하지만 저녁상에서 물러나면 석간 한 페이지를 못 다 살피고 베개를 이끌게 되니, 이 얼마나 '한(閑)'에 주린 생활인가!

한불매(閑不寐)란 차라리 청복(淸福)의 하나이리라.

서화, 도자는 언제든지 먼지나 털면 고만이다. 하루만 돌보지 않아도 야속해 하는 것이 난초다. 그리 귀품은 아니나 향기는 좋던 사란(糸蘭), 건란(建蘭), 십팔학사(十八學士), 세 분(盆)을 3년이나 길러 오다가 하루 저녁 방심으로 지난겨울에 모두 얼려 버렸다.

　물을 주고 볕을 쪼여 주고 잎을 닦아 주고 조석으로 시중들던 것이 없어지니 식구가 나간 것처럼 허순 해 견딜 수 없다. 심동(深冬)인 채 화원마다 뒤지어 겨우 춘란, 건란 한 분씩을 얻었다.

　그리고 가람 선생이 주문해 주신 사란도 수일 전에 한 분 왔다.

　사란은 미풍에도 움직여 주어 좋다.

　책이 지리 할 때, 붓이 막힐 때, 난초 잎을 닦아 주는 것이 제일이다. 중국에는 내외 싸움을 하려거든 난초 잎을 닦아 주란 말이 있다 한다. 결국 이 유곡군자(幽谷君子)를 대함으로써 화경청적(和敬淸寂)을 얻으라는 말이다.

　난초는 그만치 심경을 가라앉혀 준다. 그러므로 '양란이양신(養蘭而養身)'이란 말도 있다.

　「야간비행」

　요즘 좀 뜸해진 모양이나 한동안 행동주의니 능동정신이니 하고 꽤 작자들을 현황케 하였다.

　생텍쥐페리의 「야간비행」이 유명하다기에 그 무렵에 읽어보았다.

　호리구치대학(堀口大學)의 번역인데 원문도 그런지는 몰라도 문장 묘사가 셰익스피어에게서와 같은 고전미 도는 형용사들에는 놀라웠다. 문장에부터 새로운 감촉이 있으려니 했던 것은 나의 지나친 기대였다. 내용이 비행하는 사실을 쓴 것인 만치 군데군데 스피드가 느껴지는 것은 누구나 으레 가질 수 있는 수법이다.

다만 읽고 나서 머릿속에 묵직하게 드는 것은 그 항공회사 지배인 리베에르의 성격이라. 그에게 느껴지는 것은 '청년'이요 그리고 감정과 의지를 냉정히 정리해 나갈 수 있을 때 누구나 행동의 영웅이 될 수 있다는 웅변이다. 독일 국민들이 히틀러의 연설을 듣고 나서 '히틀러 만세!'를 부르듯이 나는 이 「야간비행」을 읽고 나서 '리베에르 만세!'를 마음속에 한번 불러 주었다. 그리고 이 소설이 누구나 읽기에 흥미 있는 것, 보통 사람이 체험할 수 없는 비행에 관한 더구나 야간의 모험비행, 그러다가 공중에서 희생되고 마는, 그런 신문기사라도 호외적 뉴스 재료인 것을 마음속에 경험해 보는 점이다. 그 파비안 기(機)의 최후의 밤, 폭풍우권에서 상승해 가지고 아래는 구름바다, 위에는 달과 별뿐, 그 신비한 고층 천공의 광경이란 다른 문학에서 찾을 수 없는 순수한 미였다.

「야간비행」만을 읽고 행동주의 작품을 말할 수 없겠지만, 이 소설에서 백점으로 행동감이 느껴지는 것은 사실이다. 그리고 행동주의 소설이란 이런 것이다라고 어느 정도까지 믿고 개념을 말할 수 있을 것도 믿어진다.

그런데 모든 새 사조가 그렇듯이 한때 센세이션을 일으킬 뿐, 그래서 모든 작가에게 반성을 줄 뿐, 그뿐일 것이다. 반성을 주는 미덕을 남기고 희생될 뿐이지 이것이 소설의 신 원리로 반석 위에 나앉을 것은 못된다.

너무 전기감(傳記感)이 나는 것이 예술로서 퇴보요 너무 사실에 의거해야 하는 것이 이런 소설의 약점이다.

그러나 일시 유행사조라 하여 비웃을 것이 아니라 이 「야간비행」은 작가된 이 한번 맛볼 만한 새 불란서 요리임에 틀림없다.

책(册)

册만은 '책'보다 '册'으로 쓰고 싶었다. '책'보다 '册'이 더 아름답고 더 '册'답다.

册은, 읽는 것인가? 보는 것인가? 어루만지는 것인가? 하면 다 되는 것이 册이다. 册은 읽기만 하는 것이라면 그건 册에게 너무 가혹하고 원시적인 평가다. 의복이나 주택은 보온만을 위한 세기는 벌써 아니다. 육체를 위해서도 이미 그렇거든 하물며 감정의, 정신의, 사상의 의복이요 주택인 册에 있어서랴! 册은 한껏 아름다워라 그대는 인공으로 된 모든 문화물 가운데 꽃이요 천사요 또한 제왕이기 때문이다.

물질 이상인 것이 册이다. 한 표정 고운 소녀와 같이, 한 그윽한 눈매를 보이는 젊은 미망인처럼 매력은 가지가지다. 신간 난에서 새로 뽑을 수 있는 잉크 냄새 새로운 것은, 소녀라고 해서 어찌 다 그다지 신선하고 상냥스러우랴! 고서점에서 먼지를 털고 겨드랑 땀내 같은 것을 풍기는 것들은 자못 미망인다운 함축미인 것이다.

서점에서 나는 늘 급진파다. 우선 소유하고 본다. 정류장에 나와 포장지를 끄르고 전차에 올라 첫 페이지를 읽어보는 맛, 전차길이 멀수록 복되다. 집에 갖다 한번 그들 사이에 던져 버리는 날은 그제는 잠이나 오지 않는 날 밤에야 그의 존재를 깨닫는 심히 박정한 주인이 된다.

가끔 册을 빌리러 오는 친구가 있다. 나는 저윽 질투를 느낀다. 흔히는 첫 한두 페이지밖에는 읽지 못하고 둔 册이기 때문이다. 그가 나에게 속삭여 주려던 아름다운 긴 이야기를 다른 사나이에게 먼저 해버리려 가기 때문이다. 가면 여러 날 뒤에, 나는 아주 까맣게 잊어버렸을 때 그는 한껏 피로해져서 초라해져서 돌아오는 것이다. 친구는 고맙다는 말만으로 물러가지 않고 그를 평가까지 하는 것이다. 나는 그런 경우에 그 冊에 대하연 전혀 흥미를 잃어버리는 수가 많다.

빌려 나간 冊은 영원히 '노라'가 되어 버리는 것도 있다.

이러는 나도 남의 冊을 가끔 빌려온다. 약속한 기간을 넘긴 것도 몇 권 있다. 그러기에 冊은 빌리는 사람도 도적이요 빌려 주는 사람도 도적이란 서적 윤리가 따로 있는 것이다. 일생에 천 권을 빌려 보고 999권을 돌려보내고 죽는다면 그는 최우등의 성적이다. 그러나 남은 한 권 때문에 도적은 도적이다. 冊을 남에게 빌려만 주고 저는 남의 것을 한권도 빌리지 않기란 천 권에서 999권을 돌려보내기보다 더 어려운 일이다. 그러므로 빌리는 자나 빌려 주는 자가 冊에 있어서는 다 도적됨을 면치 못한다.

그러나 冊은 역시 빌려야 한다. 진리와 예술을 감금해서는 안 된다.

그러나 冊은 물질 이상이다. 영양(令孃)이나 귀부인을 초대한 듯 결코 땀이나 때가 묻은 손을 대어서는 실례다. 冊은 세수는 할 줄 모르는 미인이다.

冊에만은 나는 봉건적인 여성관이다. 너무 건강해선 무거워 안 된다. 가볍고 얄팍하고 뚜껑도 예전 능화지(菱花紙)처럼 부드러워 한 손에 말아 쥐고 누워서도 읽기 좋기를 탐낸다. 그러나 덮어놓으면 떠들리거나 구김살이 잡히지 않고 이내 고요히 제 태(態)로 돌아가는 인종(忍從)이 있기를 바란다고 할까.

필묵

지금 이 글을 쓰는 것도 만년필이다. 앞으로도 만년필의 신세를 죽을 때까지 질지 모르나, '만년필'이란 그 이름은 아무리 불러도 정들지 않는다. 파운틴펜을 번역한 것이 틀림없을 터인데 얼른 쉽게 '천필(泉筆)'이라고도 않고 하필 '만년(萬年)'이 튀어나왔는지 알 수 없다. 묵즙(墨汁)이나 염수(染水)를 따로 준비하는 거추장스러움이 없이 수시 수처에서 뚜껑만 뽑으면 써낼 수 있는, 말하자면, 그의 공리는 수(壽)보다도 먼저 단편(單便)한 점에 있을 것이다. 그런데 굳이 '만년'이라 하였다. 만년이라면 칠십 인생으로는 거의 무궁한 세월이라 상시상주(常時常住)를 그리는 인간이라 만(萬)자가 그다지 좋았기 때문이면 '만세필(萬歲筆)'이라, 혹 '만수필(萬壽筆)'이라 했어도 좋을 법하지 않았는가.

이 만년필이 현대 선비들에게서 빼앗은 것이 있다. 그것은 무엇보다 먹이다. 가장 운치 있고 가장 정성스러운 문방우였다. 종이 위에 그 먹같이 향기로운 것이 무엇인가. 먹처럼 참되고 윤택한 빛도 무엇인가. 종이가 항구히 살 수 있는, 그의 피가 되는 먹이 종이와 우리에게서 이 만년필 때문에 사라져간 것이다.

시속(時俗)이란 언제든지 편리한 자(者)를 일컫는 말일 것이다. 그렇듯 고귀한 먹을 빼앗기면서도 이 만년필을 취하는 자로 시인속물(時人俗

物이 아닐 도리 없을 것이나, 때로는 어쩌다 청정한 저녁을 얻어 고인들의 서화를 흠상(欽賞)할지면, 그 묵흔(墨痕)의 방타임리(滂沱淋漓)한 데서는, 문득 일어나는 먹에의 향수를 어찌 참고 견딜 것인가, 산불재고(山不在高)라는 격으로 필묵을 사랑함이 반드시 임지(臨池)의 인(人)만이 취할 바 아니라 붓과 먹을 보는 대로는 버릇처럼 반가워하는 것이다.

붓, 모필이란 가히 완상(翫賞)할 도구라 여긴다. 서당에서 글 읽을 때 객이 오는 것처럼 즐거운 일은 없었다. 훈장은 객을 위해서는 '나가들 좀 놀아라' 하는 것이었다. 그중에도 필공(筆工)이 오는 것이 가장 반가운 것은, 필공은 한번 오면 수삼 일을 서당에서 묵었고 묵는 동안 그의, 화로에다 인두를 꽂고 족제비 꼬리를 뜯어가며 붓을 매는 모양은 소꿉장난처럼 재미있었다. 붓촉을 이루어 대에 꽂아가지고는 입술로 잘근잘근 빨아 좁은 손톱 위에 파임을 그어 보고 그어 보고 하는 모양은 지성이기도 하였다. 그가 훌쩍 떠나 어디로인지 산 너머로 사라진 뒤에는 그가 매어주고 간 붓은 슬프게까지 보이는 것이었다. 그때 그런 필공들이 망건을 단정히 하고 토수를 걷고 괴나리보따리를 끌러놓고 송진과 아교와 밀내를 피워가며 매어주고 간 붓을 단 한 자루라도 보관하여 두었던들, 하고 그리워진다.

내게 고급품이 차례 올 리 없다 그러나 이름만이라도 단계석(端溪石), 깨어졌으나마 화류갑에 든 채 멀리 해동(海東) 땅에 굴러와 주었다. 인연만으로도 먹을 정성스레 갈아야 한다.

나에게 있어 먹은 일종 향료일 뿐이다. 옛날 먹의 고향 중국서는 과시(科試) 글씨에 남렬(濫劣)한 자는 묵수일승(墨水一升)을 먹이는 법이 있었다 한다. 내 글씨는 묵수일두(墨水一斗)를 먹어 마땅한 것으로 한 자를 제

대로 성자(成字)할 자신이 없는 것이다. 다만 먹을 가는 재미, 붓을 흥건
하도록 묻혀 보는 재미, 그리고 먹 내를 맡을 뿐, 이것으로 지족(知足)할
염치밖에는 없는 것이다.

명필 동파(東坡)는 '天眞爛漫是吾師[천진난만 이것이 나의 스승]'라 하였다.

나는 낙필(落筆) 이전에서 천진난만을 몽유(夢遊)할 뿐이다. 촉 긴 붓
과 향기로운 먹만 있으면 어디서든 정토(淨土)일 수 있는 것이다.

모방

완당(阮堂)이라면 표구소까지 뒤지고 다니는 선부공(善夫公)을 따라 모
씨저(某氏邸)에 완당 글씨 구경을 갔었다. 행서 8폭 병풍을 족자로 고친
것인데 폭폭이 펼치어질 때마다 낙관(落款)이 있고 없고 진가를 의심할
여지가 없게 신운(神韻)이 일실(一室)을 압박하였다. 그 앞을 그저 떠나기
가 너무 서운해 선부공은 미농지를 빌려 두 폭을 연필로 자형을 떴다.
'天機淸妙'라는 큰 글자에 '實相妙法巧喩蓮花[실제로 나타나는 묘한 법이 교모
하게 연화에 비유된다]'란 잔글씨가 두 줄로 아래를 받친 한 폭이요 다른 하
나는 '片石孤雲'에 '至人之心如珠在淵[지극한 사람의 마음이 마치 용의 여의주
가 깊은 물에 있는 것과 같다]'이다. 완당이 쓴 글씨에 글로도 범연한 것이
없거니와 짧은 문구들이나 천 길의 함축을 풍기고 있다. 불과 2, 3문자
로되 의도가 대해(大海)같이 무궁한 것, 자형(字形), 한 자체(字體)에 이렇
듯 엄연한 조형미가 존재한 것, 사실 공리적으로만 평가하기엔 한자는
너무나 위대한 것임에 틀림없다. 모사는 안했지만 '無盡山下泉, 普供山

中侶. 各持一瓢來, 總得全月去[마르지 않는 산 아래 샘, 산 중 사람에게 공양하오니. 표주박 하나씩들 가지고 와서, 모두들 둥근달 떠가시외]' 같은 시구는 염불처럼 자꾸 외우고 싶어졌다.

모사는 선부공이 해왔으나 종이에 그것을 먹칠해 보기는 내가 먼저다. 도저히 원 획이 날 리가 없다. 영화 필름을 조각조각으로 보는 맛이다. 생동할 리가 없다. 그러나 멀리서 바라보면 자형만은 우수하다. 나는 낮에는 집에 별로 있지 못하다. 밤에나 보기에는 더욱 방불하다. 그런데 이 두 폭 24자를 먹칠만 하기에 나는 이틀 저녁에 세 시간 이상씩 걸렸다. 완당이 자유분방하게 휘둘러 놓은 획 속에 나는 이틀 저녁을 갇혀 있었다. 완당의 필력, 필의(筆意), 필후(筆後)를 이틀 저녁을 체험한 셈이다. 천자(天子) 획은 어떻게, 고자(孤子) 획은 어떻게 달아난 것을 횅하니 외울 수가 있다. 완당의 획은 어떤 성질의 동물이란 것이 만져지는 듯하다. 화풍이나 서체를 감식하려면 원작자의 화풍, 서체를 이해해야 하고 이해하자면 보기만 하는 것보다 모사하는 것이 훨씬 첩경일 것을 느꼈다. 완당 서(書)를 아직껏 천 자를 보아온 것보다 이 이틀 저녁 24자를 모사해 본 데서 나로서의 완당 서안(書眼)은 갑절 는 셈이라 하겠다.

감식은 모든 비평의 기초일 것이다. 문학도 감식에 어두워선 작자와 작품의 정체를 포착치 못할 것이다. 비평가가 읽기만 하고 얻기 쉬운 것은 애매한 인상일 것이다. 한번 그 작품을 묘사, 베껴 본다면 그 작품은 그 평가(評家)에게 털끝만 한 무엇도 가리지 못할 것이라 생각한다.

모방에 이처럼 미덕의 일면이 있음은 놀라운 일이다.

일분어

십분심사일분어(十分心思—分語)란, 품은 사랑은 가슴이 벅차건만 다 말 못하는 정경을 가리킴인 듯하다.

이렇듯 다 말 못하는 사정은 남녀 간 정한사(情恨事)에만 있는 것이 아니라 일체 표현이 모두 그렇지 않은가 느껴진다. 부끄러워서가 아니라 뜻을 세울 수가 없고, 말을 붙일 수가 없어 꼼짝 못하는 수가 얼마든지 있다.

나는 문갑 위에 이조 때 제기 하나를 놓고 무시로 바라본다. 그리 오랜 것은 아니로되, 거미줄처럼 금간 틈틈이 옛 사람들의 생활의 때가 폭 배어 있다. 날카롭게 어여낸 여덟모의 굽이 우뚝 자리 잡은 위에 엷고, 우긋하고, 매끄럽게 연잎처럼 자연스럽게 변두리가 훨쩍 피인 그릇이다. 고려자기 같은 비췻빛을 엷게 띠었는데 그 맑음, 담수에서 자란 고기 같고 그 넓음, 하늘이 온통 내려앉아도 능히 다 담을 듯싶다. 그리고 고요하다.

가끔 옆에서 묻는 이가 있다. 그 그릇이 어디가 그리 좋으냐 함이다. 나는 더러 지금 쓴 것과 같이 수사(修辭)에 힘들여 설명해 본다. 해 보면 번번이 안 하니만 못하게 부족하다. 내가 이 제기(祭器)에 가진 정말 좋음을 십분지 일도 건드려 보지 못하기 때문이다.

여기서 더욱 그럴싸한 제환공(齊桓公)과 어떤 노목수(老木手)의 이야기가 생각난다.

한번, 환공이 당상에 앉아 글을 읽노라니 정하(庭下)에서 수레를 짜던 늙은 목수가 톱질을 멈추고, 읽으시는 책이 무슨 책이오니까 물었다.

환공 대답하기를, 옛 성인의 책이라 하니, 그럼 대감께서 읽으시는 책도 역시 옛날 어른들의 찌꺼기올시다그려 한다. 공인(工人)의 말투로 너무 무엄하여 환공이 노기를 띠고, 그게 무슨 말인가 성인의 책을 찌꺼기라 하니 찌꺼기 될 연유를 들어야지 그렇지 못하면 살려두지 않으리라 하였다. 늙은 목수 자약(自若)하여 아래와 같이 아뢰었다 한다.

저는 목수라 치목(治木)하는 예를 들어 아뢰오리다. 톱질을 해 보더라도 느리게 다리면 엇먹고 급하게 다리면 톱이 박혀 내려가질 않습니다. 그래 너무 느리지도, 너무 급하지도 않게 다리는 데 묘리가 있습니다만, 그건 손이 익고 마음에 통해서 저만 알고 그렇게 할 뿐이지 말로 형용해 남에게 그대로 시킬 수는 없습니다. 아마 옛적 어른들께서도 정말 전해 주고 싶은 것은 모두 이러해서 품은 채 죽은 줄 아옵니다. 그렇다면 지금 대감께서 읽으시는 책도 옛 사람의 찌꺼기쯤으로 불러 과언이 아닐까 하옵니다.

환공이 물론 턱을 끄덕였으리라 믿거니와 설화나 문장이나 그것들이 한 묘의 경지의 것을 발표하는 기구로는 너무 무능한 것임을 요새와 점점 절실하게 느끼는 바다. 선승들의 불립문자설(不立文字說)에 더욱 일깨워짐이 있다.

자연과 문헌

자연은 왜 존재해 있나? 모른다. 그것은 영원한 신비다.

자연은 왜 아름다운가? 모른다. 그것도 영원한 불가사의다.

자연은 왜 말이 없는가? 그것도 모른다. 그것도 영원한 그의 침묵,

그의 성격이다.

우리는 자연의 모든 것을 모른다. 우리는 영원히 그의 신원도, 이력도 캐어낼 수 없을 것이다. 오직 그의 신성한 존재 앞에 백지와 같은 마음으로 경건한 직감이 있을 뿐이다. 직감 이상으로 자연의 정체를 볼 수 없고 들을 수 없을 것이다. 자연에 대한 우리 인류의 최고 능력은 직감일 것이다.

한 사람이라도 좋다. 자연에 대한 솔직한 감각을 표현하라. 금강산에 어떠한 문헌이 있든지 말든지, 백두산에서 어떠한 인간의 때 묻은 내력이 있든지 없든지, 조금도 그따위에 관심할 것이 없어 산이면 산대로, 물이면 물대로 보고 느끼고 노래하는 시인은 없는가? 경승지(景勝地)에 가려면 문헌부터는 뒤지는, 극히 독자(獨自)의 감각력엔 자신이 없는 사람은 예술가는 아니다. 조그만 학문과 고고(考古)의 사무가(事務家)일 뿐, 빛나는 생명의 예술가는 아니다.

금강산은 금강산이라 이름 붙여지기 훨씬 전부터, 태고 때부터 엄연히 존재해 있은 것이다. 옥녀봉이니 명경대니 하는 이름과 전설은 가장 최근의 일이다. 본래의 금강산과는 아무런 관계도 없는 그야말로 무근지설이다. 소문거리의 '모델'로서의 금강산, 일만 이천 봉이니 열두 폭이니 하고 계산된 삽화로서의 금강산을 보지 못해 애쓸 필요야 무엇인가. 금강산이나 백두산이나 무슨 산이나 간에 그들은 태고 때부터 항구히 살아 가지고 있는 것이다. 물은 지금도 흐르고 꽃과 단풍은 지금도 그들의 품에서 피고 지거늘 문헌과 전설이 하관(何關)인가. 고완품이나 고적(古跡)이라면 모르거니와 죽을 줄 모르는 생명의 덩어리인 자연에게 있어 문헌이란 별무가치인 것이다.

흔히 시인들은 자연을 대상으로 한 시편에서나 기행문에서는 너무들 문헌에 수족이 묶인다. 고완품을 보는 것 같고 자연을 보는 것 같지 않은 것이 흔히 독자에게 주는 불유쾌다.

문헌은 학자들에게 던져두라. 예술가에게는 언제, 어디든 지가 신대륙, 신세계여야 할 것이다.

작품애

어제 경성역으로부터 신촌 오는 기동차에서다. 책보를 메기도 하고, 끼기도 한 소녀들이 참새떼가 되어 재깔거리는 틈에서 한 아이는 얼굴을 무릎에 파묻고 흑흑 느껴 울고 있었다. 다른 아이들은 우는 동무에게 잠깐씩 눈은 던지면서도 달래려 하지 않고, 무슨 시험이 언제니, 아니니, 내기를 하자느니 하고 저희끼리만 재껄인다. 우는 아이는 기워 입은 적삼 등어리가 그저 들먹거린다. 왜 우느냐고 묻고 싶은데 마침 그애들 뒤에 앉았던 큰 여학생 하나가 나보다 더 궁금했던지 먼저 물었다. 재재거리던 참새 떼는 딱 그치더니 하나가 대답하기를

"걔 재봉한 걸 잃어버렸어요."

한다.

"학교에 바칠 걸 잃었니?"

"아니야요. 바쳐서 잘했다구 선생님이 친찬해 주신 걸 잃어버렸어요. 그래 울어요."

큰 여학생은 이내 우는 아이의 등을 흔들며 달랜다.

"얘 울문 뭘 허니? 운다구 찾아지니? 울어 두 안 될 걸 우는 건 바보야."

이 달래는 소리는, 기동차 달아나는 소리에도 퍽 맑게 들리어, 나는 그 맑은 소리의 주인공을 다시 한번 돌려보았다. 중학생은 아니게 큰 처녀다. 분이 피어 그런지 흰 이마와 서늘한 눈은 기동차의 유리창들보다도 신선한 처녀다. 나는 이내 굴속으로 들어온 기동차의 천정을 쳐다보면서 그가 우는 소녀에게 한 말을 생각해 보았다.

'얘 울문 뭘 하니? 운다구 찾아지니? 울어두 안 될 걸 우는 건 바보야.'

이치에 맞는 말이다. 울기만 하는 것으로 찾아질 리 없고, 또 울어서 이루어지지 않을 것을 우는 것은 확실히 어리석은 일이다. 그러나 사람들은 울음에 있어 곧잘 어리석어진다. 더욱 이 말이 여자로도 눈물에 제일 빠른 처녀로 한 말임에 생각할 재미도 있다. 그 희망에 찬 처녀를 저주해서가 아니라 그도 이제부터 교복을 벗고 한번 인간제복(人間制服)으로 갈아입고 나서는 날, 감정 때문에, 혹은 이해 상관으로 '울어도 안 될 것'을 울어야 할 일이 없다하지 못할 것이다.

나는 신촌역을 내려서도 이 '울문 뭘 하니? 울어두 안 될 걸 우는 건 바보야' 소리를 생각하며 걸었다.

그러나 이 말이나 이 말의 주인공은 점점 내 마음 속에서 멀어가는 대신 점점 가까이 떠오르는 것은 그 재봉한 것을 잃어버렸다는 소녀이다. 그는 오늘도 울고 있을 것 같고 또 언제든지 그 잃어버린 조그마한 자기 작품이 생각날 때마다 서러울 것이다. 등어리를 조각조각 기워 입은 것을 보아 색 헝겊 한 오리 쉽게 얻을 수 있는 아이는 아니었다. 어머니께 조르고 동무에게 얻고 해서 무엇인지 모르나 구석을 찾아 앉아 동생 보지 않는다고 꾸지람을 들어가며 정성껏, 솜씨껏, 마르고, 호고, 감치고 했을 것이다. 그것이 여러 동무의 것을 제쳐놓고 선생님의 칭찬을 차지하게 될 때, 소녀는 세상일에 그처럼 가슴이 뛰어본 적은 일찍이 없었을 것이다. 이제 하학만 하면 어서 가지고 집으로 가서 부모님께도, 좋은 끗수 받은 것을 자랑하며 보여 드리려던 것이 그만 없어지고 말았다.

소녀에게 있어선 결코 작은 사건이 아니요 작은 슬픔이 아닐 것이다.

나도 작품을 더러 잃어 보았다. 도향의 죽은 이듬핸가, 서해형이 『현대평론』에 도향 추도호를 낸다고 추도문을 쓰라 하였다. 원고 청이 별로 없던 때라 감격하여 여름 단열밤을 새워 썼다. 고치고고치고 열 번도 더 고쳐 현대평론사로 보냈더니 서해 형이 받기는 받았는데 잃어버렸으니 다시 쓰라는 것이다. 같은 글을 다시 쓸 정열이 나지 않았다. 마지못해 다시 쓰기는 썼지만 아무래도 처음에 썼던 것만 못한 것 같아 찜찜한 것을 참고 보냈다.

신문, 잡지에 났던 것도 미처 떼어 두지 않아서, 또 떼어 뒀던 것도 어찌어찌해 없어진다. 누가 와 어느 글을 재미있게 읽었노라 감상을 말하면, 그가 돌아간 뒤에 나도 그 글을 다시 한 번 읽어보고 싶어 찾아본다. 찾아보아 찾아내지 못한 것이 이미 서너 가지 된다. 다시 그 신문, 잡지를 찾아가 오려 오기란 거의 불가능한 일이다. 꽤 섭섭하게 그날 밤을 자곤 하였다.

이 '섭섭'을 꽤 심각하게 당한 것은 장편 「성모(聖母)」다. 그 소설의 주인공 순모가 아이를 낳아서부터, 어머니로서의 애쓰는 것은 나도 상당히 애를 쓰며 썼다. 책으로는 못 나오나 스크랩 째로라도 내 자리 옆에 두고 싶은 애정이 새삼스럽게 끓었다.

그러나 울지는 않았다. 위의 기동차의 소녀처럼 울지는 않았다. 왜 울지 않았는가? 아니 왜 울지 못하였는가? 그 작품들에게 울 만치 애착, 혹은 충실하지 못한 때문이라 할 수밖에 없다.

잃어버리면 울지 않고는, 몸부림을 치지 않고는 견딜 수 없는, 그런 작품을 써야 옳을 것이다.

남의 글

남의 글처럼 내 글이 쉬웠으면, 하는 생각을 가끔 한다. 자기가 쓴 것은 동사같은 뚜렷한 말에서도 그 잘못된 것을 얼른 집어내지 못하면서 남의 글에서는 부사 하나 덜된 것이라도 이내 눈에 걸리어 그냥 지나쳐지지 않는다.

"남의 눈에 든 티는 보면서 어찌하야 네 눈에 든 대들보는 보지 못하느냐?"
한 예수의 말씀은 문장도(文章道)에 있어서도 좋은 교훈이다.

자식처럼, 글도 제게서 난 것은 애정에 눈이 어리기 때문인가? '여기가 잘못되었소' 하면 그 말을 고맙게 들으려고는 하면서도 먼저는 불쾌한 것이 사실이요 고맙게 여기는 것은 나중에 교양의 힘으로 되는 예의였다. 내 글이되 남의 글처럼 뚝 떨어져 보는 속, 그 속이 진작부터 필요한 줄은 알면서도 그게 그렇게 쉽게 내 속에 들어서 주지 않는다. 문장 공부도 구도의 정신에서만 성취될 것인가 보다.

오늘도 작문 40통을 앞에 놓을 때, 불현 듯 도화(圖畵) 교원이 부러운 생각이 났다. 도화라면 백 장인들 끊기 얼마나 쉬우랴! 이것은, 그 자질구레한 글자를, 그렇게도 아낄 줄 모르고 많이만 늘어놓은 글자들을 한 자도 빼놓지 않고 발음을 해봐야 한다. 음미해야 하고 또 다른 것과 비교해야 한다. 도화나 작문이나 다 보아야 하는 의무는 마찬가지지만, 도화를 끊는 것은 미용의 심사요, 작문을 끊는 것은 신체검사라 할까. 얼른 들떠놓고 한눈으로 보고는 어떻다고 말할 수 없는 것이 작문이다.

이 점에 있어 그림은 글보다 언제나 편리하다. 미술은 전람회장에 들어서면 두 시간 내지 서너 시간에 수백 명의 작품을 완전히 감상할 수가 있다. 그러나 문학은 『전쟁과 평화』 같은 것은 그 하나만 가지고도 여러 주야를 씨름해야 한다.

그런 글, 그런 문학이면서도 이 스피드 시대에 그냥 엄연한 존재를 갖는 것은 이상스러울 만한 일이 아닌가.

더구나 작문에 있어 점수를 매긴다는 것은 가장 불유쾌한 의무다. 그냥 '여기가 좋소' 그냥 '여기는 이렇게 고치는 것이 좋지 않을까' 투로만 보아 나간다면 좋겠는데 교무(敎務)상 채점이 반드시 필요하다는 것이다.

그런데 무슨 과학에서와 같이 공식적인 해답을 쓰고 못 쓴 것이라면 한 문제에 몇 점씩으로 해서 그야말로 과학적인 정확한 채점이 될 수 있지만 글은 그런 계산적인 채점 표준이 있을 수 없는 것이다. 그러니까 90점을 주면서도 이것은 어째서 90점에 해당한다는 논리적인 선언은 할 수 없다. 대체가 감정 속에서 처리되는 것이므로 작문 점수란 영원히 부정확한 가점수일 것이다.

낮은 점수를 받는 학생의 불유쾌는 물론의 것이려니와 야박스럽지만 더 잘 쓴 여러 층의 사람들이 위에 있기 때문에 할 수 없이 낮은 점수를 매겨야 하는 교사도 결코 유쾌할 수 없는 일이다. 점수가 적은 것을 들고 그 학생을 부를 적에는 남에게 변변치 못한 음식을 줄 때와 같이 손이 잘 나가지 않는 것을 학생들은 아마 몰라줄 것이다.

재능이든 선악이든 남을 전형하기란 쉬운 일이 아니요 또 좋은 업이 아닐 듯싶다. 더욱 남에게

"너는 종신 징역에 처한다."

"너는 사형에 처한다."

하는 분들은 그 자신들부터 얼마나 신산할 것인가!

병 후

병

하 생활이 단조스런 때는 앓기라도 좀 했으면 하는 때가 있다. 감기 같은 것은 가끔 앓으나 병다운 맛이 적고 또 누구나 걸리는 속환(俗患)인데다, 지저분스런 병이기도 하다. 병이라도 좀 앓았으면 싶을 때마다 내가 생각한 것은 학질이었다. 벌써 8, 9년 전 동경에 있을 때 나는 2, 3년 동안 여러 적의 학질을 앓아 보았는데 나의 체험으로는 어느 병보다도 통쾌스러운, 일종의 스포츠미를 가진 것이기 때문이다. 갑자기 떨리기 시작할 때의 그 아슬아슬함이란 적이 풀 패스가 되고 우리 피처가 투 스트라이크 스리 볼인 경우다. 그때 따스한 자리를 만나 이불을

폭 덮는 맛이란 어느 어버이의 품이 그리도 아늑하고 편안하고 또 그렇게도 다른 욕망이 눈곱만치도 없게 해줄 것인가! 그러다가도 그 소낙비 같은 변조와 정열! 더구나 그 열이 또한 급행열차와 같이 지나가 버린 뒤의 밤중의 적막! 연정처럼 비등하고 연정처럼 냉각하고 연정처럼 고독한 것이 '미스 말라리아'다! 그의 스피드, 그 스피드로 냉각지대와 염열지대의 비행, 그리고 나중의 빈 그라운드와도 같은 적막, 이것은 병을 앓았으되 한 연정과, 한 스포츠를 게임하고 난 것과도 흡사하다.

그런데 이런 말라리아는 다시 오지 않았고 시원치 않은 감기나 가끔 앓다가 이번에 어디서 아주 몰취미 극한 상인(常人)들이 욕으로나 주고받고 하는 따위에 걸려 5, 60일을 누워 있었다는 사실은 좀 불명예의 하나다. 가가(呵呵).

꽃

와석(臥席)한 지 30여 일에 이제 급한 증세는 지나갔다. 미열이 38도에서 오르내릴 뿐 마음은 피곤하나마 한가한 때였다. 무엇이고 다른 것이 보고 싶었다. 책이나 신문은 아직 볼 정력이 없고 벽이나 쳐다보니 늘 보던 그 벽이다. 싫증이 나도록 눈에 익은 그 그림이요 그 글씨다. 눈은 감으면 답답한데 떠도 답답하다. 눈이 머물러 푹 쉴 무엇이 그리웠다. 물처럼 시원히 씻어주는 무엇이 있었으면 싶었다. 몇 점 안 되는 고기(古器)를 번갈아 내어놓고 바라보다 그것도 싫증이 났다. 그러던 하룻날 아침, 눈을 뜨니 정신이 번쩍 난다. 나의 시력이 가장 자연스럽게 던져질 위치에 이채 찬연한 화원! 눈을 더듬어 가지를 헤이니 겨우 서너 송이의 카네이션이었다. 희고 붉고 연분홍인, 나의 눈은 주리었던 음식에보다 달았다. 꽃병을 좀 더 가까이 가져오라 하고, 아내에게 누가 보낸 것이냐 물었다. 모두 꺼리는 병이언만, 또 의사가 면회 사절을 시키건만, 여러 고마운 친구들이 손수 여러 가지를 들고 찾아와 주었다. 이 꽃도 어느 친구가 가져온 것인가 하였더니 아내 자신이 나가 사온 것임을 알았다. 아내가 멀리 백화점으로 나가리 만치 내가 나았다는 것도 기쁜 일이거니와 나는 이 날처럼 아내에게 처녀 때와 같은 신선을 느껴본 적은 드물다. 서양 소녀와 같이 명랑한 카네이션은 병에 꽂혀서도 여러 날 웃고 있었다. 여러 날을 보아도 물리지 않게 하는 것은 꽃의 아름다운 성품이려니와 그가 떨치는 그 맑고 향기로운 산소는 나의 코를 통하여 나의 차디찬 육신에까지 훌륭한 보제(補劑)이기도 했다.

신념

나는 몹시 이번 병을 겁내었다. 심훈이 바로 이 병으로 건장하기 그것의 표본 같던 몸으로도 일순간에 죽어버린 것을 생각하매, 생각뿐 아니라 그의 죽은 몸 옆에서 경야(經夜)하던 것과 화장하던 광경이 불과 20일 전의 것이라 꿈에도 자꾸 보이는 것은 그 광경이었다. 그런데다 누울 무렵에 자주 펼쳐 보던 책이 『종교적 인간』이란 것인데 그의 저자가 권말에 적힌 것을 보니 바로 또 이 병으로 요절한 청년학구였다. 이런 불길스런 기억들이 나를 은근히 압박한 때문이다.

이런 것들을 눈치 챈 듯, 의사는 처음부터 나에게 약보다 먼저 신념을 권하였다. 콜레라균을 발명한 독일의 의학자 코호와 대립하여 균의 절대 세력을 부정하던 학자라고 이름까지 대면서 그는 배양균을 한 컵이나 마시었으되 죽기는커녕 아무렇지도 않았다 한다. 그가 코호의 이론만을 이기려는 승부 열에서가 아니요 균이 아무리 많이 들어가더라도 인체는 그것을 저항할 만한 능력이 있다는 신념을 자기는 굳게 가졌기 때문에 몇억만 마리의 병균을 마시기부터 한 것이요 또 마시었으되 얼마의 반응열(反應熱)만으로 이내 정상 체를 회복한 것이라 이야기해 주는 것이었다. 나는 이 이야기에 얼마나 큰 힘을 얻었는지 모른다. '오냐 아무리 내 몸에 숱한 병균이 끓더라도 나의 굳센 정신력만 빛날 수 있다면 태양력 이상으로 살균할 수 있으리라' 믿게 되었다.

그러나 하룻밤은 거의 자정인 때인데 이 병으로는 최악의 증상이 나타나고 말았다. 며칠 뒤에 알았지만 내 자신은 그렇게 다량인 배설물이 전부 피였다는 것은 알지 못하였다. 의사에게 말을 하려 하나 혀가 굳어진다. 손이 시린 듯해서 들어 보니 백지 같다. 얼마 안 있어서는 손을 들 수도 없거니와 손가락이나마 좀 움직여 보려니까 손가락들도 감각이 없어진다. 아내와 의사는 마루에서 무어라고 수군거린다. 수군거리다 들어와서는 의사는 외투를, 아내는 두루마기를 벗겨 들고 또 모두 나가서는 이번에는 대문 소리만 내고 사라진다. 모두 구급약을 사러 가는 것인 줄은 의식했다. 그 다음에 안에서 누가 나를 지키려 나와 앉았었다고 하나 나는 그것을 전혀 모르고, 이렇게 혼자 죽나보다 하였다. 그 죽나보다 생각이 들자 나는 벌써 의식력이 희박해졌다. 그랬기에 현실적인 유언 유의 생각은 하나도 못하였다. 오직 캄캄해져 들어오는 의식을 일 분 간이라도 더 밝은 채 끌고 나가려 싸운 듯했다. 그런데 놀라운 것은 그 안개 속 같은 싸움 속에서 완전히 들리는 의사의 말소리였다.

"신념을 가지십시오. 병은 죄악이 아니라 하나님의 시련이십니다."

하는.

나는 확실히 힘을 얻었다. '아직 죽을 때는 아니다. 내가 악한 일 한 것은 없다.' 단순하나마 군센 정신력이 어디선지 솟아올랐음을 기억한다. 그 힘으로 나는 그 달무리 속 같은 흐릿한 의식이나마 아주 놓쳐버리지 않으려 싸워 나왔다. 1분, 2분, 그 지리한, 또 그 힘든 동안이 나중에 알고 보니 40분 동안이었으나 한 달이나 두 달의 거리처럼 아득하였다.

그러나 그 흐릿한 의식이란 가사(假死)에서의 혼백이었다. 의사에게 주사를 맞을 때에야 비로소 내 의식에 돌아온 것이다.

그 어두워만 들어오는 의식 속에서 그 평소에 귀에 박혔던 의사의 소리만 감각하지 못하였던들 나의 의식은 아주 어두워지고 말았을는지도 모른다. 또 그런 때 아주 어두워지고 마는 것이 죽음인지도 모른다. 의사의 신념설은 이 일발의 위기에서뿐 아니라 미리부터 또 나중에도 약석(藥石) 이상의 저항력이 된 것은 두말할 것도 없다. 그리고 완전히 회복된 오늘에는 그분의 신념설이 무용의 것이냐 하면 그렇지는 않다.

병만을 고치는 것은 상의(常醫)요 성품까지를 고치는 것은 성의(聖醫)란 말이 있다.

진리

이번 나의 병에 주로 쓰인 약은 탕약들이다. 그 체온이 완전히 식어버리려고 하던 날 밤에도 지혈제와 포도당 주사는 양약이었지만 밤으로 세 번을 달여 먹고 발바닥까지 뜨겁도록 새 체온을 얻기는 한약의 힘이었다. 이번 약의 주요한 몇 가지는 의사가 병세를 보아 다소 가미는 하였지만 원 처방은 송나라 어떤 명의의 것이라 했다. 그 말을 듣고 나는 감격됨이 컸다. 까마득한 옛날의 이방 사람 그가 그때의 종이에 그때의 필묵으로 적어 놓았을 처방으로 오늘의 이곳 내가 죽을 것을 산다는 것은 얼마나 기적과 같은 사실인가.

가치가 영원히 불멸하는 것은 진리다. 또한 그것은 선임을 느낀다.

건강

나는 이번 병후에 완전한 건강이란 의심해 본다. 나아갈 무렵 수십 일은 초저녁에 길어야 세 시간이나 네 시간을 잘 뿐, 그 긴긴 겨울밤을 뜬눈으로 밝히곤 하였다. 그 지루하던 시간에서 나는 몇 가지 소설 플롯을 생각하였다. 거의 전부가 슬픈 것들로서 그 인물들의 어떤 대화를 지껄여 보다가는 내 자신이 그 주인공인 듯 흑흑 느끼며 울기를 여러 번 하였다. 자리에서 일어나는 날로 곧 집필하리라고 매우 만족하였던 것이 여러 가지였었다.

그러나 오늘 이렇게 붓을 들 수 있는 때 생각해 보니 하나도 쓸 만한 것이 없다. 하나같이 안가(安價)의 감상물(感傷物)뿐이다. 불건강한 머리로 생각되었던 것이기 때문이리라 생각하였으나 그렇게 웃어 버리고만 말 수 없는 것은, 건강한 때 그 머리로 쓴 것 중에도 뒷날에 생각하면 '이걸 소설이라고 썼나!' 생각되는 것이 많기 때문이다. 지금도 건강한 체하나 지금 쓴 글이 이후에도 또 '이걸 글이라고 썼나!' 소리를 내 자신에게서 받을 것이 없으리라 못할 것이다.

이렇게 생각하면 언제나 나의 머리에 완전한 건강이 생길 것인가! 한심스러워진다. 이것은 모든 범재(凡才)들의 비애일지도 모른다.

정축년 정월 15일 밤

묵죽과 신부

연전 어느 여름, 고향에 갔다가 고서 두어 권을 얻었다. 『대산집(對山集)』과 『겸와집(謙窩集)』이라는 한적(韓籍)들이다. 대산은 강진(姜溍)이란 사람, 겸와는 심취제(沈就齊)라는 사람인 것만은 얼른 권두를 떠들어 보아 알 수 있으나 그들이 수하(誰何)인 것은 알 배 없었다. 더구나 서기(西紀)가 아니라 정미(丁未)니 무진(戊辰)이니로는 시대조차 알 수 없었다. 다만 『대산집』은 송조체(宋朝體)인 활자 미에 끌리어, 『겸와집』은 정성스러운 목판임에 끌리어 차에 오면서 이장 저장 번져 보았다. 『대산집』은 시가 대부분인데 『겸와집』은 시(詩), 서장(書狀), 잠(箴), 서지(序識), 설(說), 잡저(雜著) 등으로 겸와는 시인이라기보다 유생의 하나였던 모양이다. 그런데 그의 시제(詩題) 중에 이런 장황한 것이 있어 어느 것보다 먼저 한번 읽어보게 하였다.

仁川子婦家素淸貧新行衣籠中只有金河西墨竹有感而作

인천 며느리가 친정이 본래 청빈해서 시집오는 의롱 속에 다만 김하서(金河西)의 묵죽 한 폭이 들어 이에 느낀 바 있어 짓는다 — 함이었다.

그 시사(詩詞)에 하였으되,

一馱衣箱隻奴負	옷상자를 종년 하나가 지고 오니
雙幹墨竹勝千金	두 줄기 묵죽이 천금보다 낫구나
吾家若得猇獜子	우리 집이 기린 같은 아들을 얻는다면

이라 하였다. 이런 시아버지에게니 이런 며느리라고도 하겠다.

나는 잠시 한번 읽어버렸으나 가끔 이 시제(詩題), 이 시사(詩詞)가 생각난다.

김하서란 서화징(書畵徵)에도 그 이름이 보이지 않는 무명화가다. 그의 수묵 한 폭이 더구나 그때 시절에 몇 푼짜리가 되었을 리 없다. 다만 불개청음(不改淸陰)하는 때이니 딸에게 어버이가 내리셨고 그런 청덕(淸德)을 받드는 자식이니 텅 빈 신행(新行) 의롱(衣籠) 속에 묵화 한 폭으로써 어엿이 시집온 것이다. 나는 그 딸 그 며느리의 고움, 맑음, 순함이 그립다. 다시 이런 사가(査家)와 이런 자부(子婦)의 향기로운 예와 덕을 향기롭게 받을 줄 안 그 시아버지의 높음이 가히 우러러보인다. 나는 현대가정, 현대문화, 현대여성에게서 이런 고도의 문화, 이런 고도의 미덕을 느낄 수 있을지 의문이다. 쌍간묵죽승천금(雙幹墨竹勝千金)이나 서위평생향도심(庶慰平生向道心), 모두 사향(麝香)을 갈아 관주(貫珠) 줄 만한 시구들이다.

야사를 상고한다면 수가 무궁하려니와 우선 정수동 부인도 이런 데서 생각나는 여성의 하나다. 아내가 비가 새는 것을 걱정하니 구석구석에서 떨어져 흐르는 빗물을 바라보고 "처마 끝에 급한 형세난 백 척 폭포 쏘아오고 ……." 소상가(瀟湘歌)를 불렀다는 천하기걸 수동이라 그의 집안이 구차할 것은 생각할 여지가 없다. 그가 남의 집 사랑에서 죽은 뒤, 그를 평소에 아끼던 대감 한 분이 엄동절(嚴冬節)을 당하여 그의 유처(遺妻)에게 쌀과 나무를 보내주었다. 그런데 수동의 아내 이를 받지 않았다. 대감이 괴이히 여겨 하인에게 물었다.

"뭐라고 하며 받지 않더냐?"

"누가 보내는 거냐 해서 대감께서 보내신다 했더니 그 댁 대감께서 내게 시량을 보내실 일이 없다 하십디다."

대감은 얼른 무릎을 치고

"내가 실수했구나! 얼른 다시 가지고 가 이번엔 내가 보낸다고 허지 말고 우리 댁 마님께서 보내십디다 해라."

그제야 수동의 아내는 그 쌀과 나무를 받았다.

떨고 굶주리되 사량(思量)과 체도(體度)를 헐지 않는 여유, 이거야말로 높은 교양이요 예의요 자존심일 것이다.

교양이라거나 자존심이란 말이 현대처럼 많이 쓰인 시대는 일찍 없었을 것이다. 그러나 이만 교양, 이런 자존심이 현대 우리에게, 현대여성에게 엄연히 군림하고 계신가?

독자의 편지

내 변변치 못한 작품을 읽고 무슨 감상이든, 비록 불평이라도 적어 보내기까지 하는 그 관심, 나아가서는 후의를 나는 감사하지 않을 수 없는 것이다. 전에는, 어떤 편지에는 매우 감격되어 두 번 세 번 읽고 즉석에서 답장을 쓰기도 했다. 그때는 그만치 순진했었다고 할까 틈이 있었다고 할까. 답장을 해 달라고 우표까지 넣어 보낸 것, 더구나 적년(積年)의 지기(知己)처럼 믿고 자기의 명예를 가리지 않고 딱한 사정을 의

논하는 편지까지 등한히 밀어던지었다가 결국은 피봉(皮封)까지 잃어버리고 만다. 이런 지금의 나는 그만치 반드러워졌다고나 할까.

'모든 대답을 좋은 작품으로 하리라.'

최근에 받은 편지에 공개하고 싶은 것이 두어 장 있다. 한 장은 내용만 전언하겠다. 『문장(文章)』지에 나 호평을 박(博)한 최명익 씨의 「심문(心紋)」에 나오는 종달새, 그 새는 종달새, 그 새는 종달새 같을 뿐, 여러 가지 새의 입내를 잘 내어 이름이 '백련조(百練鳥)'라는 새라는 것, 그리고 연전에 내가 『조선일보』에 쓴 만주기행에 '만만디(漫漫的)'이란 말이 쓰였는데 漫자가 잘못으로 '慢慢的'이 옳다고, 넌지시 일러준 편지다. 이런 독자를 가짐은 참으로 다행한 일이다.

또 하나는 사연은 그대로 옮기겠다.

헌책을 뒤지다 이런 엽서를 찾아내었습니다.

'구조(久阻)하였습니다.

우리는 숭이동으로 이사했습니다. 안해는 쌀 씻고, 나는 불 피우고 ……
이제 마치 어린애들 소꿉질 같습니다. 인산(因山) 때 상경 하십니까. 상경 하시거든 꼭 들리셔서 우리가 지은 진지 좀 잡수시오. 그러나 단 술과 안주는 지참해야 됩니다. 하하하

너무 오래되어서 수자(數字)로 문안합니다. 최제(崔弟) 학송(鶴松)'

최 선생의 첫 살림, 그 기쁨을 보는 것 같습니다. 저의 아버지께 온 편지인데 문헌으로 쓴다면 드러도 좋겠습니다.

서해 형 생전에 가까이 따르던 친구의 한 사람으로서 얼마나 눈부신

소식인가! 얼마나 서해 형이 선명히 살아 있는가! 이 편지 답장만은 읽기가 바쁘게 써 부친 것을 독자여 탐(貪) 많은 자라 과히 나무람 마시라.

우세(牛歲)

이웃에 한 고마운 부인이 있어 해마다 우리 집의 신수까지를 보아다 준다. 올해 와서 내 새해 신수는, 고기가 개천에서 바다로 들어가는 격이더라 하였다. 단물에 있다 짠물로 들어가면 곧 죽을 수가 아니냐 하니 그런 뜻이 아니요 군색한 데서 넓고 풍성한 데로 들어감을 이름이라 한다. 우리는 즐겁게 웃었다. 그런 것을 믿으려서가 아니라 나쁘다는 것보다는 좋다는 것이 역시 좋다.

작년의 것은 잊었지만 좋은 것은 아니었다. 더구나 병자년이라고 모두 불안을 갖는 바람에 그전 병자년을 살아도 못 본 우리도 덩달아 뒤숭숭해 하였다. 몇 달 안 되어 동경서는 2·26사건이 터지고 에티오피아가 망해 들어가고 스페인서 동란이 일어나고 조선서는 예의 냉해니 수해니가 액년답게 벌어지고 말았다. 일시에 경영주를 잃어버리는 십 수의 장로계 사학원(私學園)들, 이런 해가 몇 번만 거푸 찾아온다면 뿌리 깊지 못한 우리 문화는 송두리째 빠져 넘어질지 모른다. 작년은 전 세계적으로 액년이었다.

개인으로도 이 해를 다복하게 지낸 이는 드문 듯, 모두들 병자년 탓이 많았다. 우리 집도 병자년 탓을 얼마를 했는지 모른다. 반년이나 애를 썼다면 애를 써 쓴 『성모』를 출판해 볼까 하다 영구히 암장을 당하고 만 것, 다시 계속해 써볼 길이 아득한『황진이』, 게다가 10월, 11월, 12월 석 달을 걸려 세 식구가 한꺼번에 인줄만 늘이지 않았을 뿐, 악역을 겪은 것은, 액년극의 절정이었다. 병자년을 쥐해라 함은 무슨 근거에선지 모르나 쥐에게 무슨 덕을 바라리오.

그러나 다행히 세 식구가 다 자리를 털고 일어나 새 옷을 입고 새해를 맞이하는 날 아침 우리 집의 기쁨은 신생 그것의 기쁨이었다. 더욱 새해는 쥐 따위 요망스런 좀짐승의 해가 아니라 어질고 우람스런 소의 해라 우리의 희망은 더욱 탐스러울 수 있었다. 게다가 새해 신수가 길하리라 하니 어찌 이 축년을 맞는 느낌이 없으리오.

나는 어려서부터 소를 좋아한 셈이다. 말을 더 좋아하는 동무들이 많았으나 나는 말은 무서워서 곁으로 잘 가지도 못하였다. 그러나 소는 황소라도 그의 앞에 갈 수 있었다. 그의 눈은 그의 고삐를 잡은 사람의 눈보다 더 순해 보였다. 소는 타작 섬을 싣고 올 뿐 아니라 떡고리나 엿 동고리도 싣고 왔다. 더구나 할머니께서 해주시던 콩쥐팥쥐 이야기, 팥쥐는 저희 어머니가 새 옷을 입혀 데리고 잔치 구경을 갔으나 콩쥐는 계모가 시킨 대로 구멍 난 물독에 물을 길어다 채워야 하고 한 명석이나 되는 벼를 찧어야 하는데, 물은 두꺼비가 도와 얼른 긷고 벼는 참새들이 와서 다 까고 까불러까지 주었다. 그러나 잔칫집에 입고 갈 옷이 없어 우는 데 하늘에서 검은 암소 한 마리가 내려와 비단 옷과 비단 신뿐 아니라 타고 갈 가마까지 낳아 주었다. 이야기가 거기 이를 때 내가 콩쥐인 듯 손뼉을 치며 기뻤던 것, 그 암소가 고맙던 것, 지금도 잊혀지지 않는 것이다. 더구나 내가 고아가 되어 버렸을 때 남이 다 새 옷을 입는 명절날이면 남몰래 하늘을 우러러 나에게도 그런 암소가 내려와 주었으면 하던 것은 나의 외롭던 소년 때의 비밀이기도 했다.

　　소탄 양반 꺼떡 꺼떡
　　말탄 양반 꺼떡 꺼떡

　이것은 소나 말을 타고 가는 사람을 보고 어렸을 때 놀림삼아 부르던 노래다. 그런데 말보다는 소를 탄 사람을 보아야 이 노래를 부르기 좋던 것을 기억한다. 말은 말 그놈부터 무서운데다가 타는 사람들도 대개는 순하지 않은 사람들이었다. 동네에선 모두들 굽실거리는 나리님짜리들이 말을 탔고, 읍에서는 헌병이 길다란 칼을 늘어뜨리고 탄 것을 가끔 보았다. 그래서 말탄 양반을 보고는 얼른 '말탄 양반 꺼떡 꺼떡'이 나와지지 않았다.

　그런 무서운 사람들은 소를 잘 타지 않았다. 소를 탄 사람들은 흔히는 꼴단이나 비여 얹고 그 위에 가로 걸터앉아 휘파람이나 '이팔은 청춘'이나를 부르며 가는 사람들이었다. '소탄 양반 꺼떡 꺼떡'을 부르며 놀리면 히죽 웃어 주고 가버리는 사람 좋은 사람뿐이었다.

　노자(老子)도 무섭지는 않은, 사람 좋은 사람이었는지 소를 잘 탄 듯하다. 노자의 출관도(出關圖)엔 소로 더불어 섰거나 앉았음을 본다. 그리고 말이나 당나귀 따위를 타거나 같이 선 것보다는 소 편이 어딘지 더 도인의 신변으로서 어울려 보이는 것이다. 사람도 무서워할 경지를 초월한 이는 말은 부족하고 소라야 어울리나보다. 소가 말보다 더 큼을, 더 큰 것을 태울 수 있음을 이 점에서 느낄 수 있다.

　소는 어질다. 그의 체력과 살과 뼈까지 우리에게 온전히 바치는 공리로가 아니라 그의 생김새가 동물 중에는 가장 어질어 보이는 것이다. 뿔이 있되 무기 같지는 않다. 몸이 크되 음흉스럽지 않다. 콩쥐팥쥐 이야기에도 제일 어진 역할에 소를 내었다. 장자(莊子) 같은 이가 "나를 소라 부르면 소요, 말이라 부르면 말일지니라" 함은 세상에서 떠드는 시비선악을 탓할 게 아니라는 뜻이거니와 시(是)와 선(善)을 비유함에 소로써 하였다.

소는 어질어만 보이는 것으로 고만이 아니다. 늘 고요하다. 그 무념함이 이염양지(以恬養志 마음을 편안케 함으로 뜻을 기르다)하는 도인, 장자(長子)의 풍이 있다. 그렇게 보임은 동서고금의 인(人)이 일반인 듯 「이솝 이야기」에도 소의 이야기가 많은데 이런 것이 하나 있다.

한번은 모기란 놈이 날아다니다가 소의 뿔에 앉아 쉬었다. 얼마쯤 쉬어 가지고 모기가 일어나 소에게 말을 붙이기를,

"너는 내가 네 뿔에 좀 더 오래 앉아 주었으면 좋겠지? 안 그렇다면 난 가 버리겠다."

한즉, 소는 이렇게 대답하였다.

"어서 네 마음대로 해라. 나는 네가 언제 와 앉았는지도 몰랐다. 네가 간 대서 내가 알 까닭이 있니?"

올해는 이런 소의 해다.

수목

몇 평 안 되는 마당이나마 나무들과 함께 설 수 있음은 얼마나 감사한 일인가! 울타리 삼아 둘러준 십수 주의 앵두나무를 비롯하여 감나무, 살구나무, 대추나무와 모란, 백화의 한두 그루들, 이들은 우리 집모든 식구들이 다 떠받들어 옳은 귀한 손님들이다.

우리에게 꽃을 주고, 우리에게 열매를 주고, 또 푸른 그늘과 그 맑은향기를 주는 이들은, 우리에게서 받음은 아무것도 없는 것이다. 가물면물을 좀 주는 것이나, 추우면 몇 나무의 밑동을 짚으로 싸주는 것쯤은,그들이 우리에게 주는 그 아름다움과, 그 맛남과, 그 향기롭고 서늘함에 비겨 아무것도 아닌 것이다. 실로 아무것도 아닌 것이다. 어느 친구나 어느 부자인들 우리에게 이처럼 주기만 하고 받음이 없음에 태연할것인가. 자연이 나무를 통하여 우리를 기르고 우리를 가르침은 크다.

나무들은 아직 묵묵히 서 있다. 봄은 아직 몇천 리 밖에 있는 듯하다.그러나 나무 아래 가까이 설 때마다 나는 진작부터 봄을 느낀다. 아무나무나 한 가지 휘어잡아 보면 그 도틈도틈 맺혀진 눈들, 하룻밤 세우(細雨)만 내려 주면 하루아침 따스한 햇발만 쪼여 주면 곧 꽃피리라는소근거림이 한 봉지씩 들어있는 것이다.

봄아 어서 오라!

겨울나무 아래를 거닐면 봄이 급하다.

우리 식구들은 앵두가 익을 때마다, 대추와 감을 딸 때마다, 이 집이라기보다 마당을 우리에게 전하고 간 그전 주인을 생각한다. 더구나 감나무는 우리가 와서부터 첫 열매가 열린 것이니 그들은 나무만 심고 열매는 따지 못한 채 떠난 것이다. 남의 밭에 들어 추수하는 미안이 없지 않다. 나는 몇 번이나 불란서 어느 작가의 「인도인의 오막살이」라는 작은 이야기 한 편을 생각하였다. 어떤 학자가 세계를 편답하며 진리를 찾는 이야기인데 필경은 뜻을 이루지 못하고 돌아가는 길에서 폭풍우를 만나 한 인도인의 오막살이로 들어가게 되었다. 오막살이의 주인은 파이리아라는 인도 최하급의 천족으로서 그의 생활은 문화와 완전히 절연된 것이었다. 그러나 학자는 이 파이리아에게서 어느 고승거유(高僧巨儒)에게서도 얻지 못하였던 진리의 한끝 실마리를 붙들게 되었다. 그들의 대화 중에 파이리아의 말로 다음과 같은 뜻의 구절이 아직 기억된다.

나는 어디서 무슨 열매를 주워 먹든 반드시 그 씨를 흙에 묻고 옵니다.
그건 그 씨가 나서 자라면 내가 다시 와 따먹자는 것이 아닙니다. 누가 와 따먹든 상관없습니다. 오직 그렇게 함이 하늘의 뜻을 따르는 것뿐입니다.

얼마나 쉽되, 거룩한 일인가! 우리 마당의 그전 주인도 그 파이리아와 같이 천의에 순하려 이 마당에 과실 씨를 묻은 것인지 아닌지는 모르나 아무튼 그들이, 보기 좋고 맛있고 또 따는 재미만도 좋은 여러 과실나무를 우리에게 물려주고 감은 우리 식구들이 길이 잊을 수 없는 은혜다.

그러나 나는 또한 가끔 생각을 달리하여 얼마의 불만을 갖기도 한다. 내 과욕인지 모르나 그전 주인들이 작은 나무 여럿을 심었음을 만족지 못한다. 나는 따먹는 것은 없더라도 작은 여러 나무보다는 큰

한 나무 밑에 거닐어 보고 싶기 때문이다.

　나무는 클수록 좋다. 그리고 늙을수록 좋다. 잔가지에 꽃이 피거나, 열매가 열어 휘어짐에 그 한두 번 바라볼 만한 아취를 모름이 아니로 되, 그렇게 내가 쓰다듬어 줄 수 있는 나무보다는 나무 그것이 나를, 내 집과 마당까지를 푹 덮어주어 나로 하여금 한 어린아이와 같이 뚱그래 진 눈으로, 늘 내 자신의 너무나 작음을 살피며 겸손히 그 밑을 거닐 수 있는, 한 묏부리처럼 높이 솟은 나무가 그리운 것이다.

　현인(賢人), 장자(長者)들이 살던 마을이나 그들이 거닐던 마당에는 흔히는 큰 나무들이 선 것을 본다. 온양에 이 충무공이 사시던 마을에도 그가 활 쏘던 언덕이라는데 절벽과 같이 훤칠히 솟은 두 채의 은행나무가 반은 고목이 되어 선 것을 보았다. 나는 충무공이 쓰시던 칼이나 활이나 어느 유품에보다 그 한 쌍 은행나무에 더 반갑고 더 고개가 숙여졌다.

　늙기는 하였으되 아직 살기는 한 나무였다. 말이야 있건 없건 충무 공과 더불어 한때를 같이한 것으로 아직껏 목숨을 가진 자―그 두 그 루의 은행나무뿐이다.

　나무는 긴 세월을 보내며 자랄 대로 자랐다. 워낙 선 곳이 언덕이라 여간 팔심으로는 풀매를 쳐 그 어느 나무의 상가지도 넘길 것 같지 않 았다. 이렇게 높고 우람한 거목이기 때문에 좋았다. 아무리 충무공이 손수 심으신 것이라 하여도 그 나무가 졸망스런 상나무와 반송(盤松) 따 위로 석가산(石假山)의 장식거리나 될 것이었으면 그리 귀할 것 아니었 다. 대 무인(武人)의 면목답게 허공에 우뚝 솟기를 산봉우리처럼 하였으 니 머리가 숙여지는 것이었다.

다못 한 그루의 나무라도 큰 나무 밑에서 살고 싶다. 입맛을 다시며 낮은 과목(果木) 사이에 주춤거림보다는 비인 마음 비인 기쁨으로 오직 청풍이 들고날 뿐인 휘영청 한 옛 나무 아래를 거닐음이 얼마나 더 고상한 표정이랴! 여름에는 바다 같은 그 깊고 푸른 그늘 속에 살고 가을에는 마당과 지붕이 온통 그의 낙엽으로 묻혀 보라. 얼마나 풍성한 추수리오! 겨울밤엔 바람소리, 얼마나 우렁차리오! 최대 풍금의 울림일 것이다. 실낱같은 목숨이나마 그런 큰 나무 밑에 쉬어, 먼 하늘의 별빛을 바라보며 앞날을 생각하고 싶은 것이다.

정축 정월 하한(下澣)

매화

차갑더라도 풀 먹인 옷은 다듬잇살이 올라야 하고 덧문까지 봉하더라도 차야만 겨울 맛이라 저녁상에 된장이 향그러운 날은 으레 바깥날이 찼고 수선(水仙)이 숭늉 김에 얼었던 고개를 들고 아내의 붉은 손이 동치미 그릇에서 얼음 쪽을 골라내는 것은 먹어봐야만 느낄 맛이 아니러라. 겨울이 너무 차다는 것은 우리의 체온이 너무 뜨거운 때문, 우리역(亦) 상설(霜雪)이나 매화 같을 양이면 겨울이 더워선들 어찌하랴.

앞산 눈이 여러 날 째 한 빛이라 마루에서 산 가까운 것이 답답할 때도 있으나 요즘 같아선 우리 마당을 위해 두른 한 벌 병풍이다. 어스름한 송림과 훤칠한 잡목 숲이 모인 덴 모이고 성긴 덴 성기어서 그 소밀

(疎密)의 조화는 완연 수묵체의 필법으로 산그늘이 바야흐로 짙어갈 즈음 어성어성 이 골짜기를 찾아드는 맛은, 나귀는 못 탔을망정 맹호연(孟浩然)의 탐매정취(探梅情趣)가 없지 않은 바러라.

겨울이 차야 하되 매화를 뜰에 심을 수 없도록 찬 것은 지나쳤다.

| 前村深雪裏 | 앞마을 깊은 눈 속 |
| 昨夜一枝開 | 어제 저녁 한 가지에 꽃이 피다 |

이런 시를 보면 매화는 설중에서 피는 것이 본성이런만 서울 추위는 상설(霜雪)까지라도 얼리니 매화도 꽃인대야 더욱 어찌하랴! 매화를 좋아함은 우선 옛 선비들의 아취를 사모하는 데서부터려니와 지난 가을에 누구의 글인지는 모르나,

| 散脚道人無坐性 | 앉을 성품 못 되어 이리저리 어정대는 노인 |
| 閉門十日爲梅花 | 문 닫고 십 일 동안 매화 피길 기다린다 |

란 완서(阮書) 한 폭을 얻은 후로는 어서 겨울이 되어 이 글씨 아래 매화 한 분을 이바지하고 폐문십일(閉門十日)을 해 보려는 것이 간절한 소원이었다.

매화란 고운 꽃이기보다 맑은 꽃이요 달기보다 매운 꽃이라 그러므로 색 있는 것이 그의 자랑이 못 되는 것이요 복엽(複葉)이 그에게는 무거운 옷이라 단엽백매(單葉白梅)를 찾으려 꽃이 피기 전부터 다닌 것이

도리어 탈이었던지, 봉오리 맺힘이 적고 빛깔이 푸르기만 한 것으로 골라 사왔더니, 봉오리는 차츰 붉어지고 피는 것을 보니 게다 복엽까지라 공작과 같은 난만(爛漫)은 있을지언정 제 어찌 단정학(丹頂鶴)의 결벽을 벗할 수 있으리요! 적이 실망하지 않을 수 없으나 그러나 하루아침 크게 놀란 것은 집안사람이 온통 방심하여 영하 십도가 넘는 날 밤 덩그런 누마루에 그냥 버려두어 수선과 난초는 얼어 중상(重傷)이 되었으나 홍매(紅梅)라도 매화만은 송이마다 꽃술이 총기 있는 계집애 속눈썹처럼 또릿또릿해 주인을 반기지 않는가!

국화를 능상(凌霜)이라 하나 매화의 고절(苦節)을 당치 못할 것이요, 매화를 백 천 분(盆) 놓았더라도 난방이 완비되었으면 매화의 고절을 받아 보기 어려우리라. 절개란 무릇 견디기 어려움에서 나고 차고 가난한 데가 그의 산지라 인정이니 생활이니 복이니 함도 진짜일진댄 또한 고절의 방역(方域)을 벗어나 찾기는 어려울 줄 알러라.

어서 올 겨울에는 지난겨울에 찾지 못한 단엽백매를 그예 찾아보리라.

고전

백수사(白水社)의 신(新)번역물을 읽는 맛도 좋지마는 때로는 신문관(新文館)이나 한남서원(翰南書院)의 곰팡내 나는 책장을 뒤지는 맛도 좋아라 고전 고전 하는 바람에 서양 것만 읽던 분들이 돌아와 조선 것을 하룻밤에 읽고 하룻밤으로 낙망한다는 말을 가끔 듣는바 모르거니와 그런 민활한 수완만으로는 서양 것인들 고전의 고전다운 맛을 십분 음미하였으리라 믿기 어렵다.

고려청자의 푸른빛과 이조백자의 흰빛이 지금 도공들로는 내지 못하는 빛이라고만 해서 귀한 것은 아니니 고려청자의 푸름과 이조백자의 흼을 애완함에 공예가 아닌 사람들이 차라리 더 극진함은, 고전은 제작 이상의 해석, 제작 이상의 감각 면을 따로 가짐이리라.

"달아 높이곰 돋아사

멀리곰 비최이시라."

이 노래를 읊고 무릎을 치는 이더러

"거 어디가 좋으시뇨."

묻는다더라도

"거 좀 좋으냐."

반문 이외에 별로 신통한 대답이 없을 것이리라.

"달아 어서 높이 높이 올라 떠서 어떤 깊은 골짜기든 다 환하게 비치어라. 우리 낭군 돌아오시는 밤길이 어둡지 않아 발도 상하심 없이 한시라도 빨리 오시게 ……."

이렇듯 해석을 시험하고,

"좀 용한 소리냐."

감탄까지 한다면 이는 자칫하면 고인(古人)들을 업수여기는 현대인의 오만을 범하게 되는지도 모르는 바다.

"달아 높이곰 돋아사

멀리곰 비최이시라."

물론 묘구로다. 그러나 현대 시인에게 이만 득의의 구가 없는 바도 아니요 또 고인들이라 해서 이만 구를 얻음이 끔찍하다 얕잡을 것은 무엇이뇨 고전 정신의 대도는 영원히 온고지신에 있겠으나 고전의 육체미는 반드시 지식욕으로만 감촉될 성질의 것은 아니라 그러므로 모든 고전의 고전미는 고완의 일면을 지님에 엄연하도다. 고려청자나 정읍사에서 그들의 고령미(高齡美)를 떼어 버린다면 무에 그다지도 아름다울 것가.

　"달아 높이곰 돋아사⋯⋯."

　한 마디에 백제가 풍기고, 여러 세세대대 정한인(情恨人)들의 심경이 전해오고, 아득한 태고가 깃들임에서 우리의 입술은 이 노래를 불러 향기로울 수 있도다.

　고령자의 앞에 겸손은 예의라 자기(磁器) 하나에도, 가요(歌謠) 하나에도 옛것일진댄 우리는 먼 앞에서부터 옷깃을 여며야 하리로다. 자동차를 몰아 호텔로 가듯 그것이 아니라 죽장망혜(竹杖芒鞋)로 산사를 찾아가는 심경이 아니고는 고전은 언제든지 써늘한 형해일 뿐, 그의 따스한 심장이 뛰어주지 않을 것이다.

　완전히 느끼기 전에 해석부터 가지려함은 고전에의 틈입자임을 면치 못하리니 고전의 고전다운 맛은 알 바이 아니요 먼저 느낄 바로라 생각한다.

민주(憫酒)

　술을 먹지 마시오.
　나를 아끼는 이들의 친절한 부탁이러라.
　술을 배우시오.

이도 또한 나를 알아주는 친구들의 은근한 부탁이러라.

술은 굳이 먹을 것도 아니요 굳이 안 먹을 것도 아닙넨다.

이도 또한 믿버운 친구들의 부탁이리라.

분분한 이설(異說) 속에 방황한 적은 없으되 천질소치(天質所致)로 별장(別腸)을 타지 못한 것만 한(恨), 과맥전(過麥田)은 무난이나 적주(滴酒)에 염홍(染紅)이 되니 친구들의 술맛을 제쳐놓는 것은 제2, 어찌 주규(酒糾)의 냉소를 면하리오.

문우들이 거개 선음(善飮)인데 특히 주소상종(晝宵相從)하는 춘산(春山), 우산(牛山), 월파(月坡), 지용(芝溶), 인택(人澤), 화암(華岩)이 일당강장(一黨强腸)이라 나의 고립잔영(孤立殘影)은 천외(天外)에 표표(飄飄)한 적이 일이석(一二夕)이 아니러라.

유령(劉伶)을 따를 길이 없되 나는 주덕(酒德)을 굳이 폄하는 자는 아니로서, 분향하여 실우(室宇)를 신선케 하듯 청작(淸酌)하여 강신(降神)을 도연(陶然)케 함에 이르런 술의 음료 이상인 바를 어찌 부정하리오. 다만 이인탐주(罹人貪酒)하는 소위 주귀(酒鬼)를 염오할 따름이다.

고귀한 향료를 물 먹이듯 강권하는 친구는 절약의 미덕을 모르는 이요, 정신이 먹지 않고 근육이 먹어 역기(力技)를 실연(實演)하려는 이는 취향(醉鄕)의 평화를 틈입하는 야객이요, 과변(過辯)하여 상대자를 교제가(交際家)의 위치로 유인하는 것도 술의 신사는 아닐러라. 그렇다고 과언전금(寡言堅襟)으로 무릎만 도사리고 앉았는 것도 주의(酒儀)는 아닐 듯싶다.

"술을 못하여 어찌 문필로 살려하느뇨."

가끔 이런 질문에 당황하는바 사실 이적선(李謫仙)이나 진처사(晋處士)

나 오마 카얌이 술이 아니었던들 그들의 시혼(詩魂)은 영원히 싹트지 못하고 말았으렷다. 시가뿐 아니라 산문에 있어서도 과거의 문학안(文學眼)은 앙관우주(仰觀宇宙)하는 망원경이었다.

현대문학이 근시화(近視化)함은 나 같은 민주서생(憫酒書生)을 위하연 하마 다행한 일이리라.

주호(酒戶) 약하나 좋은 친구가 집에 오면 드리고 싶은 것은 내 텁텁한 정보다는 한잔 술이요 몸이 아픈 때 약 생각나듯이 마음이 고달플 때 생각나는 것은 그래도 술이라 이만만 해도 주맹(酒盲)은 아닌 듯싶어라.

취기방농(醉氣方濃)할수록 안면에 이채가 동하며 심기화애(心氣和靄)하여 친구의 주량을 아끼고 친구의 덕담을 즐기며 그림처럼 곱게 취향(醉鄕)에 드는 이가 있다. 이런 이야말로 주성(酒聖)에 가까운 이로 입으로 주덕(酒德)을 말하지 않되 스스로 주덕을 지닌 이요 입으로 우정을 말하지 않되 몸소 우의에 돈독한 이라 이런 교훈을 배우기 전에 주정부터 배우는 것은 무슨 말세적 음주법이뇨.

민주자(憫酒者)의 고통은 실로 이런 주실주붕(酒失酒朋)에 있음이러라.

목수들

벼르고 벼르던 안채를 물자 제일 귀한 금년에, 더욱 초복에 시작해 말복을 통해 치목(治木)을 하며 달구질을 하며 참으로 집 귀한 맛을 골수에 느끼다.

목수 다섯 사람 중에 네 사람이 60객들이다. 그중에도 '선다님'으로 불리어지는 탕건 쓴 이는 70이 불원한 노인으로 서울바닥 목수치고 이 신(申) 선다님더러 '선생님'이라고 안 하는 사람은 없다 한다. 무슨 대궐 지을 때, 남묘, 동묘를 지을 때, 다 한몫 단단히 보던 명수로서 어느 일터에 가든 먹줄만 치고 먹는다는 것이다. 딴은 선재와 재단은 모두 이 선다님이 해놓는데 십여 간(間) 남짓한 소(小)공사이기도 하거니와 한 가지도 기록을 갖는 습관이 없이 주먹구구인 채 틀림없이 해내는 것만 은 용한 일이다.

나는 처음에 도급으로 맡기려 했다. 예산도 빠듯하지만 간역(看役)할 틈이 없다. 그런데 목수들은 도급이면 일할 재미가 없노라 하였다. 밑 질까봐 염려, 품값 이상 남기려는 궁리, 그래 일재미가 나지 않고, 일재 미가 나지 않으면 일이 솜씨대로 되지 않는다는 것이다. 이런 솔직한 말에 나는 감복하였고 내가 조선집을 지음은 이조 건축의 순박, 중후 한 맛을 탐냄에 있음이라. 그런 전통을 표현함에는 돈보다 일에 정을 두는 이런 구식 공인들의 손이 아니고는 불가능할 것임으로 오히려 다 행이라 여겨 일급으로 정한 것이다.

이들은 여러모로 시속과는 먼 거리에 뒤진 공인들이었다. 탕건을 쓰 고 안경집과 쌈지를 늘어뜨린 허리띠를 불두덩까지 늦추었고 합죽선 (合竹扇)에 일꾼으로는 비교적 장죽(長竹)인 담뱃대, 솜버선에 헝겊 편리 화(便利靴)들이다. 톱질꾼 두 노인은 짚세기다. 그 흔한 타월 하나 차지 않았고 새까만 미녕쪽으로 땀을 닦는다. 톱, 대패, 자귀, 먹통 모두 아 무 상호도 붙지 않은 저희 수예품들이다. 그들의 이야기가 역시 구수해서 두어 가지 들은 대로 기록해 본다.

"내 연전에 진고개루 가 일 좀 해보지 않었겠수. 아, 고찌 고찌 하는 말이 뭔가 했더니 인제 알구 보니 못(釘)이더렜어."

"고찌가 못이야? 알긴 참 여불없이 알어맞혔군 홍!"

"그럼 뭐람 고찌가?"

"고찌가 저기란 거야 저기 …… 못은 국키구."

"국키 …… 국키가 요즘 천세라지?"

"여간해 살 수 없다드군 ……."

그들은 별로 웃지도 않고 말문이 이내 다른 데로 돌아갔다.

하루는 톱질꾼 노인들이 땀을 씻노라고 쉬었다가 물들을 마시었다.

"내 한번 비싼 물 사 먹어봤지!"

"어디서?"

"저어 개명 앞 가 일허구 오는데 그때두 복지경이었나바. 일손을 떼구 집으루 오는데 목이 여간 말러야지. 마침 뭐라나 이름두 잊었어 …… 그런데 참 양떡으루 만든 고뿌가 다 있습니다그려. 거기다 살짝 담아주는데 으수 덧물진 푸석 어름이야. 목구녕은 선뜩선뜩 허드군 ……."

"오, 거 앗씨구리로군그래."

"무슨 구리래나 …… 헌데 그런 날도적놈이 있어!"

"으째?"

"아 목젖이 착근착근하는 맛에 두 고뿔 먹지 않었겠수."

"을말 물었게?"

"고작 물에 설탕 좀 타 얼쿤거 아니겠소?"

"그렇지. 물 얼쿤거지. 어디 어름이나 되나. 그게 일테면 얼쿠다 못

얼쿤게로구료."

"그러니 얼쿤거래야 새누깔만헌 데루 물이 한 사발이나 들었을 거야? 그걸 숫제 이십 전을 물라는군!"

"이십 전! 딴은 과용이군."

"기가 안 막혀? 이십 전이면 물이 얼마야? 열 지게 안요? 물 스무 초롱 값을 내래 그저 …… 그런 도적놈이 있담!"

"앗씨구리란 게 워낙 비싸긴 허대드군."

"그래 여름내 그 생각을 허구 온 집안이 물을 다 맘대로 못 먹었수……."

"변을 봤구려!"

또 한번은,

"의사란 것두 무당 판수나 마찬가진거!"

"으째?"

"병을 안대니 그런 멀쩡한 수작이 있담?"

"그러게 조화속이지."

"요지경 속이 어떠우? 아, 무슨 수로 앓는 저두 모르는 걸 남의 속에서 솟은 걸 안대?"

"그렇긴 해! 무당 판수두 꽤―난 것 같지만 시월에 고산 한번 잘 지낼 거드군."

"그건 으째?"

"고사나 아님 우리네가 평생 떡맛 볼테요?"

이런 노인들은 왕십리 어디서 산다는데 성북동 구석에를 해뜨기 전에 대어 와서 해가 져 먹줄이 보이지 않아야 일손을 뗀다. 젊은이들처럼 재빠르진 못하나 꾸준하다. 남의 일 하는 사람들 같지 않게 독실하다. 그들의 연장은 날카롭게는 놀지 못한다. 그러나 마음내키는 대로 힘차겐 문지른다. 그들의 연장 자국은 무디나 미덥고 자연스럽다. 이들의 손에서 제작되는 우리 집은 아무리 요새 시쳇집이라도 얼마쯤 날림기는 적을 것을 은근히 기뻐하며 바란다.

낚시질

요즘은 스포츠가 발달됨에 따라 낚시질까지 거기 넣어서 야구나 골프와 동일동석(同日同席)에서 말하는 것 같다.

이것은 스포츠의 그 타고난 쾌활한 성격의 사교일지는 모르나 워낙 낚시질의 그윽한 맛은 육체적인 데보다는 정신적인 데일 것이다.

청산이 앞에 솟았는데 그 밑으로 어떤 시내의 흐름. 둔덕이 편안하고 반석까지 있으니 걸음을 그곳에 머뭇거린다.

고요한 선비 여기에 하루 터를 잡음은, 반드시 고기떼를 엿보는 때문만은 아니다.

물의 편안함, 물의 장안(長閑)함, 물의 유유함, 물의 맑음 — 그것들과 사귐에 있는 것이다.

다음엔 고기와 사귐이다. 고기를 잡음이 아니라 고기와 사귀는 재미가 낚시질의 재미인 것이다.

고기를 잡기는 잡는 것이로되, 총사냥과 같지 않다. 포수는 짐승의 비명을 들으면서도 쫓아가며 불질을 하여서 기어이 피를 보고야 마는 것이로되 낚시질엔 그런 살기등등함이 없는 것이다.

물론 고기를 죽이는 것은 사실이다. 그러나 낚시는 총부리와 같이 달아나는 것을 쫓아가며 그의 급소를 겨누는 것은 아니다. 맑은 혹은 흐린 물속에서 고기 그것이 먼저 와 다루는 대로 이끄는 것이며 이끌어 내다가 떨어뜨리는 경우라도 입맛을 한번 다실뿐이다. 그리고 고기는 노루나 호랑이처럼 비명을 하지 않는다. 꾸럼지에 끼여서나, 족댕이에 들어가서나 그들이 뻐들컹거리는 것은 오직 보기 탐스러울 뿐, 조금도 처참한 동작으로는 보이지 않는 것이며 또 그의 죽음이 고요하고 잠들 듯 함이 현인과 같아 차라리 생사일여(生死一如)의 경(境)에서 노닐 수 있는 것이다.

그러므로 낚시질은 스포츠의 유가 아니며 다시 사냥의 유도 아닌 것이다.

낚시질은 지방 따라 물 따라 다르고 거기 용어까지도 모두 다를 것이다. 나는 큰 강에서는 살아보지 못했다. 하룻밤 비에도 물이 부쩍 늘었다 줄었다 하는 지도에는 그림도 이름도 없는 조그만 산골 물에서 경험한 것이어서 내가 아는 낚시질 법이나 고기 이름도 자연 우리겟(鐵原) 산골물엣것임을 피치 못한다.

내가 아는 낚시질엔 대개 세 가지가 있다.

떰벙이

장마가 져서 붉은 물이 나면 평상시면 돌 밑에만 엎디어 있던 미어기, 뱀장어, 쏘가리 같은 것이 먹을 것을 좇아 물이 미뭉한 웅덩이로 나온다. 나오는 데도 낮에보다 밤에 더 잘 나옴으로 미어기, 쏘가리, 뱀장어를 상대로 거기 적당한 낚시를 만들어 밤낚시질을 가는 것이다. 낚싯대는 길반쯤 되는 튼튼한 것으로, 가는 물푸레도 좋다. 줄도 굵고 낚시도 크고 미끼는 용지렁이를 끼며 낚시 밑에는 밤톨만 한 돌이나 납을 달아서 웅덩이에 담그는 것인데, 고기가 오면 아무리 가비얍게 주둥이를 건드려도 팽팽하게 캥겨든 줄과 대를 통하여 곧 손에 감전되는 것이니, 이것은 눈으로 보고 채이는 것이 아니라 손의 촉감으로써 '옳지 인제 물고 달아난다!' 하게 될 때, 곧은 낚시로 채는 것이다. 그러면 묵직하고 뻐들컹거리며 나오는 것은 미어기나 뱀장어가 아니면 쏘가리요 더러는 붕어도 몰려나오는데 어쩌다 한 번씩은 배암도 물리어 낚시째 집어 내던지는 수도 있다. 이 낚시는 물에 넣을 때마다 떰벙 소리가 난다고 '떰벙이'라 한다. 맑은 맛은 없고 반딧불 숲에 앉아 도깨비 이야기를 즐기는 재미다.

당금질

이것은 대가 길고 줄이 가는 보통 낚시인데 한군데 가서 자리를 잡고 담그고 앉아 고기가 다루기를 기다리는 것이다. 미끼는 물 따라 다르다. 물이 흐리어 붕어가 있을 듯하면 지렁이, 물이 맑아 모래무지나, 마자나, 꺽지, 어름치 같은 것이 있을 듯하면 물미끼와, 새우, 된장가시 같은 것도 끼인다. 그리고 물은 상당히 깊으나 고기가 한군데 모이지 않아 낚시를 당글 만한 자리가 없으면 자리를 만들어야 한다. 물이 제일 덜 흐르고 깊이가 젖가슴에 찰 만한 데로 찾아 들어가서 발로 바닥을 한 간 넓이만 하게 골라놓는 것이다. 돌멩이는 다 밀어내고 보드라운 모래로만 깔리게 해놓고는 가운데를 조금 오목스럼하게 파놓는다. 그리고는 다시 나와 진흙과 깻묵을 큰 주먹만 하게 한데 개어다가 자리친 가운데다 떨구고 가라앉으면 발로 꼭꼭 모랫바닥에 눌러놓고 나오는 것이다. 그러면 바닥이 아늑하고 보드랍고 게다가 깻묵 냄새가 진동하므로 천객만래(千客萬來)다. 그러나 어떤 경우엔 깻묵만 파먹고 낚시는 건드리지도 않는 수가 없지 않으니 그런 때는 그날은 다른 자리로 갔다가 다음날 그 자리로 찾아오면 그때는 고객이 너무 많아 바쁘게 되는 것이다. 수수깡 속으로 단 동댕이가 찌끗찌끗 들어가는 맛, 그런 때 이쪽 가슴의 뛰는 맛, 그러다 쑥 들어가기만 하면 실 끝에 옥척(玉尺)이 늠실거림은 한여름내 유쾌한 전설이 된다. 동댕이가 까딱도 안 하는 때는 건너편 산에 자지러지는 매아미 소리나 들으면서 도회에 남기고 온 그리운 사람의 생각도 괜찮은 것이다.

여울놀이

여울놀이는 장마가 들고 물이 줄어갈 때에, 그러나 평상시보다는 약 5할 가량 물살이 부풀 때 여울로만 다니면서 낚시를 흘리면서 날베리, 불거지 같은 여울 고기를 잡는 것이다. 낚시는 대부터 경쾌한 것이라야 하고 줄도 가늘고 낚시도 작은 것이다. 미끼는 파리가 제일이다.

낚시질 중에 가장 잔재미가 있기는 이 여울놀이다. 첫째 물을 따라 자꾸 내려가니까 주위의 수석이 각각으로 변환되는 것이요 고기가 없을 듯한 얕은 여울에서 거구세린(巨口細鱗)이 번쩍 거리며 물결을 치며 끌려 나오는 것은 일종 요술과 같은 경이다. 긴 여름날, 좌우청산(左右靑山)으로 긴 흐름을 좇아 역시 인생을 흘리며 한 오리 가냘픈 실낱에 은린(銀鱗)의 약동하는 탄력이란 육감치고는 선경엣것인 것이다.

동양화

나는 동양 사람들이 동양화보다 서양화에 더 쏠리는 데 다소 불평을 갖는다. 우선 내가 내 생활하는 처소에 한 폭의 그림을 걸고 싶더라도 서양화보다는 동양화가 먼저 요구된다. 동양화가 구할 수 없도록 드문 것은 아니다. 요즘 우리의 동양화가들 그림은 너무나 예술에서 멀고 '환'에 가깝다. 좀 미술을 알고 예술에 자존심이 있고 자기의 표현을 생각하는 분으로는 대개가 서양화가들인 것이다. 나는 이런 창조력을 가진 화가들에게 어서 동양화에의 관심을 바란다. 좀 간명하게 의견 표시를 해 본다면,

1. 미술이 무용이나 음악과 함께 국경이 없다 하지만 결국은 다 있는 것이다. 더구나 양(洋)의 동서를 볼 때 뚜렷한 경계가 있는 것 같다. 최승희의 춤에 조선 춤이 가장 무리가 적어 보일 뿐 아니라, 샤리아핀이 아무리 연습을 하더라도 육자배기에서는 이동백을 따르지 못할 것이다. 미술도 정도 문제일 뿐, 다 국경의 계선(界線)이 없지 않으리라 믿는다. 조선 사람으로 단원이나 오원이 되기 쉽게 세잔느나 마티스는 되기 어려

울 것은 생각해 볼 필요도 없겠다. 되기 쉬운 것을 버리고 되기 어려운 것을 노력하는 데는 무슨 변명할 이유가 있어야겠는데 내가 단순해 그런지는 모르나 그런 특별한 이유도 얼른 생각나지 않는다. '나는 대가도 싫다. 나는 서양화가 좋으니까 그런다' 하면 그건 개인 문제라 제삼자의 용훼(容喙)할 배 아니겠으나 그러나 그것도 나는 무례할지 모르나 이렇게 독단한다. 서양화보다는 동양화를 더 즐길 줄 아는 이가 문화가 좀 더 높은 사람이라고. 이것은 '사람'보다 사실은 '동양화'를 위해서 하는 말이지만, 물론 엄청난 독단이다. 그러나 서양화에선 무슨 나체를 잘 그린다고 해서가 아니라 색채 본위인 만치 피는 느껴져도 동양인의 최고 교양의 표정인 선(禪)은 좀처럼 느낄 수 없는 것을 어찌하는가!

2. 동양인이 서양화를 그리는 것은 환경에 불리할 줄 안다. 경제적으로도 그렇겠지만 먼저 대상부터가 그렇지 않을까? 자연을 보더라도 서양화에 불리할 것이다. 서양의 명화들은, 사진으로 더러 보면, 풀밭에나 산기슭에, 나체를 척척 앉히고 눕히고 하였는데, 만일 조선 자연에 그렇게 해보라 가시에 찔려 어떡허나 걱정부터 날 것이다. 인물도 그러리라한다. 조선 여자의 근육은 서양 여자들의 그것에 비해 얼마나 비입체적인가? 그리고 그 비입체적인 것이 도리어 얼마나 동양 여자의 미점(美點)인가? 서양은 인체부터가 서양화에 맞게 된 것처럼 자연도 서양 것은 서양화에 맞는 무슨 성질이 있을 듯 상상되는 것이다.

3. 자기모순을 고민해야 할 줄 안다. 생활과 작품은 한덩어리라야 서로 좋을 것이다. 서양화를 그리는 이로 서양화가 나올 생활을 가진 이를 나는 조선에서는 잘 보지 못한다. 작품 속에 살지 못하며 작품을 제작함은 꿈이 아니면 노동이 아닐까? 이런 우울한 생각이 나는 것이다.

4. 단원이나 오원의 의발(衣鉢)을 받아 나아갈 사람은 동양인이요 동양에서도 조선 사람이라야 좋을 것이다. 그것은 사리에 순할 뿐 아니라 우리의 공통되는 욕망이 또한 그렇다. 서양인이 멀리 있어 단원의 후예가 되려 하지 않을 것이요 또 되기 어려울 것은 조선 화가가 제2의 세잔느가 되기 어려운 것과 똑같을 것이다. 그리고 조선미술이란 조선 문학에 대어 얼마나 풍부한 유산을 가졌는가? 그런 유산을 썩혀두고 멀리 천애의 에펠탑만 바라볼 필요야 굳이 어디 있겠는가?

그러니까 나는 서양화에서 동양화로 전필(轉筆)로부터 조선화의 부흥을 위하는 맹렬한 운동이 일어나기를 어리석도록 바라는 자다.

그리고 이미 동양화를 그리는 분들에게도 한 말씀 드리고 싶다. 몇 해 전이다. 어느 화백이 화회(畵會)를 한다기에 구경을 갔었다. 석상에는 어울리지 않는 앨범이 한 책 놓였는데 열어보니 자기 그림을 선전해 준 문구만을 오려 붙인 것이다. 나는 저윽 불쾌했다. 미염(米鹽)은 사지 못하면서도 매화 한 그루는 2백 냥씩 주고 사던 단원이나, 궁정에서 불러가도 저 싫으면 도망을 가서 국왕으로도 병풍 열두 폭을 여덟 폭밖에 못 받았다는 오원의 일화도 못 들었는가? 동양화의 높은 점은 수공이 아니라 기백에서 되는 점일 것이다.

고완(古翫)

어느 때나 윗자리가 울리는 법은 아니다. 더러는 넌지시 아랫자리에 물러섬도 겸양 이상 자기 화장이 된다.

우리 집엔 웃어른이 아니 계시다. 나는 때로 거만스러워진다. 오직 하나 나보다 나이 더 높은 것은, 아버님이 쓰시던 연적이 있을 뿐이다. 저것이 아버님께서 쓰시던 것이거니 하고 고요한 자리에서 쳐다보면 말로만 들은, 글씨를 좋아하셨다는 아버님의 풍의(風儀)가 참먹 향기와 함께 자리에 풍기는 듯하다. 옷깃을 여미고 입정(入定)을 맛보는 것은 아버님이 손수 주시는 교훈이나 다름없다.

얼마 동안이었는진 모르나 아버님과 한때 풍상(風霜)을 같이 받은 유품이다. 그 몸이 어느 땅 흙에 묻힐지 기약없는 망명객의 생활, 생각하면, 바다도 얼어 파도 소리조차 적막하던 블라디보스토크의 겨울밤, 흉중엔 무한한(無限恨)인 채 임종하시고 만 아버님의 머리맡에는 몇 자루의 붓과 함께 저 연적이 놓였던 것은 어렸을 때 본 것이지만 조금도 몽롱한 기억은 아니다. 네 아버지 쓰던 것으론 이것 하나라고, 외조모님이 허리춤에 넣고 다니시면서 내가 크기를 기다리시던 것이 이 연적이다. 분원사기(分院沙器) 살이 담청(淡靑)인데 선홍반점이 찍힌 천도형(天桃形)의 연적이다.

고인과 고락을 같이한 것이 어찌 내 선친의 한개 문방구뿐이리오. 나는 차츰 모든 옛 사람들 물건을 존경하게 되었다. 휘트먼의 노래에 "오 아름다운 여인이여 늙은 여인이여!" 한 구절이 가끔 떠오르거니와 찻종 하나, 술병 하나라도 그 모서리가 트고, 금간 데마다 배이고 번진 옛사람들의 생활의 때(垢)는 늙은 여인의 주름살보다는 오히려 황혼과 같은 아름다운 색조가 떠오르는 것이다.

조선시대 자기도 차츰 고려자기만 못하지 않게 세계 애도계(愛陶界)에 새로운 인식을 주며 있거니와 특히 이조의 그릇들은 중국이나 일본

내지(內地) 것들처럼 상품으로 발달되지 않은 것이어서 도공들의 손은 숙련되었으나 마음들은 어린아이처럼 천진하였다. 손은 익고 마음은 무심하고 거기서 빚어진 그릇들은 인공이기보다 자연에 가까운 것들이다. 첫눈에 화려하지 않은 대신 얼마를 두고 보든 물려지지 않고 물려지지 않으니 정이 들고 정이 드니 말은 없되 소란한 눈과 마음이 여기에 이르런 서로 어루만짐을 받고, 옛날을 생각하게 하고 그래 영원한 긴 시간선에 나서 호연해 보게 하고 그러나 저만이 이쪽을 누르는 일이 없이 얼마를 바라보든 오직 천진한 심경이 남을 뿐이다.

이적선[이백]은 경정산산에 올라,

衆鳥高飛盡	새들은 모두 높이 날아가 버리고
孤雲獨去閑	외로운 구름만 홀로 한가로이 떠가는데
相看兩不厭	마냥 서로 마주보아도 싫증나지 않는 것은
只有敬亭山	단지 너 경정산뿐이구나.

이라 읊었다. 새처럼 재재거리던 아이들은 다 잠든 듯, 아내마저 고운(孤雲)처럼 자기 침소로 돌아간 후, 그야말로 상간양불염(相看兩不厭)하여 저와 나와 한가지로 밤 깊은 줄 모르는 것이 이 고완품들이다.

시대가 오래다해서만 귀하고 기교와 정력이 들었다해서만 완상할 것은 못 된다. 옛 물건의 옛 물건다운 것은 그 옛사람들과 함께 생활한 자취를 지녔음에 그 덕윤(德潤)이 있는 것이다. 외국의 공예품들은 너무 지교(至巧)해서 손톱 자리나 가는 금 하나만 나더라도 벌써 병신이 된다. 비단옷을 입고 수족이 험한 사람처럼 생활의 자취가 남을수록 보기 싫어진다. 그러나 우리 조선시대의 공예품들은 워낙이 순박하게 타고나서 손때나 음식물에 절수록 아름다워진다. 도자기만 그렇지 않다. 목공품 모든 것이 그렇다. 목침, 나막신, 반상, 모두 생활 속에 들어와 사용자의 손때가 묻을수록 자꾸 아름다워지고 서적도, 요즘 양본(洋本)들은 새것을 사면 그날부터 더러워 만 지고 보기 싫어지는 운명뿐이나 조선 책들은 어느 정도로 손때에 절어야만 표지도 윤택해지고 책장도 부드럽게 넘어간다. 수일 전에 우연히 대혜보각사(大慧普覺師)의 『서장(書狀)』을 얻었다. 4백여 년 전인 가정년간(嘉靖年間)의 판(板)으로 마침 내가 가장 숭앙하는 추사 김정희 선생의 보던 책이다. 그의 장인(藏印)이 남고 그의 친적(親蹟)인진 모르나 전권에 토가 달리고 군데군데 주석이 붙어 있다. 『서장』은 워낙 난해서로 한 줄을 제대로 음미할 수 없지마는 한참 들여다보아야 책제가 떠오르는 태고연한 표지라든지, 장을 번지며 선인들의 정독한 자취를 보는 것이나 또 일획 일자를 써서 사란(絲欄)을 쳐가며 칼을 갈아가며 새기기를 몇 달 혹은 몇 해를 해서 비로소 이 한권 책이 되었을 것인가 생각하면 인쇄의 덕으로 오늘 우리들은 얼마나 버릇없이 된 글, 안 된 글을 함부로 박아 돌리는 것인가 하는, 일종 참회를 느끼지 않을 수 없는 것이다.

고완 취미를 당자나 은자의 도일(度日)거리로만 보는 것은 속단이다. 금력으로 수집욕을 채우는 것은 오락에 불과한 것이요, 또 제 눈이 불급(不及)하는 것을 너무 탐내는 것도 허영이다. 직업적이어선 취미도 아니려니와 본대 상심낙사(賞心樂事)란 무위와 허욕과 더불어서는 경지를 같이하지 않을 것이라 생각한다.

고완품(古翫品)과 생활

　무슨 물품이나 쓰지 못하게 된 것을 흔히 '골동품(骨董品)'이라 한다. 이런 농은 물품에뿐 아니라 사람에게도 쓴다. 현대와 원거리의 사람, 그의 고졸(古拙)한 티를 사람들은 골동품이라 농한다. 골동이란 말은 마치 '무용', '무가치'의 대용어같이 쓰인다. 그래 이 대용 관념은 가끔 골동품 그 자체뿐 아니라 골동에 애착하는 호고인사인신(好古人士人身)에까지 미친다. 골동을 벗하는 사람은 인간 그 자체가 현실적으로 무용, 무가치의 인(人)이란 관념, 저윽 맹랑한 수작이 되어 버린다.

　'골동(骨董)'이란 중국말인 것은 물론, '고동(古董)'이라고도 하는데 실은 '고동(古銅)'의 음전(音轉)이라 한다. 음편(音便)을 따라 뻔쩍하면 딴 자(字)를 임의로 끌어다 맞추고, '무엇은 무엇으로 통한다' 식의 한문의 악습은 이 '고동(古銅)'에도 미쳐 버렸다. '고(古)'자는 추사(秋史)같은 이도 얼마나 즐기어 쓴 여운 그윽한 글자임에 반해, '골(骨)'자란 얼마나 화장장에서나 추릴 수 있을 것 같은, 앙상한 죽음의 글자인가! 고완품들이 '골동', '골'자로 불리워지기 때문에 그들의 생명감이 얼마나 삭탈을 당하는지 모를 것이다. 말이란 대중의 소유라 임의로 고칠 수는 없겠지만 나는 될 수 있는 대로 '골동' 대신 '고완품'이라 쓰고 싶다.

　요즘 '신식'에 멀미난 사람들이 청년층에도 늘어간다. 이 일종 고전열(古典熱)은 고완품 가(街)에도 나타난다. 4, 5년 전만 하여도 고완점에서 우리 젊은 패는 만나기가 힘들었다. 일세기나 쓴 듯한 퇴색한 나까오리를 벗어놓고는 으레 허리부터 휘어가지고, 돋보기를 꺼내 쓰고서야 물건을 보기 시작하는 노인들이 대부분이었었다. 그런데 요즘은 양

품점에서나 만나던 젊은 신사들을 고완점에서 만나기가 그리 어렵지

않다. 고완점을 매우 신선케하는 좋은 기풍이다.

　노인에게라고 생예찬(生禮讚) 생활이 없다는 것은 아니나, 노인이 고

기(古器)를 사는 것을 보면 어쩐지 상포(喪布) 흥정과 같은 우울을 맛보는

것이 사실이었다.

　젊은 사람이 그야말로 완물상지(玩物喪志)하는 것도 반성해야 할 것이

다. 그렇지 않아도 각 방면으로 조로(早老)하는 동양인에게 있어서는 청

년과 고완이란 오히려 경계할 필요부터 있을는지 모른다. 조선의 고완

품이란 서화 이외의 것으로는 대체가 도자기, 그중에도 이조기(李朝器)들

이다. 약간의 문방구 이외에는 부녀자의 화장 기구가 아니면 부엌세간

이다. 찻종이나 술병 역(亦) 부엌세간이다. 그런데 어느 호고인(好古人)치

고 자기 방에 문방구 뿐만은 아니다. 나물이나 전여를 담던 접시가 곧잘

벽에 걸리었고 조청이나 밀가루가 담기었던 항아리가 명서, 명화 앞에

어엿이 정좌하여 있다. 인주갑(印朱匣), 필세(筆洗), 재떨이 같은 것도 분기

(粉器), 소금합, 시저통(匙箸桶) 따위가 환생하여 있다. 워낙이야 무엇의 용

기였던 그의 신원, 계급을 캘 필요는 없다. 선인들의 생활을 오래 이바지

하던 그릇으로 더불어 오늘 우리의 생활을 담아 본다는 것은, 그거야말

로 고전이나 전통이란 것에 대한 가장 정당한 '해석'일는지 모른다. 그러

나 부녀자의 세간을 이모저모 가려가며 사랑에 진열하는, 그 사랑양반

은 소심세경(小心細徑)에 빠지기 체경 쉽다. 천하의 풍운아들이 보기에

좀스럽지 않을 수 없는 것이다. "酌酒賦時相料理, 種花移石自殷勤 술 마시

고 시를 짓고 서로 재미있게 얘기하고, 꽃도 심고 돌도 옮겨놓으면서 서로 은근하게

정을 붙인대"의 묘미에 빠져버리고 남음이 없기가 쉬운 것이다. 그림 하

나를 옮겨 걸고, 빈 접시 하나를 바꿔 놓고도 그것으로 며칠을 갇혀 넉넉히 즐길 수 있게 된다. 고요함과 가까움에 몰입되는 것이다. 호고인들의 성격상 극도의 근시적 일면이 생기기 쉬운 것도 이러한 연유다. 빈 접시오, 빈 병이다. 담긴 것은 떡이나 물이 아니라 정적과 허무다. 그것은 이미 그릇이라기보다 한 천지요 우주다. 남 보기에는 한낱 파기편명(破器片皿)에 불과하나 그 주인에게 있어서는 무궁한 산하요 장엄한 가람(伽藍)일 수 있다. 고완의 구극경지(究極境地)로 여기겠지만, 주인 그 자신을 비실용적 인간으로 포로(捕虜)하는 것도 이 경지인 줄 알지 않으면 안 된다.

젊은 사람이 '현대'를 상실하는 것은 늙은 사람이 고완경(古翫境)을 영유치 못함만 차라리 같지 못하다.

노유(老儒)에게 있어 진적(珍籍)은, 오직 '소장(所藏)'이라는 것만으로도 명예의 유지가 된다. 그러나 젊은 학도에겐 『삼대목(三代目)』 같은 꿈의 진서(珍書)를 입수했다 치자. '소장'만으로는 차라리 불명예일 것이다. 고완의 경지만으로도, 물론 취미 중엔 상석이다. 그러나 '소장'만 일삼아선 오히려 과욕을 범한다. 완상(翫賞)도 어느 정도의 연구 비판이 없이는 수박 겉핥기라기보다, 그 기물(器物)의 정체를 못 찾고 늘 삿된 매력에만 끌릴 것이요 더욱 스스로 지기를 저상하는 데 이르러는 여간 큰 해가 아닐 것이다.

고전이라거나, 전통이란 것이 오직 보관되는 것만으로 그친다면 그것은 '주검'이요 '무덤'일 것이다. 우리가 돈과 시간을 들여 자기의 서재를 묘지화 시킬 필요는 없는 것이다.

청년층 지식인들이 도자를 수집하는 것은, 고서적을 수집하는 것과 같은 의미를 나타내야 할 것이다. 완상이나 소장 욕에 그치지 않고, 미술품으로, 공예품으로 정당한 현대적 해석을 발견해서 고물(古物) 그것이 주검의 먼지를 털고 새로운 미와 새로운 생명의 불사조가 되게 해주어야 할 것이다. 거기에 정말 고완의 생활화가 있는 줄 안다.

소설

몇 해 전 일이다. 어느 시골서 여러 해 만에 뵈입는 친구의 어르신네였다.

"요즘 자네가 글을 잘 져 이름이 난다데그려. 그래 무슨 글을 짓는가?"

무어라 여쭐지 몰라 망설이는데 그분의 아드님이 대신 대답해 드리기를,

"소설이랍니다. 꽤 재미있게 쓴답니다."

하였다. 영감님, 의외라는 듯이 안색을 잠깐 흐리며

"소설? 거 이야기책 말이냐?"

하시었다. 이번에는 내가

"그렇습니다."

한즉, 잠깐 민망해 하시더니,

"거, 소설은 뭘허러 짓는가? 자고로 소설이란 걸 패관잡기로 돌리던 걸세. 워낙 도청도설(道聽塗說)류에 불과하거든……."

하시었다.

나는 그때, 소심한 생각에 우선 가까이 톨스토이 같은 이가 얼마나 고마운지 몰랐다.

위인들 사진 가운데 톨스토이나 위고의 사진이 끼여 있던 것을 그림 엽서점에서 보던 생각이 불쑥 안 솟아 주었던들 나는 얼마나 한심했을는지 모른다.

서양 문학을 수입한 최초의 역자(譯者)들에게 진정 감사해야 될 것을 확실하게 깨달았다. 소설이 문학인격화한 것은 먼저 서양에서다.

문학의 왕좌를 점령해 놓은 서양 소설의 덕이 아니었던들, 오늘 동양에서, 특히 조선 같은 데서 소위 도청도설로 더불어 떳떳이 그 천직을 삼으려는 자 과연 몇 명이나 되었을꼬.

나는 이 '도청도설(道聽塗說)' 혹은 '가담항설(街談巷說)'이란 말에 몹시 불쾌를 느꼈었다. 소설이라고 반드시 먼지가 일고, 가래침이 튀고, 비린내가 나고, 비명이 일어나야만 한다는 조건은 어데 있는가? 될 수 있는 대로 먼지를 피하고, 가래침을 안 보고, 비린내를 안 맡고, 비명을 안 들으며 써 보려 하였다. 이것은 틀림없이 그 소설 천시에 대한 반감에서 일어난 나의 '소설'에의 약간의 인식부족이었다. 소설을 가리켜 '가담항설'이라 '도청도설'이라 했음은 멀리 창창한 한서의 고전이거니와 그때 이미 얼마나 정시한 소설관인가! 소설은 진화까지는 하지 않는다. 한서가 해놓은 정의를, 오늘 소설이 꼼짝 벗지 못하는 것이다. 도청도설, 요즘으로 말하면 신문이다. 한 개 목적을 위해 효과적으로 편집된 인간신문이다. 감각도 좋고, 스타일도 좋고, 지성, 풍격도 다 좋으나 이런 것들은 결국, 자기를 어서 윤색해 보려는 창백한 젊은 산문가의 신경쇠약이 아니었던가? '현세의 세 현상에 촌가(寸暇)의 방심이 없는 가장 정력적인 집착의 기록', 문자로 흐르는 곤곤(滾滾)한 인간 장강(長江)이 곧 산문, 곧 소설의 정체요 위용일 것이다. 소설은 '누가 썼는가'가 문제가 아니라 '누가 보았는가'가 먼저 문제여야 할 것이다. 오늘 작가들로서 가장 반성해야 될 것은 시력의 박약, 산문을 수예화(手藝化) 시키려는 데서 일어나는 '욕교반졸(欲巧反拙)'이 아닐까. 이것은 누구에게보다 내 자신에게 하는 말이다.

요즘 소설행문(小說行文)에 한자어들이 한자 그대로 드러나기 시작한다. 도청도설의 본연을 위해서는 불길한 현상이다. 나도 수년 전에 「우암노인(愚庵老人)」이란 소편(小篇)에서 한자를 시험해 보았다. 사소설의 맛, 수필적인 풍미를 가하는 데는 가장 효과적이다. 그 대신 대뜸 폐해가 생긴다. 한자 나오는 문구다운 조화를 지키자니, 의음, 의태어를 되도록 덜 쓰려든다. 우리처럼 성음 생활에 의음, 의태를 정확하게, 또는 풍부하게 쓰는 사람들이 어데 있는가.

> 빤드를한 머리 밑에 빨간 자름당기를 감아서 뽀얀 오른편 볼을 잘룩 눌러 입에 물고…….
>
> 염상섭 씨의 「전화」의 일절

> 이골 물이 주루루룩, 저골 물이 솰솰, 열에 열 골 물이 한데 합수하여 천방져 지방져, 소코라지고, 펑퍼져 넌출지고, 방울져 저 건너 병풍석으로 으르렁 콸콸 흐르는 물결이…….
>
> 「유산가(遊山歌)」의 일절

얼마나 구체적이라기보다 끈기 찬 정력적인 표현인가? 산문 세계를 조형하기에 이처럼 차진 점토(粘土)를 어찌해 우스꽝스럽게 여기고, 그

조촐한 맛에만 끌려 모새를 섞을 것인가? 다른 글에서는 한자흥(漢字興)을 즐겨 무관할 것이나, 소설, 가담항설에 있어서는, 애쓴 보람이 없이, 체경 자기의 표현을 개념화시키는 낭패만이 없지 않을 것을 미리 경계할 필요는 필요치 않을까.

학생들이 소설을 읽는 것은 좋지 못하다. 소설에 팔려버려 다른 공부를 제대로 못하기 때문뿐이다. 다른 공부를 제대로 하면서 읽는 소설은 물론 좋다. 나아가서는 그렇게 하기를 권려(勸勵)해야 할 것이다. 세상이라거나, 인정이라거나를 모르는 것만이 천진은 아니다. 그것은 백치요 천진은 아니다. 백치와 천진을 구별하지 못하는 교육자들이 많아 '소설'이라면 공연히 백안시한다. 『격몽요결』을 문학이라고 강의하는 유의 부유지말(腐儒之末)들이다. 가정에서나, 학교에서나, 덮어놓고 근엄 제일주의, 그것은 수하자(手下者)를 위해서보다 자기들의 무지와 나태를 가려나가는 유일한 무기였다. 아직도 동양에서는 선, 후진 사회를 불문하고 이런 고루한 두뇌자들이 청소년들의 감정화원(感情花園)을 얼마나 무지하게 짓밟고 섰는가!

인사

중학 때 한번 시골서다. 어느 할아버님 댁에 인사를 갔다. 할아버님께서는 아랫목 평상 위에 앉으시어 한 손엔 부채를 잡으시고 한 손으로는 수염 끝을 비비적거리고 계시었다. 나는 영외(미닫이틀 밖)에 선 채 가만히 절을 하였다. 그리고 가만히 나와 버렸다.

그 이튿날 그 댁 마당에서 그 할아버님을 뵈었다.

"너 언제 왔느냐?"

"어제 왔습니다."

"이놈 내게 인사 오는 게 아니라……."

나는 애매한 꾸지람을 들었다. 아마 어제 그 할아버님께서는 눈을 내리뜨시고 무엇을 생각하시게 골독하셨던 모양이시다.

전에 대원군께 어떤 시골 선비 하나가 찾아와 역시 장지 밖, 윗방에서 절을 하였다. 하고나서 보니 대원군은 안석에 기댄 채 책에만 눈을 던지고 있을 뿐 감감하다. 선비 속으로 아마 못 보셨거니 하고 다시 절을 하였다. 그제 대원군은 선비의 간이 달랑할 만치 소리를 버럭 질렀다.

"그 손 이게 무슨 해괴한 짓인고? 산 사람헌테 재배를 허다니 날 송장으로 본 셈인가?"

그러나 선비 얼른 대답이 용하였다.

"아니올시다. 먼젓 절은 뵈옵는단 절이요 나중 절은 물러간단 절이올시다."

대원군은 고개를 끄덕이고 사람 하나 얻었음을 즐겨하였다.

그전에는 불예례(不禮禮)가 있었다 한다. 추운 때 어른이 저쪽에서 나타나심을 보면 얼른 옆 골목에 숨어 버린다는 것이다. 절을 하기가 귀찮아서가 아니라, 절을 받느라고 노상에서 한시라도 머무실 그 어른께 폐가 될 것과 찬바람 치는 데서 더구나 입을 열어 무슨 말씀까지 계시다면, 그 황송함을 이루 다 어찌하랴! 함에서다. 예의 극치일 것이다.

정위당(鄭爲堂)께서는 한번 남대문통을 지나다가 어떤 노인을 만나더니 그만 들었던 책을 길 위에 놓고 그 얼었던 땅이 녹아 번지르르한 위에 덥석 엎디어 절을 하였다 한다. 나중에 동행이 물으니, 우리 선생님이시라 하였다 한다. 그리 오래지 않은 일이다. 자동차가 달리는 빌딩 앞에서의 이런 광경은, 역시 그런 길 위에서 고려자기를 줍는 것 같은 경이가 아닐 것인가!

요즘 우리들이 항용 하는 인사란 실로 개탄하여 마땅하리 만치 타락하였다. 서너 걸음 밖에서는 손이 제 모자로 간다. 모자를 '벗는'은커녕, '벗는 듯'도 확실한 동작은 아니다. 모자의 손쉬운 어느 부분을 만지는 체하는 새에 서로 가까워지면 그담엔 상대편의 손을 얼른 가 잡는다. 잡는 것도 내 자신 가끔 반성하거니와 제법 무슨 규격이 없다. 손은 제 모자에서 하던 그저 그런 투다. 그나마 손이 모자에서 자신이 있어 저쪽의 손으로 달음질치는 것도 못 된다. 혹시 저쪽에서는 정분의 과부족 간에 악수를 필요까지를 느끼지 않는지도 모른다. 쌍방이 다 같이 그런 자세로 움칫거리기만 하다가 흐지부지 지나쳐 버리는 수도 많고, 한쪽은 움칫거리던 손을 그예 내밀기까지 했으나, 저쪽에서 "그래 그간 재미 어떻슈?" 하는 말에 더 용의하였다가 우연히 아래를 보니 이편의 손이 나와 있어 "아!" 하는 감탄까지 발하며 그제야 손을 잡되, 새삼스레 분발해 흔들어대는 수도 있거니와, 좀 기민치 못하거나 다른 생각에 잠겨 가던 차라면 이쪽의 내어 민 손을 뻔히 보면서도 그냥 지나치는 양반도 있고, 나중에야 손을 들었으나 먼저 내어 민 쪽은 이미 손을 거두는 때라 겨우 어느 손가락 하나만이 붙들려 흔들려지는 수도 있으며 제일 우스운 것은, 때가 너무 늦어 손가락 하나조차 잡히지 않아 나중 쪽 역시 손만 들었다가 그냥 놓아버리는, 뜻만 서로 보이다 마는 악수다.

악수란 제대로만 하면 인사 중에는 가장 '그 사람의 실감'을 주어 '좋은 인사'다. 맹인이라도 몽양(夢陽) 선생의 악수는, 악수만으로도 몽양 선생인 줄 알 것이다. 그분의 그 의욕적인 데 반대로 피동적인 데 특색으로는 아마 민촌 같은 이도 맹인에게 능히 자기를 알리고도 남을 듯하다.

아무튼 악수의 개성성과 절의 비개성성에도 동서 문화의 상이점은 충분히 들어 있는 듯싶다.

서서(瑞西)의 석학 하루디의 에세이 속에 손 이야기 재미있던 구절이 생각나기로 찾아 여기 초역(抄譯)해 본다.

사람을 아는 데는 손이 제일이다. 근엄한 이의 자중하면서 내어 미는 손, 사교계 부인의 매끈한 손길, 진실미를 결한 이기주의자의 다만 넣기만 위주인 손, 신경쇠약자의 눅눅하고 싸늘한 손, 일에는 게으르나 손지창은 내는 사람의 손, 험한 노동계급의 일에 거칠어진 손, 모든 손들은 때로는 입보다 아니, 눈보다도 그들을 여실히 설명하는 것이다. 가장 즐거운 것은 천진하게 마음속에서부터 이쪽을 신뢰하며 쏠리도록 내어 미는 어린이의 손이다. 이것은 마치 동물의 앞발과 같아 전적으로 친애의 표시기 때문이다. 이와 반대로 호들갑스럽게 꾸민다든지, 팔을 온통 벌린다든지, 혹은 점잔을 빼는 악수, 두 손을 한꺼번에 내민다든지, 손을 야단스럽게 흔든다든지, 혹은 손을 오래 잡고 놓지 않는다든지 하는 것들은 항상 이쪽에 무슨 인상을 주려는 의도가 있지 않은가 다소 의심스러운 것이다.

두 청시인(淸詩人) 고사(故事)

일찍, 구오(九五)라는 이가 있어 시 지은 것을 완당께 가지고 가 제(題)를 청했다. 완당의 그 제문(題文) 속에, '풍려이인(馮藜二人)으로 위면(爲勉)하라'는 말이 있은 듯하다. 풍려이인이란, 어산(魚山) 풍민창(馮敏昌)과 이초(二焦) 여간(黎簡)인바 한가지로 청조의 신인들이라 당송에 편몰(偏沒)한 이조(李朝) 문단에 알려졌을 리 없다. 풍려의 고사(故事)를 얻지 못한 구오, 다시 완당께 내고(來叩)한즉, 완당이

'二人故事, 行篋無他可證文字, 適有手錄小本, 零羽片鱗, 尚可以溯原於, 鯨鬐巨觀'
이인 고사는 가지고 가는 봇짐에는 증명할 문서가 없는데, 마침 손수 베낀 책이 있었다. 떨어뜨린 깃과 조각비늘의 작은 증거품이 오히려 고래의 비늘과 금시조의 털로서 가히 본래 그 근원을 증명할 수 있다.

이란 부기(付記)까지 하여 그 풍려이인에 관한 친필의 '소본(小本)'을 구오에게 주었다.

그것이 다행히 오늘에 그대로 정히 전하는바 어산은 「알두소릉사시(謁杜少陵祠時)」 20수와 「알한문공사시(謁韓文公祠時)」 20수가 있고, 이초는 그의 작품보다도 논시(論時)가 있는데 그 탁락불기(卓犖不羈)한 정신은, 완당의 기백도 짐짓 이런 데 말미암음이 큰 듯하거니와 비단 시론(詩論)만으로 다함이 아니어서, 또 청조(淸朝)나 이조(李朝)에 그치지 않고 고금동서를 불문하고 한 명예술론(名藝術論)이 되기 족하기에 여기 소개한다.

士生古人後 詎有不踐迹

선비가 옛사람 뒤에 나서, 어찌 옛사람의 발자취를 따르지 않겠는가

始則旁門戶 終自竪棨戟

처음에는 문호를 따라다니다가, 끝내는 스스로 칼과 창을 세운다

神校轉渠帥 揮叱赴巨敵

큰 장수와 어울려도 보고, 소릴 지르며 큰 대적에게 덤벼들어 보기도 한다.

一身數生死 百戰資學識

한 몸이 죽을 고비도 많이 넘겼으니, 백 번 싸움에 학식이 밑천이 되었구나

絶境無坦步 高唱有裂笛

갈수록 평탄한 길이 없으니, 큰소리치며 찢어진 피리가 있구나

彎弓石爲肉 磨刀水先赤

활을 당기니 돌이 고기가 되고, 칼을 가니 물이 먼저 붉었구나

要於其發端 眞氣貫虹霓

요는 처음 나올 때부터, 참 기운이 붉은 안개를 뚫었구나.

끝으로

世人望我 我方閉門

세상 사람들은 나를 바라보는데, 나는 문을 힘껏 닫는다.

薜蘿幽深 外有白雲

담쟁이덩굴은 깊고 깊은데, 밖에는 백운이 겹겹이 싸였다.

淸宵悠悠 撫我鳴琴

맑은 밤 길고 길어, 나는 거문고나 타보려한다.

孰聽其曲 自惜其心

　누가 그 곡조를 들어줄거냐, 스스로 그 마음이 안타까울 뿐.

이란 단구(短句)가 있고, 호를 '비부(悲夫)'라고까지 한 완당은 '자석기심
(自惜其心)' 밑에 특히 세자(細字)로 '自惜其心四子道盡千古文人心事'자석기
심'이란 네 글자는 천고 문인의 마음을 전부 다 말한 것이다'라 하였다. 문인심사
(文人心事)란 자고로 이렇던가.

　더욱, 이들의 문편(文篇) 뒤에마다 이들의 인품과 작품에 관한 완당의
해설이 있는데 여러 가지 의미로 음미할 만하다. 요처(要處)만 초록한다.

　　馮魚山, …… 弱冠時, 爲學使北平翁公. 所賞拔, 追隨最久, 受知最深, 每語及
　　翁公, 輒肅然動容, 叙述師訓, 娓娓不倦, 每朔望拜祖, 及其師, 終身如一日 …….
　　黎二樵, …… 其詩, 由山谷入杜, 而所煉於大謝, 取勁於昌黎, 取幽於長吉, 取艶於
　　玉谿, 取瘦於東野, 取僻於閩僞 …….

　풍어산이 …… 약관 때에 학사 북평옹공에게 배웠으니 북평옹이 매우 칭찬
하였다. 따라다닌 지 매우 오래되어 배워서 안 것이 매우 깊었다. 매양 말할
때에도 북평옹 얘기만 나오면 갑자기 얼굴이 숙연해지고 스승의 가르침을 서
술할 때면 친절히 하여 게으르지 않았다. 매월 초하루 할아버지께 절을 할 때
그 스승에게도 하기를 처음부터 끝까지 똑같이 하였다. 풍민창과 여간 ……
그 시는 황정견(黃庭堅)에서 시작하여 두보(杜甫)로 들어갔으며 대사(사영운)
의 시에서 단련하였고, 한창려(韓愈)에게서 굳센 기운을 취했고, 그윽한 멋은
이장길(李賀)에게서 취했고, 아리따운 멋은 옥계(李商隱)에게서 취했고, 여윈
모습은 맹동야(孟郊)에게서 취했고, 궁벽된 뜻은 낭선에게서 취했다.

말이 스승에 미치면 숙연동용(肅然動容)하였고 매달 삭망(朔望) 때마다 스승을 부조(父祖)와 함께 배모(拜慕)하였다. 천륜에 못지않은 인륜미다.

완당의 광달진밀(曠達縝密)한 시안(詩眼)에 또한 놀랍지 않은가! 높은 작가는 높은 평안(評眼)을 떠나 지기(知己)가 없을 것이다.

해촌 일지

7월 2일(木)

아침 다섯 시, 이슬비를 맞으며 안변역에서 청진행을 내리니 주위를 한번 둘러볼 새도 없게 간성행(杆城行)이 들이닿았다.

흰 융수건을 쓰고 베치마를 입은 원산 말씨의 아낙네들이 타며 내리며 한다. 생선 비늘이 묻은 함지를 낀 할머니도 있다. 그네들의 이야기에서는 새로 딴 굴 냄새가 풍기는 것 같다. 간성행은 두어 역을 지나니 이내 바다가 나왔다. 바다! 손뼉을 치고 싶었다. 쪽빛으로 푸르면서도 운무에는 꿈속같이 아득한 동해, 차는 그를 그림인 듯 피하며 변두리로만 달아난다. 내려서 밟아 보고 싶은 모새밭이 군데군데 나온다. 우장 쓴 어부들이 십여 명씩 한곳에 모여 후리그물을 끌어들인다. 무슨 고기가 나올까? 이런 구경을 차는 달아나기만 한다.

송전까지는 작년 여름에 잠깐 왔더랬었다. 우산(牛山)이 고저(庫底)가 있기 편리하더란 말에 송전을 버리고 고저에 와 내렸더니 첫눈에 정이 뚝 떨어진다. 글자 그대로 고저감(庫底感)이 난다. 흙이 어둡고 바다가 멀고 총석정은 십 리나 가야 보일 것 같고 맨 함석지붕이다. 여관도 전

등 전화는 있어 우산의 말대로 편리는 할까 정취는 눈곱만치도 없다. 차라리 촌 주막의 여인숙은 보행객주다운 감발 냄새나 구수하다. 이건 얼치기 화식(和式)이라 장판방에다 후스마[이불] 한 꼴이며 제일에 얄팡얄팡한 복도로 고무 슬리퍼가 철덕거리고 지나다니는 것은 이마가 선뜩거려 누웠을 수가 없다. 전등은 왜 감방처럼 천장에만 치켜 달았을까.

저녁에 불이 들어오니 좀 아늑해진다. 억지로 기분을 내어 붓을 들었다.

소설을 한 회치라도 쓰고 잘 결심이었는데 옆방에서 유성기를 튼다. 기숙 객으로 여기 보통학교 국어 선생인 듯싶다.

사환 아이를 부르되 꼭 교실에서 생도를 부르듯, 성명 삼자에 정확한 가나쓰께로 부르는 친구인데 재즈 한 반(盤)을 울리더니 '우다와 기꾸모노, 오도리와 미루모노 ……' 하는 유행가가 시작된다. 이 방 저 방에서 '센세이 곰방와' 하면서 패들이 모여든다.

화가 치밀었으나 그 노래도 한참 듣노라니 값싼 '아— 스구리'도 입에 넣으면 뱉을 생각이 없듯이 딴 소음보다는 차츰 나아진다.

그 '센세이[선생]' 씨를 나는 보지는 못했으나 천 리인지 만 리인지 아무튼 고향을 떠나 이런 변지(邊地)에 와서 종일 '세이토[학생]'들에게 시달리고 밤이면 저렇게 유행가 몇 곡조로나 그 고단한 생활을 자위해 가는 것이거니 생각하면 저으기 눈물겨운 바도 없지는 않다.

그래 나도 소설은 하루치 못 쓰더라도 우선 이런 것이라도 적어보고 싶은 생각이 났다.

7월 3일(金)

총석정은 다음날 와서 찾기로 하고 송전으로 오다.

송전처럼 좋은 데가 왜 아직 이름이 못 났을까 왜 깨끗한 여관 하나 세별장(貰別莊) 하나 없을까 단 두 집의 여관, 모두 여인숙 급인데 하나는 이름도 없고 하나는 '동해여관'이라 대서(大書)하였다. 이름 있는 집으로 정하다.

고저(庫低)가 곳간 바닥 그대로 듯이 송전은 솔밭 그대로다. 동네도 반은 솔밭 속에 묻혀 있다. 해풍에 자란 솔들이라 통만 굵고 가지는 적은데 모두 아래로 드리워서 파라솔이라도 아주 요즘 유행 형들이다. 그 밑에 돗자리나 깔아 놓으면 소나무 하나마다가 훌륭한 정자겠다.

솔만 보면 봄인 듯하다. 그렇게 푸르기만 하지 않고 윤택하다. 땅만 보면 가을인 듯하다. 그렇게 모새가 보드랍지만 않고 쨍쨍 소리가 날 듯 밝다.

거리에서 바다로 나가는 길이 좋다. 넓고 양편에 소나무가 선 길은 송전 말고도 얼마든지 있을 게다. 그러나 이 길처럼 정하고 고운 길을 나는 일찍이 걸어본 적이 없다. 혼례식장에서 가주 나오는 신랑신부나 걸었으면 싶은 그런 길이다. 이 길이 끝나면 천공해활(天空海闊), 거기엔 떡 뻗치고 선 것이 하나 있으니 초현실파의 그림처럼 의외의 것이되 배경에 조화되어 버린 철봉이 하나, 나는 뛰어나 매달려 턱걸이를 겨우 네 번을 하다.

바다는 물결이 세다. 뽀얀 수말(水沫)은 눈보라처럼 해안을 올려 쓴다, 해당화가 잊어버려지지 않을 정도로 군데군데서 나부낀다. 향기도 강하건만 파도 냄새에 묻혀 꺾어들어야 코를 찌른다. 바다는 언제 보나 젊다.

밤에 창이 하 밝기에 주인에게 물으니 보름달이라 한다. 홑 고의적삼이 추우리만치 산산하나 다시 여관을 나섰다.

낮에도 텅 비었던 길, 밤에도 사람의 그림자는 하나도 없다. 달빛만이 꽉 차 있었다. 한 걸음 한 걸음 내디딜 때마다 달의 물결이 쏴─ 쏴─ 흩어지는 것 같다. 길뿐이 아니라 솔밭 위에도, 철로 위에도 으리으리한 바다 위에도 달은 또한 큰 바다다. 이 달의 바다 아래에선 물의 바다는 너무나 조그맣구나!

그리고 달의 바다는 너무나 성스럽구나!

새 한 마리 노래하지 않는 솔밭, 들창 하나 열리지 않은 빈 별장들, 누구를 위해 달은 이처럼 밝아 있는가? 사람이야 나와 보건 말건, 정물이 아닌 파도만 치는 곳에 달은 이렇듯 밝아 있구나! 생각하면 우리 사람이 이르지 못하는 곳에 달은 얼마나 많이, 얼마나 널리 비치고 있는 것일까? 끝없는 사막, 끝없는 해양, 그리고 무인고도(無人孤島)들, 높은 산봉우리들, 남북극지의 빙원들, 또 그리고 무수한 천공에 달린 별의 세계들, 참 달은 무섭도록 크고 무섭도록 무심치 않은가! 사람이, 미물 사람이 제가 공연히 그에게 정을 두도다!

7월 4일(土)

눈이 부신 아침이다.

하늘은 새로 쌌던 포장지, 빨각 소리가 날 것 같다.

내 방 앞이 바로 울타리도 없는 보통학교 운동장이다. 종치는 소리에 나도 나갔다. 운동장 밖 솔밭에 들어서서 조회를 구경했다.

반마다 반장이 나와 종대로 줄을 마치더니 반(半) 길이나 되는 단 위에 교장인 듯한 제일 나이 들어 뵈는 선생이 올라선다. 그러나 한 삼백 명 되어 보이는 학생군(學生軍)은 일제히 합창을 하듯

"센세이 오하―요고자이마스."

하고 경례를 한다.

교장은 바지 주머니에 손 하나를 찌르더니

"에― 고노고로 ……."

하고 시작하는 훈시는, 사꾸라 열매를 따 먹지 말라는 것이다. 먹으면 배탈이 날 뿐 아니라 나무에 올라갔다 떨어지면 어떻게 되느냐는 것이다.

"사꾸라노미와 다베라레루 미데와 아리마셍."

으로 끝을 맺고 내려서니 이번에는 웃통을 셔츠만 입은 선생이 성큼 뛰어올랐다. 그러더니 다짜고짜로 라디오 체조를 시작한다. 온 마당이 라디오 체조다.

나는 여간 반갑지 않았다. 나는 이미 서너 차례나 이 라디오 체조를 배우다가 실패했다. 가르쳐 주는 이 앞에서는 곧잘 되다가도 혼자 따로 해 보려면 동작과 순서가 잊어버려진다. 그렇지 않아도 운동을 좀 하려던 차라 물실호기(勿失好機)다. 나만 보고 저쪽에서는 못 보도록 소나무 뒤에 숨어 서서 동작을 따라하는데 어찌 재게 하는지 한 가지를 반씩밖에 입내내지 못하였다. 그래도 끝까지 다 얼버무리고 나서 그제야 뒤도 돌아다보았다. 소나무뿐인 줄 알았는데 웬 농군 한 사람이 소를 몰고 가다 말고 내 꼴을 보고 서 있었다. 내가 도리어 씽긋 한번 웃었더니, 예의 없는 그 친구는 침만 한번 직 뱉고 털레털레 가버렸다.

하학종이 울리고 나면 남학생들은 앞마당으로 뛰어나오고 여학생

들은 뒷마당으로 몰려나왔다. 여학생 속에서도 패가 갈린다. 1, 2학년 아이들은 아무렇게나 흩어져 노는데 5, 6학년 아이들인 듯 좀 굵은 소녀들은 판장 밑에 끼리끼리 머리를 모으고 서서 소곤거리기, 노래하기, 그리고 군소리하기에 깨가 쏟아진다. 그러다가도 코홀쩍이들은 땅만 보고 노는데 이들은 갑자기 새침해 가지고 하늘을 쳐다보는 소녀도 더러 있다. 그런 때 그의 총명한 동공에는 무엇이 그리어질까?

파도 소리는 그들의 상학 시간이나 하학 시간이나 그치지 않고 울려온다.

7월 11일(日)

개성으로 서사정(逝斯亭)을 보러 갔던 길에 집에 들러 식구들과 함께 송전으로 오다.

문만 나서면 금모래밭, 아이들의 맨발이 좋아한다. 나도 맨발주의다.

바닷가에 처음 나서 보는 우리 아이들, 제일 작은 소남이는 함부로 뛰어들려 했고 유백이는 한참이나 멍─하니 섰더니 드끄럽다고 동네로 들어가자 하였다. 소명이만 조개껍질 줍기에 바다는 볼 생각도 안 했다. 개성이 가장 쉽게 나타나기는 어렸을 때인가 보다.

7월 14일(火)

주부, 아내는 무엇보다도 생선 흔한 것을 좋아하였다. 펄펄 뛰는 가재미가 한 두름(20수)에 큰 거라야 40전, 새로 딴 홍합이 한 두름에 8, 9전, '꽁치'라는 생선은 절여 두고 구워먹어도 좋은데 한 두름에 단 10전, 그리고 비싸단 것이 해삼과 전복인데 모두 움질거리는 산 것으로 해삼은 한 두름에 15전, 전복은 한 두름에 25전부터다. 며칠 동안 싼 바람에

탐나서 미처 먹을 새도 없이 사놓기만 하던 아내는 이내 비린내에 멀미가 난 모양이다. 닭고기가 먹고 싶다 했다.

저녁에 이웃집 할머니 한 분이 70전이나 주겠다는 바람에 묵은 암탉 한 마리를 붙들어 왔다.

"그 닭 아주 죽여다 주시오."

우리는 먹는 데는 모두 암팡지나 닭의 멱을 찌를 사람은 하나도 없었다.

이웃 할머니는 칼을 달래 들고 삼밭머리로 갔다. 그런데 한식경이 지나도 오지 않는다. 닭을 놓지였나 하고 찾아가 보니, 이 딱한 노인, 한손엔 닭을 붙든 채, 한손엔 칼을 잡은 채, 눈물이 글썽해 가지고 그냥 멍청하니 앉아 있는 것이다.

"왜 어태 안 쥑이도 앉어만 있소?"

"차마 내가 기르던 걸 못 찔으겠세유."

하고 일어서는 것이다.

"그럼 어떻게 하려우?"

"집에 가지구 가 저녁에 우리 아들이 오건 쥑여다 드립죠."

닭은 그런 줄도 모르고 눈을 똘망거리며 다시 저이 집으로 안겨 갔다.

7월 19일(日)

요즘은 연일 쾌청. 모래는 맨발로 밟을 수가 없게 뜨겁다. 바다로 나갔더니 소년 하나가 아주 얕은 물녘에다 낚시를 담그고 섰다. 저런 데서 무에 물릴까 하고 다시 보니 단 한 마리를 잡았으나마 그야말로 은린옥척(銀鱗玉尺), 비늘이 눈이 부시게 빛나는데 뼘가웃은 실히 되게 크다. 물으니 '방어'라 한다. 나는 이내 집으로 달려와 낚싯대를 들고 나

왔다. 점심때까지 두 마리를 낚았으나 내 해는 모두 찌뼘짜리 새끼뿐
이었다. 그래도 대견스러웠다.

7월 20일(月)

오전 중엔 억지로 들어앉아 소설 2회분을 써 부치고 오후엔 식구들과
함께 바다로 나갔다. 발바당[1]과 등어리가 모두 불에 지지는 것 같다. 오
늘처럼 급하게 물에 뛰어든 적은 없다. 염열(炎熱)의 육지에서 나오는 서
풍이라 이발소에서 머리 말리는 전열기 바람처럼 훗훗하다. 그래 물에서
나서기가 바쁘게 몸이 마른다. 어깨에 소금이 허옇게 앉는다. 살빛이 본
격적으로 타들어가기 시작한다. 석양에는 왼편으로 빤히 보이는 오매리
(梧梅里)로 고기잡이배 구경을 갔다. 촌에서 여인들이 좁쌀 함지 간장 단지
들을 이고 와서 고깃배 들어오기를 기다린다. 태고연스런 풍경이다. 얼
마 안 있어 대동강의 매생이만밖에 안 한 아주 조꼬만 어선이 하나씩 들
어오기 시작했다. 여인들은 와 몰려나가 맞곤 한다. 생선배에는 가재미
와 횟대기뿐, 어부는 물물교환으로 가지고 온 물건만큼씩 함지에 생선을
준다. 조갯배는 홍합과 해삼과 전복 등이 있는데 이것도 반은 물물교환
이다. 우리는 돈으로 홍합과 가재미를 샀다. 어부는 돈을 더 좋아했다.

7월 22일(水)

맑은 바람이 바다에서 들어오는가 하면 솔밭에서 나오기도 한다.

아득한 반원형의 수평선, 띠끌만 한 기선 하나가 살오리 같은 연기

---

1 '발바닥'의 경남 평안 방언.

를 끌고 있다. 멀리 항해하고 싶다. 바지를 최고한도로 올려 걷고 오매리 앞까지 뛰어 본다.

소설 사흘 치를 써 가지고 고저로 부치러 가다. 송전에 우편소가 어서 생겨 서류나 환전이 여기서도 되었으면.

고저(庫底)에 가보니 송전으로 돌아올 시간까지는 약 다섯 시간이 있다.

축항(築港)을 돌아 총석정으로 가다.

축항을 지나니 묘지가 나왔다. 파도 소리와 갈매기 소리의 묘지. 창망(蒼茫)한 수천만(水天灣)이 바라보이는 묘지, 여기 사람들의 해로가(薤露歌)는 한층 더 구슬프리라.

이 묘지를 지나면서부터 총석정은 보이지 않으나 벌써 총석감(叢石感)은 나기 시작한다. 어마어마하게 큰 철색(鐵色)의 결정암들이 마치 적함(敵艦)을 향한 포대(砲臺)와 같이 어슷비슷 머리들을 들고 있다.

넘어진 것도 육모암, 일어선 것도 육모암, 이런 포대의 등성이를 두엇 지나니 저만치 이번에는 하나도 누운 것이 없이 병풍처럼 쭉 직립하여 바다 끝으로 내달렸는데 그 위에는 곧 날아오를 듯한 정자일각(亭子一閣)이 오뚝 서 있다.

현판을 보지 않아도 그것이 총석정이다.

가까이 가보니 병풍처럼 연립한 석벽이 아니라 나마폐허(蘿馬廢墟)의 원주들처럼 오히려 밑이 가늘어 보이는 대석주(大石柱)들이 따로 따로 물속에 섰는 것이다. 석주들의 길이만 따라 내려다보아도 눈이 아찔하다. 그런데 그 밑에는 맹수와 같이 늠실거리는 물이 독약처럼 검푸르다. 모골이 초연해진다.

정자로 올라가니 해강(海岡)의 습자 글씨가 정면에 걸린 것과 촌접장

(村接長)들의 총석찬(叢石讚)이 난잡하게 자리를 다투어 걸린 것은 저윽 불쾌하였다.

정자에 앉으니 극지에서 날아오는 듯한 냉풍, 눈도 끝없이 떨어진다. 바른편으로 외금강의 위용이 아득히 떠오를 뿐, 동북간은 망망한 물나라, 동해지동경무동감(東海之東更無東感)이 불무(不無)하다.

동해의 파도는 다 이곳에 몰려드는 듯, 그러나 엄연부동(嚴然不動)하는 총석의 기착자세(氣着姿勢), 군국정신을 고취시키기 좋은 배경이다. 경치로 즐기기엔 좀 무시무시하다. 이런 데를 쌍거쌍래(雙去雙來) 즐기는 갈매기야 대체 새라 할 수 있을까! 여섯 시 차에 돌아오다.

만주기행

거대한 공간

차에서 만난 친구들에게 끌리어 평양에 내려 하루 놀고 다시 평양서 탄 봉천행은 밤차가 되었다. 평양 이북은 이십여 년 만이요 안동현 이북은 생후 처음이다. 소년 때 안동현에 갔다 돈이 떨어져 도보로 나오던 안주, 정주, 선천, 의주, 다 한번 내다보고 싶은 추억의 풍토들이나 밤차라 커튼을 내리고 잠이나 청할 수밖에 없었다.

삼등 침대의 하단, 기어서 오르내리는 곡예는 하지 않아 좋으나 내 얼굴에서 석 자도 못 되는 거리에 다른 사람, 그 사람 위에 또 그렇게 한 사람, 내가 맨 밑에서 그들을 떠받들기나 하는 것처럼 무겁고 갑갑하다. 주머니 세간 많은 저고리를 입은 채 누웠으니 돌아누울 때마다 거북하다. 벗자니 걸어놓을 데가 변변치 않고 개켜놓을 자리는 더욱 없고 아무튼 매무시를 고치려 일어나니 정수리가 딱 부딪친다. 학의 모가지로 한참 견디어 보니 그래도 눕는 편이 훨씬 편하다. 눕는 이상 내 몸 용적만 한 공간이면 족할 것인데 사실인즉 시렁에 얹힌 가방처럼 무심해지지 않는다. 통 속에서 산 철인(哲人)의 생각이 났다. 삼등 침대에서 자안(自安)하기에도 다소 수양이 필요한 모양이다.

대륙, 그리워한 지 오랜 풍경이다. 동경 있을 때, 한 번 신흥러시아미술전(新興露西亞美術展)이 있었다. 거기서 본 〈무지개〉란 한 풍경화는 지금도 머릿속에 싱싱한 인상이 있다. 우후(雨後)에 선명한 색채로 뻗어나간 끝없는 지평선, 길 없이 흩어져 버린 방목(放牧)의 무리, 무지개도 한낱 홍예문처럼 두 뿌리가 한 들에 박혔을 뿐으로 최대의 공간을 전개시킨 화폭이었다. 그 후 다른 미전(美展)에서도 가끔 풍경화를 구경하였으나 그런 거대한 공간은 다시 보지 못하였다.

거대한 공간, 러시아 소설들이 우리를 누르는 것도 그것들이다. 과거 여러 세기 동안 대국이 해동반도를 누른 것도 그들의 거대한 공간의 농간이었을 것이다.

그런 대륙, 그런 공간을 향해 내 차는 밤을 가르고 달아난다.

처음으로, '그에게 간다'는 것은, 그가 사람이거나 자연이거나 몹시 이쪽을 흥분시키는 모양으로 자정이 넘어도 잠이 오지 않는다. 이윽고 차가 안동현에 이르니 세관리(稅關吏)가 뛰어오르며 차 안이 와자해진다. 사람은 모두 일어나고 짐은 모조리 끌리 운다. 나도 가방을 열어 보였다. 정차 30분, 확성기는 소란해야 국경이라는 듯이 반시(半時) 동안을 시종이 여일하게 중언부언한다.

차는 다시 떠난다. 객은 모두 다시 눕는다. '이곳을 누워서 지나거니!' 깨달으니 문득 나의 머리엔 성삼문의 생각이 떠오르는 것이다. 세종께서 지금 내가 쓰는 이 한글을 만드실 때 삼문을 시켜 명의 한림학사 황찬에게 음운(音韻)을 물으러 다니게 하였는데 황 학사의 요동적소(遼東謫所)에를 범왕반십삼도운(凡往返十三度云)으로 전하는 것이다.

그때는 고작 말을 탔을 것이다. 일행(日行) 불과 6, 70리였을 것이다. 이제 누워 야행천리를 하면서 생각하기엔 너무나 아득한 전설이 아닌가! 더구나 1, 2왕반(往返)도 아니요 범 13도라 하였으니 성삼문의 봉사도 끔찍한 것이려니와 세종의 그 억세신 경륜에는 오직 머리가 숙여질 뿐이다.

차는 한결 커브가 없이 일직선으로만 달리는 듯하다. 거대한 육지, 거대한 공간, 그 위에 덮인 밤, 바다 밑바닥을 조그만 미꾸리가 기어가는 것 같은 이 기차일 것이다.

흙 · 흙

깜박 잠이 들었다 깨니 건너편 창이 희끄무레하다. 옳다 밝았구나! 나는 일어나기 전에 머리맡에 커튼부터 올려 밀었다. 무엇이 멀찍이서 희끗희끗 지나가나 아직 이쪽은 서창이라 낮이기보다는 밤인 편이다. 시계를 보니 다섯 시가 훨씬 지났다. 여기만 해도 서울보다 얼마쯤 동이 늦게 트이는 모양이다. 나는 일어나 세수부터 하고 창이 넓은 식당으로 갔다. 뿌연 안개 속에 집들이 지나간다. 조선서 보는 농가들과는 윤곽이 다르다. 모두 직선들이다. 길다란 한 채를 토막토막 잘라 놓은 것처럼 좌우에는 처마가 없이 창 없는 벽이 올라가 지붕을 끊어버린 것들이다. 조선서도 동양화가들이 흔히 그려놓은 집들이다.

　사래 긴 밭들이 무수한 직선으로 연달아 부챗살 같이 열리고 접히고 한다. 마을 뒤나 밭사래 끝에는 막힌 것이 아무것도 없다. 산은 물론 언덕 하나 보이지 않는다. 밭이 지나가고 밭이 연달아 오고 그리고 지루할 만하면 백양목 대여섯 주가 모여 선 숲이 지나가고 그러다가는 칼로 똑똑 잘라 놓은 것 같은 단조로운 농가 한 부락이 지나가고, 차츰 남의(襤衣)의 토민들이 한둘씩 길 위에 나서기 시작하고 그리고 여기서도 차창 안에 앉아 읽을 수 있는 것은 「인단(仁丹)」이나 「미지소(味之素)」 따위, 만리동풍(萬里同風)이다. 도랑에는 살얼음, 밭에 나룩그루[2]에들은 하얗게 서리가 덮이었다. 아득한 안개, 어디를 보나 땅과 하늘의 경계선은 흐려지고 말았다. 돌각담 하나 없는 도토리 가루 같은 빛 진한 흙, 흙, 그 위에 잘 달리는 말이 금만 긋고 달아난 것 같은 질펀한 밭이랑들, 그 밭 너머에 또 그런 밭이랑들, 급행차가 달리어도 달리어도 끝없이 자꾸 나서는 밭이랑의 세계, 차 안에 앉았어도 태산에 오른 듯한 광막한 시야엔 일개 서생(書生)의 흉금으로도 부지중 조끼단추를 끄르고 긴 호흡을 들이켜 보게 한다. 이, 하늘에 뜬구름밖에는 목표를 삼을 것이 없는 흙의 바다 위에 맨 처음 이런 철로를 깔고 망치를 든 채 시운전을 했을 그들의 힘줄 일어선 붉은 얼굴들이 번뜻번뜻 눈 속에 지나간다. 모든 무대는 오직 주연자(主演者)에게만 영예를 허락할 것이다.

2　'나룩'은 벼의 강원도 방언이고, '그루'는 작물을 심어 기르고 거둔 자리를 의미한다. '나룩그루'는 벼를 심어 기르고 거둔 자리를 뜻한다.

이 차창에 앉아 저 변두리 없는 흙을 내다보며 순전히 흙으로써 감격하는 사람은 흙을 주지 않는 고향을 버린 우리 이민들일 것이다. 처음엔

"땅도 흔하다!"

하고 놀랄 것이요 다음엔 밭머리마다 연장을 들고 반기는 표정이라고는 조금도 없이 지나가는 차를 힐끔힐끔 쳐다보고 섰는 푸른 옷 입은 사람들을 볼 때에는

"그래도 모다 임자 있는 밭들이 아닌가!"

하고 피곤한 머릿속엔 메마른 생활의 꿈이 어지러웠을 것이다.

무슨 둔(屯)자 붙은 역명만이 한참 지나가더니 소가둔(蘇家屯)이란 큰 정거장이 나온다. 여기서는 4분 동안이나 쉰다. 역원, 경관들 모두 누루퉁퉁한 제복이다. 소가둔을 다시 떠나니 곧 차장이 나타나며 얼마 안가 봉천이라 한다. 차도 봉천이 종점이거니와 지날 바엔 반일(半日) 동안이라도 봉천의 개념이나마 얻고 싶다.

차에서 내리니 여덟 시 조금 전, 이른 아침의 이국 도시는 낯선 빌딩들의 어두운 그늘과 텅 빈 가도에 아침 해의 역광선이 눈부실 뿐이다. 나는 돌아서 역 대합실로 들어섰다.

골육감

역내엔 들어서기가 바쁘게 해풍 같은 찝찔한 냄새가 확 끼친다. 물 귀한 이곳 사람들의 옷에 쩔은 체취일 것이다. 포스터들, 매점의 물색(物色), 모두 경성역에서 보던 것 따위다. 봉청 안내란 것을 하나 사들고 삼등 대합실로 갔다. 자리가 없게 그득한 만인(滿人)들 틈에 흰옷 입은 사람들이 여기저기 보인다. 그중에 봉천 때가 묻어 보이는 사람들은

인객(引客)꾼들인 듯, 충혈된 눈을 맥없이 껌벅거리거나, 옹송그릴 구석만 있으면 보따리에 엎드려서라도 코를 고는 사람들은 지난 밤차나 오늘 아침 차에 내려서 갈아탈 차를 기다리는 소위 자유 이민의 동포들인 듯하다. 방한모는 썼으면서도 두루마긴 입지 못한 젊은이, 입은 호물거리면서도 더벅머리 손자 녀석과 나란히 앉아 볶은 콩을 먹는 할머니, 그들의 옆에는 빛 낡은 반물보퉁이, 꿰진 홑이불 보따리들이 으레 호텔 레텔이나처럼 크고 작은 바가지 쪽들을 달고 있는 것이다. 노파에게로 가 어디까지 가느냐 물으니 콩을 그저 질겅거리며 허리춤에서 꼬깃꼬깃한 하도롱 봉투를 꺼내 보인다. 모란강 어디라고 쓰인 것이다. 작은아들이 3년 전에 들어가 사는데 굶주리지는 않으니 돌아가실 때까지 배고픈 것이나 면하시려거든 들어오시라고 해서 큰아들의 자식까지 하나 데리고 '평안도 쉰천골' 어디서 떠나 들어온 것이라 한다.

이등대합실에 가니 거기도 자리가 없다. 손 씻는 데로 가니 거기엔 여자 전용도 아닌 데서 시뻘건 융 속적삼을 내어놓고 목덜미를 씻는 조선 치마의 여자가 있다. 보니 그 옆엔 조선 여자가 여럿이다. 까무잡잡한 30이 훨씬 넘어 보이는 여자가 하나, 아직 16, 7세밖에는 더 먹지 못했을 솜털이 까시시한 소녀가 하나, 그리고는 목덜미를 씻는 여자까지 세 여자는 모두 22, 3 정도로 핏기는 없을망정 유들유들한 젊고 건강한 여자들이다. 그들은 빨간 병, 파란 병들을 내어놓고 값싼 향기를 퍼뜨리며 화장들에 분주하다. 나는 제일 먼저 화장을 끝낸 듯한 여자에게로 갔다.

"실례올시다만 나도 여기가 초행이 돼 그럽니다. 어디까지들 가십니까?"

"예?"

하고 그 여자는 놀랄 뿐, 그리고 그들은 일제히 나를 보던 눈으로 맞은 편에 이들과는 상관이 없는 듯이 따로 서 있는 노신사 한 분을 쳐다보는 것이다. 작은 눈이 날카롭게 반짝이는 이 노랑 수염의 노신사는 한 손으로 금시계 줄을 쓸어만지며 나에게로 다가왔다.

"실례올시다만 신경 갈 차가 아직 멀었습니까?"

"차 시간을 몰라 물으실 양반 같진 않은데 ……."

하는 그의 눈은 더욱 날카로워진다. 나는 그냥 시침을 떼었다.

"몰라 묻습니다. 신경들 가시지 않습니까?"

"우린 북지루 가우."

하며 그는 나의 아래위를 잠깐 훑어보더니 이내 매점으로 가 오 전짜리 '미루꾸'를 한 갑씩 사다가 여자들에게 나눠주는 것이다. 모두 주린 듯 받기 바쁘게 먹는다. 그 거의 하나씩은 다 해 넣은 듯한 금니빨을 번쩍거리며, 그리고 그네들은 모두 이 노신사더러 '아버지'라 불렀다. 그는 물어보나마나 북경이나 천진 같은 데 무슨 누(樓) 무슨 관(館)의 주인일 것이다. 이 눈썹을 그리며 미루꾸를 씹으며 무심하게 즐거이 험한 타국에 끌려가는 젊은 계집들, 나는 그들의 비린내 끼치는 살에나마 여기에선 새삼스런 골육감을 느끼지 않을 수 없었다.

봉천박물관

나는 「봉천 안내」에서 얻은 지식으로 택시를 타고 '야마도 호텔'로 갔다. 전승기념비를 가운데 놓은 대광장 한편에 홀립(屹立)한 '아메리칸 르네상스'식이란 단아한 4층 양관, 북국에보다는 녹음 많은 남국에 더 조화됨직하게 노천낭하(露天廊下)가 많은 백악(白堊)의 전당이다. 클락에 가방과 외투를 맡겨 놓고 식당으로 갔다. 구석구석에 벽안(碧眼) 신사

숙녀들이 향기로운 커피와 빛 고운 과실들을 먹는다. 나도 신선한 아침 메뉴가 주는 대로 조반을 마치고 나의 신경행 특급 '아세아'의 급행권을 뷰로에 부탁해 놓고 거리로 나섰다. 어디서 보았는지 쾌차(快車, 인력거) 두 대가 일시에 달려든다. 조선 인력거보다 훨씬 낮다. 조그만 장명등 같은 것이 좌우에 달리고 앉는 데도 울긋불긋한 무슨 술을 많이 늘이어 호사스럽다. 그중 깨끗한 차로 올라앉아

"하꾸부스깡."

하여 보았다. 차부는 누런 이빨만 내어놓을 뿐 못 알아듣는다. 지도를 꺼내 박물관의 위치를 지적하여도 도시 모르는 모양이면서도 승객만은 놓치지 않으려 허턱 끌고 달아나는 것이다. 한참 끌려가다가 글자를 알 만한 사람을 만날 때마다 소리를 질러 차를 세우고 지도를 펼쳐 들었다. 그러나 저희끼리 한참 떠들어대기만 할 뿐 차부에게 박물관을 터득시키는 사람은 좀처럼 만나지지 않는다. 그러나 차부는 허턱 뛰기만 한다. 승객은 목적지로 가든 못 가든 있는 길에 끌고 뛰기만 하면 자기는 놀기보다는 벌이가 된다는 심산이다. 필경은 이 맹주쾌차(盲走快車)에서 쌈싸우듯 해가지고 내려 택시를 주워 탔다.

　삼경로십위로(三經路十緯路)라는 데 있는 전 동북군벌(東北軍閥) 탕옥린(湯玉麟)의 사저였었다는 백악삼층루(白堊三層樓), 주한(周漢) 시대의 동기(銅器), 요송황금(遼宋黃金) 시대의 도자기, 송원(宋元) 이래의 서화 등이 주요한 진열품으로 각사(刻絲)라는 것과 자수품들은 염직공예로서 특기할 만한 것이었다. 자유화(自由畵)의 필치가 많은 채문토기(彩文土器)들과 세계적으로 이름난 낭세녕(郎世甯)의 원화(原畵)를 판화화(版畵化)한 불인(佛人) 꼬산의 작품을 볼 수 있음은 의외였고, 동양화는 대체로 산수인

데 선면(扇面)에 재미있는 것이 많았다. 총장품(總藏品) 삼천오백여 점, 대륙민족의 정력, 유한(有閑), 치밀, 원숙, 이런 것은 십이분 느껴지나 고려나 이조의 센티멘털이나 유머와 같은 좀 더 감성적인 데를 찔러주는 것은 너무 없었다. 더구나 한민족을 통치한 대청(大淸) 제국의 고토인 봉천으로서의 의의를 갖기엔 질로나 양으로나 저윽 빈약한 박물관이었다. 만주에 왔다가 동양일(東洋一)이라고 선전되는 대련박물관을 구경하지 못하고 지나는 것은 유감이다.

나는 이번에는 마차를 타고 동선당(同善堂)으로 갔다. 동선당만은 빈민들과 인연이 깊은 기관인 만치 마차꾼은 어렵지 않게 알아들었다.

동선당

동선당(同善堂)이란, 고아, 걸인, 빈민, 그리고 예작부(藝酌婦), 창기, 사생아, 이런 불우한 인생 칠백여 명을 수용하고 있는 대규모의 자선기관이다. 30여 년 전, 좌보귀(左寶貴)라는 개인의 사업이 자란 것으로 특서(特書) 할 봉천 명물의 하나가 되어 있는 것은 다른 곳 고아원이나 양로원에서는 보지 못할 도덕과 시설이 있는 때문이다.

'위선불권(僞善不倦)'이란 커다란 편액이 걸려 있는 사무소, 그 좌우편으로 시작하여 뒤로 들어가면서 양관과 중국식의 단층 건물들이 무수히 널려 있다. 어떤 데는 병원, 어떤 데는 목공, 인쇄, 직조공장, 또 유치원, 학교들인데 가장 인상 깊은 것은 구산소(救産所)와 제량소(濟良所)와 구생문(救生門)의 풍경이었다. 독자생업(獨自生業)이 불능한 노인들은 물론이거니와 누주(樓主)의 학대를 못 견디어 도망 온 예작부, 창기, 강제 매음을 당하게 된 부녀들까지 받아 보호 선도하는 것이며 더 나아가서는 부부 싸움을 하고 온 여자까지 받는다는 것이다. 그런 아내는 대개는 석 달이 못 되어 흔히는 남편 쪽에서 화해를 신청하고 데려간다는 것이며 데려갈 사람이 없는 여자는 창기든 처녀든 인처(人妻)든 동당(同堂)이 주선하여 상당한 자국에 혼인을 시키는데 그 색시들의 살림 성적이 좋기 때문에 뭇 총각, 홀아비로부터 구처신입(求妻申込)이 가끔 있다는 것이다. 그리고 더욱 진기한 풍경은 구산소의 구생문인데 사생아의 피살을 막기 위해 빈민 아니라도 조산을 청하는 여자면 얼마든지 환영할 뿐 아니라 산모의 주소, 성명, 임신 관계 등엔 일체 불문에 부치는 것이요 아이를 낳아 놓으면 아이만 남을 뿐, 산모는 언제든지 쏙 빠져 자유로 자취를 감추게 한다는 것이다. 구생문이란, 뒷골목 길에 나선 솟을대문 같은 데다 어린애 하나 들여놓을 만한 구멍에다 함지 같은 것을 놓은 것이다. 그리고 어린애를 놓으면 함지가 눌리어 초인종이 울리도록 장치되었다. 누구나 무슨 수속은커녕 얼굴 한번 내어놓을 필요도 없이 기르기 딱한 아이면 이 함지에다 갖다 놓고만 가면 그만이게 되어 있다. 죄는 덮고 불행만을 구하는, 성스런 자선기관이다.

여기를 나서니 오후 한 시, 여기 시간 풀이로 열세 시가 넘었다. 마차를 타고 성내로 들어가 먼지와 금(金) 글자와 뻘건 글자 투성이의 상점가를 한 바퀴 돌아서는 호텔로 오고 말았다. 점심 먹을 시간도 없이 가방을 치켜들고 부리나케 정거장으로 나왔다.

동양일(東洋一)의 쾌속차라는 대련 합이 간의 특급 '아세아' 심록색(深綠色)의 탄환과 같은 유선형이다. 얼마 쉴 새 없이 곧 봉천을 떠난다. 이내 속력이 난다. 별로 진동이 없이 줄곧 등속력(等速力)으로 가볍게 달린다. 새 이발기계로 머리를 깎는 때 같은 감촉이다. 창밖은 그저 밍밍한 벌판이다. 등산 좋아하는 친구들을 생각하고 그들이 이런 데 와 산다면? 생각하니 사람 따라서는 평원(平原)도 지옥일 수 있는 것이 우스웠다.

점심을 먹으러 식당으로 가니 급사가 모두 노인(露人) 소녀이다. 하나는 희고 야위고 반듯한 이마가 영화 〈죄와 벌〉에서 본 쏘냐 같았다. 국적이 없는 백계(白系) 노인의 딸들, 향수조차 품을 곳 없이 단조한 평원만 내다보고 사는 가엾은 처녀들, 그들이 가져오는 한잔 커피는 술만 못지않은 독한 낭만을 풍기었다. 그런 커피를 잔을 거듭하며 나는 내일 이민촌을 찾아 끝없는 벌판에 외로운 그림자가 될 것을 걱정스럽게 생각해 보았다.

신경

저녁 여섯 시가 지나서 신경에 다았다. 역을 나서니 바람이 씽씽 귀를 치는데 광장에서 방사선으로 뻗어나간 길들은 끝이 모두 어스름한 저녁 속으로 사라졌다. 헌것이고 새것이고 빌딩들은 빈 것처럼 꺼시시하다. 외투 깃을 올리고 한참이나 기다려서 소형택시 하나를 주웠다. 영창로에 있다가는 만선일보사로 가자하였다. 정면으로 제일 큰 길을 달려가는데 모두 아스팔트, 언덕이 진 데는 두부모 같은 돌로 파문을 그려 깔았다. 시가지가 그냥 수평면이 아니요 군데군데 고저가 있어 동경 생각이 나게 한다. 큰 빌딩 하나, 혹은 두셋이 있는 사이엔 으레 무슨 회사 무슨 점(店) 건축용지란 판장 울타리가 지나간다.

걷는 사람이 적은 길 위에 차는 마음대로 달아난다. 한 15분 달렸을까 할쯤에야 시뻘건 깃발이 날리는 한 빌딩 앞에 머물렀다.

마침 그때까지 퇴사 않고 있던 횡보(横步), 여수(麗水), 태우(台雨) 제형이 반가이 맞아준다. 내 딴은 천애지각(天涯地角)에 온 듯한데 이 낯익은 친구들이 책상에 턱턱 자리 잡고들 앉아 일하며 생활하는 모양은 그들이 딴 사람들 같은 착각도 일어났다. 이내 여수 형 댁으로들 가서 훈훈한 페치카 앞에서 새로 지은 저녁을 먹으며 신경 이야기로 또 이민촌 이야기로 서로 신세타령으로 즐기다가 태우 형이 앞장을 서 밤 신경 구경을 나섰다.

해진 지 오랜 하늘이나 아직 서편은 푸르스름하다. 날카로운 별들이 뜨고 바람이 웅웅 지나가는데 쩨릉쩨릉하는 마차 방울 소리만이 말굽 소리와 채찍 소리와 함께 멀리서 가까이서 지나간다. 집들은 모두 공습이나 당하는 것처럼 불빛이 적고 초저녁인데 억센 덧문들을 닫았다. 우리는 마차를 타고 찬별 깜박이는 하늘을 쳐다보면서 네온사인이 많은 거리로 왔다. 처음 들어선 집은 '몬테칼로'란 댄스홀, 처량한 듯한 왈츠 멜로디에 한 홀 그득 찬 남녀는 물 위에 뜬 부평처럼 흐느적거렸다. 태우 형이 곧 그 속에 뛰어들 뿐, 여수는 나나 마찬가지로 차만 마시면서 신경에 십 년을 더 산다 해도 댄스는 배울 것 같지 못하다 하였다. 다음엔 다시 마차로 십 리는 되게 와서 만주인 여관을 찾았으나 모두 만원이다. 할 수 없이 아무 여관이나 정하고 열한 시나 되었는데 또 거리로 나왔다. '개반자(開盤子)'라는 여기 기방(妓房) 구경을 갔다. 그들의 여관집 모양으로 들어서면 가운데는 마당처럼 틔고 사방으로 3, 4층의 객실들이 난간과 복도로 둘리었다. 안내하는 대로 이층 한 방에 들어가니 찻주전자가 놓인 테이블과 나무 걸상들과 넓은 침대와 거울과 미인도 경대 등이 중요한 가구들이다. 여수가 뭐라고 그들의 말로 교섭을 하니 곧 불이나 난 것처럼 큰소리가 났고 여기저기서 수십 명의 호랑(胡娘)이 우리 방으로 몰려들었다. 손님 측에서 점지하는 대로 세 명만이 남고는 모두 나가버린다. 수박씨를 까먹고 같이 이야기만 하는 것으로 한 시간에 일 원씩, 그리고 자정이 지나면 영업 내용이 돌변하여 창부가 된다는 것이었다. 여수와 태우 형은 꽤 지껄이고 웃고 하나, 만주어라고는 '만만디' 한마디밖에는 모르는 나로선 소와 닭이었다. 한 시간도 답답해서 못다 앉았다 나온 우리는 백계 노인(露人)들이 많이 사는 거리를 지나 보았다. '카바레'라고 명칭되는 그들의 주점은 그들 악대가 있고 그들 댄서들이 있어 손님이면 누구나 같이 추고 즐길 수 있는 것이 이국적인 풍정인데 더구나 잠깐 모인 손님 속엔 노인(露人), 만인(滿人), 독인(獨人), 희랍인, 그리고 우리, 이렇게 다섯 민족이 섞여 있었다.

돌아오는 길에서다. 문 닫은 상점 앞에 열댓 집 지나서 한 군데씩 시커먼 그림자가 하나씩 서고 앉고 해 있었다. 도적을 지키는 야번(夜番)들로 영하 40도의 추위와 긴긴 밤에도 저렇게 앉거나 서서 새운다는 것이다. 하루 저녁 지키는 데 일 원 몇십 전, 백계 노인(露人)들만의 단골 직업이라 한다. 우울한 밤거리요 밤인생이었다.

쟝쟈워후

이튿날 나는 일어나는 길로 여수 형에게로 달려가 이민촌 사정에 밝은 몇 분에게 소개를 받았다.

만주에서 가장 오랜 편이요 가장 큰 문제가 일어났던 곳이요 가장 먼저 조선인의 손으로 큰 수로가 황무지를 관류하게 된 데가 만보산 일원인데 만보산의 여러 부락 중에도 신경서 가기 편리한 곳은 '쟝쟈워후(姜家窩堡)'라는 데라 한다. 그러나 알고 보니 거기도 그리 교통이 편한 곳은 아니다. 신경역에서 백성자(白城子)행을 타고 두 정거장만에 내려서 조선 릿수로는 한 30리 걸어가야 조선 이민의 집들이 나타나기 시작한다는 것이다. 조석으로 두 번밖에는 없는 아침 차는 벌써 놓쳤거니와 차에게 내려 30리가 문제다. 집들도 그리 없을 황원(荒原)일 뿐 아니라 만주어를 모르는 나로 길을 물어 갈 수는 없을 것이다. 마차를 교섭해 봐도 안되고 소형 택시를 알아봐도 갈 수 없다는 것이다. 이왕이면 새로 들어와 처녀지에 괭이를 찍기 시작하는 부락을 보고 싶었으나 그런 부락을 보려면 간도성으로 가서 집단입식(集團入植; 移民)을 하는 데로 가야 본다는 것이다. 그것은 만선척식회사의 이름이나 국책으로 되어지는 것이기 때문에 명색 없이는 찾아가기도 어렵거니와 거기도 안도현 같은 데가 그런 지역인데 명월구(明月溝)란 역에서 내려 가까운 입식지가 5, 60리, 그 다음에는 100리 200리씩 오지로 들어가야 하고 아직 그곳에서들은 나무 하나를 찍으러 가더라도 경사(警士) 혹은 군인이 따라가 경비를 해주는 형편이라 하니 그런 데를 단신으로 들어가자면 먼저 무장이 필요하고 무장을 한다 해도 그야말로 각오가 없이는 나설 수 없는 것이다. 이런 신입식지(新入植地)는 단념하고 만보산 '쟝쟈워후'로나 가기로 결정하니 마침 어디서 소식이 오기를 내일 아침엔 신경에 왔던 그곳 조선 사람들의 돌아가는 편이 있다는 것이다. 마음 놓고 신경서 하루를 묵고 이튿날 아침 차에 나가니 여수, 태우, 양형이 나와 만주 복색을 한 조선 청년을 찾아내 준다. 그 청년을 따라가니 조선 두루마기를 입은 사람도 둘이 있고 소위 자유 이민인 중년 양주가 아내는 젖먹이를 업고 더벅머리 계집애 하나를 꼭 끌어안고 앉았고 남편은 동저고릿바람으로 바가지 달린 왕산만한 짐짝을 들고 얻다 놓아야 할지 몰라 두리번거린다. 차 안은 푸른 옷과 더러운 동전에서 나는 것 같은 냄새로 그득 찼다. 제시간에 떠나기는 하나 '만만디(漫漫的)'이다. 가려고 하기보다 서려는 상태의 계속이다.

이 동행하게 된 '쟝쟈워후' 사람들은 베를 팔러 또 도야지를 팔러 신경으로 왔던 사람들이다. 곡식은 대개 가을에 조선인 정미업자들에게 한목 팔아버리는 것이나 양미(糧米)를 조금 넉넉히 남기었다가 돈 쓸 일이 생기면 쫄금쫄금 팔아 쓴다는 것이다. 그들이 도회에서 사가지고 가는 물건은 옷감, 양말, 고약, 비누, 성냥, 사기그릇, 실, 바늘, 냄비, 씨앗, 편지지, 그리고 유성기판을 하나 사 든 사람도 있다. '신(新)담바구타령'이란 것이다. 또 포목점에서 샀는지 얻었는지 피류 감았던 널판때기도 한쪽 짐에 꽂혀 있다. 여기선 두 가지 귀물(貴物)이 있는데 돌과 나무라 한다. 돌은 사올 수도 없어 주춧돌을 놓고 집을 세우는 집이 별로 없고 널쪽도 문패만 한 것 하나라도 신경서 사다 쓰는 수밖에 없다는 것이다.

"조선은 벌써 풀이 돋았겠죠?"

"양지짝 산엔 진달래도 폈을걸요?"

이런 것들을 묻는 그들의 눈은 게슴츠레해지며 5, 6년 혹은 10여 년 전에 떠난 고향 산천을 추억하는 모양이다. 젖먹이를 업었던 어머니는 띠를 끌러 안고 젖을 물린다. 이곳 사람들의 떠들어대는 바람에는 눈이 휘둥그렇다가도 젖먹이를 내려다볼 때만은 그의 야윈 볼에도 어설피나마 웃음이 어리었다. 남편은 자리가 없어 그저 짐짝 옆에 서 있었다.

바가지

우리는 한 50분 뒤에 소합륭(小合隆)이라는 역에서 내리었다. 역에는 총을 멘 순경이 섰다가 보따리를 모조리 끌러 검사를 하고 한 사람씩

내어보낸다. 역사는 모두 벽돌인데 문들은 하반(下半)이 철갑으로 되어 유사시엔 역 전체를 포대로써 응전할 수 있게 되었다. 역을 나서니 철도관사가 두어 채, 토민의 오막살이 주점이 한 채, 그리고는 길이 따로 있으나마나한 벌판이다.

"물덜 먹을 사람은 여기서 아예 먹구 갑시다."

하고 주점으로 들어가 술도 한잔하고 나오는 사람도 있는 눈치다. 가는 길엔 먹을 물도 변변치 않은 모양이다. 보따리를 낀 사람, 진 사람, 아이를 업은 그 어머니, 큰 고무신을 철덕철덕 끌면서 어머니의 치마꼬리에서 떨어지지 않는 소녀, 멜빵을 고쳐 가지고 전 재산의 보따리를 걸머진 그 가장, 나는 그 보따리에 매어달린 바가지 쪽을 바라보면서 그들의 뒤를 따라 걷는다.

조선 사람은 얼마나 저 바가지와 함께 살고 싶어 하나? 바가지로 샘을 푸고 바가지로 쌀을 일고 바가지로 장단을 치고 산모의 첫국밥도 저 바가지로 먹는다.

어디로 가나 저들은 박넝쿨 엉킨 지붕 밑이 그리울 것이요 흥부와 놀부가 박 타는 이야기는 순박한 저들의 영원한 진리요, 도덕이요, 즐거움일 것이다. 박이 여물어 볼 새 없이 서리가 와버리는 이 북녘 나라에선 고향에서 달고 온 저 몇 쪽의 바가지들이 저들에겐 조상적 기물이요 고토(故土)를 생각하는 유일의 앨범일 것이다.

걸어도 걸어도 전망이나 변화가 없다. 벽도 흙이요 지붕도 흙인 토민들의 집들이 한둘씩 나타났다가는 지루하게도 안 사라질 뿐, 도야지를 수십 마리를 몰고 나오는 사람, 가족을 말 다섯 필에 끌리는 수레에 태우고 신경 구경을 가는 듯한 사람들을 만났을 뿐, 새로 까치도 별로 볼 수가 없다.

"어디서 떠나오십니까?"

"기장서 옵니더."

바가지 달린 보따리 주인의 대답이다. '기장'이란 경남, 동래 어디 이름이라 한다. 전에 이웃사람이 먼저 와 사는데 농토는 흔하니 들어 오라해서 찾아오는 길이다 한다.

서북 편만 향하고 한 시오 리를 걸으니 물밑도 보이지 않는 누런 개울물이 얼음장을 이끌며 흘러간다. 이 개울물이 상류에선 지대가 좀 높기 때문에 우리 이민들이 거기서 보통을 내어가지고 논을 푼 것이라 한다. 걸어앉을 돌멩이 하나 없기 때문에 길 위에 퍼더버리고 앉아서 한참씩 쉬어 가지고 다시 한 시오 리 걸으니 여기서부터 논이 나오기 시작한다. 논이라야 벼그루가 여간 성기게 박히지 않았다. 정조식(正條植)도 아니요 논둑들도 아이들이 물장난으로 막아 놓았던 것처럼 물러 앉았다. 오래간만에 흰 빨래 넌 울타리가 보인다. 노란 잇짚 지붕과 잇짚 낟가리들이 아득한 지평선 위에 드러난다. 보이는 것만으로는 늘어지게 걸어서야 그 마을 앞에 이르른다. 봇도랑이 나온다. 그 유명한 만보산 사건을 일으킨 봇도랑이라 한다.

바닥 너비는 12, 3척, 위의 너비는 21, 2척의 전장(全長) 20여 리의 대간수로(大幹水路)다. 이곳 노동자 쿠울리(苦力)들도 많이 부렸지만 대체로 우리 이민들의 혈한(血汗)으로 완성된 꽤 대규모의 공사였다.

물 마른 봇도랑 옆에는 여남은 살 된 조선옷의 소녀가 갓난이를 업고 서서 우리를 멀거니 쳐다본다. 금잔디 언덕도 금모새 강변도 소녀에게는 신화와 같은 것이리라.

배는 부른 마을

이 봇도랑의 마을을 지나 또 한참 그냥 걸어야 학교도 있는 큰 마을 '쟝쟈워후'다. 붉은 양철지붕의 한 채가 학교다. 그냥 벌판보다 마을이 도리어 더럽다. 발을 한참씩 골라 디뎌야 하게 군데군데 수렁인데 도야지가 한 떼씩 몰려다닌다. 집은 가까이 오니 수수깡 울타리에 묻혀 버린다. 맨 수수깡 낟가리요 짚낟가리요 또 그런 검불투성이다. 담뱃불 하나만 떨어져도 온 동리가 타버릴 것 같다. 이 울타리 저 울타리에서 아이들이 나온다. 개도 나오고 닭들은 쫓겨 들어가고, 같이 오던 사람들은, 서로 저희 집으로 가 점심을 먹자고 청한다. 중국옷 입은 박 씨의 집으로 따라 들어갔다.

이 집도 수수깡 울타리가 바람에 쏴— 쏴— 울린다. 마당에 볏짚과 수수깡 낟가리가 산이다. 화목(火木)이 따로 없으니까 일 년 내내 곡초를 땐다는 것이다. 한일자 집 가운데로 난 문으로 들어가니 그냥 흙바닥 부엌이다. 양옆으로 방들이 달렸는데 또 그냥 맨땅인 채 들어서니 신 벗을 만한 공지를 두고는 중국식 높은 온돌 '캉'이라는 것이 되어 있다. 갈자리가 깔려 있다.

올라앉으니 창부터 쳐다보인다. 남향으로 미닫이를 가로 붙인 것만 한 큰 들창, 벽에는 만주국 지도 한 장, 『만선일보』로 도배가 되었다. 북편으로는 갈자리를 깔다가 모자랐는데 곡식부대가 그뜩 쌓여 있다. 들창에 붙은 유리쪽으로 내다보니 키가 길이 넘고 통이 세 아름은 됨직한 수수깡발로 여러 벌 둘러치고 영을 인 깍다우리가 있다. 그것은 깍지가 아니라 광이 없으니까 벼를 그렇게 넣어두고 먹는다는 것이다. 쥐는 먹지 않느냐 하니 먹는 대야 몇 푼어치나 먹겠느냐 한다. 그리고 닭도 도야지도 가끔 쑤시고 먹지요 한다. 그들이 낱알에 이만치 관대함은 잠시 한 끼 손님이지만 과한 폐가 아닐 듯싶어 기쁘다. 배가 고프다. 다리도 아프다. 아무 소리도 들리지 않는다. 창유리에 비치는 것은 하늘 뿐, 창을 연대야 여태껏 허덕허덕 헤엄치듯 해온 희멀건 공간일 따름일 것이다. 커다란 단조(單調)가 숨이 막히게 짓누른다. 아무것도 물어보거나, 생각하거나 할 맥이 없어진다. 그저 입을 떡 벌리고 바보가 되어 누워버렸으면 좋을 환경이다.

밥상을 보니 정신이 좀 난다. 이밥이다. 현미밥처럼 누르다. 국은 시래기, 새우가 어쩌다 한 마리씩 나온다. 배추김치가 놓였는데 고추보다는 고추씨가 더 찬란하다. 그리고는 유기쟁첩에 통고추가 놓였다. 허옇게 뜬 것, 시커멓게 언 것들을 말렸다가 밥 솥에 찐 듯한데 저것을 어떻게 먹나 하고 주인이 먼저 먹기를 기다렸더니 먼저 그것을 그냥 간장에 꾹 찍어 먹는 것이다. 나도 하나 씩씩거리고 먹어 보았다. 이 거의 원료 그대로인 세 가지의 반찬만으로도 나는 재작년 장감(腸感) 이후로는 처음 달게 먹어 보는 구미(口味)였다. 수북수북 떠주는 대로 네 공기나 밥을 먹었다.

"인전 뱃속은 아무걸루든지 채웁니다만……."

밥을 더 먹으라 권하며 이런 말을 하는 주인으로 더불어 식곤(食困)에 자꾸 하품이 나고 눕고만 싶은 입을 억지로 다스려가며 나는 다시 이런 것 저런 것을 묻기 시작한다.

여기 전설

"농작물은 대개 어떤 겁니까?"

"베, 조, 수수, 메밀, 콩, 옥수수, 감자 대개 그런 것들과 채소지요."

"여기 와 지내는 분들은 생활 정도는 평균합니까?"

"꼭 같다곤 할 수가 없습니다. 이 쟝쟈워후 만보산 사건 일어난 후로 벌써 여러 해 아닙니까. 아마 이민부락으론 기중 자리잡힌 편인가 봅니다. 그리게 시찰단이 오면 흔히 이 동네로 다리고 오드군요."

"이 동넨 다 자작농입니까?"

"자작농은 별로 없습니다. 모다 만인의 땅을 차입해 가지고 하니까 결국 소작 셈이죠 애초에 이 만보산에 들어온 사람들이 돈을 모아가지구 황지(荒地) 차입운동을 한 겁니다."

"네 자세 좀 말씀해 주십시오."

"호(胡)가란 여기 사람을 구문을 주고 내세서 장춘있는 만주인 부호의 땅을 오백상(五百晌, 一晌 二天坪)을 차입한 겁니다. 그때 계약 관계는 지금 다 잊었습니다만."

"네."

"그런데 이 근방에 만주인 토민들이 들구일어납니다그려."

"왜요?"

"조선 사람이 와 논을 풀어놓면 저의 밭들이 결단난다구 들구일어났습니다."

"왜 그 사람네 밭이 결단납니까?"

"오시면서 보셨지만 여긴 벌판이 모다 장판방 같지 않어요? 그러니까 논에서 나오는 물이 빠질 데가 없습니다. 저 가구폰 대로 사방으로 흩어지니까 그 옆에 있는 밭들이야 사실 결단이죠."

"그럼 그 사람네두 밭을 논으로 풀면 좀 좋아요?"

"그 사람넨 수종할 줄 모릅니다. 그러구 무슨 사람들이 이밥을 먹으면 반찬이 따로 들 뿐 아니라 배가 아프답니다그려. 그리구 베농살 지어 놓는대야 베를 어디 갖다 팔아야 할지도 모르구요 …… 그저 저이 먹을 것을 저이 밭에서 소출시키는 걸 기중 안전하게 생각하니까요."

"반대운동이 어떻게 됐나요?"

"그 사람네들도 사실 우리가 넓이 이십여 척이나 되는 큰 수로를 내니까 단단히 서두르드군요. 여러 백 명이 관청으로 달려갔습니다. 조선사람 때문에 저이가 못살게 된다니까 관청에선 개간권을 허가해 주고도 무책임하게 모른다고 내댑니다그려. 백성들은 조선사람들한테 양식두 안 팔죠, 우물도 못 쓰게 허죠, 그때 생각을 하면 …… 결국 우리도 사생결단으로 대들 수밖에 없었습니다. 아 갖구 온 양식, 갖구 온 미천은 다 그 땅 차입하는 운동과 봇도랑에 집어넣어 봇도랑이 거이거이 완성 돼가는 데 가라니 어딜 갑니까? 갈 노자도 없고 가서 농사 준비할 미천이 있어야죠? 그걸 물어준다고 하더라도 이십 리나 되는 봇도랑을 내게 우리가 피땀을 어떻게 흘렸는데 …… 항차 그저 어디로구 가라구 내댑니다그려. 토민들은 우리가 파논 봇도랑을 군데군데서 작구 메웁니다그려. 그러면 우린 또 달려가 그들을 죽일 듯이 으르대구 또 파냅니다그려. 말이 웃읍지만 사생결단하는 투쟁이더랬습니다. 우린 밤에도 팠습니다. 나중엔 토민들이 다시 관청으로 가 야단을 쳐 결국은 중국 군대가 나와 총을 막 쏘게 됐습니다. 머리 우로 총알이 씽씽 지나가지만 우린 이래 죽으나 저래 죽으나 죽긴 마찬가지라 그냥 도랑 속에서 흙만 파냈드랬습니다."

하고 주인은 그때 광경이 눈 속에 새로운 듯 땀 없는 이마를 몇 번 문지른다.

산불고수불려(山不高水不麗)

그러나 그때 그들의 총알에 명중된 사람은 하나도 없다 한다. 멀리서 위협하느라고 탄환이 공중으로만 지나가게 쏘아 그런지 한 사람도 상한 사람은 없었고 몇 청년들이 잡혀가 여러 날 갇히었다가 나왔을 뿐인데 오히려 조선에서 피차에 살상이 생겼다는 것은 여간 유감이 아니라고 한다.

아무튼 군대 출동은 별문제로 하고 만일 그 토민들이 살생을 즐기는 사람들이었다면 그 토민들의 몽둥이에라도 희생자가 없지 못했을 것이라 한다.

나는 이 박 씨의 안내로 동리와 학교를 구경하였다. 집들은 호수도 20호 이내거니와 중심이 없이 산재(散在) 그대로 집 모양은 모두 박 씨 집 본이다. 모두 수수깡 울타리 안에서 팔짱을 끼고 햇볕을 쏘인다. 파종은 늦고 추수는 이르니까 농한기가 남조선보다는 배나 길다 한다. 양조(醸造)는 자유로 술이 익으면 서로 청하는 것이 이웃 간의 낙이요 개인으로 낙(樂)은 채표의 꿈이라 한다. 만주국에서 매월 1회씩 1원씩에 파는 만 원짜리 채표이다. 이 나라에 거주하는 사람으로는 누구나 살 수 있는 것으로 매월 한 사람씩은 두채(頭彩)가 빠지는 것이요 두채면 일 원 내고 만 원을 타는 것이다. 조선 사람으로도 신경서 기름 장사하던 노파와 어떤 회사 급사로 있던 소년이 타먹었다는 것이다.

"그거나 빠지면 우리도 다시 한번 고향 산천에 가 살아 볼까요! 그렇지 못하면 밤낮 이꼴이다가 호인들 밭머리에 묻히고 말죠!"

이것이 그들의 유일한 희망이요 또 슬픔이기도 할 것이다.

학교도 역시 '투괴'란 흙벽돌로 올려 쌓아 가지고 함석을 이고 유리창을 박은 것뿐이다. 마루도 없이 흙바닥이다. 1, 2십 리 주위로 널려있는 여러 부락으로부터 근 백 명의 아이들이 모인다 한다. 마침 방학 중이어서 이 동리 아이들만 7, 8명이 모여서 해진 풋볼을 차고 굴리고 하고 있었다. 애초엔 이민부락들이 연합해 가지고 설립 유지한 것인데 인전 만주국서 인수해 가지고 그들의 방침하에서 경영되는 것이니까 불원(不遠)하여 교과서나 교원에 변동이 생길 것이라 한다. 그것보다 오히려 만보산 일대는 수도의 인접지라 국경지대나 마찬가지로 조선인 이민지구가 아니니까 언제 어떤 정리를 당할지 추측할 수 없다는 것이다.

오후 세 시가 되는 것을 보고 나는 저녁 일곱 시 차를 타러 소합륭(小合隆)을 향해 혼자 '쟝쟈워후'를 떠났다.

나는 내일이나 모레면 산고수려(山高水麗)하다 해서 고려란 나라 이름까지 생긴 내 고향 금수강산에 들어서려나 생각하니 황막한 벌판에 남는 저들을 한 번 더 돌아볼 염치가 없어졌다.

수굿하고 걸어 아까 그 봇도랑의 마을로 오니 8, 9세짜리 소년 셋이 수수깡 속과 껍질로 안경을 하나씩 만들어 쓰고 수수깡 속을 궐연처럼 하나씩 물었다 뽑았다 하며 이런 노래를 부르고 노는 것이다.

'유꾸리 천천히 만만듸

다바꼬 한 대 처우웬바.'

나중에 알고 보니 '처우웬바'는 담배를 피우자는 만주 말이었다.

한 시간 뒤에는 잇짚 지붕들도 흰 빨래 울타리들도 다 사라졌다. 멧새 한 마리 날지 않는다. 어린아이처럼 타박거리는 내 발소리뿐, 나는 몇 번이나 발소리를 멈추고 서서 귀를 밝혀 보았다. 아무 소리도 오는 데가 없었다.

그 유구함이 바다보다도 오히려 호젓하였다.

『무서록』, 박문서관, 1942(재판)

기타

추감(秋感)¹

옥율(玉律)이 웃었든지 건곤(乾坤)이 일청(一淸)이요
금풍(金風)이 불었든지 산천(山川)이 소슬(簫瑟)이라

저 - 가을나라의 고운 처녀
노랑, 빨강, 색실 들고
남모르게 나려온다.
대지 위에 수를 놓다.

산도 보니 산도 황주(黃舟)
들도 보니 들도 황주(黃舟)
가지(枝)마다 황주(黃舟)이요
잎새(葉)마다 황주(黃舟)이라
강산도시(江山都是)가 금수시(錦繡市)라.

백합화 천만송이 방긋방긋 웃음웃고
쌍쌍무봉 접(蝶)들이 남실남실 날아들든,

---

1 민충환 발굴. 『상허학보』 21, 2007 소개.

산마다에― 뜰마다엔―

감로에 취한 홍엽(紅葉)

소소청풍(蕭蕭淸風)에 슬슬흥(瑟瑟興)만.

영상(嶺上)에 자던 백운(白雲) 남풍(南風)에 떼를 지여

백두(白頭)도 지여보고 금강(金剛)도 이뤄보든

활활막막(闊闊漠漠)한 공간에는

편운(片雲)이 흩어지고 귀안(歸雁)이 벗을 찾아

교교월색(皎皎月色)에 喔喔聲(옹옹성)만

아― 가을은 돌아오다 가을? 하늘은 높아가고, 산들은 낮아가는 가을, 단풍(丹楓)이 곱게 피고, 백곡(百穀)이 익어가는 가을, 달 밝고, 물 맑고, 바람 맑은 가을 아― 이러한 가을은 확실히 돌아오다.

눈에 보이는 풍물이나 귀에 들리는 만향성(萬響聲)이 그 모두가 감상적일 그뿐이로다.

우리의 감각이 극도의 예민을 가지게 되는 때도 이때이고 우리의 신경이 격도의 자극을 받아볼 때도 진실로 이때 가을이로다.

달이나 밝았으면 그만일 것이 기러기조차 슬피 울어 사라졌던 쓰린 향수 실실이 일어나고 꺼졌던 젊은 정열 길길이 솟아올라 혹은 한숨으로― 혹은 눈물로― 쓸데 업는 사상에 헤매게 하는 도다.

아― 이러한 가을을 맞는, 우리 배우는 벗들아!

포플러의 누른 잎(葉)과 시닥의 붉은 잎(葉)이 하나씩― 둘씩― 시름없이 떨어지는 전정(前庭)에나 후원(後園)에서 나리는 달빛을 가슴에 받

으며 부모님이 계시고, 형제가 있으며 친척이 있고, 지기(知己)가 있는 저— 구름밖에 보이지 않는 고향을 향하야.

"아버지? 어머니?

그리고 언니— 아우—

오늘 이 밤엔 무엇하나요!!

아! 알고 싶고, 또 뵈옵고 싶어 ……

아버지? 어머니?

그리고 언니— 아우—

차례로 한 번씩 저 달에 빛처럼!?

아— 보고 싶고, 또 알고 싶어 ……."

이렇게 무의식 중에 떨리는 음조로 사향(思鄕)의 정을 흘려 볼 때도 있을 것이요 혹은 마화(魔花)의 최면(催眠)을 받아 어떠한 꿈나라에 빠진 바 되어.

"하늘에는 별이 있고

바다에는 진주가 있으며

나의 가슴 속에는 따뜻한 연애의 흐름이 있어라."

한 롱펠로의 이 노래로 연(軟)한 성대를 울녀가면서 무한한 번민(煩悶)도 일으켜 볼 것이로다.

아— 배우는 벗들아?

우리의 부모의 슬하를 떠나 형제의 손을 놓고 산이 설고, 물이 다른 한양 여창(旅窓)의 객이 됨이 결단코, 고향을 그려보고 싶어 그럼도 아닐 것이요 연애란 것의 상상을 엇고자 그럼도 아닐 것이로다.

우리가 남대문 역에 차를 나려서 숭례문을 바라볼 적에 문득 여하한 결심이 양미간에 나타났을 것이요. 우리가 책을 끼고 교문에 들어설 적에 반드시 하등의 감각이 신경을 흔들었을 것이로다.

달 밝은 밤에나 바람찬 새벽에 고향의 단락(團樂)을 동경함보다 우리의 무궁원(無窮遠)한 장래를 위하여 노심정사(勞心靜思)를 하여 볼 것이며 뛰노는 정열을 이기지 못하여 연애와 봄 꿈을 사모함보다 우리의 무한대한 책임과 장래를 위하야 책 한 페이지를 더 내려읽음이 어떠할까!!

아— 사랑하는 우리 벗들아?

누구라 고향을 등지고, 백 리나 천 리나 머나먼 타관에 객이 되어 사향의 회포가 없으며 누구라 맥관(脈管)에 붉은 혈액이 미칠 듯이 뛰노는 청춘의 심정으로 꽃다운 연(戀)의 미를 사모치 않으랴?

이것은 우리 인생의 상정(常情)이로다. 그러나 우리는 철석(鐵石)같은 입지(立志)를 가슴에 품고, 건곤일척(乾坤一擲)의 대공을 기(期)하며 구투용진(舊鬪勇進)하는 이 궤도에서 일시라도 탈선치 말아야 할 것이다. 우리의 할 일이 얼마나 많은가?

그 어찌 산에다 비하며 해에다 준하랴!!

아— 이것이 정사(靜思)의 추(秋)를 당(當)하매 느끼는 바로다. (10.1)

『휘문』 창간호, 1923.1

살구꽃[2]

나를 낳은 우리 고향에, 나를 길러준 우리 집 뒤에는 잔디 깔린 동산이 기대여 있고, 앞으로는, 하늘에 은하같이 소리 없이 흘러가는, 이름 없는 강이 있다.

그 강을 건너 논을 지나고 밭을 지나면, 몇 만 년 전부터 솔을 길러오는 역시 이름 없는 크고, 높은 산이 있는데 이 산에는 늙은 소나무가 가득차서 그 속에는 모든 산짐승들이 자라나고, 그 우에는 구름장이 여름이면 낮잠 자러 모여든다. 해와 달이 이 산에서 떠서 우리 집 뒷동산 너머로 떨어진다.

그런데 이 산 밑에는 초가집이 하나 있고, 그 집 울타리에는 큰 살구나무가 하나 있으니, 우리 시골에 들어오는 봄을 무엇보다도 제일 먼저 받아들여 고적(孤寂)한 산촌을 장식하여 놓는다.

아무렇던지 봄이란 때면 꽃이란 꽃은 남기지 않고 피는 시절이다. 어찌 가지에 피는 꽃송이를 풀어 놓으며 마음속에 피는 꽃만 남기어 두랴!

나는 어릴 때부터 봄마다 그 집 울타리에 피는 살구꽃을 보면서 자라났다.

벌써 나를 버리고 간 오 년 전의 먼— 옛날이다.

---

2   민충환 발굴. 『상허학보』 21, 2007 소개.

나는 그해 봄에도 우리 집 뒷동산에 올라가 어린 잔디를 깔고 앉아서 강 건너 큰 산 밑에 그 집 살구꽃을 구경하다가 그 살구나무 밑에 오락가락하는 살구꽃빛 치마 하나를 본 일이 잇다.

살구꽃은 식물계에 꽃이라 하면 저 분홍치마는 틀림없이 우리 인간에 꽃일 것이다. 밤에는 하늘 위에 별을 바라보며 낮에는 날마다 이 두 가지 꽃을 구경하였다.

인연 깊은 그해 봄도 어느 듯 지나간 지 일 년 만에 다시 그 이듬해 봄철이 돌아왔었다. 그 살구나무 위에 꽃피기 시작할 때부터 나는 또 살구꽃빛 치마를 구경하였다. 그러나 그 살구나무에 꽃이 흩어질 때면 거닐던 분홍치마도 다시는 얻어 보지 못하게 된다. 살구꽃 지는 것이 어찌나 애석한지 나는 사라지는 그 분홍치마의 그림자와 같이 죽어졌다가 살구꽃이 필 때마다 살아나고 싶었다.

어찌어찌 지나가서 또, 그 이듬해! 기다리던 봄철은 돌아를 왔건만 불행하게도 내 몸은 이기지 못할 병석에 누워있게 되었었다. 철모르는 동생들에게 그 집에 살구꽃이 피었단 말은 물어서 알았건만, 속마음에 아쉬운 살구꽃빛 치마는 알아볼 길이 바이 없었다.

안타까운 그 봄이 지나고, 여름, 가을 겨울이 지나서 또 그 이듬해 즉 작년 봄이다. 그립든 그 살구나무 가지에 붉은 기운이 떠돌 때부터 나는 날마다 뒷동산에 올라가 따뜻한 지 오륙일에 반 넘어 이우러진다. 아니 거의 다 떨어지게 되도록 그 살구꽃빛 치마는 나타나지 않았다. 살구꽃이 다 흩어지고, 푸른 잎이 우거지도록 기다렸으나 삼년 전 봄에 보던 그 분홍치마는 고만 다시 보지 못하고 말았다.

나뭇가지에 피는 살구꽃은 언제든지 봄만 오면 그 집 울타리에 피어 있건만, 아! 마음속에 피었던 인간의 그 꽃은 가엾게도 누구에게 꺽임을 받았고나!

　나는 다시는 살구꽃이 보기 싫어서 올봄에는 그 집 살구나무 꽃피기 전에 정 깊은 고향을 떠나오고 말았다.

배재학생기독청년회, 『배재』 제6호, 1924.7.15

백일몽[3]

푸른 하늘 흰 구름 그 위에 휘날리는 포플러나무.

측후소에서 여름 천기를 예보한다. 방송국에서 여름 경개(景槪)를 노래한다.

그러나 여름을 모르는 사람들이, 여름을 상실한 사람들이 여름을 예언하며 여름을 찬미하는 것이다.

여름, 아! 여름은 과연 아름다운 시절이다. 위대한 시절이다. 찬미할 시절이요 숭배할 시절이다. 천지 만유(萬有)가 다 같이 해방되는 때요 다 같이 생장하는 때요. 일체 생명이 제각기 생동활약하여 대평화 대조화를 이루는 때가 오직 이 여름에 있을 뿐이다.

이 여름을 슬퍼하는 동물이 없다. 이 여름에 조락되는 생물이 없다. 산속에서 들 위에서 물속에서 끊이지 않고 일어나는 천만 가지 음향, 그것은 어느 것이나 다 발발한 생명의 진동이며 표표한 장성의 구가인 것이다.

우리 인생도 그러하였었다. 반드시 그러했을 것이다. 우리 인생도 그 대평화의 일기(一氣)였던 것이며 그 대조화의 합체였던 것이다.

우리에게도 가장 즐거운 때는 여름이 틀리지 않았던 것이다. 그 적

---

3   박진숙 발굴.『책만은 책보다 册으로 쓰고 싶다』, 예옥, 2008, 136~142쪽 수록.

동(赤銅)같은 팔과 다리로 고산광야를 자유로 뛰고 날며 천지는 모두 우리의 식당이요 우리의 침실이요 우리의 유희장이었던 것이다.

여름은, 여름의 천지는 우리 인생에게도 대자비한 어머니였고 대자유의 오픈하우스였던 것이다.

그러나 오늘의 여름은, 오늘의 우리 인생의 여름은 어떠한 여름인가. 일생 중에서 어느 때보다도 목마른 때며 배고픈 때며 어느 때보다도 더럽고 쇠약하고 부자유한 때인 것이다.

하루 세 끼에 한 끼를 굶어도 혼도(昏倒)하는 여름이요 하루 세 끼를 다 먹는다 하더라도 낮에는 위산(胃散)이요 밤에는 도스까빙 아니면 못 사는 여름이다.

오늘의 우리 인생의 여름은 병질(病疾)의 여름이요 소삭(消鑠)의 여름이 되고 말았다.

우리는 여름을 상실하였다. 일 년 중에 가장 혜택이 많은 여름, 낙원을 상실하고 만 것이다.

석벽(石壁) 간(間)에서 용솟음을 치는 뛰노는 생천(生泉)을 잃어버리고 석탄불 100도 열에 생명과 향기를 잃은 죽은 물, 그도 한 통에 5리(厘)씩 내고 녹슨 철관 앞으로 모여드는 우리의 여름이다.

아, 이 얼마나 목마르고 굶주리는 여름인가.

오늘 우리의 여름은 생명으로 있어 육신으로 있어 체식(滯息)하는 여름이요 위축하는 여름이다. 옛날의 여름은 그렇지 않았다. 대교육의 여름이요 대학교의 여름이었었다.

삼라만상이 그 원래 합일된 정신의 실재를 대현대화(大現代和) 하여 태탕(駘蕩)한 우주의 대생명 대법칙을 개명(開明) 계시(啓示)하는 여름이었었다.

오늘 우리는 여름을 상실하였다. ○○을 상실하였고 정신을 상실한 것이다.

그렇다. 우리는 정신을 상실하였다. 영혼은 빈사(瀕死)에 이르렀다. 오늘 우리의 여름에서 누가 예술의 백합화를 볼 수 있으며 누가 석가의 연화(蓮花)를 볼 수 있으랴.

우리는 여름을 상실하였다.

우리는 종교를 상실하였다.

옛날의 우리 여름은 이상향이었었다. 지상의 낙원이었었다.

널찍한 벌판에 곡식을 심어놓고 그것이 성숙하는 동안 산을 넘어서 강을 건너 남인(男人)은 여인(女人)을 찾아 여인은 남인을 찾아 그 신성한 자유연애가 그 축복할 자유 배필이 이 산속에서 저 강변에서 꽃피고 열매 맺던 여름이었었다.

오늘 우리는 여름을 상실하였다.

오늘 우리는 연애도 상실하였다.

옥상 매점 벤치 위에서 분(盆)에 심은 달리아 그늘에서, 맥주병 레테르 같은 에이프런 속에서.

그렇다. 오늘 우리는 여름과 한가지로 신성한 연애도 상실하였다.

한 잔에 10전짜리 얼음에 찬 라무네[4]

한 시간에 일 원짜리 얼음에 찬 모던 걸

이것이 오늘 우리의 여름이요 오늘 우리 인간의 자유연애인 것이다.

---

4 ラムネ. 탄산음료.

보라, 선풍기가 돌아간다. 인조풍(人造風)이다. 인조빙(人造冰)이다. 인조 계집이며 인조 여름이다.

오! 우리는 여름을 상실하였다.

야시(夜市)는 물건을 밤에 파는 곳이 아니다. 밤을 파는 곳이다. 밤 사람이 사러 오고 밤 사람이 파는 것이다.

그곳에 만약 밤이 사라진다면 거기는 물건도 사람도 보이지 않을 것이다. 모두가 밤을 뒤집어 쓴 물건이요 밤을 의지한 사람들이기 때문이다.

야시란 여름낙원을 상실한 오늘 인간사회에 없지 못할 낙원일 것이다.

이러한 야시장에 활보대보(活步大步)하는 단발한 숙녀들이여, 오페라 박스에 칠피(漆皮) 구두 신은 처자들이여, 그대들은 야시에서 무엇을 사러 나왔나. 야시에서 무엇을 팔러 나왔나. 숙녀여 처자여, 붉은 것은 나의 ○○다. 당신들은 숙녀 처자를 불명예로 아는 남녀동등권 승리자들이다. 낮에는 사무실에서 밤에는 야시장에서 남자와 평등한 직업부인들이다.

아니, 남자보다 우월한 직업인이다. 그대들은 남자의 경제를 자유로 유린할 수 있는 특수상품을 타고난 우월한 직업인들이다.

남성이 다 특수상품을 가진 남성이요 비여성이다. 이것을 여성 운동이라, 여성 해방이라 한다. 여성 부인(否認), 여성 박멸 운동을 여성 해방, 모성 부활운동이라 한다.

오늘의 여자 교육이 모두 그렇다. 여자가 되지 말라, 남자를 닮아라, 그것보다도 우스운 것은 현모양처를 글자 그대로 해방하는 인식 부족의 현모양처 교육이다.

나는 여기서 버스 걸을 말하는 것이다.

온 하루, 온 밤중 연놈의 히야카시[5]와 몇십만 력 모터에 오장육부를 뒤흔들고 살아가는 버스 걸을 보는 것이다.

그도 직업부인이다. 천역(賤役) 직업부인이다. 고등 직업부인과 같이 야시 부업도 갖지 못한 하등 직업부인이다.

나는 이러한 하등 직업부인 버스 걸의 얼굴에서 발견하는 것이 있다. 불안을 본다. 불평을 본다. 동경(憧憬)을 본다. 저주나 의분(義憤)을 본다. 직업생활에 대한 불안이요 남녀동일에 대한 불평이요 여성에 대한 동경이며 남성화 지도자에게 대한 저주이며 그들을 구하려는 의분이다.

오, 철저한 직업부인 버스 걸이여, 그대들은 자각하였다. 대각(大覺)하였다. 여성이란 남성의 유충(幼蟲)이 아닌 것을 대각하였다.

최초의 여성인식자들이여, 최초의 여성 동경하는 버스 걸들이여, 여성 운동의 정사(正史)는 그대들의 손으로부터 시작될 것이다.

오, 어머니를 잃은 이 인류에게 다시 어머니를 가져오려는 위대한 버스 걸들이여.

빈대 예찬.

빈대는 인류를 구하러 나왔다. 빈대는 구세주의 재림이다.

빈대를 원수 같이 아는 사람은 무지한 사람이다. 빈대는 모든 것을 점령하며 있다. 죄악의 건설 모든 허위의 시설을 점령하며 있다. 그 속에서 우리를 내어 모는 것이다. 우리를 구하는 것이다. 침실, 식당, 응

---

[5] ひやかし. 조롱.

접실, 회사, 관청, 기차, 기선, 비행기, 빈대가 없는 곳이 없다. 양반 상놈을 가리지 않고 사가(私家), 공청(公廳)을 가리지 않고 빈대야말로 목적 완성을 기하는 것이다.

빈대는 껍데기만 남아서도 죽은 것이 아니다. 변증법 이론상에서는 생명이 없는 죽은 물질이러라. 그러나 껍데기만 남은 빈대가 기어 달아난다. 이와 같이 이행(異行)을 가진 신의 사도를 우리는 무엇으로 퇴치할 것인가. 대포로 잡을 것인가, 폭발탄으로 잡을 것인가.

빈대를 원수 같이 아는 사람은 무지한 사람이다. 빈대는 사람이 못하는 일을 하고 있는 것이다. 빈대는 인류를 구원하러 나왔다. 보라, 빈대는 겨울에 나오지 않는다. 여름에만 나오는 것이다. 나가거라, 침대에서. 나가거라, 장판 방에서, 풀밭에 나가 누워 저 신비한 창공을 보라 하고 빈대는 여름에만 나오는 것이다.

빈대는 이와 같이 우리에게 무엇을 암시하는 것인가, 무엇을 예언하는 것인가.

우리에게 가나안을 약속하는 것이다.

우리에게 이상향을 약속하는 것이다.

오, 위대한 빈대여, 우리 구주여.

남대문 동대문에서 소 같은 말 같은 빈대가 뛰어나오라. 이 서울을, 이 시멘트로 다져진 서울을 물어뜯어라. 남산 같이 북악(北岳) 같이 부르터오르게 물어뜯어라.

오 위대 일(日) 위대한 빈대여.

『동아일보』, 1928, 7.11∼12

여자에 대한 시비[6]
물과 불

옛날 제정시대의 라마(羅馬)에 '알넥쓰스'라는 명문의 아들이 있었다. 그는 철학자로 결혼을 싫어하였으나 부령(父命)을 거역하지 못하여 미인 '아도리야지가'와 결혼하고야 말았다. 그러나 출가둔세(出家遁世)에 일념이었던 '알넥쓰스'는 계집은 득도에 방해라 하여 촉전초야(燭典初夜)에 표연히 출가하고 말았다.

이리하야 유유자적의 천지에서 영년(永年) 고행하다가 간신히 임종만은 집에 돌아와 하였다.

처녀의 눈물로 한평생을 다 보낸 그의 처 '아도리야지가'는 그만 야속한 남편이라는 것보다 야속한 자기의 일생을 스스로 저주하여 독을 마시고 남편의 뒤를 따라가고 말았다.

이것을 본 집안사람들은 열부의 일생을 측은히 생각하여 부부동관(夫婦同棺)으로나 그들의 명복이라도 빌려 하였다.

그러나 '아도리야지가'의 시체를 '알넥쓰스'의 관에 넣으려 할 때 '알넥쓰스'의 시체는 돌연히 자동하여 옆으로 돌아 누었다 한다.

이것이 죽어서야 처음으로 처의 접근할 자리를 허하는 것인지, 죽어서도 부녀를 피하려 함인지 그것은 영원한 수수께끼일 것이다.

---

6 새로 발굴.

그러나 '이부'의 타락 이후 부녀는 죄악의 근원이라 하여 맹목적으로 사갈시한 중세기 사람들은 이 수수께끼도 부녀를 멀리하는 성신의 발현이라 하여 '알넥쓔스'를 성자로 신봉하였다 한다.

과연 '알넥쓔스'의 일생은 잘 산 것인가?

또 '아도리야지가'는 계집의 일생이라 응당 그러할 숙명적이라 하여 다시 한할 바 없을 것인가?

그것은 여기서 별문제로 하고 우리는 속인의 우용(愚勇)일지는 모르나 아무튼 자기 자신의 의욕을 그처럼 확대시하여 대겁(大怯)을 집어 먹지는 않을 것이다. 수재가 있다 하여 물을 아니 마시며 화재가 있다 하여 불을 쓰지 않으랴.

아마 물, 불, 계집 다 같을 것이다.

『별건곤』 제19호, 1929.2

절처봉생(絶處逢生)[7]
죽었던 이 살아난 실담집, 압록강에서 죽었다 살아난 실화

물귀신이 될 뻔 하다 키가 커서 다시 인간이 된 이야기나 하나 하자.

키가 커서 살아났다니까 압록강물이 겨드랑에 밖에 차지 않았다는 것
은 안이다. 그야말로 집어먹으려든 귀신이 곡을 하고 돌아서게 발가락
한 개의 농간으로 그 소름끼치는 물귀신의 아가리를 벗어 나온 것이다.

안동현(安東縣)은 길이 타도록 뜨거운 감을 이었으나 압록강은 상류에
장마로 때 아닌 홍수가 강을 넘쳐 올랐다. 붉은 물결이 용솟음을 치며 쏟
아져 내려갔으나 축항을 넘어 평지에 들이선 물은 호수같이 미몽하여서
흙물 똥물임에도 불구하고 목욕하는 사람들이 콩나물 백이듯 하였었다.
그 많은 사람들은 압록강과 같이 자란 강변에 사는 중국인들이다. 그중에
서 압록강 수세(水勢)를 모르고 어디쯤이 축항을 쌓은 낭떠러지 인지도 모
르고 게다가 헤엄도 칠 줄 모르는 사람은 아마 나하나 밖에 없을 것이다.

단 한 간(間)을 헤이지 못하면서도 남들이 함부로 나가는 것을 보고
또 들어갈수록 물이 덜 지저분하고 더 서늘해지는 바람에 엄벙덤벙 나
가면서 개헤엄을 쳐 보았다. 헤일 줄은 모르지만 걸어 나가기는 쑥스
럽고 하여 발로 땅 밑을 밀어 던지며 팔을 내어던져 물을 끌어안으며
한참 신이 나서 나아가는데 앗차! 땅을 밀어 던지려니 발이 닿는 곳이

---

7 새로 발굴.

있어야지…… 축항 밑으로 떨어진 것이다.

가라앉는다. 떠내려간다. 눈을 떠보니 그야말로 황천이었다. 손을 허우댔으나 잡히는 것이 없었다. 발버둥을 쳤으나 아직도 닿는 것이 없이 가라앉으며 떠내려갈 뿐. 꼭 죽었다! 죽었다 하는 생각이 머리에 핑 돌며 무슨 힘으론지 두 팔을 다시 벌리며 올라 뜨려고 허우댔다. 숨이 찼다. 목구멍에 넘어가는 것은 물! 물을 한 모금 먹은 때에는 아주 정신을 잃으려는 산사람으로서의 최후의 일순간이었었다. 최후의 일약(一躍)이다. 어느 틈에 축항 편으로 돌아섰는지는 나도 모른다. 물을 끌어 않으며 다리를 내어 뻗었다. 긴 다리 끝에 그것도 발가락 끝에 겨우 닿는 것이 있으니 그것은 축항 쌓은 돌 틈에 발가락이 붙은 것이다. 거기서 일사(一絲)의 힘을 얻었다. 축항을 기어올랐다. 하늘이다. 공기다. 그러나 뒤에서 무엇이 다시 잡아당기는 것같이 소름이 끼쳤다. 숨도 쉴 새 없이 허둥지둥 나오니 내가 목욕하든 곳은 저 위에 가 있었다. 남은 죽을 번 하다가 나온 것도 모르고 '마―나개비 쵸비' 하고 물장난 하는 그들이 딴 세상 사람들 같았다. 나는 흙도 미처 씻을 새 없이 옷도 미처 입을 새 없이 범한테 쫓기어오듯 달음박질 처 거리로 들어왔다.

그해 여름에 목욕은 고만두고 산보로라도 강가에 가지 못한 것은 물론 또 헤엄을 배운다 배운다 벼르면서도 물이 그저 무서워 아직 못 배우고 있다.

누가 내 키를 보고 록삭구라거나 발을 보고 발가락이 길다거나 할 때마다 나는 이 죽을 뻔하다 살아난 이야기를 자랑삼아 하는 것이다.

그런데 물밑에서 그렇게 오랫동안이나 덤비지 않고 있는 것은 아무래도 기적이다.

『별건곤』 제20호, 1929.4

추억
중학시대

추억이라 써놓고 보나 글제가 너무도 '델리킷'하게 되었다.

아무튼 지나간 날들이요 만화적이나마 잊혀 지지 않는 그리운 날들이다.

그때, 아침 아홉 시에 계동 막바지 중앙학교로 입학시험 보러 갈 친구가 전날 밤 활동사진 구경으로 여덟 시 반까지 자고 나서 그래도 밥한 그릇 다 부시고 나서야 가깝지도 않은 다옥정을 나서니 일은 벌써 어그러진 지 오래다.

그래도 전장에 나가는 창끝처럼 서슬이 퍼런 연필 몇 개에 자신이라곤 짓는 '고무' 한 개로 부랴부랴 재동 네거리에 올라섰다.

그러나 동일 동시에 시작하는 휘문에서 벌써 난타하는 종소리가 울려나왔다. 예라 중앙은 벌써 틀렸다. 늦잠을 원망할 것 없이 휘문으로 가버리고 말자.

한날 한 시각인 중앙, 휘문 두 곳에 다 같이 원서를 제출했던 것을 보면 딴은 '농기'에게는 '농기'다운 처세술이 따로 있었던 것인가 한다.

이러고 보니 내가 휘문에 들어갈 그날 일수라는 것보다 휘문이 중앙에서 가져가려는 장래 말썽꾸러기 하나를 싫어도 가로채지 않으면 안될 그때 휘문교와 나의 무슨 인연이었던지도 모른다.

과연 말썽꾸러기였었다.

월사금 체납자 게시판 위에서는 1, 2번을 다투는 호성적이었고, 수학 시간이면 소설책 몰래 보기, 틈틈이 못난 선생 만화 그리기, 난 체하는 선생이면 사발통문 돌리기, 점심시간이면 월장하여 나가 호떡 속식 경기(速食競技), 체조시간에는 상습 조퇴 등 …….

미운 선생 — 수학선생 · 물리화학선생, 좋은 선생 — 작문선생 · 도화선생. 이런 규칙, 저런 명령이 비위도 많이 상했지마는 한해 두해 지나가는 동안 그래도 미운정 고운정 깊이 들어갈 뿐이었다.

그때 총장선생님의 연애란계엄령(戀愛亂戒嚴令)이 공포되었음에도 불구하고 그래도 그 코린내 나는 병정 구두는 월하사장(月下沙場)에서 사뿐사뿐 굽높은 구쓰(구두)와 발자취를 가지런히 해본 적도 한두 번은 아니다.

학교는 나를 입학시킨 이후로 나날이 흥왕하였다. 그 청요릿집 같은 삼일제(三一齊)가 없어진 대신에 — 건축에 조금이라도 안식자(眼識者)가 본다면 오히려 동양풍이라고 웃겠지마는 — 소위 양관 3층 호까지 있어 왈 희중당(希重堂)이 불재에 흘립(屹立)하게 되었고, 학생이 1천여 명, 새 운동장이 3천여 평, 운동부에 들어서면 우승기가 임립(林立)하였었고 학예부에 들어서면 신간 서적이 산적하였었다.

재단법인 휘문의숙이란 문패도 새로 생겼고, 사립휘문고등보통학교가 그냥 휘문고등보통학교로 실성(失姓)한 것이라든지 선생님네 부업으로 휘문강습소라는 상업 문패도 한동안 행세한 것이 그때였었다.

지금도 휘문시대를 생각할 때 이가 떨리는 원수가 한 놈 있다. 그것은 수학이다.

그러나 그 원수로 말미암아 통쾌한 삽화도 하나 있었다.

그것은 수학시간이면 소설시간으로 대용하던 나는 수학시험 때마다 앞에 앉은 친구의 호의로 장부답지는 못했지만 고양이의 밥을 훔쳐먹는 쥐 모양으로 힐금힐금 곁눈질을 하며 '컨닝'질이었었다.

그러다가 4학년으로 진급시험 때는 '컨닝'할 정도도 되지 못하여 앞에 앉은 친구의 호의도 그만 수포로 돌아가고 말게 되었다.

그러나 놀라지 말라. 5, 60명 학생 중 제일 먼저 답안지를 놓고 일어서는 재동은 나 자신이었으니 엄숙한 시험장에서도 인기의 초점이 되고 말았었다.

그 실인즉슨 나는 시험용지를 편지지 삼아 "오— 자비하신 수학선생님이시여" 하고 한 장 상소를 썼던 것이다.

"선생님? 그래 대수 한 가지 때문에 낙제를 한다! 생각해 보십시오. 좀 억울합니까? 이런 체면 손상이 어데 있겠습니까. 선생님 한번 바꾸어 생각해 보십시오. 오— 자비하신 선생님, 이번 한 번만 슬쩍 돌려주시면 ……."

땀을 흘리고 써 드린 친구들의 답안은 도리어 낙제휴지가 되었어도 나의 그 엉터리 편지는 점잖은 대접을 받았던 것이다.

사실상 한 과정의 약간 불급으로 전문학교가 아닌 이상 그 청년의 장래에 치명될 처단이 있어서는 계몽의 본의가 아니리라고 생각한다.

그러므로 나는 '가다가끼[직함, 지위]' 훌륭한 선생보다도 유덕한 선생을, 냉정하고 경우 밝은 선생보다도 정답고 실없는 선생을 더 존경하여 왔던 것이다.

지금도 물론 그러하다. 친구 간에도.

　불손한 자식이라고 내쫓은 모교이언만 늦잠이 맺어준 인연이라 오래 간만에 찾아가보기는 재작년 여름이었었다.

　우리가 체조시간마다 흙짐 지던 새 운동장 언덕 위에는 총장선생의 동상이 불볕에 양산도 없이 서 있었고, '아카시아' 그늘 밑에서 응원가 연습하던 뒷마당에는 새로 짓는 강당 역사가 한참이었다.

　배가 만삭 되신 서상만 선생은 대한시대에 미국 유학 가서 쓰던 맥고모자를 그저 쓰고 계셨고 이일 선생의 수염 나지 않은 것도 그와 대조되어 고색이 의연하였었다. '뚝배기' 장수 같은 이상준 선생은 그 더운 날에도 설렁탕 뚝배기를 들고 계셨고, 바둑판 같은 김도태 선생과 바둑돌 같은 이치규 선생은 숙직실에 밀회하여 바둑싸움이 한창이었었다.

　생각하면 아름다운 주무(綢繆)는 맺지 못하였다 할지라도 휘문시대는 나의 과거에 있어서 잊을 수 없는 황금시대였었다.

　휘문도 비록 수난은 많았다 할지라도 우리 있던 그때가 가장 찬란한 역사를 지은 황금시대가 아니었던가 생각한다.

『학생』, 1929.4

도보 삼천 리

나에게 하기휴가가 있다면! 벌써 나에겐 휴가가 없다는 말입니다그려 여러분? 나에게도 작년 여름까지도 여러분과 같은 하기휴가를 가졌던 사람입니다. 하기휴가란 것이 학생시대에 있어 얼마나 즐거운 때라는 것을 하기휴가를 다 놓쳐 보낸 오늘에 있어 절실 절실히 느끼게 되니 아무리 이를 악물고 느낀들 그게 무슨 소용있는 일이겠습니까. 그러니까 이제는 이와 같은 공상이나 지어봅니다. 만일 나에게 하기휴가가 있다면!

나는 시골 갈 여비로 경성역에 가 차표를 사는 대신에 종로에서 양산으로 겸용할 검은 우산 하나를 사겠습니다. 그리고 보지도 못할 어려운 외국 서적을 모양으로 사 드는 대신에 읽기 쉽고 재미있고 값도 싼 우리 잡지를 한 책 사고 정밀한 조선지도 한 장과 일기 쓸 공책 하나와 소화제로 약간 약품을 준비하겠습니다. 그리고 이 간단한 행구를 배낭 속에 넣어 등에 지고 양산을 받고 동소문 밖을 나서겠습니다. 옥수(玉水)가 굽이치는 비탈길을 걸으며 구름자는 영도 넘어 녹수청산(綠水靑山)의 관북 일대를 답사하겠습니다. 바위 밑에서 소낙비도 근궈보고 밭고랑에 풀을 깔고 누워 하늘에 초롱별들과 동화 같은 꿈도 꾸어보겠습니다. 정자나무 밑에서 농군들의 점심도 얻어먹어 보고 산골 큰애기가 고개 돌리며 떠주는 바가지 물도 마셔 보겠습니다. 그러다가 우리 학교 학생을 만나면 그곳에서 강변 천렵도 차려 먹고 밤중에 배고프면 흔해빠진 참외 밭에 가 주인 모르는 신세도 지며 백 리도 내 다리로 천 리도 내 힘으로 걸어 영 많은 관북 일대부터 한여름에 정복해 놓겠습니다. 그리고 내년 여름에는 영남호서를, 후년 여름에는 관서 일대를 차근차근 내 발자국으로 정복하겠습니다.

나는 열다섯 살 때 여름에 안동현에서부터 문자대로 무일문(無一文)으로 백마, 남시, 선천, 정주, 오산, 영미, 안주, 숙천, 순천까지 걸어오다가 발목을 상하여 그만둔 일이 있습니다. 그때 풀밭에서 강변에서 또는 대장간에서 자던 일이며 날 옥수수 선 참외로 배를 채우고 길 가는 영감님과 집 지키는 할머니 혹은 큰애기와 이야기해 보던 것은 지금도 잊혀 지지 않는 아름다운 추억들이요 여러 가지 지식으로 남아있는 것입니다. 나는 그 후에 차를 타고 삼방이나 원산 같은 곳을 여행해 보았고 일본에 '가마쿠라' 같은 곳에도 가보았으나 무전(無錢)으로 관서를 보도하던 그때와 같이 유쾌한 여행, 잊혀 지지 않는 여행, 얻는 것이 많은 여행은 다시없는 줄 생각합니다.

옛날의 고산자(古山子)는 신작로 하나 없는 때에도 손수 지도를 그리며 북으로 백두산 꼭대기까지, 남으로 한라산 꼭대기까지 1회 2회도 아니요 13회나 동동촌촌(洞洞村村)은 물론이요 산산곡곡(山山谷谷)까지 답사하지 않았습니까.

좋은 신작로에서 좋은 지도를 들고 조그만 반도 산천을 3년에 일주하기야 얼마나 쉬운 일이겠습니까. 나에게 만일 하기휴가가 있다면 보행 3천 리를 어서 나서겠습니다.

『학생』, 1929.7

소

몇 날 전 이른 아침이었다.

아직도 좁은 골목은 낮이라는 것보다는 오히려 밤 같은 때이었다.

아침 안개가 자욱하게 끼어있는 종로 큰길에는 우뚝우뚝 큰집들이 무슨 괴물과 같이 나타나 있을 때 전차나 자동차가 다닐 아스팔트 길 위에 어울리지 않는 웬 황소 세 마리가 뚜벅뚜벅 걸어가고 있었다.

'정육'이라고 쓴 붉은 구루마 하나를 끌고 …… 그들은 죽으러 가는 길이다. 나는 죽으러 가는 세 양순한 동물을 볼 때에 문득 몇 사람의 친구 생각이 머릿속에 떠올랐다.

그들은 저 소와 같이 양순한 사람들이기 때문이다.

맹물같이 싱겁고 맹물같이 속이 맑고 맹물같이 내가 더러워는 질지언정 남을 더럽힐 줄 모르는 사람들을 …….

그들은 궁한 사람들이다. 생기면 먹고 안 생기면 못 먹고 장승같이 마른 몸뚱어리에 때 묻은 두루마기는 풀기나 있으랴. 그들이 헌신짝을 지르르 끌며 이 아스팔트 위로 어정거리고 다니는 것은 저 황소들과 같이 이 길에 어울리지 않는 사람들이요, 저 황소들과 같이 절박한 운명을 앞에 두고 걸어가는 것들이다.

아스팔트 길이다. 우리 인생의 길도 아스팔트 길이다. 자전차 같이 똑똑한 사람이나 자동차 같은 교만한 사람이 아니면 누구나 오늘은 저

소의 길을 걷게 되는 것이다. 사마온공(司馬溫公)이 이런 말을 하였다. "재승덕(才勝德)은 소인이요 덕승재(德勝才)는 군자요 재덕겸비(才德兼備)는 성인이라"고.

오늘에 덕이 있는 사람으로 저 소의 길을 면할 사람이 누구이냐. 소학교만 졸업하고 나도 벌써 중학교 입학전에서부터는 재략활동(才略活動) 여부로 일생의 명암을 결정하게 되는 오늘이다.

재승덕(才勝德)하지 않고는 어떠한 사회에서나 거용될 수 없는 오늘이다.

경경찰찰(輕輕察察)하여 독사와 같은 재물이 아니면 움직이는 입술에 거미줄이 쓰는 오늘이다.

우리는 뱀에게 속았다. 오늘 우리는 다시 뱀으로 되는 것이다.

이러면서도 우리 인류란 과연 진보적 동물일까.

운명! 운명!

물질이 문명하느냐.

사람이 문명하느냐.

『신생』, 1929.7

유령의 종로, 가두만필[8]

"이사람 오래간만일세. 더운데 냉면이나 한 그릇씩 해 볼가."

"냉면? 글세 냉면을 우리도 조와는 하는데 신벗기 실혀…… 냉면집에 방석이나 어듸 깨끗한가. 어듸로던지 거터 안는데로 가세."

주머니가 푸근하면 양식집으로 가고 그렇지 못하면 일본집 '소바' 먹으러 가는 것이 보통이다.

냉면뿐이 아니다. 설렁탕 대구탕도 그렇다. 설렁탕은 걸 터 않는 것 아닌 것은 아니나 높이가 한자 밖에 안 되는 소위 식탁에 목침 높이만밖에 안한 걸상에 주저앉으면 그건 마치 무슨 고문이나 당하고 앉았는 것 같이 전신이 어지러워서 괴롭다. 양쪽 무릎은 귀 위까지 올라가지 허리가 굽어지니 배가 달라붙지 식탁이 낮으니 황새처럼 모가지를 빼야지. 대구탕도 그렇지. 여름이라도 놋그릇이 어울리거든 자주 닦아야 한단 말이지. 그릇과 숟가락이 몇십 년 닦지 않은 이빨처럼 싯누런 너리가 앉은 것을 외면도 안하고 '헤이끼'로 내여 놓는다. 게다가 음식 나르는 친구들의 의복이란 언어도단이다. 걸레라고 하더라도 빨지 않고는 못쓸 걸레들이다.

『별건곤』, 『문예공론』, 『조선문예』, 『신생』, 『학생』, 책점마다 간판

8 　새로 발굴.

이 5, 6개씩은 늘어섰다. 그러나 그 책점 주인들이나 점원들이 유령인지도 모르겠다. 먼지 않는 것과 거미줄 치는 것을 그렇게 좋아하는 것은 필시 유령들이다. 도깨비들이다. 석 달 열흘이 되어도 비나 한번 와야 간판에 먼지들이 씻어 내려다 글자들이 나타난다. 제3호가 나오도록 창간호 간판이 그대로 서 있다.

전에 어떤 친구 하나가 예수교학교로 전학하였다. 수신시간에 서양 부인이 "예수가 어듸서 낫소?" "몰르지요." "성경83×장×절 보아 가지고 오시요." 그 다음 시간에 "예수가 어듸서 낫소?" "몰르지요." 또 그 다음 시간에 "예수가 어듸서 낫소?" "몰라요." "당신 쇠(牛)다가리요."

북촌상인들이 망해 가는 것은 자본문제에만 있는 것은 아니다. 쇠대가리들이기 때문이다. 손님들은 현대인 신경인(神經人)들임에 불구하고 점주 점원들은 의연자약의 우두상인(牛頭商人)들이기 때문이다.

『별곤건』 제23호, 1929.9

노상(路上)

계동에서 내려오는 길 다 쓰러져가는 줄행랑 앞에서 젊고 키 크고 갈쿠리 눈과 우악스런 주먹을 가진 행랑아범이 자기 애비 낫세나 되는 늙은 행랑아범을 멱살을 틀어잡고 치는 것을 구경하였다.

늙은 아범은 죽어가는 소리로 엄살을 쳤다.

"이놈아 옷을 놓아라. 맞는 건 아깝지 않다마는 구차한 사람의 의복을 …… 이놈."

늙은 아범은 새로 빨아 입어서 희기는 하나 군데군데 구멍 난 적삼을 유리그릇이나 지녔던 것처럼 부리나케 벗어놓고야 자유스러운 듯이 그 시들은 팔을 휘두르며 덤벼들었다. 그러나 젊은 아범의 그 억센 주먹에는 검정도 못해 보고 나가떨어지면서도 아까 적삼을 움켜잡혔을 때처럼 죽어가는 엄살은 하지 않았다.

서궐(西闕) 앞을 지나려니까 수인(囚人) 수십 명이 지나간다. 흙일하던 연장을 구루마에 싣고 지나가는 사람, 거리 집들 하늘가에 떠도는 구름송이들, 마치 딴 세계를 꿈속에 걸어가듯 두리번두리번 바라보면서 자동차가 속력을 내어 소리를 치며 달려들어도 치일 테면 치어 봐라는 듯이 뚜벅뚜벅 그들의 무거운 보조는 무거운 쇠사슬을 늘어진 채 끌면서 걸어갔다. 이 침묵의 대오에는 무장한 간수들이 전후좌우에 따르고 있었다. 그네들도 총이 무거운 듯이 칼이 무거운 듯이 땀을 흘리면서.

　새 문턱에서 성 밑을 올라가는 길 영이 썩어서 서까래가 듬성듬성 드러나는 오막살이 속에서 젊은 안사람의 목쉰 울음소리가 흘러나왔다. "그만 울어요" 하고 그를 위로하는 사람도 아직 울음을 걷지 못한 목소리였었다. 바깥문간엔 소등(素燈)이 걸려 있었고 그 앞에 손바닥만 한 그늘진 마당에는 거적을 펴고 늙은 부인네들이 둘러앉아 있었다. 그들은 모두 뭉크의 〈임종의 실〉에서 보는 얼굴들같이 고인의 병석을 철야하여 지키는 피곤한 얼굴들, 너무나 기막히는 일에 표정까지 상실할 백지 같은 얼굴들, 그리고 이들을 위로하러 왔다가 제 설움에 울고 마는 이웃집 마나님들, 그들은 모두 말없이 담배만 피우고 먼ー 하늘만 바라보고 있었다.

　저녁에 자리에 누우니 공연히 그들이 잊혀 지지 않는다. 두 행랑아범, 여러 수인과 간수들, 그리고 초상집 마당에 그 부인네들의 면목이.

『신생』, 1930.2

일인일문(一人一文), 장주사부지(張主事不知)⁹

"여기계시든 장주사(張主事) 어른께 편지가 옷사와요. 그래 제가 장주사부지(張主事不知)라고 쪽지를 써 붓처 도로 붓첫지요."

"그거 잘 햇구료."

"장주사 어른 안계시단 말이 됏겟습지요."

"그럼!"

말하자면 그는 무식꾼(無識軍)이였었다. 그러나 그는 그만치 자신이 있게 글을 써 먹었다. 그의 '장주사부지'라는 쪽지는 훌륭히 패스하였을 것이다.

무슨 글이고 쉽게 쓰자 그것이 글의 이상일 것이다. 자기가 아는 그 범위 안에서 자신이 있게 활약하는 문자라야 할 것을 나는 이 '장주사부지'에서 배웠다.

『별건곤』 제27호, 1930.3

---

9   새로 발굴.

봄비소리

벌써 빗소리가 다정합니다.

몇 해 전 이른 봄날 황혼이었습니다. 와세다대학 강당 앞을 지나려니까 어느 끽다점 앞에 학생 수십 명이 둘러서서 무슨 소리엔지 귀들을 기울이고 꿈꾸듯 서있었습니다. 나도 가까이 갔습니다. 그 속에선 주인도 보이지 않는 만돌린 소리가 가늘게 울려나왔습니다. 무슨 곡조인지 몰랐습니다. 그러나 듣는 사람의 마음을 울릴 듯이 한없이 애달팠습니다.

나는 여러 사람의 틈을 쑤시고 바투 들어섰습니다.

그 번잡한 가두에 서서 세상을 잊은 듯이 만돌린을 타는 사람의 외양은 이러하였습니다.

나이는 26, 7세, 수염이 시커멓게 좋았고 큰 눈이 왼뺨을 맞고 바른뺨까지 내어뻗칠 것처럼 인정으로 그득하였습니다. 그는 등어리를 내리덮는 장발이었으며 '리본'도 없는 검은 중절모를 눌러 쓰고 어깨에는 공중색 헝겊에다 해자(楷字)로 'お互はあの大空のやうに우리 서로 저 넓은 하늘처럼'라고 써서 매었습니다. 그리고 가슴에는 만돌린을 안았으며

꽁무니엔 다 해진 지우산 하나를 달아맸습니다.

그는 이르는 문전마다 한 곡조씩 하였습니다. 그 집에선 예가 있든 없든 한곡조가 끝나기 전에는 발을 움직이지 않았습니다. 그리고 그 문 앞을 떠날 때마다 얇은 종이 한 장씩을 놓고 갔습니다.

나는 그 종이 한 장을 얻을 수가 있었습니다.

나는 그길로 '도야마하라'에 가서 속잎 돋는 잔디밭에 누워 몇 번이나 몇 번이나 그 종이를 읊었습니다. 아래와 같은 시였습니다.

七色の	일곱 색깔
入りつ亂れつ	섞여 뒤엉킨
無の深さ	무의 깊이
秋の雲	가을의 구름
虛無へ虛無へと	허무로 허무에로
杖ついて	지팡이 짚고
あはれ 天なれは	아! 하늘이니까
石よ お前も	돌아 너도
有機體	유기체
あはれ 空なれは	아! 하늘이니까
死よ お前も	죽음아 너도
いのち	목숨

봄비소리는 목을 끌어안고 속삭이는 것과 같습니다. 누구인지 그립습니다. 붓을 들어 이 마음을 쓰려 할 때 몇 해 전에 이국 거리에서 본 그 젊은 편력시인이 생각납니다. 날이 맑으면 푸른 하늘이요 날이 흐리면 지우산 아래인 그 젊은 철인이 눈물겨웁게 그립습니다.

봄비소리는 50, 60에 들어도 이럴 것이외다.

『신생』, 1930.3

신록[10]

아름다운 오월달이 돌아옵니다.

꽃은 흩어졌으나 남은 향기 오히려 그 푸른 잎에 새로운 오월달이 돌아옵니다.

봄인가하면 봄빛은 벌써 사라진 때올시다. 하늘에는 텁텁한 수증기가 조금도 짓지 않고 걷히었습니다. 유리같이 맑지 않습니까. 어느 나뭇가지를 추려보아도 잎이 띄지 않는 나무는 한 가지도 없지 않습니까. 봄에는 다른 나무는 꽃이 피어 휘어지여도 어떤 나무는 아직 물도 오르지 않아 쓸쓸한 겨울티를 그대로 가지고 섰는 나무가 많습니다. 그래서 높은데 올라서서 보는 사람에게는 정열의 부족을 느끼게 합니다. 그러나 오월만 되면 그렇지 않습니다. 사람의 마음을 공연히 들뜨게 만들어 일없이 바쁘게 하던 꽃이 모두 떨어져 버리고 아무리 험상궂은 나무라도 모다 기름 끼 도는 잎이 피어 완전히 푸른빛으로 세상을 덮어놓습니다. 비로소 대조화를 볼 수 있는 때올시다.

자연 앞에 사람의 마음을 들뜨게 만드는 것은 하나님의 오입(誤入)일 것이외다. 나는 지나간 일 속에서 후회되는 일이 번번이 봄에 많은 것을 알았습니다. 그리고 그 후회할 기회를 흔히 신록 아래를 거닐 때 많

---

10 새로 발굴.

았던 것을 알았습니다. 신록이란 사람의 마음을 갈아 앉혀 주고 씻어 주고 하는데 어찌 물에다 비할 것이겠습니까.

신록은 좋은 친구외다. 꽃처럼 계집처럼 아기자기한 재미야 없지만은 그 맑고 부드러움이 얼마나 우리에게 두터운 감격을 일으켜 줍니까. 신록을 우러러보며 푸른 구슬 같은 풋 열매를 찾아볼 때 어린 새들의 가슴을 벌떡거리며 날기를 익히는 것을 볼 때 얼마나 우리는 생명의 아름다움을 느끼는 것이겠습니까. 따라서 우리는 얼마나 아름다운 명상의 세계를 거닐 수 있겠습니까. 라마(羅馬)사람들에게 '메멘모리'라는 말이 있다합니다. '죽엄을 기억(記憶)하라' 하는 말이라 합니다. 적은 지혜로 눈알이 전기 인형처럼 자리 잡지 못하고 해반득거리는 사람에게 '좀 더 침착해보시요' 하고 사색을 주려는 말이겠지요.

우리는 우리의 목숨을 스스로 바라볼 수 있을 때 자신의 행복과 불행을 정당한 가치율에서 인식할 능력이 있을 것이외다. 그때 우리는 불서(佛書)에 말과 같이 생에 밝게 하고 또한 사를 밝게 할 수 있을 것이외다.

신록은 좋은 친구외다.

신록 아래를 거닐 때처럼 고요한 열정에 부대껴 보는 때는 없습니다. 그때처럼 자기 자신과 말할 수 있고 자기생명의 실재와 자기 자신의 행복을 만나 보는 때는 없을 것이외다.

꽃나무 밑에서는 음질(淫迭)한 시가 많이 읊어졌습니다. 그러나 '타코어ー' 같은 성자는 늘 신록을 바라보며 시를 읊었습니다.

나는 신록을 볼 때마다 시인이 못된 것을 부끄러워합니다.

『별건곤』 제29호, 1930.6

악반려

"혼자나 고생하시오. 우리 꼴을 보구려. 우리 쪼들리는 꼴을 ……."

이것은 기혼 친구들의 충고였었다.

"어서 가고 보시요. 언제 집 사서 문패 붙여 놓고 가려다간 평생 총각으로 늙지 ……."

이것은 미혼 친구들의 충고였었다.

두 가지 친구들의 두 가지 충고가 나를 위하여 고마운 충고라고 생각하였다. 그러나 자기의 목숨이 이미 경각에 달린 줄 각오한 환자라도 의사의 입을 바라볼 때엔 좋은 대답을 기다리는 것이 보통이다. 이와 동일한 심리라고 할까. 미혼 친구들의 충고가 오히려 억설에 가까운 것인 줄은 알면서도 그 말이 듣기에 좋은 것이 사실이었었다.

더구나 나는 역(逆)을 믿는 사람이다 '하나'를 헤야 '둘'을 헤는 것이 순서인 줄 알지만 '하나'를 헤지 못하고 '둘'도 헤고 '셋'도 헤이며 살아왔다. 물이 낮은 곳으로 흘러내리는 것만 진리가 아니다. 그렇다면 우리 같은 목숨은 벌써 소멸된 지 오래게 ……. 나는 역을 밟아 왔고 역을 믿어 왔다. 맞닥뜨리는 위기면 흘러내려오는 물도 거슬러 올라갈 수 있는 것이다.

흘러내려온 것이 나의 과거가 아닌 것을 안다. 나는 거슬러 올라온 것이며 거슬러 올라갈 것이 또한 나의 앞길인 것을 각오한다.

물론 모험이다. 아직 풋기운인지도 모른다. 그러나 경험은 나에게 거의 자신을 주었다.

우리는 결혼을 시작하였다. 어느덧 한 달 반이란 시간이 지나갔으나 결혼식이 끝난 것 같지는 않다. 우리는 지금까지 결혼하면서 있는 우리는 어디까지가 결혼식의 마지막 목차인지를 모른다. 다만 결혼식이 아직 미진한 것과 같음과 시방도 진행하면서 있는 것 같은 느낌만 느낄 따름이다.

경이! 경이다. 그것은 역행자에게만 혜여(惠與)된 특수 향락일지도 모른다.

"자연스럽게 살자."

그것이 우리의 최초의 약속이다. 자연스럽게 살자. 자연스럽게 사는 생활이 최고봉의 행복이라고 아내는 평가하였다.

그러면 어떠한 생활양식이 자연스러운 것일까. 쉽게 말하면 있는 대로 먹고 없는 대로 굶고 그것을 만족하자는 말이었든가. 새삼스럽게 약속의 막연함을 느낀다. 재음미의 필요를 느낀다.

◇

"좀 더 감격한 시간!"

이것이 자연스러운 생활의 내용일 것 같다. 이것이 이제로부터 새 생활에 대한 나의 기대다. 좀 더 심각한 수난, 좀 더 거대한 희열을 향락하고 싶은 것이 나의 새 야심이다. 이 기대와 야심이 자연스러운 생활의 정신일는지도 모른다.

우리에겐 긴치 않은 반려가 있다. 나에겐 아내만 못하지 않은, 아내에겐 나만 못하지 않은 흩어질 수 없는 반려가 있다. '가난'이다. 그는 나의 반려다. 긴치 않은 반려다. 악반려(惡伴侶)이다. 우리는 죽는 날까지 그의 간악한 시기를 경계해야 할 것이다.

그와 우리 사이에는 승패가 있다. 잘못하면 우리의 생활이 여지없이 그에게 유린될 것이요, 그렇지 않으면 그가 우리의 '자연스러운 생활'을 위하여 이용될 것이다.

『신민』, 1930.7

자연음악관[11]
귀뚜라미

귀뚜라미 소리야말로 무슨 소리라 할까요. 우노라고 하는 소리인지 노래하노라고 하는 소리인지 분간하기 어려울 것입니다.

물론 곤충을 연구해본 사람은 알 수가 있을 런지도 모르지요 만은, 그저 들을 줄만 하는 사람 그저 들리는 대로 들을 줄 만 아는 사람의 귀로는 도저히 분간할 수 없는 소리외다.

비나 오고 내 마음이 슬픈 날 빗물에 젖는 쓸쓸한 정원의 판장을 내여 다 보며 귀뚜라미 소리를 들을 때면 사뭇 뼈가 저려 들어가는 것처럼 애닯은 소리임에 틀리지 않고 그것도 내 마음이 편안한 날 머리맡에다 참외 수박 같은 것이나 사다 놓고 네 활개를 쭉 펴고 누어서 들을 때엔 역시 제린 맛은 마찬가지나 그 제린 맛은 '소—다'의 제린 맛과 같이 심신에 청량제가 되는 것입니다.

하필 귀뚜라미겠습니까마는 벌레소리 중에서도 가장 적막할 때에 들리는 것이 이 귀뚜라미 소리일 것입니다.

눈을 감고 들으면 가는 빗발 속에서도 들리는 소리며 마음이 물 속같이 맑을 때에는 머리맡에서도 섬돌 밑에서도 들리는 소리외다.

유리그릇을 둘러메치는 소리 같은 '쨔스'에나 겨우 청각을 느끼기 시

---

11 새로 발굴.

체 사람들에겐 귀뚜라미 소리를 들을만한 기회가 별로 없을 것이외다. 옛날도 그렇기는 했겠지만 귀뚜라미 소리는 고요한 사람 쓸쓸한 사람만이 들을 것이외다. 과부나 불과지사(不過之士)가 많이 듣겠지요.

『별건곤』 제31호, 1930.8

모기장 속

벌써 원산을 가느니 금강산을 가느니 하고 서울이 텅 빌 듯이 서두른다. 얼마나 유쾌한 일이랴.

과연 여름의 경원선이란 견디기 어려운 유혹을 주고 있다.

아름다운 유혹이다. 산을 오르며 물을 밟는 것이 얼마나 결백한 일이며 죄 없는 향락이리요.

그러나 생각하면 그도 그렇지 않은 것이 어디 가고 싶다 하여 제마다 갈 수 있어야지!

산이나 바다는 오늘 와서 얼마나 우리 인간과 사이가 까다로워졌는가. 산을 찾아가고 물을 찾아가는 것은 특수한 사람들에게만 전속되다시피 일종의 외입(外入)거리가 되고 마는 것이다.

확실히 외입이다. 금강산이나 송도원의 바다나 모두가 하나님의 자연임에 불구하고 얼마나 우리에게 야속한가. 마치 돈 없는 건달 앞에 비웃음치는 갈보와 같은 존재에 불과하다.

사실에 있어 갈보와 같은 존재다. 혹 어떤 기회가 있어 석왕사 같은 곳을 들르더라도 심기 청쾌(淸快)한 대로 단 하루를 지내기가 어렵다. 쾌한 일보다 불쾌한 꼴이 더 많이 보이고 더 많이 당하게 되는 것이 예사라 하겠다.

하필 여름의 행락뿐이리요. 진정한 인간의 행락이란 그의 명상의 세계를 떠나서 다른 곳에 없을 것이다.

나는 모기장 속을 좋아한다. 될 수만 있으면 사철 모기장을 치고 살고 싶어 한다. 모기장 속은 파리 한 마리 간섭하지 않는 완전히 나의 독차지의 소세계이기 때문이다.

죄고마한 모기장 속!

그러나 얼마나 광대한 천지이랴. 영원을 생각하기에 어찌 산상이나 해변을 비기리오.

『신민』, 1930.8

가을거리의 남녀풍경[12]
천고여비(天高女肥)

천고마비(天高馬肥)라더니 이것은 겸손한 옛사람들의 말이요, 이 말의 제6 내용은 계집을 가르친 것이 아닌지도 모른다.

가을에는 살찌는 것이 많다. 말도 살찌고 바다 속의 고등어도 밴대기에 손퍽 같은 기름덩이가 붓는 때다.

그러나 거리 사람의 눈 우리 눈에는 새삼스러이 말이 살 오른 것을 보지 못하고 또는 거리 사람의 입, 우리 입으로는 새삼스러이 고등어 토막에서 고소한 기름 맛을 느껴 보지도 못한다. 오직 우리는 신선한 가을바람에 옷깃을 날리며 저녁 산보에서 보고 느끼는 것은 그 여자의 스타킹이 터질듯이 미여질듯이 알른알른한 굵어진 다리 둘을 구경할 뿐.

『별건곤』 제34호, 1930.11

---

12 새로 발굴.

눈 온 아침

어디서 이렇게 내렸으리까.

밤새도록 그 어두움 속에서 어찌 이렇게 흰 눈이 한 송이도 맞추지 않고 정하게 내려 쌓였으리까.

바라볼수록 놀랍습니다.

고요히도 왔지요.

어디 마른 나뭇잎 하나 건드리는 소리가 있었습니까.

부끄러운 걸음처럼 고요히도 고요히도 왔지요.

이 눈은 누구를 위해 왔으리까.

누가 받을 선물이오니까.

이 눈을 움켜다 파는 사람은 없습니까. 왜 없습니까. 이 아름다운 눈의 임자는 왜 없습니까. 그리고 비를 들고 나와 한번 서서 바라보지도 않고 홱홱 쓸어버리는 사람을 금하지 않습니까.

아름다운 아침이외다.

아름다운 선물이외다.

여러 사람들이 즐거운 듯이 지나갔소이다. 뚜벅뚜벅 지나갔소이다. 참새처럼 작은 발자국 곰처럼 큰 발자국 이리가고 저리가고 많이도 지나갔소이다. 지팡이를 끌고 간 사람도 있소이다.

어디를 갔을까요.

그네들은 즐거운 길이었을까요.

슬픈 길이었을까요. 무엇을 생각하며 이 눈 위를 지나갔을까요. 찾아보면 눈에 묻힌 눈물방울이나 없을까요.

아름다운 아침이외다.

얼마나 호사스런 세상입니까.

나는 이날 아침만은 내가 아는 모든 길을 잊어버리고 싶소이다. 그리고 날짐승 하나 지나지 않은 길 없는 새길을 걸어 멀리멀리 가고 싶소이다. 누군지 기다리고 있는 듯한 먼 곳 정처 없는 곳을 가고 싶소이다. 가다가 다 돌아보아도 내 발자국이 부끄럽지 않게 모든 욕심과 버릇을 잊어버리고 쓸데없이 가는 한가한 길을 걷고 싶소이다. 마치 갇혔다 놓인 작은 새처럼 아무데고 훨훨 가 보고 싶소이다.

아름다운 아침이외다.

『신생』, 1930.12

두 강도의 면영과 직업적 냉정 문제

"나중엔 어느 부로 가든지 처음엔 사회부에서 좀 치여나야 됩니다. 무어 성격상 맞지 않으니 자신이 없느니 하고 책임감을 솔직하게 말할 것 없이 무에든지 맡기기만 하라고 흰소리를 쳐야 됩니다."

"글쎄 어디 그래 봅시다."

이런 문답을 만일 사회부장이 들었던들! 그는 아무리 사건이 적은 서문서(西門署)나 용산서(龍山署)라도 나에게 맡기기를 서슴지 않았을 리가 없을 것이다. 무슨 일이든지 다 그래야 하겠지만 신문사 일이란 더구나 사회부 기자란 그 사람이 본래 이 세상에 나올 때부터 사회부 기자로 태어난 사람이라야 할 것이다. 즉 사회부 기자는 사회부 기자로서 천재자에게 한해야 될 직업이니 우리같이 주시에 깐깐한 사람이었던 부류의 사람들과든지 척척 을리어 휩싸지 못하는 사람은 사회부에 몇십 년을 있었자 불면구미(不免拘尾) 3년일 것이다.

들어오는 날부터 어서 학예부로 갔으면 하고 학예부로만 가면 일에 취미를 얻을 것 같고 수완이랄는지 능률이랄는지 다소 자기의 솜씨도 써볼 것 같았다. 그러나 막상 학예부에 닥뜨리고 보니 자기가 편집하는 면이라고 해서 자기 마음대로 되어지는 것도 아니었었다.

원고 부족이 첫째 문제요, 컷이나 삽화 그리는 사람과 자신과의 신문지의 시대성 인식에 있어서도 거리가 있는 것이 둘째 고통이요, 다음은 공장에서 손과 기술이 한가지로 부족한 것이었었다. 사실 불평을 쏟아 놓는다면 어디 이런 델리킷한 문제 뿐도 아닐 것이다. 밥값이 몇 달치씩 밀리니 일이 손에 잡히지 않는데다 여기자와 연재소설이 오는 날보다 빠지는 날이 더 많았으니 광고는 적고 혼자 아홉 단 열 단을 채우노라면 체재를 운위할 경우가 아니었었다.

이제 사회부 시대(시대라니까 바로 몇 해 동안 같으나 실은 삼 개월 동안)의 '메모'나 몇 장 뒤적거리자.

두 강도의 면영

새벽에는 아현에서 강도가 나고 저녁에는 청엽정에서 강도가 난 그 이튿날 아침이다. 서문서에 들어서니 사법주임의 그 큰 입이 주체를 못하고 벙글거린다.

"잡은 게로구려."

"그럼 어림있나. 어서 사진반 불러."

사법주임 책상 위에는 보기만 하여도 소름이 끼치는 단도 두 개와 철사뭉치가 놓여 있다. 사법주임은 용산서에서도 같이 활동하였지만 자기네가 잡았다고 신이 나서 떠들었다.

"아무튼 대담한 놈들인 게 한 놈은 전과 3범, 한 놈은 전과 5범으로 모두 10여 년씩 감옥살이를 하고 나온 지가 두 달이 못 되는 놈들인데 항차 해도 지기 전에 전당포에 들어가서 이 철사로 주인을 묶어 놓고 칼들을 빼어들고 위협했단 말야. 그런데 한 놈은 글쎄 태평동 모처에서 잡아 가지고 전차를 타고 오는데 전차를 뛰어내려 달아나니 그놈이 여간 담이 큰 놈이야."

"그래서?"

"노상에서 일대 활극을 연출하고 잡긴 잡았지 제가 별수 있나."

우리는 사진반에 전화를 걸고 보기에도 섬찍한 흉기를 만져보았다.

칼은 사람을 잡는 데 쓰려는 것보다 사람을 놀래려는 데 쓰려고 만든 것 같았다. 끝이 송곳같이 빠른 것이 날만 한 뼘이 넘는데 칼등에는 모두 홈이 패여 있는 것이 보통 칼과 목적이 다른 것을 알 수 있었다.

그리고 철사는 그리 굵지는 않으나 억센 손아귀가 아니면 노끈처럼 다루지 못할 것이었다.

"그러니 10년씩을 감옥살이를 하고도 또 강도질을 하다니 ……."

"한 놈은 12년인가 했다는데."

"사람 아니지. 그런 놈들은 평생 콩밥 먹어 싸지."

어느 틈에 사진반 사람들이 모여들었다.

"자 들어들 갑시다."

사법주임의 뒤를 따라 여러 사람 속에 싸였으면서도 나는 어째 걸음이 쭈볏쭈볏해졌다. 저놈들이 그 감때사나운 눈알을 부릅뜨고 '너희 놈은 다 뭣하는 놈들이냐' 하고 소리나 지르고 달려들어 ……? 설마 아무리 대담한 놈이기로 …… 형사들이 손을 묶어 붙잡고 있을 터지 …… 아무튼 처참한 송장이나 보러 들어가는 것처럼 고약한 인상을 얻을 것이 무시무시하였다.

그러나 이것이야 얼마나 예상 밖이랴. 사자인 줄을 알았다가 노루를 보는 격이라 할까. 형사 중에서도 제일 꼬맹이들한테 묶여 나오는 주인공의 면영이란 전차 간에서 잡힌 소매치기의 인상밖에는 주지 못하는 위인들이었다. 그 정기 없는 눈알, 영양부족으로 유지같이 누르퉁퉁한 가죽, 소름이 돋아 바르르 떠는 입술, 땅만 굽어보고 어질어질하는 꼴이란 저것들이 아무리 칼을 들었기로 누구를 위협을 하다니 하고 주인공들의 면영이 강도로서의 너무 빈약한 데 놀라지 않을 수 없었다.

활동사진 같은 데서 '장발장'을 보더라도 그 얼마나 보기에도 끔찍한 대담(大男)이요 추남(醜男)인가. 그런데 이자들은 활동사진에 나온다면 유치원이나 소학교 교원 노릇밖에 못 시킬 인자한 마스크의 주인공들이었다.

그들은 30이 아직도 못 된 인생의 꽃들이었다. 그런데 20고개에서부터 10여 년씩을 감옥에서 보냈고 또다시 10여 년씩을 감옥에서 살아야 할 그들이거니 하니 그들은 마치 감옥살이 하러 이 세상에 나온 것 같았다.

"이번에도 10년짜리는 되지?"

"그럼 전과가 그렇게 많은데다 두 군데서 범행을 했으니까 아무래도 15년씩은 넘어 될 터지."

거의 자신을 갖고 말하는 사법주임의 대답이었다.

직업적 냉정 문제

음력 설날이 며칠 안 남은 몹시 추운 날 저녁이었다. 호외가 두 번이나 나고 그 때문에 석간 '시메끼리[마감]'도 늦어 놓은 데다 종로서에서는 그냥 길을 막고 '버스'로 학생을 실어 나르는 판이라 우리의 팔다리도 경관들과 같이 피곤하였다. 따끈한 저녁을 먹고 두 다리를 쭉 뻗고 누워보니 자리에가 일신이 잦아 붙는 것 같은 것을 조간 때문에 또 일어서지 않을 수 없었다.

행길에는 눈이 펄펄 내리었고 종로서 안마당에를 들여다보니 낮에부터 놓여있는 자동차 두 대와 버스 두 대가 그냥 놓여 있는데 나의 걸음을 그냥 지나치게 하지 않은 것은 버스 한 대의 헤드라이트가 다 켜져 있는 것이었었다.

정문을 들어서니 파수가 누구냐고 묻는다.

"이 차가 어디로 가오."

"경찰부로 가는데 지금 데려들 내 오는가 봅니다."

얼른 현관 안에 들어서니 동편 사법실 쪽에서 격금대가 '딱딱' 하는 소리와 함께 '아야얏' 하는 엄살이 들려온다. 슬금슬금 가까이 가보니 2층으로 올라가는 층대 밑에는 수백 개의 책가방이 쌓여 있다. 가방마다 벤또가 들어 있기에 만져 보니 어떤 것은 속이 비었고 어떤 것은 그때까지 그저 들어있었다.

또 '아얏' 소리가 들린다. 이번에는 다른 목소리가

"아얏 이 망할 자식아. 내가 뭘 했다고 대가리만 때리니 이 망할 자식아⋯⋯."

악에 받치어 반항하는 어린 학생의 부르짖음이었다. 나는 이 소리를 듣고는 가까이 갈 용기가 없었다. '내가 무얼 했다고 이 망할 자식아!'

얼마나 천진스런 반항이랴, 비명이랴. 이때에 저편 낭하에서는 여학생 떼가 열을 지어 나온다. 순사는 반장처럼 앞뒤에 섰다.

"아이 추워 으흐흐 ……."

나 어린 학생은 울고 나많은 학생들은 입술을 아무렸다. 버스는 그들을 싣고 달아났다.

다음 버스가 …… 불이 켜졌다. 또 한 대가 나왔다. 아까 버스가 돌아왔다. 또 한 대가 나왔다. 또 …….

"아 추워 으흐흐 ……."

옆에 섰던 전통사원(電通社員)이 "가와이소─다나─[불쌍하군]" 하며 담배를 빽빽 빨았다. 그때에 어디선가 당 서(署) 담당인 임군이 뛰어들더니 연필을 집어내며

"몇 명 갔어?"

하고 묻는다.

"무어 ……."

나는 그때까지 수효 헤일 것을 잊어버리고 있었다.

"흥 이사람 이까짓 걸 그래 냉정해야 하네. 못 본 체해야 돼 ……."

여러 해 해먹은 임 군의 말이었었다.

『철필』, 1931.1

금화원(金華園)의 언덕길[13]

어제가 이전 졸업음악회다. S가 오후 다섯 시 차에는 꼭 오리라고 믿고 정거장에 나갔다. 나는 최근 1년 동안은 오후 시각에 정거장에 나간 일이 별로 없었다. 그래서 S와 결혼하기 전 몇 번 집에 갔다 오는 S를 이 차에 마중 나오던 것이 생각났었다.

"벌써 1년이로구나."

하고 나는 정거장 안을 어정거리며 시간 가는 줄을 몰랐다.

차가 들어왔다. 나의 짐작대로 차에서는 이전계(梨專系)의 호수돈(好壽敦) 사람들이 몇 분 나타났다. S도 그들과 지껄이며 나오려니 했던 것이 S는 보이지 않았다.

맨 나중 나오는 사람도 S는 아니였었다. 나는 혼자 거리에서 저녁을 사먹고 정동으로 갔다. 음악회가 열리는 회장은 작년 S 때의 졸업음악회도 그 곳에서 열린 곳이요 그것보다 작년 4월에 우리의 죄고만 결혼식이 그 방에서 열리었던 것이 더 혼자 와 앉은 나에게 센티멘털을 일으켜 주었다. 아마 모르긴 해도 S와 함께 갔던들 그처럼 아름다운 감상경(感傷境)은 아니었을지도 모른다. 나는 그 자리에서 비극미를 새삼스럽게 느끼기도 하였다.

---

13 민충환 발굴. 『상허학보』 21, 2007 소개.

작년 4월 22일 아침이다. 우리는 저녁 혼인식에 쓸 꽃을 사러 나섰다. 하늘이 유리 같은 아름다운 날씨였었다. 우리는 진고개로 갈까 하다 S의 주장대로 금화산(金華山)에 있는 금화원(金華園)으로 먼저 가 보게되었다. 금화원은 아주 양지 바른 산언덕에서 자연수목을 그대로 안고움 온실들과 골짜기와 도랑물도 있는 비교적 인공이 적은 아름다운 화원이었었다.

산이 온통 꽃향기에 배어 있었다.

"퍽 좋은 곳이에요."

S도 퍽 좋아하였다.

S와 나는 사귄 지 2년 반 동안 이렇게 자유스러운 적은 없었다. 한번 어느 가을날 따로 만나서 시외에 피크닉을 나간 적이 있지마는 그때는 나도 어색스러웠을 뿐더러 S는 좁은 길까지 삼갔었다. 그러나 금화원에서는 그 좁은 언덕길을 우리는 누가 한 발을 앞서거나 뒤서서는 안되는 것처럼 가지런히 걸었다. 아름다운 꽃낭구가 있을 때마다 가지런히 서서 보았다. 이상한 향기가 얼굴을 스칠 때 마다 우리는 그림자를모으고 서서 향기 나는 곳을 찾았다. 우리는 푸른 비단 같은 '아스파라거스'를 한 아름 사 가지고 그 언덕을 내려올 때에도 멀러서 누가 보면 손목을 잡은 듯이 가지런히 내려왔던 것이다. S도 그 날의 아름다움을 잊지 못할 것이다.

처녀로서의 마지막 날의 향기를 그는 영원히 추억할 것이다.

우리는 벌써 결혼한 지 1년이 된다. 그러나 우리는 오늘까지도 혼인전과 같이 그리웁게 그리웁게 지낸다. 만나려니 하던 날 만나지 못하면 S와 남이 된 것처럼 못 견디게 서글프다.

이 서글픈 것을 우리는 만나서 혹은 편지로 '우리의 불행'이라 하였다.

과연 불행일까?

그러면서도 우리는 이런 때처럼 이렇게 서글플 때처럼 우리 앞에 지나간 행복을 참말 우리가 가졌던 '우리의 행복'으로 느끼며 감사한 정열에 사무치는 때는 없는 것이다.

과거라 하여 모두가 무생명(無生命)한 것은 아닐 것이다.

『신민』 제66호, 1931.4

봄은 어데 오나!

봄은 어데 오나?

봄은 산에도 오고 강에도 오고 또 사람 가슴 속에도 온다 합니다.

봄은 그처럼 아무데나 옵니까?

아니요 봄은 그처럼 아무데나는 오지 않습니다.

봄은 가만히 보면 아주 고귀한 안손님 같습니다. 퍽 올 데를 생각하고 옵니다. 아무 자리에나 내려와 앉지 않습니다.

봄은?

봄은 봄 뒤에 오지 않습니다. 여름 지나간 자리에도 오지 않습니다. 봄은 가을바람의 슬픈 울음소리에도 오지 않습니다. 겨울의 죽음 긴 겨울의 침묵이 지리스럽게도 지나간 뒤에야 봄은 겨우 찾아옵니다.

봄은 죽음 위에 옵니다. 침묵 위에 옵니다. 그 산과 그 강들이 모두 죽음과 침묵의 무덤이 되었을 때 봄은 그 위에 내려앉습니다.

어쩌다 안 다니던 골목을 지나는 길에 뉘 집 울안에 꽃핀 것을 봅니다. 그럴 때마다 나의 놀람은 게서 더한 슬픔이 없습니다.

벌써 꽃이 피었구나! 나는 무엇에 팔려 꽃핀 것도 모르고 사나!

더구나 미풍처럼 가벼운 나비 날음을 볼 때 나는 그만 길 위에 주저앉을 듯한 내 몸의 무거움과 텁텁함을 느끼곤 합니다. 슬피 탄식하곤 합니다.

봄은 겨우내 죽었던 개나리나무에는 왔습니다. 봄은 겨우내 침묵하였던 나비에게는 왔습니다. 그러나 겨우내 꺼불거리고 겨우내 지절거린 나에겐 오지 않습니다. 모른 체 하였습니다.

아아 좀 더 침묵 좀 더 인욕이 있이 살자 하면서도 해마다 무엇에 팔려 사는지 봄이 오는 줄도 모르고 덤비고 허둥거리고 지내다가는 내 가슴 속에는 봄을 느껴 보지 못하고 남의 집 울안에 핀 한 가지 개나리에서 봄을 만난다는 것은 참말 가슴 아픈 일이외다. 참말 지나간 생활에 침을 뱉고 싶은 아픔이외다.

봄은 아무데나 오지 않습니다.

봄은 나를 모른 체 하였습니다.

그것은 몹시 서운한 일이외다.

아쉽고 아름다운 안손님이 내 집 문전만을 싸릇뜨리고 그냥 지나친 것처럼 몹시 서운한 일이외다.

『신여성』, 1931.4

차창에서[14]

산 넘어 벌들이요
벌 안마다 동산 있소
다양(多陽)도 하온 마을
한○인 듯 소복해라
붉은데 푸른 그늘은
버들인가 하노라

물 흘러 논에 들고
밭은 벌써 푸르렀소
온 동리 조흔 봄날
벌에 나와 지우노라
밤에사 인간 화락(和樂)이
저들일까 하노라

하늘이 해를 주고
비 이렇게 내리었소

---

14 새로 발굴.

구태여 뉘 덕이며
원수 무삼 있으리요
못 살어 ○는단 말씀
귀에 걸려 하노라

5월 8일 경의선에서

『동아일보』, 1931.6.9

7월의 수상(隨想) 백화난만(百花爛漫)[15]
복덕방 영감

오늘 점심 때 냉면 집에서.

그 두 노인, 한 영감은 때 국이 조르르 흐르는 설핀 모시 두루마기에 초췌한 안색이면서도 어딘지 발가진 서울 사람의 티가 있고, 다른 한 영감은 기름이 주르르 흐르는 항라 두루마기에 풍신도 그럴 듯하였으나 그 숫된 품이 시골서 가주 올라온 듯하였다.

그들은 밖에서 하던 말을 그냥 지껄이며 들어섰다. 여러 사람 사이에 앉아서도 남이야 듣던 말든 꺼림 없이 그 어조로 지껄이었다.

"집 짓키가 힘들다고 하지만 그것도 옛 말이죠. 지금이야 4, 50간 드리도 한 달 안에 지어 놓라면 한 달 안에 손 하나 더 대일 떼 없이 떼꺽 떼여 놓니까요. 그저 내 말만 드르슈. 그 터를 사슈. 내 그 금에 떼여 올 테니……."

"그래두 거긴 넘우 외따러. 어듸 조선 사람이 살어야지 맨."

"아니올시다. 몰으시는 말슴입니다. 내 돈으로 내 집 짓고 내 것 갖다 나 먹고 사는데 일본 사람 촌 아니야 서양 사람 촌이면 어떠란 말이요. 그리고 노인장께서 몰으시는 말슴인게 아얘 조선사람 촌에서 섞겨 살 것이 아님넨다. 꼴 숭한 일이 많지요. 심지어 무슨 세금 받이들 까지

---

15 새로 발굴.

도 조선 촌에 와서 하는 것과 일본 촌에 가서 하는 것이 다르지요. 그리고 첫재 나도 자식이 잇소만은 아얘 조선 촌에서 자식 기를게 아닙넨다. 조선 애들이라는게 너나 할 것 없이 구차한 집 애들이고 노는 것이나 말하는 것이 어디 저 사람네 애들만 할 수 없거든요. 아얘 조선 촌에서 집 고를 생각 마슈."

"하긴 그래. 맹자의 어머니도 삼천지교를 헷다거든 집을 옴기며 자식들 생각도 안할 수 잇나……."

"그럼요. 근묵자흑이라고 옛말이 그르지 않지요. 조선 애들 속에서 자식 기를게 아닙넨다."

이런 말을 하는 그 초췌한 영감, 그는 복덕방 영감이 틀리지 않았다. 그는 홍정만 되도록 제 손님 한 사람만 들으라고 한 말이겠지만 좌중에 귀먹은 사람은 없는 듯하였다. 모다 마땅치 않게 힐끔힐끔 흘겨들 보았다. 기어이 한 사람 입에서 시비가 나왔다. 비빔밥을 먹고 이러서는 깔끔하게 생긴 중노인이었다.

"여보 댁이 아마 중개인인 모양이요. 아모리 구전을 뜯어 먹고 살기로니……."

"……."

복덕방 영감은 들었던 국수 그릇을 놓고 멍―하니 처음엔 대답이 없었다.

"홍정을 붙이드래도 옳은 말을 하고 붙여야지……. 넌 조선 놈이 아니고 어듸서 생겨난 놈이란 말이냐……."

"……."

"우리 같이 늙은 것들은 너 같은 입에도 욕먹어 싸다. 아이들이야 어째서 네 입에 욕을 먹어야 하냐. 네놈 구전 생기고 안 생기는데 어째 오르내리려야 하냐?"

"…… 천번 만번 당연한 말이요. 당연한 말슴이요……."

"개만 못한 놈. 너도 조선 애비 조선 애미에게서 낫겟지. 네 자식도 다른 종자는 아닐테지. 괘씸한 놈 같으니."

"늙은 게 생각 없이 한 말이요. 천 번 만 번 당연한 말이요."

그 깔끔한 중노인은 음성을 낮추어 이번에는 항라 두루마기 입은 시골 영감에게 이런 말을 하고 나갔다.

"영감께서 무슨 흥정을 이 사람한테 매겻는지는 몰으나 이런 간사한 놈하고 일을 하다가는 언제든지 속습넨다. 주의하슈."

그놈의 영감 에이 싸다!

모두 시원해 하였다. 나도 그랬다. 그놈의 영감 수작에 그처럼 욕하고 나선 것이 내 자신이 못된 것만 부끄러울 만치 싸다 하였다.

그러나 사상은 별문제요 그 복덕방 영감도 그렇게 고약한 사람 같지는 않았다. 휴우 한숨을 내쉬고 목이 메는 듯 모처럼 먹어 보든 냉면 그릇을 밀어 놓고 나앉으며 새까만 손수건을 내어 입을 닦는 체 하다 눈을 씻는 것을 볼 때 그때는 미운 것보다는 오히려 측은한 생각이 금할 수 없었다.

무엇이 60 평생을 다 살은 그 늙은 영감으로 하여 그와 같은 고의 아닌 말을 하고 욕을 보게 하였던가.

조고만 인생의 비극을 보는 것 같았다.

—6월 1일 일기에서—

『동광』 제23호, 1931.7

낙서

꽃

수선을 처음 마늘쪽 같은 것을 사왔을 때는 그 새 주둥이 같이 뾰죽하고 기름기 있고 새파란 싹이 빠끔히 터 오르는 것만 해도 신기하기 짝이 없더니 그 싹도 벌써 반 자 길이나 자라는 동안 이젠 눈에 익어 그런지 시들머들해지고 말았다.

어서 꽃이 피기나 기다릴 뿐이다.

어제는 진고개를 지나다가 무슨 꽃인지는 모르나 푸른잎이 소담스럽고 꽃은 주홍인데 값도 싸고 하여 십전에 한 묶음을 사들고 왔다.

김 군이 오늘 놀러 왔다가 내가 돈 걱정을 하는 것을 보고 웃음엣말이겠지만

"이 사람 저런 건 안 사면 어드런가?"

하고 꽃병을 흘겨보았다.

나는 멍하니 앉았다가 이런 대답을 하고 서로 웃고 말았다.

"그러니 이 사람 꽃 사는 기분까지 바리구 무슨 맛에 사나……."

일기책

어느 친구가 그러기를

"아모리 곤궁해도 지필만은 값진 것을 쓰고 싶어 ……."

하면서 누가 십몇 원짜리 만년필 산 것을 부러워하였다.

요즘 연말이어서 서점마다 일기책이 일본서 많이 나와 쌓였다.

나는 어느 서방(書房)에서 만든 3월짜리 호화판 일기책이 몹시 마음에 들었다. 그리고 지필만은 값진 것을 쓰고 싶다던 그 친구의 심정을 새삼스레 밟아보는 듯하였다.

얼마나 내가 휴지에 글 쓰듯 하는가. 한 자 한 줄을 '쓰다 버리면 어쩌나' 하고 조심함이 없이 한 자 쓰다 찍 찢어버리고 한 줄 쓰다 찍 찢어버리고 얼마나 종이를 버릇없이 대하는가.

나는 값비싸고 호사스러워 다루기에 어마어마한 그 여왕 같은 책 위에다 이 버릇없는 붓을 실컷 단련시키고 싶은 것이다.

『신생』, 1932.1

내게 감화를 준 인물과 그 작품[16]
안톤 체호프의 애수와 향기

그저 '내가 존경하는 사람'을 들라면 혹 체호프를 생각하기 전에 다른 어른이 있을는지 소설가 중에서 존경하는 이, 작가 중에서 가장 감화를 많이 받은 이를 들라면 나는 (아직까지는) 체호프를 들기 전에 다른 사람은 모른다.

4~5년 전 동경시외에서 지낼 때다. 차표가 떨어져 학교에 못가고 빗소리와 벌레소리에 차인 벌판 외딴집에 누워있던 그 ○○가을날, 나는 처음으로 체호프의 작품을 읽은 것이다. 그것은 「붉은 양말」이라는 아주 조그마한 단편이었다고 기억한다.

나는 그때 「붉은 양말」을 읽고 참으로 감탄하였고 황홀해하였고 오래 눈을 감고 생각하였다. 제목부터 그리 대수롭지 않은 조그만 작품이었으나 그 조그만 소설은 며칠 밤을 새여 읽은 긴 이야기처럼 나의 가슴 속 밑까지 스며드는 눈물과 온정이 얽히어 있었던 것이다. 나는 그날 종일 그의 책을 읽었다. 그 이튿날도 학교는 잊고 그의 소설 속에 빠지어 어떤 것은 재독까지 하였다.

무엇에 끌리어 그렇게 반해 읽었는가? 하면 '글쎄?' 하고 나는 얼른 대답을 내일 수가 없다. 그처럼 체호프는 얼른 드러나게 좋은 ○으로

---

16 새로 발굴.

설명할 수는 없는 작가라 생각한다.

그 시초도 없고 끝도 ○없는 이야기 그러면서도 구슬처럼 자리 없이 끊어진 아름다운 이야기, '치사스런 녀석!' 하고 옆에 있으면 침이라도 뱉고 싶게 미우면서도 어딘지 그와 손목을 잡고 울어주고 싶은 데가 있는 주인공들, 하늘하늘하는 애수가 전편에 흐르면서도 저가의 감상이 아니요, 생화(生花)의 향기처럼 경건한 분위기, 이런 것들이 그의 작품이 가지고 있는 특색일까 생각한다.

무엇보다 내가 체호프의 작품을 존경하는 것은 그의 작품은 작자 자신에게 이용, 유린되지 않은 예술품이기 때문이다. 그는 입센이나 톨스토이나 또 요즘 흔한 작가들과 같이 무슨 선전용으로 무슨 사무적 조건에서 예술품을 제작하지 않았다. 그는 누가보든지 가장 미더운 눈물 어린 눈으로 사물을 보았고 가장 침착하고 평화스러운 마음으로 생각하면서 우리 인간의 편편상(片片像)을 기록했다. 그러므로 그의 작품은 어느 하나만이 뛰어나는 걸작도 아닐 것이요, 어느 몇 편만이 그 시대에 맞을 것도 아닐 것이다. 그의 작품은 영원히 새로울 것이요, 누구에게나 친절할 것이라 믿어진다.

체호프를 종달새와 같이 노래한다고 평한 이도 있지만은 그의 글은 알뜰하기가 실로 음악에 비할 것이다. 묘사에 거짓이 없고 한 자 한 구가 객설이 없이 간결 ○○하다. 이런 훌륭한 이의 글을 원서로 읽어 보지 못하는 것은 한사(恨事) 중에 하나이거니와 역서를 통하여서나마 체호프의 향기를 맡아 보는 것만도 나는 나의 행복중의 하나로 헤일 것이다.

체호프의 애수 — 센티멘탈이라고 냉소하는 쾌장부(快丈夫)도 있으리라. 그러나 나는 핏발이 일어서 붉은 눈보다 눈물이 어린 눈을 더 믿고 더 사랑할 것이다. 나는 마링스보다 채플린을 더 좋아한다. 베토벤도 좋지만은 슈베르트의 애조는 더욱 우리의 정을 끄는 것이다.

체호프는 채플린 슈베르트와 같은 파의 예술가가 생각한다. 이들은 모두 우리게 슬픈 편지를 가져 오는 배달부들이다. 이들의 작품을 대하고 날 때만다 나의 가엾은 친구의 소식을 들은 것처럼 가슴 아프다. 멍-하니 눈을 감고 생각하는 것이다.

『동아일보』, 1932.2.18

나의 고아시대

엿장수의 엿가새처럼 크고 투박스런 내 두 손을 내려다볼 때마다 나는 눈물겨워한다. 더구나 남들이 "무슨 손이 그리 커?", "무슨 손이 그리 험해!" 하고 숭을 볼 때마다 나는 더욱 눈물겨웁다.

내 손은 아직 뼈마디도 굳기 전부터 내 한 몸을 먹여 살리노라고 얼마나 힘에 부치는 일을 하여 왔는가. 어미 없고 아비 없는 몸뚱이! 이가 끓어도 내 손이 잡아 주었고 배가 고파도 내 손이 둥거지를 패고 눈을 쓸고 요강을 부시면서 내 목구멍에 밥을 얻어 넣어 주었다. 남들은 크고 험한 손이라고 숭을 보지만 얼마나 고마운 내 손이랴.

나는 내 손을 볼 때마다 외롭던 소년시대가 생각나곤 한다.

큰구두

어렸을 때 체면 문제란 그리 대수로운 것은 아니었다. 다른 아이들이 새옷 입을 때 새옷이나 입으면 그만이요, 다른 아이들이 사탕을 사먹을 때 저도 한 개 사먹으면 그만일 것이나 철 찾아 옷을 갈아주는 이가 없고 잔돈푼이라도 조를 사람이 없는 아이에게는 게서 더 큰 민망한 경우는 없었다. 그러기 때문에 무엇보다도 걱정되는 것은 명일이 오는 것이었다. 다른 때는 다른 아이들 축에 끼어서 눌리는 데 없이 놀다가도 명일날이면 그렇지 못하였다. 옷 입은 것이 남에게 쌔이지 못하니까 어슬어슬 아이들을 피해 그늘로 숨어다니는 수밖에 없었던 것이다.

명일날이 될 때마다 더운 때면 산기슭에서 추운 때면 남의 집 빈 사랑에 들어가서 혼자 놀고 해를 보내는 그 쓸쓸한 모양! 그것은 나의 손이나 보았고 시집간 누이나 틈이 있으면 생각해 주었을 것이다.

한번은 요즘처럼 구력(舊曆) 정초(正初)였었다. 설도 지난 때에 어느 일가 어른이 구두 한 켤레를 주었다.

그것은 내 발에는 굉장히 큰 구두였다. 나를 위해 사온 것이 아니요 다른 사람을 위해 사왔다가 그 사람이 죽으니까 나를 신으라고 준 것이다.

나는 뚫어진 옷을 올리지도 않는 크고 뻣적뻣적하는 구두를 끌고 다녔다. 어떤 아이들은 그래도 구두라고 부러워도 하였지만 넉넉한 집 아이들은 오히려 숭을 보았다. 내 자존심에도 차라리 발에 맞는 메투리만 못하였다. 그나마 얼마 안 신다가 발이 큰 사람이 그것을 팔라 하여 4원을 받고 팔았다. 그 돈으로 정처 없이 고향을 떠났던 것이다.

나무 도적

안협 모시울이라는 산골에 가 있던 열한 살 때다.

지게도 없는데 나무를 해오라고 하였다. 잎나무 같으면 묶어서 지고도 오겠지만 등거지는 그렇지도 못하였다. 나는 아침마다 도끼만 들고 산으로 올라갔다. 종일 팬 것을 한군데다 모아 놓고는 다른 아이들이

나무를 해오고 저녁을 먹을 때 그들의 지게를 빌려 가지고 다시 산에 올라간다. 그러면 어떤 때는 날이 저물어 배가 고픈 것보다 무서워 떨리던 것이 지금도 생각난다.

그런데 하루는 지게를 얻어 가지고 올라가 보니 종일 패 놓은 둥거지가 하나도 없이 없어졌다. 나는 빈 지게를 지고 내려왔다. 나무를 잃어버린 그것보다도 나무 안 하고 어디 가서 놀다왔다는 말이 분하였었다.

죄송한 것

나는 그 후 원산으로 갔다가 밥값에 붙잡혀 그 객줏집 사환이 되고 말았었다.

객줏집 사환 더구나 항구에서는 힘 드는 일이었었다. 밤중에라도 뱃소리만 나면 비가 오든 눈보라가 치든 부두로 달려가야 한다. 그래서 객을 데리고 오고 밥을 짓고 상을 놓고 요강과 타구를 부셔야 한다. 차가 올 때마다 정거장에 나갔다와서 그렇게 하는 것도 물론이다.

그러나 어진 주인은 반 년 후부터는 진일을 시키지 않았다. 그리고 돈심부름도 시키고 쉬운 치부 같은 것은 서사와 분담시키어 나를 시키었다. 아들이 어린 주인은 나를 아들처럼 집안일도 맡기는 한편 차츰 자기집안 식구들과 정이 들게 하고 나중에는 사위를 삼을 눈치도 뵈었다. 또는 객주라도 그냥 여관이 아니요 물산객주였기 때문에 본업은 해산물무역상이어서 나에게도 그 일에 흥미를 가지도록 지도하였다. 그러나나는 주인집 딸에게도 흥미가 없었고 상업에도 그러하였다. 나는 몇 번이나 서울로 공부 올 뜻을 주인에게 보였으나 주인은 반은 강제로 나를 놓아 보내려 하지 않았다. 나는 할 수 없이 주인이 다른 지방에 간 새 서사의 양해를 얻고 내가 찾을 돈을 한목 찾아 가지고 서울로 온 것이다.

주인은 돌아와서 내가 없어진 것을 보고 대단히 섭섭해 했을 것이다. 그 후 나는 휘문에 다닐 때 한 번 원산에 가 보았으나 그 주인집은 원산을 떠나고 없었다.

나를 귀애하는 이를 없는 새를 타서 떠나온 것은 퍽 죄송스럽다.

또 한 가지 있다.

열다섯 살 때 상해로 갈 생각으로 안동현까지 갔다가 더 전진하지 못하고 돌쳐서 오던 길이다. 두 동무와 함께 삼복지경에 끝없는 길을 굶으며 걸을 때다. 평남 숙천을 지나 순천으로 가던 도중 인가 있는 데를 지나려니까 고픈 배가 더 죄여들었다. 한집에 들어서서 먹을 것을 청하니 노파 한 분이 나와서 우리의 정경을 보고 들어오라 하였다. 그리고 주먹만 한 범벅떡 세 개를 들고 나와 한 개씩 주었다.

집안사람들은 밭에 나가고 없을뿐더러 어미 없는 손자를 두고 먹이노라고 해둔 떡인데 얼마 남지 않아서 더는 못 주겠다 하였다.

우리는 미칠 듯하였다. 여러 날 만에 화식(火食)을 맛본 우리의 식욕은 핏 내를 맡은 짐승처럼 흥분하였다. 그때 우리 일행에는 조선 안에서는 쓰지 못하기 때문에 아직껏 지니고 있는 청국 동전 다섯 닢이 있었다. 우리는 그것을 내여 들고 "당신 손주는 이 돈으로 엿을 사주라" 하고 나머지 떡을 모두 훑어먹고 떠난 것이다.

그 돈이 못쓰는 돈인 것을 알 때 얼마나 우리를 괘씸히 여겼으랴.

『백악』, 1932.3

용담 이야기

내 고향 용담은 산 많은 강원도에 있다. 철원 땅이지만 세상에 알려진 금강산 전철과는 아무런 상관없이 고요히 정거장도 없는 경원선 한 모퉁이에 산을 지고 산을 바라보고 그리고 사라지는 연기만 남기고 지나다니는 기차들이나 물끄러미 바라보고 앉았는 조그만 산촌이다.

서울서 차를 타고 나면 세 시간이 다 못되어 이 동네 앞을 지난다. 차가 지날 때마다 채마밭머리에서 장독대에서 사람들이 내어다본다. "내다 오오" 하고 소리는 못 질러도 수건을 내어 흔들며 모두 알아보고 형님뻘 되는 사람 동생뻘 되는 사람들, 흔히 십 리나 되는 정거장 길에 마중 나온다.

용담은 아름다운 촌이다. 금강산과는 먼 곳이지만 그와 한 계통인 듯하게 수려한 산수는 처처에 승경(勝景)을 이루어 있다. 뒤에는 나지막한 두매봉 재가 조석으로 오르기 좋은 조그만 잔디밭 길을 가지고 있으며 앞에는 언제든지 구름을 인 금학산이 창공에 우뚝하니 솟아있다. 손을 씻으려면 윗 골과 백학 골에서 흘러나오는 옥수천이 있고 수욕(水浴)이나 천렵이나 낚시질이 하고 싶으면 선비소, 한내다리, 쇠치망, 진소, 칠송정 모두 일취일경이 있는 곳이다.

나는 여름마다 용담에 간다. 용담 가면 흔히 한내다리 아래에 가서 긴 여름날을 지운다. 딸기를 따먹고 참외를 사 먹고 낚시질을 하고 하늘에 뜬 청산을 바라보며 다시 물속에 잠긴 청산 위를 헤엄치며 뻐꾸기 소리, 매미, 쓰르라미 소리를 들으며 나도 콧소리로 〈학도야〉를 부르며 ……. 그리고 이따금 우르르하고 기차가 도시 풍경을 가득가득 담은 차창들을 끌고 지나갈 때 나는 꽃이면 꽃을 들고 고기꾸럼지면 고기꾸럼지를 들고 높이 휘둘러 원산 금강산으로 가는 아름다운 아가씨들의 일빈(一嚬)을 낚어 보는 것도 한내다리에서나 할 수 있는 낚시질이다.

올여름에도 어서 용담에를 가야 한다. 어서 참외가 났으면 …….

그러나 용담은 슬픈 곳이다. 내 옛집이 없고 내 부모가 안 계셔서만 슬픈 것은 아니다. 어려서 이만 글자라도 나에게 가르쳐 준 봉명학교는 망해 없어지고 천진스럽게 장난할 궁리밖에 모르던 모든 죽마들은 대개는 생업을 찾아 동으로 서로 흩어졌다. 몇 사람의 남아 있는 친구도 있지마는 황폐해 가는 동네를 지킬 길이 없어 팔아먹은 조상의 무덤이나 바라보고 한숨짓는 그네뿐이다.

오오 즐거운 고향이여!

그리고 슬픈 고향이여!

『신동아』, 1932.9

무식

며칠 전에 처가에 가서 장모 제사를 지냈다. 어려서는 제사를 더러 지내봤지만, 커서는 제사 지내는 구경을 처음 했다. 그래서 남의 나라 풍속이나 보듯 눈에 선 것이 한두 가지가 아닌 중, 그중에도 축문이 제일 우스웠다.

나는 중국 문자에 아는 것이 깊지 못하여, 무슨 글자로 되는 것인지는 모르지만, 무슨 '감고소'니, '유세차'니, 나중에 효자 아무개란 한마디 밖에는 모두 모를 말이었다. 아마 꼴을 보아, 축을 읽는 그 사람도 뜻도 모르는 것을, 어디서 베껴가지고 외는 것 같았다. 생각하면, 축 읽는 그 사람만이 우스운 꼴이 아니라, 제를 드리는 효자 아무개도 한학자는 아니라, 축문의 뜻을 알 리 없으니 우스운 꼴이요, 더구나 제를 받는 우리 장모는 내가 알지만, '가갸 거겨'는 아시어도, '감소고'니, '유세차'는 모르시는 분이다. 그러면, 누구를 상대로 누가 읽는 것인가? 이게 무슨 우스운 꼴인가!

그 축문이 설사 훌륭한 글이라 치자. 돌아간 이를 그리는 자식의 애틋한 정을 그대로 그려 놓은 명문이라 치자. 그렇더라도 그 자식이 들어 모르고 그 어머니 또한 평소에 모르시던 말씀이요, 옆에서 듣는 모든 사람들이 다 모르는 소리니, 그 축문의 뜻이 어디 가서 사느냐 말이다. 읽는 사람이 억지로 슬픈 소리를 내니 바람 소리보다는 나을까!

이런 희극은 어쩌다 제사에서만 보는 것은 아니다. 너무나 흔히 본다. 혼인 청접, 학교 무슨 식날 청첩 모조리 이런 꼴이다. 몇 가지 내놓고 베껴 보면 무슨 '감봉요행사(敢奉邀幸賜)'니, '번납심행숙차불비(煩納甚幸肅此不備)'니, '숭지(崇祉)'니, '차단어안내신상후(此段御案內申上候)'니, '존가기사광림부송태기(尊駕冀賜光臨附頌台祺)'니, 무슨 도깨비 소리인지 모르겠다.

　몰론 내가 무식한 탓이다. 그러나 나의 한자 무식을 무식으로 탓하는 이는 도리어 엄청난 무식일까 한다.

『한글』, 1932.9

남행열차

아버지의 망명으로 나는 어려서 노령, '해수애'에서와 두만강을 건너
와 이진 땅인 소청이란 거리에서 3, 4년 겨울을 지내본 일이 있다.

그곳은 모두 눈이 강산처럼 쌓이는 곳이었다. 그 눈 많은 '해수애',
거기서 아버지는 돌아가시고, 그 눈 많은 '소청'에서 어머니도 돌아가
시었다.

그 후 철원으로 나와 소학교에 다닐 때 어느 늦은 가을날 오후였다.
혼자 쓸쓸히 산 위에 섰을 때 우르르 하고 원산 이북에서 오는 남행열
차가 산모루를 돌아 나왔다.

그때 그 쏜살같이 달아나는 기차 지붕엔 눈이 허옇게 덮여 있었다.

"오 벌써 뒤대에는 눈이 왔구나!"

나는 새삼스레 북극의 겨울이 그리워졌었다. 그 눈이 추녀 밑까지
올려 쌓이어 길이 막혀 서당에도 안 가고 집에서 구수한 '수수알'을 삶
아 먹던 일, 이글이글하는 장작불에 참새, 꿩을 구워 먹던 일, 그리고
어머니 생각이 더욱 솟아올랐었다.

지금도 어머니 산소는 소청에 있다. 지금도 눈을 보면 소청의 그때
가 그립다. 벌써 뒤대에서 오는 차엔 눈이 덮여서 나올 때다.

『신동아』, 1932.12

그들의 얼굴 위에서

조용한 양지에 앉아 풀 움이 흙을 떠들추며 솟는 것을 볼 때, 그 부끄러운 웃음처럼 방긋이 제 무덤을 헤치고 내다보는 새 생명의 속삭임을 느낄 때, 나는 새처럼 노래하고 싶게 즐거워합니다.

또 어디서고 휙 지날 길에 우연히 마주치는 첫 나비, 그도 오래간만에 만나는 유쾌한 친구처럼 나의 마음을 반가움에 뛰게 합니다.

그러나 우리의 봄, 우리 인생 자신의 봄은 그리 아름답기만 하고 즐겁기만 한 것은 아닌 것 같습니다.

나는 봄일수록 쓸쓸한 생각이 더욱 솟습니다. 쓸쓸한 사람들이 다른 철보다 더 뚜렷이 보이기 때문입니다. 얼굴이 꽃을 무색하게 하는 사람도 이 철에 있는 것이지만 쓸쓸한 사람들의 얼굴, 두 눈이 시꺼면 터널과 같이 무한한 우울에 잠겨 있는 그런 얼굴의 주인공들도 이 봄이 가져오는 것입니다. 봄옷을 입었으되 빛이 나지 않고 꽃나무 밑을 거닐되 묘지에 선 사람처럼 어두운 얼굴, 그런 얼굴들이 봄이면 한결 더 많이 보여 집니다.

나는 봄이면 쓸쓸한 사람, 그들의 얼굴을 엄숙히 바라봅니다. 그런 얼굴 중에 하나를 머릿속에 찍어 넣고 며칠씩 그와 함께 지내며 생각할 때 나는 비로소 인생의 깊은 바다 속에 한 길, 두 길, 더 깊이 가라앉아 봄을 느끼곤 합니다.

『신가정』, 1933.3

내게는 왜 어머니가 없나?

생각하면 나는 상냥스런 아이는 아니었다. 그랬기에 아홉 살이나 나고도 어머니를 잃어버리는 그 큰 슬픔을 감각하지 못하였지, 어른들이 상주 노릇하라고 찾으러 다니는 것만 싫어서 숨어 다니며 놀았다. 밤에는 할 수 없이 집에 있었으나 울기는 고사하고 새로 잡은 도야지 오줌통으로 북을 메워 가지고 두드렸다.

"이 녀석아 가만히나 앉았거라."

어른들이 틈틈이 윽박질렀다. 모두 아침부터 울기만 하는 큰 누이와 이웃집 할머니에게 업혀 자는 세 살 나는 누이동생만 귀여워하는 것 같았다.

나는 괜히 어머니가 죽어 나만 귀찮게 구는 것 같아 심술이 나곤 했다.

그 후에도 어머니의 죽음은 늘 나를 귀찮게만 해주는 것 같았다.

"에그 불쌍해라. 어미까지 마자 잃구……."

고향에 오니 할머니 되는 어른, 할아버지 되는 어른, 전에 어머니 친구들, 아버지 친구들 만나는 족족 내 머리를 쓰다듬으며 이런 말을 했다. 어떤 분은 나이도 묻고 어떤 분은 '사탕 사먹어' 하고 돈푼도 주었다.

그러나 그때 나는 이런 어른들처럼 만나기 싫은 사람은 없었다. 여러 사람 앞에서 불쌍하다 하며 돈푼이나 주는 것은 나의 의기를 여간 눌러 놓는 것이 아니었다. 나로서는 큰 무안과 수치를 느끼곤 했다. 그래서 어머니의 죽음은 나를 귀찮게만 구는 것 같아서 어머니가 애틋하게 그립기보다는 원망스러운 편이었다.

그러다가 어머니를 생각하고 처음 울기는 열네 살 되는 해 봄이었다. 소학교를 졸업하는 날이었다. 그날 졸업식장에서는 내가 제일 빛나는 아이였다. 첫째로 내려오다 졸업에도 첫째로, 우등으로 하는 아이는 나뿐이었다. 상장을 타고 답사를 하는 아이도 나뿐이었다. 나는 제일 빛나는 졸업생이었다.

그러나 졸업식이 끝난 뒤 졸업장과 상장과 상품을 안고 구경시킬 이도 없는 일가 집 사랑 윗방에 돌아와 혼자 문을 닫고 앉을 때 나는 한없이 쓸쓸하였다. 그날 처음 '나에겐 왜 어머니가 없나?' 하고 울었다. 종일 울었다.

그때 상급학교라고는 으레 농업학교로 갈 줄만 알았다. 동무들은 모두 입학원서를 얻어다 쓰는데 나는 구경만 하는 수밖에 없었다. 그들이 한없이 부러웠다. 그러나 입학금과 책값을 달랄 사람이나 보증인에 도장을 찍어 달랄 사람은 없었다. 그렇다고 나뭇짐이나 지고 다른 아이들이 학교 가는 것을 바라보기만 하기는 싫었다. 그때 나에겐 어머니가 돌아가셨더라도 어머니의 혼령은 나를 보호해 주시려니 나를 잘되게 해주시려니 하는 믿음이 어디선가 들리기 시작했다. 그래서 허턱 잘 되어 보려 고향을 떠났던 것이다.

그 후부터는 가끔 어머니 생각이 났다. 길을 가다 객줏집에 들어 피곤한 다리를 쉴 때 그 집 안 부엌에서 나오는 저녁 짓는 그릇 소리에도 문득 '내 집'과 '내 어머니'가 그립곤 했다.

서울서 중학을 다닐 때도 방학되는 날 동무들은 모두 짐을 싸며 집에 돌아가는 즐거움에 취할 때 나만은 술 취한 사람 틈에 혼자 술 안 먹은 사람처럼 맨숭맨숭이 고독을 느끼곤 했다. 어떤 때 동무들의 하숙에 갔다가 그들이 집에서 보낸 것이라고 내놓은 엿 조각이나 과일을 씹을 때에도 나는 속으로 어머니 생각과 함께 그것을 삼키곤 했다. 최근에는 혼인하던 날 제일 많이 어머니를 생각했다.

일본의 시인 이시카와 다쿠보쿠(石主啄木)는 늙은 어머니를 업어 보고 그 너무 가벼움에 애처로워 세 걸음을 더 옮기지 못하였노라 하였다.

나는 차라리 탁목의 그 경우가 부러웁다.

우리 어머니는 나를 새 옷을 입혀 내보낼 때마다 외할머니더러

"어머니 이전 꽤 컸지?"

하시면서 아비 없는 이 외아들이 커가는 것만 대견하여 내 키를 다시금 더듬어 보시었다.

그것을 생각할 때마다 나는 '오늘 이렇게 큰 내 키를 어머니께서 보실 수 있다면!' 하고 안타까워진다. 이렇게 건장한 어깨로 낙엽 같으시나마 늙은 어머니를 한번 업어드렸으면 하는 것이 소원이다.

지금은 나도 한 살림을 이룩하였다.

두 살 나는 딸에게 "아버지?" 하고 물으면 나를 가리키고 "어머닌?" 하고 물으면 저의 엄마를 가리킨다. 그리고 "할머니는?" 하면 으레 턱을 쳐들고 사진틀을 가리킨다.

요즘은 어머니로보다 집안의 웃어른, 아이들의 할머니로서 그분의 그리움이 새삼스러워지는 것이다.

『신가정』, 1933.5

낙화의 적막

'언제나 나무 있는 뜰 안을 거닐며 살아 보나' 하던 소원이 이루어지매 그때는 나무마다 벌레 먹은 잎사귀 하나 가지에 남지 않은 쓸쓸한 겨울이었다. 그래서 어서 봄이 되었으면 하고 조석으로 아쉽던 그 봄, 요즘은 그 봄이어서 아침마다 훤하면 일어나 뜰을 거닌다.

진달래나무 앞에 가서 한참, 개나리나무 옆에 가서 한참, 살구나무 밑에 가서 한참, 그러다가 거리에 나올 시간이 닥쳐 밥상을 대하면 눈엔 아직 붉고 누른 꽃만 보이었다. 눈만 아니라 코에도 아직 꽃향기였다.

그러던 꽃이 다 졌다. 며칠 동안 그림 구경하듯 아침저녁으로 한참 씩 돌아가며 바라보던 꽃이 간밤 비에 다 떨어져 흩어졌다. 살구꽃은 잎잎이 흩어졌고 진달래와 개나리는 송이 째 떨어져 엎어도 지고 자빠도 졌다. 그중에도 엎어진 꽃이 더욱 마음을 찔렀다.

가만히 보면 엎어진 꽃만 아니라 모두가 쓸쓸한 모양이었다. 가지에 달려서는 소근거리지 않는 송이가 없는 것 같더니 떨어진 걸 보니 모두 침묵이요 적막이요 슬픔이다.

그러나 거기에는 조그만치도 죽음은 느껴지지 않았다. 오직 삶도 아니요 죽음도 아닌 마음에 사무칠 따름이었다.

낙화의 적막! 다른 봄에도 낙화를 보았겠지만 이번처럼 마음을 찔려 본 적은 없었다.

나는 낙화는 생각도 하지 못했었다. 그래서 꽃이 열릴 나뭇가지는 자주 손질을 하였으나 꽃이 떨어질 자리는 한 번도 보살펴 주지 못했다. 이제 그들의 놓일 자리가 거칠음을 볼 때 적지 않은 죄송함과 '나도 꽃을 사랑하는 사람인가?' 하고 스스로 부끄러움을 누를 수 없다.

　낙화는 꽃이 아니냐 하는 옛 말씀도 있거니와 낙화야말로 더욱 볼만한 꽃인가 싶다. 그는 의지할 데 없는 몸이라 가지에 달려서보다 더욱 박명은 하리라. 그러나 떨어진 꽃의 그 적막함, 우리 동양인의 심기로 그 적멸의 경지에서처럼 위대한 예술감이 어디서 일어날 것인가. 낙화는 한번 보되 그 자리에서 천고(千古)를 보는 양, 우리 심경에 영원한 감촉을 남기는 것인가 한다.

　그런 낙화를 위해 나무 아래의 거칠음을 나는 한 번도 생각하지 못하였다. 다시금 부끄럽다.

『신동아』, 1933.5

무서운 바다

지금 배는 온전히 물나라에 들었다. 산 하나 섬 하나 보이지 않고 물 끝에 닿은 것은 하늘뿐인데 공중엔 구름이 뜨고 물 위엔 우리 배가 떴을 뿐, 어디 갈매기 하나 보이랴. 뻔득거리느니 검푸른 파도와 파도. 배는 그 위를 살진 고기처럼 둥실거리며 달아난다.

늠실거리는 물결은 달려들어 부서지고 물러앉으며 부서진다. 부서질 때마다 구슬이 섬(石)으로 쏟아지며 흩어진다.

바람이 옷깃을 날리며 지나간다. 운무가 양미(兩眉)를 스치며 끝없는 수평선 위로 달아난다. 바다는 통쾌스럽다. 영웅을 생각케 하는 풍경이다.

과연 바다는 영웅의 기상이다. 무섭다. 소심한 선비에겐 유쾌하기보다 차라리 처참한 광경이다. 어느 한구석 고요함이 있고 어느 한구석에 한 송이의 풀꽃인들 있으랴. 흥분한 거한(巨漢)의 가슴처럼 울렁거림으로만 가득 찬 허허 바다. 이제 곧 무슨 변괴가 일어날 듯 일어날 듯, 오 혼자 보기에는 너무나 무서운 바다여!

폴란드의 소설가 콘래드는 바다가 없는 조국을 버리고 영국에 귀화하였다 한다. 그의 작품은 모두 바다에서 쓴 바다의 이야기라 한다. 무서운 친구다. 어머니의 품을 버리고 즐겨 엄부를 섬긴 무가의 자손이다.

바다만 무섭지 않고 바다를 즐기는 사람 바다를 잘 사귀는 사람도 나는 무섭다. 나는 배를 탈 때마다 선원들의 얼굴에서 야성을 느끼곤 한다.

바다는 물의 고임이라 한다. 그러나 산골에 흐르는 그 아름답기 소녀들과 같은 시내들이 어찌 이 무시무시한 바다의 살이 되리오. 아마 시내들도 마음이 있다면 바다가 가까워짐을 두려워하리라.

바다는 멀리 내다보고 싶을 뿐, 이렇게 안기고 싶지는 않은 자연이다.

1933년 6월 30일 현해(玄海)에서

『신가정』, 1933.8

봄 글

입춘도 지났다.

친구가 "봄 글을 쓰시오" 했다.

그러나 아직 손에 닿는 원고지가 얼음인 듯 차다. 유리창엔 김이 뽀
얗게 어려 있고 ······.

봄 글! 그러나 지금 쓰는 글은 봄이 오려니 하면서 쓰는 글이다.

으레 봄이 오려니 한다. 해마다 이때면 이것을 믿어 허탕을 잡은 적
은 없었다. 올에도 어김없이 봄은 올 것이다.

이렇게 봄은 꼭 올 것이다 하면서도 한편 서글프다. 뻔히 아는 봄, 작
년 재작년 그전 해마다 해마다 왔던 똑 그따위 봄만 오기 때문이다. 한
껏 해야 요사꾸라니 영도사니 아리랑이니 목동이요 지행화촌이니 이
따위 정조에 그치는 그만 염증이 나는 봄만 오기 때문이다.

'이전 좀 다른 봄이 왔으면!' 해진다. 좀 더 소리가 우렁찬 놈, 좀 더
빛이 짙은 놈, 좀 더 선이 굵다란 놈, 그런 봄이 왔으면 해진다. 실오리
같은 가는 빗발이 창머리에 속살거리는 한껏 계집이나 생각케 하는 그
런 봄이 아니라 지붕에 쌓였던 눈이 사태나듯 무너앉고 처마 끝에 고드
름 녹는 소리가 소낙비 내리듯하는 그런 우렁차고 굵다란 봄이 그리워
지는 것이다.

조선의 봄은 너무 가냘픈 봄이다. 노고하고 아슬아슬하여 간사한 친

구와 한방에 있는 때와 같은 봄이다.

조선의 봄은 발소리가 없이 오는 것도 간사한 사람과 같다. 엿들으며 오는 것처럼 소리없이 몰래몰래 온다. 깊은 겨울을 우지끈 뚝딱 내어쫓고 들어서는 큰 정열의 봄이 아닌 것이다.

우선 겨울부터 조선 것보다 몇 곱절 위대한 것인(5자 부득이 약(略)) 봄이 한번 맞아보고 싶다.

『신동아』, 1934.3

양춘사중주(陽春四重奏)[17]
봄비소리는!

밤이 이슥하여도 바람소리가 멎지 않는다. 바람소리는 쏴— 하는가 하면 웅— 하기도 한다. 그런 소리가 멎는 동안 잠간 귀를 밝히면 무슨 조그만 벌레소리 같은 자취가 끝이었다 이었다 하는 것이니 그것은 장독대에서 울타리에서 을크러지는 빗방울 소리였다.

나는 퇴지[18]에 나가 신발을 마루에 집어 올려놓고 들어왔다.

쏴—, 웅—……

작년에 있던 식모였다. 그때도 이렇게 바람이 몹시 불어서 누군가

"봄이 되면 바람꼴 보기 실허……."

하니까 그 식모는

"봄엔 으레 바람이 나무를 잠깨우느라고 불지오."

하였다.

나는 그때 그 식모의 말이 어찌 재미있게 들렸는지 모른다. 그래서 그 후부터는 먼지가 싫으면서도 봄바람엔 그윽이 고마움을 품어왔다.

오늘밤엔 바람도 불고 비도 나린다. 봄바람이 고마워 유정(有情)한 것이라면 봄비는 또한 얼마나 다정한 것인가. 신발을 집어 올려놓는 손에 야속다는 듯이 두어 방울 따리는 빗발. 나는 회초리에 맞은 듯 살이

---

17 새로 발굴.
18 토방 혹은 토마루를 의미하는 북한말.

아프고 뼈가 아프고 이내 마음이 아픈 것이었다.

　나는 고요히 내 가난한 서재에 꿇어앉아 눈을 감아본다. 그리고 무서
(憋書)와 같이 비밀히 부끄럽스럽게 머릿속에 다만 시를 써보는 것이다.

　봄은 아름다운 그 아가씨처럼 나더러 시인이 되라 속삭이는 것이다.

『별건곤』 제72호, 1934.4

만년필

물질, 한낱 조그마한 물형에 일종의 애정을 폭로함은 스스로 부끄러운 일이 아닐 수 없다. 그러나 사실임엔 감출 필요야 없는 것이다.

나는 만년필을 퍽 사랑한다. 붓은 내 무기이기도 하려니와 아마 나는 글을 쓰지 않더라도 만년필은 다름없이 사랑했을는지도 모른다.

만년필이란 가장 교(驕)하고 간(奸)한 기지의 자손이면서 그렇게 얄밉거나 건방진 존재는 아니다. 차에서나 배에서나 어디 산골에서나 친구에게 엽서 한 장이라도 쓰고 싶은 그 자리에서 쓰는 맛은 오직 만년필이 가진 친절에서가 아닐 수 없고 한참 상(想)에 열중했을 때 잉크병에까지 관심하지 않고 달아나는 상의 뒤를 그냥 추격할 용기를 주는 것도 만년필의 혜(惠)가 아닐 수 없다.

나는 다른 방면엔 박하더라도 만년필에만은 제법 흥청거렸다. 그리고 고급은 아니지만 '콩클린'이나 '무아'나 아무튼 서양제가 아니면 사기를 싫어하였다.

왜 서양 것을 비싸게 주고 즐겨 샀느냐 하면 첫째, 펜의 촉감이 좋고 그 촉감이 여간 4, 5년쯤으론 변하지 않는 점과 둘째, 잉크가 고르게 나오는 것과 셋째, 대나 크립이나 모양이 단연 우수한 점에서도 넷째는 바다를 건너 먼 나라에서 왔다는 것이 정에 울리는 때문이다.

◇

　그런데 지금 이 글을 쓰는 펜은 내 사랑하는 만년필은 아니다. 이 글을 쓰게 된 동기가 역시 내 사랑하는 만년필의 실종에서거니와 최근 5, 6년간 길들여온 보스톤 무아 회사제의 만년필을 며칠 전에 경무대 마당에서 베이스볼 하러 갔다가 잃어버린 것이다. 웃저고리를 소나무에 걸어 놓았더니 어떤 얄미운 친구가 말할 줄 모르는 내 만년필을 싹 뽑아간 것이다. 그를 생각하면 저고리 입을 때마다 섭섭하고 무엇을 쓰려고 할 때마다 잊혀 지지 않는다. 이번에도

　'무엇을 쓸까?'

하고 생각하다가 잃어버린 만년필 생각이 나서 이런 글을 쓰는 것이다.

『학등』, 1934.5

태극선

녹음이 우거진 걸 볼 때 나는 가끔 이런 풍경을 머릿속에 그려본다.

— 길녘에는 선정비(善政碑)가 서고 선정비 옆에는 안장 실은 당나귀가 매여 있다. 그리고 조그만 지름길로 쳐다보이는 데는 수양이 우거진 축동이 무슨 큰 정자처럼 덩그러니 솟아 있는데 거기는 십수 명의 동자들이 제각기 산이면 산 구름이면 구름 멍—하니 바라보고 앉아 붓에 먹 마르는 줄 모르고 시상(詩想)에 잠겨있다. 구석으로 제일 선선한 자리에는 삼각산 같은 관을 쓴 훈장이 그 길가에 매어놓은 당나귀의 임자인 듯한 옥관자(玉冠子) 붙인 노인과 대좌하여 묵묵히 바둑점을 놓고 있다.

그런데 자리를 향그럽게 하는 참먹 냄새, 그리고 돗자리 밖으로 여기저기 던져져 있는 기름에 전 갓신 냄새들 —

이것을 생각하면 또 한 폭의 연상되는 풍경이 있다.

— 멀리서 나무 그늘만 쳐다보면 버들가지들이 바람에 설렁거림과는 달리 춤추듯 우쭐렁 우쭐렁 홍청거린다. 가만히 그 나무 밑을 보면 아씨 아가씨들이 한 떼 나와서 그네를 뛰는 것이다. 그네를 탄 아가씨는 박속같은 비단신은 풀밭에 떨궈 버리고 외씨 같은 버선발로 가는 허리를 늠실거리며 안징개[앉을깨]를 굴러 버들가지를 찬다. 얇은 치맛자락과 댕기가 파르르 파르르 청춘의 깃발처럼 날린다. 먼저 뛰고 혹은

다음에 뛰려는 아씨들은 좌우 풀 언덕에 늘어앉아 그네만 따라 아미가 오고가는데 그들의 손에는 모두 손수건이 아니면 석류꽃처럼 새빨간 태극선(太極扇)이 하나씩 들려있는 것이다. 그리고 풀밭에 떨어져 있는 건 아마 그네에 오른 색시의 것인 듯하다.

부드러운 녹음이 처처에 드리움을 볼 때 문득 머릿속에 이런 풍경이 지나가고 또 몹시 현실에 찾아보고 싶게 그리운 것이다.

생각하면 진실로 그리운 풍경이다. 아니 그리운 그적의 생활이다. 스피드가 무슨 소용이냐 에라 경망하다는 듯이 무거운 갓신으로도 불급함을 모르던 그 유한(悠閑)한 그 시절의 생활이 참으로 안 그리울 수가 없는 것이다.

우리는 그 시절의 생활이 그리운 만치 그 시절의 문물이 또한 그리운 것이다. 관(冠)이 그립고 옥관자가 그립고 차라리 상투까지라도 그립지 않음이 아니다. 하물며 인간의 것 같지 않고 선녀들의 물건 같은 운혜(雲鞋)나 태극선에 있어서랴!

운혜나 옥관자 같은 것은 이미 그림자가 드물어졌다. 어쩌다 눈에 띄기도 하지만 그것들은 이미 골동품으로 진열될 뿐 실지의 생활품으로는 보여 지지도 않거니와 만일 운혜를 신은 아가씨나 옥관자를 붙인 샌님이 오늘의 아스팔트 위에 나타난다면 그는 인간 그것 째 골동품으로 보여 질 밖에 없는 것이다.

그러나 그중에 태극선만은 그렇지 않다.

아무리 모던 걸이 들어도 울리는 것은 태극선이요 아무리 먼 외방사람이 들고 부치더라도 서툴러 보이지 않는 것이 태극선이다. 그래서 마치 석류가 옛날과 다름없이 오늘 우리의 정원에서 꽃피듯 태극선만은 꾸준히 오늘까지라도 우리와 생활을 같이해 나가는 것이다.

태극선은 아름다운 빛을 가졌다. 가장 원시적인 색채이면서도 그 붉은 빛은 이상하게도 뜨겁지 않고 도리어 시각에 서늘한 것이며, 그는 또 모양이 아름다운 것이다. 그림의 태극이나 전체의 윤곽과 자루까지 극히 소박하고 단순한 것이나 어떻게 생각해 보아도 뜯어고쳐 볼 도리가 없는 데 그의 원만한 성격이 있는 것이다. 소박하나 호화한 것으로 다시 호화하나 소박한 것으로 태극선은 고전이면서도 영원한 모던 미(味)를 가진 것이라 하겠다.

『조선중앙일보』, 1934.6.11

음악과 가정

나는 음악을 모른다. 할 줄도 모르고 들을 줄도 모른다. 그러나 허턱 좋아하는 데는 남의 춤에 끼일 만하다고 할까.

나는 중학때 세 또래가 풍금 있는 집에 같이 있었다. 그때 두 동무는 이내 〈이 풍진 세상을 만났으니〉니 〈가레스스끼〉니 하는 걸 제법 복음(複音)까지 넣어서 칠 줄 알았으나, 나만은 3년 동안 그 집에 있으면서 〈학도야 학도야〉를 단음으로도 외우지 못하고 말았다. 악기뿐 아니라 성악엔 더욱 우둔해서 소학교 때에는 나 때문에 창가 시험이 한번은 연기까지 된 일이 있었으니 내가 석차로 첫째기 때문에 먼저 일어서서 창가를 부르다가 웃음판을 만들어 버려서 다른 아이들도 그 시간에 창가를 못하고 만 때문이다. 이처럼 나는 워낙 음악의 나라에선 미개한 이방인이었다.

그러나 이 일개 이방인으로도 음악의 나라에 대한 동경만은 늘 간절함이 있었다.

어떤 때는 슬픈 일이든 기쁜 일이든 간에 가슴 속에 울컥 감격이 치밀 때에 나는 번번이 한번 소리를 뽑아 노래하고 싶은 충동을 받는다. 그러나 목과 입은 남의 것처럼 한 번도 내 말을 들어주지 않았다. 그럴 때마다 나는 테너의 행복을 부러워한다.

동경 있을 때다. 지금보다도 더 단순한 그때 나에겐 견디기 어려운 고생이 뒤를 이어 습래하였다. 한번은 사흘이나 두문불출한 나를 은사 B 박사가 찾아주었다. 나는 그에게 손목을 끌리어 그의 집 팔라로 갔을 때 B 박사는 이내 성경을 내어 읽어 주고 기도를 하자 하였다. 나는 머리를 숙이는 대신 도리질하며

"싫여요" 하였다. 박사는 한참이나 내 얼굴을 들여다보다가 이번에는 유성기가 섰는 데로 갔다. 그리고 그때 B 박사가 걸어준 판은 엘만의 바이올린 〈오리엔탈〉인데 나는 그때처럼 잊을 수 없는 음악을 들은 적은 없었다. 그 이튿날 아침에도 B 박사의 집에서 자고 잠을 깰 때 눈에 햇볕보다도 먼저 내 귀에 울리는 것은 음악이었다. 무슨 곡인지는 지금까지 모르되 박사가 밑에서 치는 퍽 라이브해서 듣기 쉬운 피아노 소리였다.

나는 나는 듯 침상에서 뛰어 일어나 세상에 대한 무한한 애착을 새로 느끼던 것을 지금도 잊지 못한다.

나는 그 후부터 음악의 매력과 '음악 소리에 잠을 깨는 아침의 행복'에 한개 무지한 충복이 되었으며, 한걸음 돌진하여서는 가정에 음악 상비를 주장하는 춤에 끼어 보려 하는 것이다.

가정은 문화의 고저를 막론하고 이 세상 모든 처소 중에서 가장 먼저 가장 많이 평화와 안락이 요구되는 처소이다. 가정은 어린이들이 자라는 처소와 어른들이 쉬는 처소요, 늙은이가 고해를 건너 여생을 머물러 두는 처소이기 때문이다. 어디보다 음악이 필요한 처소는 실로 가정이다.

가정을 위하여선 전문가가 아니라도 만족할 것이다. 차라리 명예욕에 뜬 전문가의 음악보다 가정을 위하여선 산새와 같은 아마추어의 소박한 음악이 정도(正道)의 것이 될 것이다. 성악이든 기악이든 아무리

소박한 것이라도 자신이 할 수 없으면 유성기나 라디오를 사놓는 것도 좋다. 저열한 유행가를 경계하는 한에서 그것들은 가정의 평화와 안락을 위하여 충실한 천사의 역을 수행할 것이다. 유성기나 라디오가 드끄러우면 새를 한 마리 기르는 것도 좋고 하다못해 처마 끝에 풍경 하나를 매달아 놓아도 좋을 것이다.

꽃과 그림과 문학서적과 함께 음악이 없는 가정은 언제든지 겨울과 같은 쓸쓸한 가정일 것이다.

『중앙』, 1934.6

여정의 하루

원산은 보들레르와 아미엘이 함께 있는 시향(詩鄕)

8일 밤 극연(劇研)의 〈앵화원(櫻花園)〉이 제3막 째 끝나는 것을 보고 우리는 일어섰다. 중간에서 보되 그 맛이 나고, 중간에서 그만 보되 또 그 맛이 넉넉한 것은 소설에서도 보는 체호프의 맛이었다.

애수, 그리고 가련한 고아를 보는 듯한 가엾은 희망, 그런 우울한 향가에 젖은 우리는 '낙랑(樂浪)'을 다녀 나와 인사도 없이 헤어졌다. 김 군이 동대문 차에 오르는 것을 보고 나는 경성역을 향해 혼자 걸었다.

차 안은 마침 부프지 않았다. 함경선이면 어디까지든지 갈 수 있는 차표! 나는 아이같이 행복스러웠다. 차를 탈 때마다 어디까지라고 꼭 지정해야 되고 지정하는 그곳에는 반드시 볼일이 기다리는, 그런 여행은 얼마나 세고적(世苦的)인 것이던가.

내가 탔으되 어디서 내릴지 미정인 여행, 여러 날 전부터 계획이 없은 우연한 출발 이것은 비록 내일 하루에 끝나야할 작은 여행이로되 이렇게 '길손'의 성격을 품어보는 유쾌는 본래에 드문 행복의 하나였다.

어디서 내릴까? 혼자 생각하는데 차장이 표 조사를 하면서 물었다. 나는 멀찍이

"청진까지."

해 놓기는 하고도 원산서 내릴까 하였다. 그리고 아무튼 피곤했으니 한잠 자고나서 생각하리라 하였다.

처음 눈을 뜰 때는 어딘지 정차한 곳, 차장에게 물으니

"복계오" 했다. 다음 번 눈을 뜰 때에는

"요담이 원산이오" 했다.

원산! 나는 밖을 내다보았다. 별들이 '아직 새벽이야요' 하는 듯.

원산, 원산, 나는 잠이 홱 달아났다. 8년 만인가 10년 만인가 나는 이렇게 '만인가'를 붙여 생각하리만치 원산은 내가 돌아와야 할 곳 같았다. 그렇게 나에게 원산은 '옛날'이 있는 곳임을 얼른 깨달았다.

내가 낳던 해라 한다. 아버지는 덕원 고을이던 이곳의 지배자로 와 있었다. 내가 여섯 살 먹던 해에 아버지는 조선을 사랑했기 때문에 이 땅을 버리지 않을 수 없는 운명에서 노국(露國)상선에 우리를 싣고 영원히 조선을 뒤로하시던 그 슬프던 항구가 이 원산이었다. 그 뒤 이 철없는 자식만 살아 돌아와 외롭던 소년기의 30여 년을 유리(流離)하던 곳이 또한 원산이 아닌가!

이렇게 생각하는데 차창 밖에는 벌써 전등이 군데군데 보이기 시작했다. 원산, 불이 보이는 원산! 현실의 원산이 눈 아래 접어든다. 나는 어느덧 눈이 매끄러워진다. 모자를 벗겨 들었다. 원산은 나에게 옛날만의 원산은 아니다.

정거장을 나서니 인객꾼들이 덤빈다. 무슨 여관이라고 쓴 등을 갖다 보이며 한 사람이

"우리 여관으로 가시지요."

한다. 그를 따라 석우동(石隅洞)을 들어서려니까 마침 종소리가 찬 하늘을 울려왔다. 꽤 가까이 있는 성당에선 듯 맑은 종소리는 맨―바다 저편에

서광을 부르는 것처럼 평화와 희망의 감정을 길손의 가슴에 일으켰다. 나는 걸음을 멈췄다. 하늘에 샛별들이 주일학교에 모인 아기들 같았다.

"어서 오시지요."

인객꾼이 돌아다보며 그랬다.

"나 여관에 안 가겠소."

"왜요?"

"좀 있으면 밝을 건데 이렇게 걸어다니고 싶소."

"뭐요? 이 양반이."

이해하기 힘든 듯 그는 모멸하는 언사를 남기고 사라졌다.

나는 적이 자유를 느끼었다. 그리고 외등들과 새벽 별빛 때문에 그리 어둡지는 않은 희미한 기억의 거리를 혼자 톺아 걸었다.

아직 밤 속의 원산, 잠든 이곳 사람들, 남의 집 마당에 몰래 들어선 듯 가벼운 불안이 떠오르기도 했다. 정거장에 머물렀던 기차는 다시 떠난 듯, 종소리마저 그쳐 버린 뒤에는 거리는 점점 호젓해갔다. 보이는 집마다 문은 닫히고 나타나는 골목마다 어옹하게 비어 있다.

방황, 그리고 고독감의 행복, 나는 시인이 시상(詩想)의 세계를 헤매 듯 어둠의 거리를 걷고 또 걸어 내려갔다. 아마 산제동 앞일까 내가 타고 온 기찻길이 나오는 데까지 가서는 나는 더 내려만 가기를 멈추고 한곳에 오래 서 보았다.

그래도 동·천(東天)엔 아직 아침이 비치지 않았다. 감기만 아니면 어떻게 더듬어서라도 산을 찾아올라 바다에서 솟는 여명을 구경하고 싶었으나 손이 시리고 목이 시리고 기침이 나는 바람에, 나는 다시 발길을 돌려 정거장 쪽으로 올라왔다. 한 여관의 문을 두드렸다. 그도 정거장에 나왔던 인객꾼인 듯 얼른 문을 열고 맞는 사람이 있었다.

"방 있습니까?"

"네, 그렇지만 독방은 볼땐 방은 없쇠다" 한다.

"불 안 땐 방이라도 괜찮소" 하니 그제는

"이리 들어오우다" 한다.

나는 정해 주는 방에 들어가 앉자 이내 길에서 들어온 걸 후회하였다. 바람만 설레지 않을 뿐, 차가운 장판은 길보다 떨리기도 더하려니와 단조, 단조하니 이렇듯 기막힌 단조의 지옥이리오. 사방을 둘러보아야 빈혈증에 걸린 얼굴처럼 누르퉁퉁한 백노지뿐, 감정이 붙은 것이라 곤 약간 흘려 쓴 '제9호실'이란 네 개의 문자가 미닫이틀 위에 존재했을 뿐이다. 그리고 다시 사람의 것이라곤 싸늘한 때뿐, 드러누우라고 펴놓고 나간 이부자리에 향그럽지 못한 때뿐, 울고 싶도록 방 안은 단조의 시험관(試驗管)이었다.

나는 이 단조한 '제9호실'에 앉아 일종의 의분을 느껴 장탄(長歎)하였다. 어쩌면 그 흔한 석판화 한 장을 붙이는 습관이 없었을까. 원산의 여관이니 하다못해 기선회사 포스터 한 장이라도 걸릴 법하지 않은가!

남부럽지 않게 높은 정신문화의 역사를 가졌고 더군다나 신라, 고려 같은 미술의 왕국이던 그 나라 후예들이 어찌 이렇듯 무색채, 무변화한 방 안에서 한 토막의 호흡인들 할 수 있는가 생각하니 남의 일 같지 않게 서글프기도 했다.

그러나 손만 부비고 앉았는 나에게 한마디의 음악, 그렇다, 그것은 기적이라기보다 웅장한 파이프 오르간에서 울려나오는 음악이다. 선행(船行)이 아니라 바다를 산보하는 휘파람 소린 듯 그렇게 서정적인 기선 소리가 한마디 울려와 주었다.

기선 소리! 나의 가슴은 뛰었다. 파도 소리까지 곧 귓전에 울리는 듯 얼마나 나에게 가지가지의 추억을 일으켜주는 음향이냐! 원산서 일로(一路) '블라디보스토크'까지 혹은 거기서 청진 성진 서호진 동해안의 모든 항구를 드나들면서 나의 고독은 저 소리와 함께 무시로 휘파람 불며 떠다니었다.

나는 조반을 재촉하여 먹고 여관을 나섰다. 동짓달의 아침으로는 보기 드물게 온화한 날씨다. 신작로 때문에 구 길은 모두 뒷골목이 되어 버렸고 뒷골목은 깨끗한 상점 하나 가지지 못하였다. 그러나 나의 추억의 더듬길은 모두 그늘진 이 구 길들이었다.

구 길을 걸어 관다리로 내려가니 옛날의 적전교(赤田橋)는 그림자도 없어졌고 땅 밑으로 들어가 철길을 이고 지나게 되었다.

부리나케 부두로 내려갔다. 그리고 나는 부두에서 최대의 환멸을 느꼈다.

함경선이 완통(完通)되기 때문에 여객과 화물까지도 대부분을 빼앗긴 듯, 부두는 사랑스러운 기선 한 쌍 안고 있지 못하였다. 서울서 보는 참새처럼 연기에 새까맣게 그슬린 발동선들과 무뚝뚝한 노동자인 듯 아무런 애교도 없는 화물선 한 쌍이 멀찌가니 나○○ ○○○ ○○ ○○○○ 부두는 군데군데 가 볼수록 신산만스럽다. 너무나 한 그릇의 밥만이 절박한 듯 딱하리 만치 화장을 잊은 여인들은 갈쿠리처럼 굳어버린 손가락으로 죽지 않으려고 펄펄 뛰는 대구의 며가지를 땄고, 육지에는 너 같은 여인밖에 없느냐는 듯이 아침에 상륙한 선인(船人)들은 절망한 눈으로 피녀(彼女)들을 조롱하고 있다. 물에 뜬 것은 생선 뼈다귀, 해어진 지까다비짝, 길에는 썩은 고기비늘과 고기창자들, 그리고 그것을 주워 먹으러 나왔다 구루마에 치인 듯, 참혹히 역살(轢殺)을 당한 쥐새끼 …….

"이 새끼야 무스거 밤낮 이 노릇만 하다 죽갱이 ……."

"체, 네간나 새낀 벨쉬 있능야 ……."

쇠 잠근 창고에 기대어 운명을 비웃는 사나이들.

"떡으 좀 싸우다."

"이거 좀 들어 이워 주우다."

젊은 사나이들이 관심하기엔 너무나 두개골부터 떠오르는 늙은 여인들의 얼굴, 그들의 생활의 비명. 정히 악의 시인 보들레르의 환상이 이곳에 버려져 있지 않은가!

나의 다리는 피곤하였다. 어디를 걸어 다니며 이 날을 보내야 할지 막연하였다. 찻집도 보이지 않았다. 다른 음식점에 들어가기엔 점심때도 아직 일렀다. 그래서 목욕하기보다는 좀 쉬운 고통인 이발관으로 들어갔다.

— 머리는 깎지 말고 그냥 푹신한 걸상에 앉았다만 나왔으면 — 그러나 이렇게 주문하기엔 그들의 웃음을 살 것이 걱정되었다.

○[19]

---

[19] 박진숙 발굴. 『책만은 책보다 册으로 쓰고 싶다』, 예옥, 2008, 53~60쪽 수록.

이발관에서 일어설 때는 오정이 한 10분 지났다.

"원산서 무슨 음식이 유명하오?"

이발사에게 물으니

"글쎄올시다. 요 앞의 국수집이 꽤 잘한다고들 하지요."

한다. 더 묻지 않고 나와서 그 국수집으로 들어갔다.

"국수 한 그릇 주시오."

하니 주인 딸인 듯 협수룩하나 귀염성스런 소녀가 부엌 쪽으로 향해

"안자리이? 방에 또 한 그릇 마우다."

했다. 더럽긴 하나 다다미보다는 구정(舊情)이 솟는, 뜨끈한 갈자리에서, 서울서처럼 소단가 하는 걸 넣지 않아서 보기부터 구수스런 국수 한 그릇을 달게 먹었다.

"이젠 어디로 갈까?"

그러나 어려운 문제는 아니었다. 나는 국수집을 나서 휭하니 석우동, 명석동을 지나 내려왔다. 석우동은 형편없이 갈려서 옛날의 주인집, 옛날의 그 소요하던 골목들은 찾아볼 자최조차 분명치 않았다.

"아, 이군?"

어딘지 한참 내려오는데 웬 목소리가 이렇게 나를 불렀다.

"오!"

우리는 악수하였다. 서울서도 어쩌다가 만나는 Y군이었다.

"어떻게? 언제 왔나?"

물으면서 나는 그의 대답을 기다리기 전에 다시 재쳐 묻기를

"그런데 왜 이렇게 얼굴이 그야말로 창백한가?"

하지 않을 수가 없었다.

Y군은 힘없이 내 손을 놓고

"창백한가? 참 지금 내겐 그게 유일한 형용사일걸세."

하면서

"잘 만났네. 내 얘기를 좀 들어주게. 그런데 시방 어디로 가는 길인가?"

한다.

"나 지금 명사십리나 좀 가 볼라고 ……."

"그럼 한가한 길이니 어디 좀 들어가 얘기 좀 하세."

우리는 조그마한 청요릿집을 찾아 들어갔다.

Y군은 나와 마주앉더니 그 창백하던 얼굴이 어느 틈엔지 이글이글하게 붉어졌다.

"난 오늘 여기 어떤 여자를 좀 보러 왔네."

Y의 떨리는 말이었다.

"여자? 어떤 이라니?"

"자세 물을 건 없고 …… 나도 사랑에 들어선 남들의 꼴도 보고 소설에서도 아끼루[20] 하도록 보고 …… 그래 그것으로 빠가[21]가 될 것 같지는 않았는데 ……."

"그게 다 무슨 말인가?"

"난 영리한 친구들이 웃으리만치 어떤 여자를 사랑했네. 물론 여러 가지로 봐서 난 그를 사랑할 수 없는 처진데 어떻게 그렇게 됐네 …… 내가 오늘 여기 온 건 그 여자하고 무슨 산보가 하고 싶었다든지 그야말로 무

---

20 あきる. 싫증나다.
21 ばか. 바보.

얼 속살거리고 싶어서 온 건 아니야. 단지 솔직하게 말하자면 보고 싶어서…… 단 오 분 동안이라도 가만히 그를 바라보고 싶어서 온건데…….”

“그런데 왜? 만나지 못했나?”

“만나긴 했지…… 그런데 이 웬일인가? 내 생각엔, 하긴 난 최근에 다수한 시간을 그를 생각하게 보내 그런지 나 혼자만은 그와 여간 친해지지 않은 것 같은데 딱 만나니깐 아주 남처럼 찬바람이 이니…… 하긴 따지면 남이지…… 그래 나는 그 어색한 자리에서 그만 그 여자한테 거짓말이 나왔네. 난 왜 그 여자에겐 이다지 빠가가 됐을까!”

“거짓말이라니. 뭐라고 했게?”

Y군은 그늘진 유리창을 멀거니 내다보면서 담배를 꺼내었다.

담배를 피우고 불 죽은 성냥개비를 획 던져버린 Y군은 다시 한 모금 깊게 들여 빨더니

“난 과거에 베르테르의 시들 같은 건 비웃어왔네…….”

하고 역시 비웃음을 보였다.

“글쎄…….”

“나 자신부터도 베르테르를 비웃는 땐 자기에게 롯데가 나타나주지 않았기 때문이었지…….”

“그런데 무얼 그 여자한테 거짓말을 했단 말이야?

하고 나는 다시 물었다.

“흥! 왜 내가 그런 말을 흘렸을까! 나도 영리해 가는 때문일까! 시민성(市民性)이 농후해 가는 우(愚)인가! 에! 불쾌하다…….”

“뭐라고 했게?”

“내가 잊어야 할 감정을 못 잊은 때문이라고 어리둥절한 말로 도학

자 노릇을 했네 …… 난 그 여자의 앞에서만은 순수했어야 할 것 아닌
가? 인간으로 …… 왜 나는 내 감정이 아닌 말을 했을까? 그 말을 한다
고 내 감정에 어떤 수술적 효과는 나타날 바 아니고 …… 차라리 그런
말로써 거짓 체면을 세우기보단 솔직한 얼굴에 모욕의 침을 뱉기고 나
오는 것이 떳떳했을 게다. 나로선 그런 비애가 차라리 나았을 거다."

"대체 난 무슨 말인지 알아들을 수가 없네."

"……."

긴 사설이나 있을 것 같은 Y군은 더 말하지 않았다. 자리를 일어설
때 그는 불쾌해진 눈을 약간 크게 뜨며

"난 후루구사이[22] 한 말이지만 만들어진 윤리인간으로 종신(終身)하기
엔 지루해졌다."

하였다.

"나하고 명사십리나 가세그려."

"싫어. 원산이 싫어졌다. 아니 무서운 애착이 있기 때문에 부끄러워
졌다. 세 시 차에 갈 테야."

그와 헤어져 나는 혼자 명사십리를 향하였다. 생각하기보다는 먼 길
이 앞에 있었다. 가기까지의 길은 매우 살풍경한 길이었다.

막상 Y군과 헤어지니 나는 몹시 우울스럽다. 만들어진 윤리인간으
로 종신하기엔 지루해졌다! 사회의 가장 큰 약속을 무시하고 자연인대
로 살고 싶다는 말이었다. 허황하기 바람 같은 말이다. 그러나 말하는
사람은 진정에서요 또 진정적인 사람들만이 때로 부르짖는 말이다.

22　古くさい. 고리타분.

겨울의 명사십리, 바람 없는 날 오후의 해변, 거기는 '해 비치는 밤'이라 할까. 고요하기 깊은 밤인 듯하기 때문에.

길에는 자취 있되 걷는 이 나뿐이요 군데군데 아름다운 집들이 있되 명상하는 아가씨처럼 그들의 눈인 들창들은 모두 닫혀 있었다.

빈 솔밭, 빈 길, 빈 별장들, 모래가 보드랍기 때문인가 혼자 걷기 때문인가. 발소리조차 나지 않았다.

무슨 시화 속 같은 침묵의 거리를 지나 바다로 나가니 바다 역 잔물결하나 일지 않았다. 갈매기 두어 마리가 긴 섬을 향해 날되 그 역 그림 같고 안변 쪽인지 어딘지 서남으로 흘립(屹立)한 연산(連山)들은 봉우리마다 눈을 실었다. 눈 덮인 산봉우리를 우러러보고 물결 없는 바다를 내려다보는 심경은 한없이 조용스러웠다. 내 가슴이 아닌 듯 어떤 옛적 시인의 심경을 빌려 품은 듯, 그래서 나는, 자연에서 너무나 아름다움을 바라볼 수 있는 행복감에서

"오! 이것은 나에게 과분한 은혜나 아닐까!"

하고 감탄한 아미엘의 말이 생각났고 명사십리의 자연조차 그가 바라보던 '제네바'의 풍광이 아닌가 하는 새삼스런 경이에 부딪히기도 했다.

다른 때에 보면 어떨까. 겨울의 명사십리는 그 밝음, 그 고요함, 그 신비스러움이 아미엘의 일기 속에 적힌 자연을 여기서 구경하는 느낌이 없지 않았다.

그러나 이것은 슬픈 일일까? 적멸을 사귀기에는 나의 가슴은 아직 좁은 듯 이내 그 고요함이 쓸쓸해졌고 그 신비스러움이 지루해졌다. 나는 모래를 만져보고 자갈을 주워 물에 던져보고 다시 모새에 생각나

는 친구들의 이름도 그려보았다. 그리고 차츰차츰 짙어가는 황혼은 가벼운 애수조차 가져왔다.

'사람은 고요할 때 왜 슬픈가?'

이것을 생각하기도 했다.

'사람의 생활은 웃음보다는 눈물이 더 많기 때문인가?'

고도 생각해 보았다.

'사람은 열 번 웃은 것은 잊을 수가 있되 한 번 눈물 흘린 것은 잊어버리지 못하는, 슬픔을 기억하는 천재가 있나 보다.'

하는 생각도 났다.

'지금 Y군은 그 우울한 얼굴을 차창에 기대고 앉았을 것이다 ……'

이런 생각들에 사무쳤을 때 명사십리의 밤은 흠뻑 밤이 되고 말았다.

별들이 눈에 뜨기 시작했다. 가벼운 바람결이 귓등을 스치기 시작했다. 내 몸은 차가워 들어왔다. 그러나 별들은 기다릴수록 아름다운 것들이 나타났다.

'나타나는 별을 헤어볼까?'

아늑한 모래언덕을 등으로 하고 가로 누워 별을 헤었다. 이편을 헤고 저편을 헤고 그리고 다시 이편을 볼 때는 헤인 것과 안 헤인 것을 따질 수 없어졌다.

총총한 별 밭을 바라보면서 나는 해변을 떠났다. 불빛 없는 집 그림자들은 밝을 때 보기보다 더욱 신비스러웠다. 나는

"밤이여, 침묵과 고독의 때여, 그대에겐 은총과 우울이 한 가지로 있도다. 그대는 나를 슬프게 하고 또 나를 위로하도다."

라고 밤을 노래한 아미엘의 가슴속을 생각하면서 혼자 시가를 향해 걸

었다.

　사람 있는 마당을 보고 불빛 있는 방을 보니 속이 떨림과 시장함이 새로웠다. 부리나케 정거장 앞에 다다르니 밤 열한 시 이십 분 차는 아직 네 시간 반이나 기다리게 되었다.

　오! 지루도 스럽던 대합실의 네 시간 반 동안이여!

『조선중앙일보』, 1934.12.13〜19

수상(隨想) 이제(二題)

사이렌

늘 들으면서 그 소리가 몇 시 몇 분에 나는지는 아직 모른다. 동대문 밖 안감내 쪽인 듯한 데서 아침마다 일찍이 울리는 뚜우 하는 사이렌소리 말이다.

좀 곤한 날 아침에는 이 소리를 놓친다. 좀 일찍이 자서 잠이 절로 깨지는 날 아침에는 으레 듣는데 그 소리는 서울의 수많은 사이렌 소리 중에 가장 온정적인 소리다.

사이렌이라 하면 대개가 신경질적이다. 뾰족한 소리 빽 지르는 소리요 둥글게 부르는 소리는 아니다. 더구나 항구가 아닌 서울 같은 도시에서 일어나는 사이렌은 대개 다 경적인 만치 교통 순사의 날카로운 시선, 그것과 같은 것뿐이다. 그런데 아침마다 안감내 쪽에서 울려오는 사이렌만은 그런 찢어지는 소리가 아니다. 부드럽고 둥글게 뚜우— 하고 부르는 소리다. 그래서 나는 어떤 날 아침엔 어렴풋한 잠 속에서 이 소리를 듣고 항해하는 꿈을 다 꾸어 보았다. 똑 기선의 그 굵은 연통에서 울리는 뱃고동 소리 같기 때문이다.

멀리 수평선 위에 아물아물하는 항구가 솟았다 낮았다 할 때 선장은 흰장갑을 끼고 한 손으로 망원경을 들고 한 손으론 사이렌 줄을 잡아다린다. 그러면 그 거대한 풍금의 파이프 같은 연통에선 백설 같은 수증기가 날리며 그 뚜우 소리가 나는 것이다.

선객들은 모두 갑판 위로 몰려나온다. 항구는 보인다. 항구가 보임에 슬픈 사람도 있으리라. 그러나 항구는 더 많은 사람에게 돌아오는, 들어서는 기쁨을 준다.

뚜우 소리는 멀리 항구를 바라보는 소리다. 육지인 서울에서 울리는 소리되 항행감을 주는 그 소리는 귀엽다. 그 소리가 끝나면 쏴— 쏴— 하는 물결 소리가 완연히 귀에 남는 듯하다.

내가 만일 이 경성의 행정자라면 모든 사이렌을 그런 뱃고동 소리로 통일하고도 싶다.

그러나 그 사이렌도 역시 어느 공장엣 것이리라 생각할 때 서글프다. 저 소리를 듣고 뛰어나가 밥을 짓고 저 소리를 듣고 목멘 밥을 먹고 저 소리를 듣고 '애 울리지 말아. 울거든 밥물이라도 좀 데워 먹여라' 하고 안 돌아가는 발길을 억지로 돌리는 젊은 어미 또 그런 아비 그런 인생들이 무수할 것을 생각할 때 나의 아름다운 항해의 꿈은 들리는 듯하는 물소리와 함께 환멸하고 만다.

뚜우—. 얼마나 많은 인간을 깨우고 재우고 먹이고 부리고 하는 거대한 상전의 호령 소리냐!

고통과 불편과

벼르고 벼르던 추사의 글씨 한 폭을 내 빈한한 서재에 걸어 놓을 수가 있게 되었다. 아내는

"또 당신 예산이 없는 일을 하는구려."

했었다.

"아니지, 왜 예산이 없긴 올 겨울엔 양복을 짓지 않구 조선옷으로만 견디리다. 적어두 8, 90원이 절약이 될 턴데……."

대답했다. 이번만은 아내도 더 나에게 경제학을 말하지 않았다.

이가 하나 저리기 시작했다. 내가 아프다니깐 아내도

"나두 하내."

하고 입술을 들어 보았다.

나는 이 하나를 고치러 가서 다른 여섯이 거의 동일한 운명에 있는 것을 발견했다. 아내도 하나를 고치러 가서 넷까지 고쳐야 할 성적이었다. 우리는 갑자기 백 수십 원이 필요하게 되었다.

"여보게 돈 좀 꾸어 주게."

친구는 또 나의 몇 점 안 되는 골동품에 조소하는 시선을 보냈다. 나는 또 우겼다. 그리고

"저런 걸 사니까 이런 때 고통을 받지."

하였다.

"아니 난 고통은 아닐세, 고통으로 뵈거든 돈두 고만두게."

"그럼 이런 게 고통 아니면 무언가."

"불편이지…… 불편과 고통은 다르이. 그것을 구별하지 못하는 건

철학이 없는 사람일세."

친구가 간 뒤에 나는 한 가지 생각이 났다. 어느 잡지에선가 우리 집 가정방문기에 "가정생활에서 제일 고통되시는 게 무엇입니까?" 물어 놓고 내가 대답하는 걸로 '물질 때문에 고통을 받습니다'란 뜻으로 낸 것을 본 기억이 났다.

나는 그렇게 대답한 일이 절대로 없다.

가정생활도 인간의 생활이다. 예술가로 살려는 역시 내 자신의 일면 생활이다. 물질 때문에 가끔 불편은 느낄 뿐, 그것 때문에 나의 생활이 고통하는 적은 없다. 불편에 그칠 뿐 내 생명의 얼굴을 찡그리게까지 하는 고통은 결코 아니다. 나는 그 친구 이외의 사람에게도 이 불편과 고통의 다름만은 설교하고 싶다. 저쪽의 계몽을 위해서가 아니라 가난 하나 높기는 한 내 자존심을 위해서.

─12월 2일 밤─

『중앙』, 1935.1

청춘고백
공상시대

나폴레옹 시대 이하

영국 어느 곳에는 "태평양과 대서양의 바닷물을 바짝 졸아놓고 그 속에 무엇이 있나 보고 싶다"고 한 학생이 있었다 한다.

그럴듯한 신사적 공상이다.

그러나 우리 같은 천재 아닌 범속된 머릿속에는 한 번도 그다지 델리킷한 공상은 품어본 적이 없었었다.

나폴레옹 시대

나는 소학교 다닐 때 어데서 굴러온 것이었던지 뜯어진 책장에서 나폴레옹의 사진을 구경한 적이 있었다. 구경뿐만 아니라 그것을 호주머니에 집어넣고 다니며 심심할 때마다 꺼내본 적이 있었다. 그때 나의 정도로는 사진 설명도 제대로 읽을 수가 없었지마는 그의 위풍, 배를 쑥 내밀고 두 어깨를 잔뜩 젖혀서 뒷짐을 지고 힘 있게 다문 입과 천 리 밖을 내다보는 듯한 눈이 나로 하여금 무조건하고 그를 숭배하게 하였다.

그 후에 선생님에게 물어 나폴레옹은 서양 천지를 마음대로 뒤흔들던 대영웅이라는 것만은 확실히 믿게 되었고 '옳지 그러면 나는 동양의 나폴레옹!' 하는 엉뚱한 생각에 궁둥이에서부터 뿔나는 송아지처럼 제 기운에 신이 났다. 그러다가 누구에게 들은 말인지 군관학교를 다니자면 상해를 가야 한다는 것이 그때 내 귀에 그냥 지나칠 말이 아니었다.

이리하여 이 철따구니 없는 자칭 동양 나폴레옹은 소학교를 마치고 나서 돈 들어올 기회만 엿보고 있다가 제사에 쓸 북어 한 쾌 사오라는 돈 1원 60전이 손안에 들어온 김에 물실호기하리라 하고 그 소위 남아 입지출향관(男兒立志出鄕關)을 실현하였던 것이다.

그러나 돈 1원 60전을 동전으로 바꾸어 최후의 일전까지 반들반들 길이 들도록 주무르다 쓰고 말았으나 목적한 상해는 아직도 동인지 서인지도 모르고 돌아다니다가 우연히 자칭 나폴레옹 동지 한 사람을 만나게 되었고, 그이와 같이 천하사(天下事)를 담판 후에 겨우 국경은 탈출하였었으나 말 모르는 안동현에서 두어 주일 굶주리고 보니 동양의 천지는커녕 눈에 보이는 것은 호떡 아니면 벙거지 쓴 놈뿐이다. 그만 상해도 하직이요 나폴레옹도 하직하고 말았었다. 그러나 지금 생각하면 촌촌 걸식으로 관서 일대를 무전답파한 그 운명적이 아니면 못해 볼 상쾌한 여행만은 틀림없이 나폴레옹의 덕인 줄 생각한다.

롯데 연인시대

중학 때처럼 남부끄러운 줄 모르던 때는 없었던 것 같다. 나는 괴테의 『베르테르의 슬픔』을 읽고 베르테르의 슬픔을 동정하여 어찌 울었는지 모른다. 그리고 내 머리 속에도 롯데와 같은 부자유스러운 사랑의 대상 하나를 그려놓고 내 자신이 베르테르인 듯싶어 돌연히 아! 오!! 이여!!! 하고 슬퍼하고 탄식하기를 자랑삼아 하였었다.

편지 오입도 이 롯데의 연인시대였었다. 물론 남자 동무끼리였지마는 비가 오면 무슨 은실 같은 빗발이 늘어졌다는 둥 달이 밝으면 처녀라는 말이 하도 쓰고 싶어서 얼토당토않은 데다 처녀의 유방 같은 달이니 어쩌니 하고 센티멘털 동호자끼리 일주일에도 두세 번씩 편지질하는 것도 그때일 것이다. 그리고 스스로 문학청년 연하여 학교에서도 양지쪽에만 모이는 골동(骨董)짜리들만 모아가지고 동인잡지를 한답시고 밤중에 남의 학교 등사판을 집어내다가 바들바들 떨면서 골필(骨筆)을 잡고 밤을 샜던 것이다. '북으로 시베리아 남으로 사바라' 하고 유랑가를 부르며 '보헤미안 라이프'를 동경하던 것도 모두 롯데의 연인시대였었다.

생각하면 무사기(無邪氣)한 사기였던 만큼 그때가 그립기도 하다.

공상은 일종의 풋기운이다. 공상시대란 풋기운시대 여물지 못한 시대이니 지금의 나 역(亦) 공상시대에서 벗어난 사람은 아직도 아니다.

『학생』, 1935.1

복사꽃

　차를 타고 가다가도 복사꽃이 핀 동리나 복사꽃이 핀 집 울안을 들여다보며 지나갈 때는 그 동리 그 집이 우리 고향 우리 집처럼 그리워집니다.

　무릉도원이란 말이 있습니다. 오늘의 파라다이스란 말이나 마찬가지겠지요. 이것을 보면 옛날 사람들도 복사꽃을 볼 때에 마음속으로 평화를 느꼈던가 봅니다. 복사꽃은 볼수록 평화스러운 꽃이올시다.

　복사꽃처럼 고요한 꽃은 없을 것입니다. 시골 처자와 같이 고요하고 아름다운 꽃입니다. 술집 마당에 피는 살구꽃이나 동물원 같은 데 피는 사꾸라꽃처럼 난하지 않고 민요정조(民謠情調)에 어우러지지 않고 찾는 사람에게만 보이려는 듯이 고요한 양지에 나비와나 즐기는 복사꽃이야말로 꽃의 천사일 것이외다.

　복사꽃은 고요히 서서 들여다보면 꽃송이마다 무리가 서는 것처럼 눈이 아른아른하여 환상을 자아내는 동양정조를 혼자 맡은 꽃이외다.

　복사꽃은 진실로 동양의 꽃일 것이외다. 사꾸라나 살구꽃이 술과 계집을 그리게 하는 꽃이라면 복사꽃은 시와 고인(古人)을 그리게 하는 고전풍의 꽃이외다. 지상에서 선인을 찾는 듯한 동양인의 낙원을 상징하는 동양난적인 꽃이라고 생각합니다.

이러한 복사가 과원(果園)의 발달로 말미암아 오직 열매로 말미암아서만 재배되고 꽃으로서 복사가 절종되려는 것은 가엾은 일이라고 생각됩니다.

『학생』, 1935.4

P군 생각
학창의 추억

W고보 2년급 때 일입니다. 그때 우리는 키 큰 학생들만 추려 논 병조(丙組)였습니다.

키가 크니까 나이도 모두 상당히 과년한 축이었지요. 헌병보조단원이던 친구도 있었고 시골 서당에서 훈장 노릇하던 친구도 있었으며, 아들이 교동보통학교 4학년에 다니는 친구도 있더랬으니까요.

이 이야기의 주인공 P군도 노학생(老學生) 편이었습니다. 한문이 용하고 따라서 글씨가 용하였습니다. 그러나 그는 언제든지 쓸쓸한 얼굴이요 전반(全班)으로 볼 때 쓸쓸한 존재였습니다. 여러분도 아시겠지만 급우들끼리 사귀어지는 시간은 대체로는 상학종이 울기 전과 점심시간이 아닙니까. 그런데 우리 P군은 아침마다 시간이 넉넉하게 학교에 오는 일이 별로 없었습니다. 그리고 점심시간에는 그가 점심 먹는 것을 본 사람이 없었고 또 마당에서 어느 동무와 마주섰는 것을 볼 수 없었습니다.

그렇다고 점심시간이면 그가 어데서 점심을 먹는지 어데 가서 노는지 아침이면 왜 일찍이 오지 못하고 늘 종소리가 나야 숨찬 걸음으로 뛰어드는지 알려고 하는 사람도 물론 없었습니다.

하룻밤엔 '갈돕만주'가 지나가는 소리를 듣고 만주장수를 부른즉 번듯번듯 눈 내리는 어두움 속에서 입김을 뿜으며 나타나는 것은 한반에 있으면서도 별로 말도 없이 지내온 P군이었습니다. P군의 말을 들은즉 자기 고향은 경남 어느 산읍이요 자기 집은 청빈한 오막살이에 노모 한 분이 계실 뿐이라 하였습니다. 알고 본즉 아침에 일찍 못 오는 것은 두 시 세 시까지 만주통을 메고 돌아다니는 탓이요 점심시간에 그림자를 감추는 것은 점심밥이 없는 것과 그 시간에 조용한 구석을 찾아가 책을 보지 않으면 복습할 시간이 없었던 것이랍니다.

제2학기 초였습니다. 첫 시간이 제일 까다로운, 제일 경우 밝은 R선 생의 수학시간이었습니다. 글쎄 어쩌자고 하필 이 시간에 우리 P군이 늦었습니다. 공부가 시작된 지 훨씬 지나서 교실 안에 들어섰습니다. P 군은 황송하여 교단을 향하고 허리를 굽혔으나 R선생은 들어가라기는 커녕 눈도 거들떠보지 않았습니다. P군은 칠판 위에 새 방정식이 써지 는 것을 보고는 그 자리에 선 채 책보를 끄르고 공책을 꺼내어 베끼기 시작하였습니다. R선생은 그래도 들어가 앉으란 말을 안 하였습니다. 그 방정식의 설명이 끝나면 들어가랄 줄 알았는데 R선생은 벌써 10분 이 넘게 서 있는 P군을 눈곱만치도 관심하지 않고 다시 분필을 들고 새 문제를 쓰기 시작하였습니다.

우리가 보기에도 너무나 딱하였을 때엔 당사자인 P군이야 어떠하였 겠습니까. 그것도 밤늦도록 활동사진 구경이나 다니고 늦잠 때문에 늦 게 왔다면 10분 아니라 10시간을 세워두어도 족하겠지요마는 두 시 세 시까지 약봉지나 만주통을 지고 돌아다니고 아침이면 제 손으로 물을 끓여 밥이면 밥 죽이면 죽을 쑤어먹고 오는 P군인 줄 아는 다음에야 사 제 간으로 어찌 경우로만 따질 처지겠습니까. 어느 선생보다도 R선생 은 담임선생으로 P군의 내면생활을 소상스럽게 아는 분으로 어찌 인정에 옳은 일이라 하겠습니까. P군이 서울 안에 친한 사람이 누구이겠습니까. 슬픔이 있어도 그것을 잊으려 학교로 오고 괴로움이 있어도 비록 말은 못하더라도 선생의 얼굴을 바라보고 참는 것 외에 어데 무엇이 있습니까. 그러한 P군이 어떻게 R선생의 냉혹한 것을 원망스럽게 생각하지 않겠습니까. P군은 더 오래 선생의 처분을 기다리지 않고 성큼성큼 자기 책상으로 와서 앉고 말았습니다. 이것을 본 R선생은 물론이요 전반학생의 시선도 P군에게로 모였습니다.

R선생은 교사의 권위 상 무슨 모욕이나 당한 것처럼 얼굴빛이 단박 파랗게 질리더니 교단에서 뛰어내려 P군에게로 달려왔습니다. 그리고 P군의 멱살을 틀어잡더니 굶어서 뻗디딜 기운도 없는 P군을 질질 끌고 밖으로 나가더니 빰치는 소리가 여러 번 났습니다. 그리고도 다시 사무실로 끌고 가더니 R선생은 이내 다시 와서 교수(教授)를 계속하였습니다.

이것을 본 우리들 속에서는 P군을 동정하는 사람은 별로 없었습니다.

"그 자식이 미쳤나 왜 절더러 늦게 오랬나?"

"그런 자식은 좀 맞아싸지."

이런 소리들뿐이어서 P군의 사정을 짐작하는 나로서는 듣기에 귀가 솔밧습니다. 그리고 평시에는 R선생이 경우 밝은 분인 것을 모범 받으려 했으나 그 '경우'란 것이 진리가 아니요 덕에서 얼마나 먼 것인 것을 볼 때 갑자기 R선생에게 미움을 느꼈습니다. 하학종이 울렸습니다. R선생의 교수도 끝이 났습니다. R선생이 분필통을 들고 예를 받고 교단을 내려설 때 누가 교실문을 열고 들어섰습니다.

그것은 P군이었습니다. 뺨이 부어오르고 눈이 울어서 부은 P군은 어

데 선지 포플러 나뭇가지를 10여 개나 꺾어가지고 들어섰습니다. 그리고 R선생에게

"제가 잘못하였습니다. 저를 이 매채로 때려 주시고 용서해 주십시오." 하고 빌었습니다. 그러나 이 P군의 혀를 깨물고 장래를 위해서 참는 것이나 동갑 낫 세 되는 교사에게 사죄하는 것은 여러 학생들과 R선생의 비웃음거리밖에는 못되었습니다. 군은 다시 R선생에게 등덜미를 밀리며 사무실로 갔습니다.

그날 점심시간이었습니다. 여러 선생님들은 점심시간에 P군을 한 옆에 세워놓고 간단한 회의가 있은 듯합니다. 그 결과 우리 P군은 얼굴이 온통 눈물투성이가 되어 모자엔 모표를 뜯기고 양복엔 단추를 뜯기고 사무실문 밖으로 밀려왔습니다.

P군은 걸음을 머뭇거렸으나 어찌할 도리가 없었던 것입니다. 그 밀가루가 자루로 만든 책보를 끼고 원망스러운 눈으로 학교를 몇 번이나 돌아보며 교문 밖으로 사라지고 말았습니다.

그 후 5~6년이 지나갔습니다. 나는 어느 일요일 아침에 광화문 앞 네거리를 지나다가 구세군들의 군악소리에 발을 멈추었습니다. 구세군들은 길 위에 둥그렇게 둘러서서 군악을 불고 있었습니다. 나는 그 속에서 커다란 북을 멘 사람이 우리 P군인 것을 보고 놀라지 않을 수 없었습니다.

그러나 그가 무안해 할까봐 아는 체도 하지 않고 그냥 지나가고 말았습니다. 나는 그 후 2~3년 동안 서울에 있지 않다가 재작년부터는 늘 서울에 있음으로 구세군들과 가끔 마주쳐 봅니다. 그럴 때마다 3년

전에 본 구세군의 P군을 찾아보았으나 그의 얼굴은 그들 속에서 다시 볼 수 없었습니다.

　지금 P군은 어디서 어떤 모양으로 지내는지 가끔 궁금한 생각이 절친하던 친구보다 못하지 않게 납니다.

『학생』, 1935.4

신도

예술의 신도가 되자.

소설의 한개 신도가 되자.

요즘 몇 번째 이런 생각이 났다. 소설을 쓰려고 붓을 들면 그만 전참후고(前參後顧)하여 조심성부터 차리기에 도무지 붓이 나가지지 않는다. 주인공에게 친구와 같은 정열이 부어지지 않고 교사와 같은 냉정이 앞선다. 소설 한 줄도 써보지 못한 것처럼 앞이 콱 막혀 버린다. 이게 정말 소설이란 것에 눈이 떠지는 때문인지 모른다.

나는 인제부터 소설학(小說學)을 공부해야 할까! 나는 몹시 괴로워진다. 왜 나에겐 좀 더 일찍이 소설학의 교양이 없었던가 뉘우쳐도 진다.

그러나 나는 소설을 학문으로 공부하기는 싫다. 소설을 학문으로 졸업해야만 소설을 쓴다면 나는 차라리 소설을 단념하고 말리라. 평론가들이 작품을 학적으로 분석하기를 즐기고 또 그렇게 하는 것을 볼 때, 당할 때, 나는 여간 불쾌하지 않다. 종교의 신자들이 과학적 비판을 받을 때 그러리라.

가가와 도요히코(賀川豊彦)는 자기는 신은 믿되 신학처럼 싫은 것은 없노라 했다 한다. 나는 그의 말이 여간 반갑지 않다. 나도 소설은 좋아하되 소설학, 예술학은 싫다. 소설학의 교사는 영원 싫다. 소설의 우매한 신도로만 살고 또 쓰고 싶은 것이다.

『학등』, 1935.5

한일(閑日)
하일산화(夏日散話)

"요즘은 좀 한가하겠구려."

친구들이 그러면

"글쎄요 좀 한가합니다."

하고 나도 모르게 "글쎄요" 소리가 먼저 나오곤 한다.

아침을 먹고 뜰을 한참 거닌다. 소화불량이 생긴 것처럼 배가 무둑하다. 으레 거리로 나가던 버릇에서 천연스럽게 걸려있는 모자가 자꾸 보이고 단장이 보인다. 날마다 나갈 때는 "내일 ⋯⋯ 모레 ⋯⋯" 하고 미뤄뒀던, 대수롭지 않던 거릿일이 한 가지 두 가지씩 생각난다. 생각나면 생각할수록 "이태껏 어떻게 무심히 지냈나?" 하리만치 급한 일들이 터진다. 그예 모자와 단장을 집어 들고 나서게 된다.

나와 보면 모두 일자리에들 앉았다. 반가워는 하나 이내 수굿하고 제 일들을 해야 된다. 비록 내가 하는 말이 나는 긴요한 말만 골라하되 그들은 대수롭지 않은 듯 듣다 말고 전화를 받아야 하고 들으면서도 붓을 놀려야 한다. 나는 그만 싱거워져서 곧 그들과 헤어진다. 길에서 아는 사람을 만나면 대개는 위에 있는 말을 대화하면서 주머니가 비지 않았으면 찻집을 찾아가고 그렇지 못하면 책사나 두어 집 들러서 집으로 나간다. 나가면서 날이나 더우면 공연히 나온 것을 자꾸 후회한다. 그리고 집에 가서는 찬물에 세수나 하고는 고요히 자리를 잡고 붓을 들든지 그렇지 않으면 남의 작품 읽을 것을 결심한다.

그러나 세수하는 것까지는 쉬운 일이요, 또 종이와 붓을 잡는 것도 어렵지는 않은 일이다.

'무얼 쓸까?'

막막해진다.

'내일치 소설을 쓰리라 아니 생각이라도 하자!'

하면 갑자기 내 머리 속이 어수선한 것을 느낀다. 가라앉히려 눈을 감으면 아이들 소리가 들려온다. 얼른 뛰어나가 보지 않으면 무슨 상채기가 나게 싸우거나 넘어지고 우는 소리다.

그래서 한번 자리를 일어서면 다시는 아까의 모양을 계속하기가 싫어진다. 다리를 뻗고 나워서 책을 펴든다. 몇 페이지 내려가지 않아서 잠이 온다. 어떤 때는 자버리고 어떤 때는 마당에 나가 꽃에 벌레도 잡고 풀도 뽑는다.

"왜 또 나왔수?"

"조럼이 오느문그래."

"그럼 언제 뭘 한단 말유?"

"인제 차차 하지 ……."

일이 손에 없다고 해서 한가한 것이 아닌 것을 처음 느껴 보는 것이다. 갑자기 한가해지는 것은 한가한 것이 아니라 마음속은 도리어 더 바쁘고 생리적으로도 일종의 변동이 생기는 듯 도리어 괴로운 데가 많은 것을 처음 느껴 보는 것이다.

　이제부터는 '한가'를 한가대로 소유하는 공부부터 해야 할 것이요, 그러자면 구도자와 같은, 꽤 어려운 마음의 투쟁을 겪어야 할 것도 깨닫는다.

　　　　─ 29일 역시 괜히 일찍부터 거리에 나왔다가 ─

　　　　　　　　『조선중앙일보』, 1935.7.2

집 이야기

요즘 성북동과 혜화동엔 짓느니 집이다. 작년 가을만 해도 보성고보에서부터 버스 종점까지 혜화보통학교 외에는 별로 집이 없었다. 김장배추밭이 시퍼런 것을 보고 다녔는데 올 가을엔 양관(洋館), 조선집들이 제멋대로 섞이어 거의 공지 없는 거리를 이루었다. 성북동도 지형이 고르기만 한 데는 공터라고는 조금도 없다. 그래서 요즘은 조금만 집을 나서도 안 볼래야 안 볼 수 없고 새로 짓는 집들이 자꾸 눈에 띄는 것이다.

그렇게 자꾸 눈에 띄는 것이니 아무것도 모르면서도 몇 가지 건축에 관한 감상을 가져 보곤 하였다.

대체로 조선 사람들은 집 짓는 것을 보아도 취미생활이 너무 없다. 조선 기와집엔 결코 어울리지 않는 시뻘건 벽돌담을 쌓되 추녀 끝을 올려 쌓는다. 그리고 스스로 그 감옥 속에 들어앉기를 즐긴다.

또 멀쩡한 재목(材木)에 땀 흐른 얼굴처럼 번질번질하고 끈적끈적해 보이는 기름칠들을 한다. 해어지기도 전에 버선볼부터 미리 받아 신는 격이라 할까, 그 끈적끈적해 뵈고 번질번질해 뵈는 기름칠을 돈 들여가며 좋아하는 것은 무슨 유행병인지 모르겠다. 아이들에게 '에노구[그림물감]'가 생기면 된데 안 된데 함부로 칠해 놓는 것이다. 그런 기름이 공연히 안가(安價)로 수입되어 가지고 조선 건물을 모두 망쳐 놓는 것이다.

명치(明治) 때에 도쿄 교토 등지에서 그랬다한다. '뺑끼'를 처음 수입해 가지고 일본내지 건물에 당치않은 것을 섞지 않는다는 점과 색채를 내일 수가 있다는 점에만 끌려 된데 안 된데 막 칠하는 것이 유행이 되었다. 그것을 외국인이 와 보고 일본의 자랑인 일본 고유한 건축문화를 왜 저렇게 뺑끼로 정복해 버리느냐고 의문을 일으키어 식자 간에서 곧 그 '뺑끼' 사조를 막기에 노력하였다는 말이 있거니와 우리 조선 건축들 이야말로 벽돌담, 기름칠, 뺑끼칠 사조에서 좀 반성해야 될 시기다. 유리창도 편리하기는 하지만 큰돈을 들여 지을 바에는 조선 건물로서의 면목을 죽여 가면서까지 유리창에 열광할 필요는 없지 않을까. 건물은 그 속에 사는 사람의 교양, 취미, 모든 인격을 다 표현하는 존재인 것이다. 그러기에 존 러스킨은 '훌륭한 건축은 청부업자의 기술로 되는 것이 아니라 그 건축물 주인의 인격으로 되는 것이다' 하였다.

지난 봄에 창의문 밖에 있는 전 대원군의 별장을 구경한 일이 있다. 워낙은 김 모라는 당시 재상이 지은 것인데 뒤에 대원군이 가진 것이라는데 첫째 이상한 것은 그렇게 좋은 재목으로 그렇게 아끼는 것이 없이 짓는 집을 왜 요즘 집장수들의 집처럼 간사를 좁게 지었나 하는 것이었다. 알고 보니 그 까닭은 그때 사람들이라고 키가 더 작았던 것도 아니요, 재목을 아꼈음도 아니요, 다만 주인의 이만하면 족하다는 겸양에서 나온 것이었다. 별장을 지을망정 고대광실에 거드럭거리지는 않겠다는 그 주인의 겸손이었다.

이렇게 조선 건물은 옛날부터 인격과의 교섭이 깊었던 것이다. 그러나 오늘엔 인격의 정도는커녕 취미로 보아도 얼마나 타락하였는가. 그 길길이 뻘건 담을 쌓고 그래도 못미더워서 세상을 다 도적으로 아는지 유리병을 깨트려 박은 것이나 참말 그 집 주인을 위해 딱해하지 않을 수 없는 것이다.

고민책 고민책 하니 그런 고민책, 고민생활이 있는가?

남의 집이라도 높은 취미로 지은 집을 보면 그 집 주인을 찾아보고 싶게 정이 드는 것이다.

늘 지나다니는 거리에 그런 아름다운 집들이 좀 있었으면 얼마나 걸음이 가뜬가뜬 할까.

『삼천리』, 1935.9

불국사 돌층계

그렇게 벼르던 경주 구경을 나는 제일 나쁜 때에 갔었다.

그해 여름도 어찌 더웠던지 대구에 가니까 백도가 넘었는데 이왕 나선 김이니 가본다고 경주까지 가기는 갔으나 땀을 주체할 수가 없어서 불국사와 석굴암만 대강 둘러보고는

'인제 언제든지 가을에 한번 다시 와야 겠군' 하고 거기 가가지고 다시 벼르고 돌아오고 말았다.

그때 나는 불국사에서 그 여러 층 돌층계를 일부러 여러 차례나 오르고 내리고 하였다.

'신라 사람들이 밟던 층계로구나!'

생각하니 그 댓돌마다 쿵 울리면 예전 사람들의 발자취 소리가 어느 틈에서고 풍겨 나올 것 같았다. 그들은 어떤 모양의 신발을 신었던 것일까? 그때 부인들 치맛자락은 얼마나 고운 것이 또 얼마나 긴 것이 이 층계를 쓰다듬으며 오르고 내린 것일까? 나는 아득한 환상에 잠기며 그 말없는 돌층계를 폭양 아래에 수없이 오르고 내리고 하였다.

지나간 사람들의 발자취, 우리는 어디서 그것을 만져볼 것인가. 바람에 쏠리고 빗물에 닳았으되 그들의 밟던 돌층계만이 그래도 어루만지면 무슨 촉감을 줄 수 있는 것이다.

어서 가을에 한번 다시 가서 그 돌층계를 만져도 보고 밟아도 보고

싶다.

『조광』, 1935.11

나와 닭

올 여름엔 시골 갔다가 병아리를 여남은 마리 가져왔다. 곧 철망을 사다 우리를 만들고 먹이를 주고 물을 떠다 주고 하는 것이 새로 생긴 일이 되었다.

어제는 개구리 한 마리를 잡아다 넣어 주었다. 한 놈이 땅에 떨어지기 바쁘게 물고 달아나니 다른 놈들이 그를 다우쳤다. 땅에 놓아야 쪼아 먹을 터인데 땅에 놓을 새는커녕 입에 문 채로도 잠시를 설 수가 없게 다른 놈들의 주둥이가 모여들었다. 결국은 이놈이 뺏어 물고 한참 뛰고 저놈이 뺏어 물고 한참 뛰고 하다가 나중엔 톡톡히 먹은 놈도 없이 녹아 버리고 마는 것이었다.

먹을 것을 입에 물었으되 손이 없어 다시 땅에 놓아야만 먹게 되는 닭, 그들은 생각하면 가엾은 동물들이다. 조물주는 왜 원숭이같이 얄미운 동물에겐 손을 주고 닭처럼 알 잘 낳는 동물에겐 손을 주지 않았을까?

『조광』, 1935.11

설중방란기(雪中訪蘭記)[23]

소위 난이라고 할 게 두어 분 있으나 기를 줄을 몰라 막된데다 건란
은 지난 9월에 꽃이 졌고 사란은 아직 부리가 어린 때문이지 조석으로
들여다보다 화경(花莖)이 나오지 않는다. 잎만으로는 단조롭다. 꽃보다
도 잎을 더 사랑하는 이가 있다하나, 우리 초연자(初戀者)에겐 먼저 꽃이
요 그 꽃이 떨치는 향기가 아쉽다.

일전에 누가 삼월습실(三越濕室)에서 난을 보았다 하기에 가보니 사란
과 풍세란 몇 분이 나와 있었다. 대만(臺灣)산인 풍세란은 활엽수와 같
이 잎이 번질번질하고 바야흐로 피이려는 화경이 고사리처럼 서너 대
씩 솟아있었다. 다른 난보다 아취는 적어 보이나 여름 그리운 설중에
여름을 다분히 품은 풍세는 마음을 몹시 끌었다. 그러나 마침 연말이
라 내여 보내기만한 내 주머니는 그것을 바라보기만 할밖에 없었다.
그 이튿날도 가보고 또 그 다음날도 가 보되 꽃봉오리는 날래 열리지
않았다. 날래 열리지 않는 것을 보니 더욱 집으로 가져오고 싶었다.

"이 풍세란이란 것도 향기가 있습니까."

"건란처럼 퍽 향기가 좋습니다."

점원은 그 윤택(潤澤)한 잎을 스다듬어까지 보이었다.

---

23 『상허학보』 3, 1996 소개.

그러나 며칠 뒤에 가보니 내가 사고 싶던 분은 이미 임자를 얻어 팔려버리고 말았다. 우울하게 돌아온 수삼일후이다. 지용형에게서 편지가 왔다.

"가람선생께서 난초가 꽃이 피였다고 22일 저녁에 우리를 오라십니다. 모든 일 제처 놓고 오시고. 청향방욱(淸香馥郁)한 망년회가 될듯하니 질겁지 않으리까."

과연 즐거운 편지였다. 동지섯달 꽃 본 듯이 하는 노래도 있거니와 이 영하 12도라는 엄설한(雪寒寒) 속에 꽃이 피였으니 오라는 소식이다.

이날 저녁 나는 가람 댁에 제일 먼저 들어섰다. 미닫이를 열어주기도 전에 어느 듯 호흡 속에 훅 끼쳐드는 것이 향기였다.

옛사람들이 개향십리(開香十里)라 했으니 방과 마당사이에서야 놀라는 자는 어리석거니와 대소(大小) 십수분중(十數盆中)에 제일 어린 사란이 피인 것이요 그도 단지 세 송이가 핀 것이 그러하였다. 난의 본격이란 일경일화(一莖一花)로, 다리를 옴츠리고 막 날아오르는 나나니와 같은 자세로 세 송이가 피인 것인데 방안은 그다지도 향기에 찼고 창호지와 문틈을 새여 바깥까지 풍겨나가는 것이었다.

우리는 옷깃을 여미고 가까이 나아가서 잎의 푸름을 보고 뒤로 물러나 횡일편의 묵화와 같이 백천획(百千劃)으로 벽에 어리인 그림자를 바라보았다. 그리고 가람께 양난법(養蘭法)을 들으며 이 방에서 눌러 일탁(一卓)의 성찬을 받았으니 술이면 난주요 고기면 난육인 듯 잎마다 향기였었다.

풍세란 두어 분도 내가 삼월습실(三越濕室)에서 보던 것처럼 화경(花莖)들이 불쑥불쑥 올려 솟았다. 이것들이 모다 피인다면 그때는 문을 열어놓지 않고는 앉았기 어려울 것이다.

　주인 가람선생은 이야기를 잘하신다. 객중에 지용형은 웃음소리가 맑다. 청향청담청소성(淸香淸談淸笑聲)속에 진잡(塵雜)을 잊고 반야(半夜)를 즐기었도다. 다만 한 됨은 옛 선비들을 따르지 못하여 여차양야(如此良夜)를 유감이무시(有感而無詩)로 돌아온 것이다.

병자년 정월 하한(下澣)

『시와 소설』, 1936

옆집의 '냄새' 업(業)

우리 집에 이웃으로서 직접 영향을 주는 집은 세 집이다. 바른편의 닭집 할머니네와 왼편의 마메콩 튀기는 집과 뒷산에 요즘 새로 지은 산(山)집이다.

바른편의 닭집 할머니네는 우리보다 2, 3년 먼저 이 동리에 정주하신 댁으로 고향이 충청도 어디신데 자질(子姪)들의 공부 때문에 서울 살림을 하시는 댁이다. 그 댁 바깥양반과 안마나님을 우리 아이들이 할아버지, 할머니라 하며 따르기 때문에, 또 그 댁에서 닭을 많이 치기 때문에 닭집 할아버지니 닭집 할머니 하고 부른다. 아이들이 무슨 탈이 나든지 우리는 그 할아버지요 할머니에게 먼저 보이고 흔히는 곧잘 듣는 상약과 위안을 받곤 한다. 좋은 이웃이다. 그런데 한 가지 마음에 있는 대로 말하자면 그 댁의 닭들이다. 우리도 닭을 싫어하는 것은 아니다. 그야 터전만 널찍하다면 상마심처산계돈(桑麻深處散鷄豚)의 풍치를 도리어 탐낼 바이로되, 불과 백 평 남짓한 마당이다. 몇백 마리의 알 짓는 소리는, 가끔 무엇을 좀 조용히 생각하려는 내 머리 속을 흔들어 놓는 데는 짜증이 나지 않을 수 없고 여름철에 동남풍이나 있는 때는 닭을 치는 그 댁보다 우리 집이 더 그 독한 똥내를 맡아야 한다. 똥내를 맡을 바에는 우리도 몇 마리 놓읍시다 해서 지금은 우리도 서너 마리 기르지만 닭의 천성이란 생긴 것처럼 아름답지도 않아서 무얼 파헤쳐 놓는 데 정이 떨어진다. 닭집 댁에서도 그리 재미를 못 보시는 모양인데 그 댁에서 닭치기를 그만두면 우리도 물론 한 마리도 두지 않을 작정이다.

왼편의 마메콩 튀기는 집은 셋집이어서 늘 딴 사람이 갈아드는데 재작년 겨울에는 그 집 쪽과 우리 집 쪽의 경계에 버루수나무, 찔레나무들이 빽빽하게 늘어서서 제물 울타리가 되어 있는 것을 그 집에 세든 늙은이가 하루는 어느 틈엔지 다 족쳐갔다. 나는 어찌 화가 나는지 그걸 보고 말리지 못하고 무엇들을 했느냐고 집안사람들에게만 화풀이를 하였다. 그 뒤 두 여름을 자라서 또 울타리가 되기는 했지만 그렇게 산나무들을 함부로 꺾고 베어 가고 하는 데는 질색할 노릇이다. 그래 나는 나무도 꺾으면 피가 철철 흘렀으면 하였다. 그러면 그 나무에 잔망(殘忘)한 사람들도 좀 반성이 생길까.

그 우리 생 울타리를 족쳐 때인 늙은이는 이내 이사 가고 다른 사람이 들었다. 사람들은 좋은데 한 가지 파가 있다. 직업이 그거니 어쩔 수는 없는 일이지만 마당에다 콩기름 가마를 걸고 늘 마메콩을 튀기는 것이다. 그 콩기름의 누린 냄새는 여간 역하지 않다. 한편에서는 닭의 똥내 한편에서는 콩기름내, 아무리 마당에 장미들이 피고 방에 난초가 핀들 무엇하리오! 어서 이 왼편 집도 부자가 돼서 그런 냄새의 업을 폐하여 주었으면 좋겠다.

뒷산은 처음에는 산대로 여서 우리는 올려다보는 풍치가 그럴 듯했는데 올 여름에는 산 임자가 와서 바로 우리 마당에서 빤히 쳐다보이게 집을 난짝 올려 앉혔다. 그리고 우리 집을 그냥 내려다보면서 두부장수를 부르고 고기장수를 부른다. 키 큰 사람이 내 키 너머로 남과 이야기할 때의 불쾌감이 그대로 나는 것이다. 어서 키 큰 상록수를 사다 뒤를 둘러막고 뒤를 많이 보게 하였던 마당차림을 인제부터는 앞을 많이 보는 마당으로 고쳐야겠다.

이웃에 존경하는 말만을 쓰지 못하는 것도 결국은 나의 부덕이 아닐까!

『중앙』, 1936.1

고아의 추억
아렴풋한 시절

　해삼위(海蔘威, 블라디보스토크)의 해변 조선 사람들이 꽤 많이 모여 살던 어느 한적한 농촌이었다. 해삼위에 가서 반 년 동안이나 치료하시던 아버지가 조그만 목선을 타고 돌아오셨다. 뻔쩍뻔쩍하는 양복을 입으셨으나 선부(船夫)에게 업혀 상륙하시던 아버지, 단장을 의지하고 혼자 서시자

　"이리 온 태준아."

하고 부르시었다. 나는 낯선 손님만 같아서 어머니의 치마폭으로 얼굴을 가리며 돌아섰다.

　"자식이 벨을 안 주는 걸 보니 정말 죽으려나 보다!"

하시고 아버지는 다시 선부에게 업히시었다.

　나는 그때 여섯 살, 그 뒤로 며칠 만인지 몇 달 만인지 나는 아버지가 돌아가시는 것을 본 생각은 나지 않고 어머님이 목쉰 음성으로 여러 인부들을 지휘하시며 아버지의 산소를 묻던 광경만 어렴풋이 기억된다. 그때는 가을인 듯 역시 철나지 않은 누님은 나를 데리고 개암을 따먹으려고 없어지곤 하여 어머니는 이따금 우리를 찾으시기에도 바쁘시었다.

　어머니는 아버지를 유골이나마 이역에 묻고서는 편안히 누워 보신 저녁이 없으신 듯 석 달이 못되어 어머니는 미처 풀도 푸르지 못한 아버지의 산소를 헐으셨다. 흙이 좀 묻었을 뿐인 관을 조그만 청어배에

신고 고향 땅에 들어서 첫 항구를 찾은 것이 배기미 지금 함경북도 부령 땅인 이진(梨津)이었다.

어머니는 아버지의 관을 모새 땅이나마 내 고향이라고 이곳에 다시 묻으시었다. 그리고 가끔 내 손목을 이끌고 가시어 내가 못 보는 체하면 돌아서 눈물을 씻으시곤 하였다. 해변이라 파도 소리가 어느 때나 쉬지 않았다. 내 귀가 파도 소리를 슬픈 소리로 기억한 것은 이때에 듣던 파도 소리였다.

한번은 어머니는 나만을 아니라 몇 사람의 일꾼을 데리고 아버지 산소로 가시더니 또 봉분을 하시었다. 그때는 관 널이 썩어 있었다. ○○ 얼굴을 돌이키나 어머니는 팔을 걷으시고 손수 뼈를 추리시어 물에 그기까지 하시더니 백지에 싸고싸고 묶고묶고 하여 그때까지 따라다니던 가복(家僕) '정관이'에게 지워 철원 선영으로 보내시었다.

그때의 이진서 철원은 아득한 길이었다. 청진까지 나오면 거기서 원산까지는 화륜선이 있었으나 물길이 미덥지 못하여 육로로만 나가게 하신지라 떠난 지 석 달 뒤에야 선영에 봉안되었다는 기별이 났었다. 그러나 한 짐을 벗으신 듯한 어머니 이번엔 벗을 수 없는 병을 지고 누우시었다.

북국의 겨울 함박눈이 쏟아지던 밤이었다. 여러 날 만에 이상하게도 소강(小康)을 얻으시어 이날 저녁때에는 밥을 다 반합이나 잡수시었다. 우둔한 자식들은 병을 놓으시는 줄만 알고 좋아라 하고 밖에 나와 눈

장난에만 팔리고 말았다. 문병을 왔던 할머니들의 급히 부르는 소리에 야 뛰어 들어가 보니 어허! 어머니는 그린 듯이 누워계신데 만져 보는 데마다 얼음 같으시었다.

제일 크다는 자식 누이가 열두 살 내가 아홉 살 누이동생이 세 살 이 것들이 앞에 있었기로 무엇 했으리오. 감지 못하시는 눈에 더욱 감시 만 되었을 것이로되 차츰 철나며 생각하니 한 뜀이 큰 것이다.

그 뒤 24년 꿈이라도 여러 해 전인 것처럼 어렴풋하다. 어머니의 무 덤은 아직도 그 파도 소리 슬픈 웅기만 바닷가에 놓여있다.

'그 무덤은 정말 나의 어머니일까?'

이런 의심을 생각하리만치 전설처럼 아득해졌다.

어려서는 부모님이 그립다기보다 아쉽곤 하였다. 옷이 더러워졌을 때 무엇이 먹고 싶을 때 그리고 무슨 영일이 돌아올 때는 더욱 못 견디게 아 쉬웠다. 사탕처럼 비단옷처럼 따뜻한 아랫목처럼 아쉬운 부모님이었다.

그러나 지금은 피부에서보다 마음으로 그리워지는 부모님이시다. 배고프지 않고 등 춥지 않되 오히려 즐거운 때일수록 문득문득 생각나 는 이들이 그들이다. 어떤 때는 고요한 밤 지는 녘에 종교와 같이 가 만히 그리워지는 분들이 그들이시다.

해마다 벼르기는 하지만 올여름에는 꼭 어머니 산소에 다녀오리라.

『조광』, 1936.1

고목

저녁이면 잉— 잉— 바람이 앞산을 휩쓴다. 키 큰 포플러가 멋지게 휘청거리며 며칠 밤을 휘파람을 불어 새우면 파란 윤기가 돌며 잎이 돋는 것이다. 그 다음에 꽃으로는 개나리와 진달래가 1, 2착을 다투는 선수들이요, 앙징한 앵두나무와 거무튀튀한 살구나무도 그 뒤를 이어 선후를 다툰다.

개나리나 진달래나 앵두나무는 꽃이 피었을 때 한창이다. 그러나 무작정 키가 크는 살구나무 같은 것은 더구나 고목(古木)된 나무들이 꽃이 피는 것은 좀 사귈 맛이 적다.

고목생화(枯木生花)란 도리어 기적을 가리킨 것으로 나무 그것으로 본다면 좀 점잖지 못한 꽃이다. 그 우람한 몸채, 마디 여문 가장귀에 똑 '아사히지리가미[아사히라는 휴지 이름]' 같은 꽃송이가 당하기나 한가. 늙은 나무는 사람 늙은 것처럼 좀 수수하렴. 단풍과 조락(凋落)만이 노목에 을리는 풍채로다.

아무커나 우리 성북동의 봄은 순동양적, 순조선적 봄이어서 좋다. 요즘 꼴같잖은 양관들을 짓고 을리지도 않는 사꾸라를 심어놓는, 그래서 성북동의 순수성을 더럽히는 딱한 친구들이 생기는 것은 약간치 않은 비애이긴 하다만.

『조광』, 1936.3

달래

오늘, 늘 지나다니는 반찬가게에서 벌써 달래가 난 것을 보았다. 그리 빛고운 나물은 아니건만 사들고 오고 싶게 발이 머물러졌다. 온실에서 자란 딸기나 멜론보다는 훨씬 진정에서 반가웠다.

이 눈구덩에 어느 마을 양지에서 자라났든가 어느 마을 부지런한 아가씨에게 캐어졌든가 우리 가슴엔 어느덧 '봄'이 설레는구나! "봄은 저산 너머 있어요" 하는 듯한 달래!

달래의 그 아릿한 향기 속에는 나의 아득한 소년기의 향수가 담겨있다. 저 북녘 웅기만의 해안지대는 눈만 녹으면 푸석푸석하는 모새 땅이 숱한 달래도 깔려진다. 긴 겨울 동안 정지에 갇혀 '수수알'만 삶으면서 옛날 이야기나 들어야 했던 아가씨들은 눈 녹기를 기다려 바구니와 그 비녀 모양으로 생긴 나무꼬챙이를 들고 달래 캐러 나서는 것이 그들의 첫 봄나들이였다.

몟새 나는 밭이랑에서 새파란 달래싹을 찾는 재미, 달래에만 팔리어서 열 이랑, 스무 이랑, 넘는 줄 모르고 달아만 나다 겨우내 못 보던 이웃마을 아이들과 마주치는 재미, 머리 땋아 늘인 것이 제법 치렁거리는 아가씨들은 할머니의 고담(古談)보다는 훨씬 더 상기되는 남의 집 총각 이야기에 꽃이 피기도 이런 때였으리라.

그 달래 냄새 풍기는 순박한 입술들, 껌을 씹는 도회지 처녀들보다 얼마나 순정에 불탈 것인가!

나는 달래 찾는 재미만으로도 서당에 가기보다는 미치게 좋았다. 달래 캐는 것은 계집애들이나 한다는 풍속이 원망스러웠다.

달래는 맛도 좋다. 된장에 지져도 향기롭고 무채에 무치거나 김치를 담가도 별미다. 그때 서당에 들어서면 훈장님의 담배 연기보다도 여러 아이들 입에서 나오는 달래 냄새가 훅 끼치곤 하던 것이 생각난다.

차진 지장밥에 누렇게 뜬 달래김치는 봄타는 입에는 약보다 나은 것이언만ㅡ.

『여성』, 1936.4

춘복(春服)은 미완성
여잔잡기(旅棧雜記) 1

'모춘자춘복기성(暮春者春服既成)'이라 하나 나는 아직 동복이다. 동복
인 채 모춘(暮春)한 지는 오랬도다.

작추(昨秋)이래로 신촌 다니는 길에 자주 경성역에서 차를 기다리게
된다. 대합실에 앉았노라면 역 아나운서의 그 얼굴도 미인일 듯한 상
냥스런 목소리.

"미나사마 오 다세 이다시마시다. 다다이마까라 ×지 ××뿅하쓰 ×
×유끼 렛샤노가이사쓰오 하지메마쓰. 고노렛샤와 다이×호ー무까라
핫샤이다시마쓰.

×× 유끼ー

×× 유끼."

[여러분 기다리셨습니다. 지금으로부터 ×시 ×분 ×행 열차의 개찰을 시작하겠습
니다. 이 열차는 제×번 플랫폼에서 떠납니다.]

부산이나 봉천이 고향일 리 없되 울컥 솟아오르는 향수감, 겨우 신촌까
지 가는 한 장의 회수권에는 풀 길 없는 너무나 소담스런 정열이었다.

이 정열은 버들개지와 같이 봄을 타는 듯, 날이 따스해갈수록 복실
거리었다. 남은 춘복(春服)부터 맞추거나 말거나 나는 기차 패스부터 맞
추어 놓았다가 이제 내 몸과 패스가 함께 틈을 얻으니 경칩 지난 지 반

순여 3월 14일, 이렇다 할 용무는 없으나 멀찌가니 동경을 향하고 부산행에 살며시 오르다.

여행.

여행간다.

여행한다.

차에 앉아 잠깐 이 '여행'을 생각해 보다. 조선말 '여행'은 확실히 칸지[感じ, 느낌, 기분]가 나지 않는 말이다. 길손, 하면 맛이 난다. 그러나 여행 대신에 써지지 않는 말 불가불

'여행간다.'

'여행한다.'

해야 되겠는데 이 어감에는 너무도 시가 없구나!

'길손.'

하면 다분(多分)의 방랑성을 의미한다. 그러나 '여행'자(者)는 그것에 무자격이다. 어느 날 어디서 떠나 어디서 자고, 어느 날 어디서 무슨 볼일을 보고 어디로 어디로 해서 어느 날 몇 시에 돌아와야 한다는 그런 노정표를 준행한 것이 여행인 것이다.

'길손'은 훌륭히 시제가 되리라. 그러나 '여행'은 천생 창가 제목이나 '여행권'이니 '여행안내'니 하는 공문 용어에밖에 자격이 없을 것 같고 실제로

'나 여행갑니다.'

하면 무슨 수학여행이나 출장을 간다는 말처럼 들리는 것도 나의 독단일지 모르나 불만한 점이다.

'여행' 이상의 발음을 가지며 '여행' 이상으로 의(意)와 함께 정을 살려

전하는 무슨 묘한 말이 없을까!

차는 경연(輕燕)과 같이 달아난다. 한강에는 구들장 같은 얼음들이 떴다. 얼른 하나만 눈여겨보면 둥실둥실 흘러내려가는 얼음이다. 여의도 벌판에는 자욱한 동남풍이 포플러의 부대(部隊)를 휩쓸며 지나간 수륙에 모두 봄의 진군이다.

차 안에는 한참 이야기들이다. 나만 동행이 없는 듯 잘들 지껄인다. 며칠씩 이야기의 금단을 당했던 사람들 같다. 어떤 사람은 급한 밥을 먹듯 숨이 차서까지 한다.

말벗이 그립다. 말벗이 있되 화제에 궁하던 것, 화제가 있되 화술이 서투르던 자기를 깨닫기도 한다. 혼자서는 '초중장' 외우듯 하던 이야기도 정작 당자를 만나서는 입이 얼던 것, 입이 열린댔자 왕청 같은 딴소리가 불쑥 나오기 잘하던 자기, 후한 이는 이런 것을 어질어서 그렇다 하고 박한 이는 못나서 그런 것이라 했다. 박한 이의 말이 옳을 게라고 다시금 입맛을 다시다.

『조선중앙일보』, 1936.4.18

사금 · 광산 · 곡선
여잔잡기 2

차가 안양에 정차한다. 가을에는 습률(拾栗) 놀이로 유명한 안양역에서는 배나무 밭이 제일 가까이 내다보인다. 차가 슬며시 움직이기 시작하니 배나무 밭에는 나무와 나무 사이의 공간이 햇살 퍼지듯 쭈욱쭉 열이 지며 지나간다.

종으로 줄이 맞고 횡으로 줄이 맞게 기하학적으로 심은 밭이다. 몇천 나무가 키도 똑같고 가지 수도 헤어보면 다 같을 것 같다. 모두 발을 모으고 팔을 벌린 듯 동 학년의 학생단 같다. 사람은 자연까지 체조를 시키는 모양, 아니 벌을 씨우는 모양이다.

한 나무에 가지가 몇, 한 가지에 꽃눈이 몇, 한 꽃눈에 배가 몇 알, 한 알에 평년 시가는 얼만데 재배 비를 마이너스면 실익이 얼마, 에헴, 원주(園主)는 이미 가을이 가져올 몇천 원아(園也)를 '견적'하면서 이 과수원을 호령하는 것이었다.

천안 가까이 오니 군데군데 멀쩡한 논바닥들이 파헤쳐졌다. 온양 땅이라 온천을 파는 것인가 생각했음은 세정에 너무 어두웠던 표, 어떤 것은 아이들 장난처럼 어떤 것은 제법 규모가 크게 그렇게 파 헤집어 놓은 것은 모두 사금 판이다.

"노래하는 샘물을 끊어버리며 아름다운 산과 언덕을 벌 둥지처럼 파

들어 가면서 사람들은 어리석게도 금을 땅속에서 찾는구나! 찾아야 할 금은 제 마음 속에들 있는 줄 모르고 ……."

너무나 성스러운 소로의 말씀이여!

오늘 우리는 너무나 '간접 가치'에서만 산다.

말벗이 없던 나에게 이동경찰이 찾아왔다. 전에 학생시대에는 공연히 이들과 낯을 붉히며 마주섰다가 불리하곤 하였다. 이번엔 한 마디 묻는데 두 마디 세 마디씩 앞질러 가며 대답해 주니 볼일이 딴 데 있는 듯 이내 가버린다.

차는 서울을 떠나 3, 4백 리 왔을까. 그러나 계절의 시간선상에서는 열흘도 더 온 듯하다. 매포(梅浦)를 지나 강이 나오는데 한강의 봄과는 딴판이다. 얼음이라고는 살얼음 한 조각 없이 기름발처럼 잔잔한 것이 휘음이 산기슭을 돌아갔다. 필경 백마강의 상류이리라.

백마강의 상류! 봄물이라 그런지 향기라도 있을 듯 빛 고운 강이다. 한때엔 일국의 원천이 되어 자부여성천종화(滋扶餘城千種花)도 하였으련만 지금은 단지 만경전(萬頃田)을 윤택하게 할 뿐 백제가 없어진 것은 사람만의 한사(恨事)가 아니리라.

차에 앉아 내다보기 좋은 때는 강 건너는 때다. 타박타박 보행하다가 강변에 이르러 나룻배를 기다리며 바라보는 강은 일종 선미(禪味)를 자아내는 것이어니와 소란하나마 차에 앉아서도 쇠 난간이 끝나는 순간 획 돌아다 보이는 강, 성화(聖畵)가 아니고 무엇이랴.

무심히 앉아 바라보면 푸른 산도 좋지마는 붉은 산도 나쁘지 않다. 고갱의 그림처럼 땀이 나게 붉은 열정적인 흙빛 그러면서도 나긋나긋

날카로운 칼이 여며나간 듯한 신경질적인 선을 조선 산에서나 볼 수 있는 훌륭한 회화요 조각이다.

저 붉은 산들이 한번 낙동강을 붉힐 때 사람의 마음들에선 피를 본 듯 비명이 일어난다. 딱한 일이다. 대지, 대자연으로서는 구석구석 모조리 사람의 이윤을 위해서만 바치기보다는 좀 이런 제멋대로 흥분해 보는 무대도 필요할 것이 아닌가? 사람도 그런 여유를 자연에 두어 놓고 때로는 그의 호탕(豪宕)을 바라봄도 옳지 않은가?

차를 타고 앉으며 조선은 곡선의 나라라는 것이 더 느껴진다. 산이 어느 나라라고 직선일 리 없겠지만 그 밑에 소복이 모여 앉은 마을의 지붕들, 꼬불꼬불한 산모퉁이들, 지형 그대로 높았다 낮았다 이리저리 꼬부라진 길과 논둑, 밭둑들, 무지개 같은 다리들, 모두 고려자기에서 보는 아름다운 곡선들이다.

그러나 처처에 일직선의 신작로가 깔려진다. 동네마다 성냥갑 같은 함석집이 늘어간다. 재래의 우리 문화는 곡선의 문화였는데 현대의 신문화는 직선의 것인가 보다. 한때 유행으로 나선형이니 유선형이니 하나 만년필이나 자동차에뿐 현대문명은 직선의 선수일 뿐이다.

직선은 지(知)의 선, 곡선은 정(情)의 선, 곡선문화는 정의 문화, 내사 정(情)의 문화에서 살고 싶다.

『조선중앙일보』, 1936.4.20

해협 오전 3시
여잔잡기 3

찻간을 나서니 훅 끼치는 바닷바람 싱싱한 생굴처럼 비릿하면서도 향기롭다.

육지에서만 살던 사람에게 바다는 완전히 한 이국이다. 부두에 비스듬히 대 있는 연락선의 검은 성벽 그 위에 눈부신 백색의 낭하 거기를 쳐다보고 섰는 모든 사람의 얼굴에는 갑자기 물속에서 솟은 용궁을 보듯 뚱그런 눈들이 긴장하고 있다.

타는 사람 못 타는 사람 우월을 맛보는 자 모멸을 맛보는 자 서로 여기서 계제가 갈리도다. 한 번도 타려다 못 탄 적은 없으나 한 번도 산뜻한 기분으로 갑판을 오른 적은 없도다.

밤 열한 시 출범, 출범 전에 징을 치며 돌아가는 소리 들을 때마다 축지 소극장 생각이 난다. 정거장의 전종(電鍾) 소리보다는 훨씬 바다다운 소리다.

징소리보다 더 듣기 좋은 소리는 닻 감는 소리가 끝나면 울리는 뱃고동 소리다.

그 육중한 굴뚝이 파이프 오르간처럼 진동하는 소리, 거대한 샤리아핀의 쓰인 것이다. 한번만 틀고 가는 것이 서운하다. 자꾸 틀면서 갔으면 하였다.

전에 원산서 웅기(雄基)까지 다니는 기선을 가끔 타 보았는데 무쇠 끝이라는 데를 돌아갈 때는 흔히 안개가 끼어 있었다. 배는 진행을 멈추고 고동만 울린다. 육지가 먼 위치에 있으면 고동 소리 뒤에는 새뽀얀 안개에 꼭 갇힌 적막이 있을 뿐이요, 육지가 가까운 위치에 있으면 웅 – 하고 육지의 산들이 에코를 보내주는 것이었다. 그때 듣던 뱃고동 소리는 몹시 육지를 그리는 것 같았다. 울려도 울려도 육지의 반향이 없을 때 그의 적막 기선은 영원한 방랑인처럼 슬퍼보였다.

어렴풋이 잠이 들었다가 골이 묵직묵직해지고 또 허쩐허쩐 해지는 바람에 약간 구역을 느껴 눈을 떴다. 파도 소리가 높다. 배는 살진 고래와 같이 둥싯거린다. 뿌르르 떨며 한쪽이 올려 솟는가 하면 꺼지는 불처럼 아찔하게 한쪽이 가라앉는다.

철썩 –

쏴 –

징징거리는 엔진 소리는 한결같다. 믿음직스럽다. 가만히 세 시된 시계를 쳐다보고 정신을 차리니 귀가 소라 속같이 웅웅거린다. 지용(芝溶)의 해협의 시편들이 생각난다. 그가 이 바다 이 배에서 얻은 시들이었다.

갑판 위의 선실이라 "포탄으로 뚫은 듯한" 둥그런 창은 없으나 "감람 포기포기 솟아오르듯 무성한 물이랑"들은 창 위에 넘실거릴 것이요, "투명한 어족이 행렬하는 위치"거니 생각하니 자리의 훗함이 새삼스럽다.

잠도 안 오고 이야기할 벗도 없고 사람들은 모두 운명의 제물이 된 듯 보이들이 지정한 대로 제자리에 엎드렸을 뿐이다. 이들에게 '내일 아침'이 없다면 얼마나 비극이랴.

『조선중앙일보』, 1936.4.22

산양선(山陽線)의 우울
여잔잡기 4

밝을 녘에 깜박 잠이 들었는데 누가 머리를 툭 친다.

눈을 떠보니 누가가 아니라 누가가 들고 나가는 가방이다. 벌써 모두 일어나서 어떤 사람들은 구두끈을 매고 아주 갑판으로 나가 버린다.

제일 꼬리로 일어나니 세수할 새도 없는 듯, 눈이 텁텁한 채 외투를 털어 입고 갑판으로 나갔다. 맨 오까미상(아주머니)들과 단나상(아저씨)들인데 십 년 만에 돌아오느니 십오 년 만에 돌아오느니 하고들 그네들끼리는 모두 자별하게 지껄인다.

주르르 흐르는 비단옷들, 한 손가락에 둘씩도 낀 보석 반지를 '금의환향'이란 이네들의 독차지 같다. 사실 생각해 보면 조선으로부터 만주국으로부터 이 하관(下關, 시모노세키)에 입항하는 금의객들이 하루에도 두 번 배에 얼마나 많이씩 실려 올 것인가?

환향도 아니요 금의도 아니지만 바람 맑은 아침 갑판에 나서서 멀찌가니 육지를 바라보며 들어가는 맛은 상쾌하지 않을 수 없다.

기차에서 시계나 들여다보고 앉았는 것과는 등(等)이 다르다.

소나무만 섰는 조그만 섬들이 지나간다. 갈매기도 날아간다. 무인도를 볼 때 문득 그리운 사람 생각이 나곤 하던 것도, 이제는 옛일이리라.

문사(門司) 편에는 시커먼 철선들이 고기떼처럼 밀려들었다. 공장 굴뚝에서들은 새로 피기 시작한 목 메인 연기가 쏟아져 오른다. 대매(大

每), 대조(大朝)가 명색은 지국이나 편집국 째 떠들고 온 대문사(大門司)의 외관, 산 밑에 깔린 것이 뱀장어에 별 수 없으나 바다를 건너 서대륙에 쏘아 보내는 너의 시선은 호랑이라면 호랑이랄 수 있을 게다.

하관에 내리는 길로 우편국에 가 보았으나 부탁한 패스가 와 있지 않다. 할 수 없이 삼등 표를 사 가지고 정기 급행보다 십 분 후에 떠나는 오항(吳港) 경유의 임시 급행을 탔다.

같은 삼등을 타다가도 여기 차를 타려면 숨이 콱 막히는 한급 위의 것을 타고 오다 삼등으로 떨어지니 귀족은 아니지만 좋은 기분일 수는 없다. 못살다 잘사는 것은 좋으나 잘살다 못사는 것은 맛이 이러하렷다. 나중에 못살 바면 처음부터 못사는 게 나을 게다.

차가 거의 떠날 시각인데 웬 차림이 수다스런 조선 할머니 한분이 창 앞을 지난다. 내다보니 바로 내가 탄 차 칸으로 오른다. 올라서더니 얼른 들어오지 않고 빈자리가 있을까 생각부터 하는 듯 두 눈이 휘둥그레져서 입까지 벌리고 들여다보기만 한다.

풀 세인 당목치마는 연락선에서 수세미가 된 듯, 깡충하게 기어 올라갔는데 새까맣게 때 묻는 바짓가랑이 둘이 Y자를 거꾸로 세워 놓는 포즈를 갖는다. 시뻘건 털 토수를 양팔에 끼고 그 팔로 얼른 보아 보선 짝과 담뱃대도 없은 참대바구니를 이고 섰는 것이다.

키 크고 옷이 왈가닥스럽게 사방으로 버티고 게다가 시뻘건 털 토수를 끼인 팔이 어수선스런 짐을 이고 다리를 떡 벌리고 문을 꽉 막아섰으니 차 한편 쪽은 모두 이 할머니가 되고 말았다.

"오오끼ー네![와 크대" 하고 모두 웃었다.

이 큰, 할머니는 바로 내 앞자리에 와 그 짐을 내려놓았다.

"어디까지 가십니까?" 하고 물었더니

"조선양반이싱께?"

하고 악센트 강한 경상도 사투리로 반가워했다. 그 높고 꺽둑꺽둑한 말씨에 조선 사람을 처음 보는 듯한 오까미상들은 나까지 유심히 보면서 저희끼리 수근거린다.

『조선중앙일보』, 1936.4.23

악 아닌 악

여잔잡기 5

"어디까지 가십니까?"

나는 또 노파에게 물었다.

"대판(大阪, 오사카) 갑네더어."

하는 그의 대답은 필요 이상으로 억세고 높다. 나는 오까미상들의 시선이 근지러워 사놓았던 신문을 펴들었다.

조선 사람이 조선 사람을 싫어한다.

이것은 벌(罰)이 있어야 할 감정이다. 그러나 솔직하게 말한다면 전에도 이 산양선에서나 동경 등지에서 조선 사람을 만날 때 대체로는 반갑기만 하지 않았다. 이것은 나뿐이 아니요 조선 밖에 나와 보는 모든 동포들이 대개는 경험해 보는 감정이다.

왜 그럴까?

소심한 때문일 뿐 악이라고 속단할 수는 없다.

조선 민족은 노동복도 없거니와 여행복도 없는 민족이다. 가만히 도사리고 앉았어야만 할 의복이다. 그런 옷으로 차를 탄다 배를 탄다 하고 이틀 사흘씩 볶이고 난 조선 사람들의 옷은 워낙 자전차에부터 을리지 않는 옷이거니와 기차에서도 을리지 않으며 또 벌써부터 너무 더럽고 꾸기었다. 그런 옷에 싸인 사람 그 주인공 역시 눈치에나 행동에나 기선생활 기차생활에 훈련이 없는 사람들이다. 남은 한번 주춤하고 말 것이면 이들은 기어이 쓰러지고 말아 귀엽지 않은 인기를 모으는 것이다.

차를 사 마실 돈은 있되 미처 생각이 돌지를 않아서 세면소나 세면소에 물이 없으면 변소에까지 가서 물을 따라 오되 그 나무때기 벤또 그릇에 담아 가지고 그 비칠비칠하는 주제에 다 새기 전에 먹일 사람에게까지 오느라고 달음질을 치는 것이다. 양옆에 앉은 사람들의 발등이 깨끗한 채 있을 리 없다. 심한 사람은 도야지를 보듯 눈을 흘긴다. 옆에서 이런 정경을 보는 같은 조선인 자(者) 마음이 편할 수 없는 것이다. 더구나 대판 이북에서 하관으로 나올 때 만나기 잘하는 제주도 아낙네들, 그 시뻘건 융쪽으로 조선옷이랍시고 얽어 입은 저고리 맵시란 그리고 그 검정 치마를 흰 실로 홀가 입은 무관심이란 여자로 태어나서 그다지도 바느질이 서투르기란! 차라리 그들이 천재인지도 모를지도 모를 지경이다. 그들의 풍경을 보고야 어디 조선에 토끼꼬리만 한 문화가 있으리오.

"대판도 바다가 있습니꺼?"

물끄러미 창밖으로 세토나이카이(瀬戸內海)를 내다보던 노파가 묻는 것이다. 대판이 바다가 있고 없는 것도 모르면서 대판으로 가는 이 할머니는 함안서 떠나오노라 하며 아들은 '대국 대만(臺灣)' 땅에 갔는데 소식이 없어 대판 가 있는 딸에게로 가노라 하였다. 칠십 희년이 내일모레 지진도 없는 그 좋은 함안 땅에 묻히지 못하고 이 풍수 고르지 못한 곳으로 여생을 맡기려함은 또 무슨 변괴인고.

차가 떠난 지 두어 시간 되니 우리 조선 할머니는 더 바다도 내어다 볼 기력이 없이 쓰러져 버리고 말았다. 점심때가 되어도 식당은 알지도 못하거니와 벤또도 사려 하지 않는다. 물으니 일본 음식을 먹으면 구역이 난다는 것이다. 바나나를 권하니 그것을 두어 개 자시고는 그 보선짝 담긴 소쿠리 속에서 한참이나 부스럭거리더니 헌 신문지에 싼 색사탕 한 움큼을 찾아내어 나의 호의를 갚으려 한다. 미안하나 과자 라기보다는 염료에 해당할 자이니 입에 들어가지지 않는다. 받아서 그 냥 놓으니 당장에 먹으라고만 재촉을 한다. 어쩔 수 없이 하나를 먹고 세면소로 가 양치질을 하니 붉은 잉크에 가까운 물이 입에서 나왔다.

『조선중앙일보』, 1934.4.24

매화 · 총 · 철도
여잔잡기 6

동경행에 오항(吳港) 경유는 처음이므로 창밖을 자주 내다보았다. 직행선보다 해안풍광이 더 좋을 뿐 아니라 매화가 한참이다.

어떤 나무는 산비탈에 어떤 나무는 뉘 집 마당가에 가꾸는 이 있거나 없거나 저 피일대로 희고 붉게 만발해 있다. 붉은 것은 멀리서 보면 살구꽃도 같으나 흰 것을 가까이 지날 때는 고인(古人)이 이른바 그 빙기옥골(冰肌玉骨)의 초속(超俗)한 기상이야말로 과연 차안에 앉았으되 향기가 옷깃에 드는 듯하다.

고개를 돌려 북창을 바라보면 아직도 먼 산골짜기에는 희끗희끗 잔설이 쌓여 있다. "前村深雪裏 昨夜一枝開(앞마을 깊은 눈 속, 엊저녁 한 가지에 꽃이 피다)"의 시흥이 방불한다.

같은 매화되 거리 집에 핀 것보다는 절 마당에 피인 것이 더 보기 좋고 산간계변에 펴 더 보기 좋다. 매화의 본성이 진속(塵俗)을 싫어함을 가히 깨닫겠는 것은 절 마당엣 것보다 또한다.

그러나 우리 경성 근방도 기온만 여기와 같다면 어떻게 하여서라도 매화 한 그루만은 창 앞에 심어두고 그의 고한절(苦寒節)을 본받고 싶다.

오항은 온실같이 따뜻하다. 테니스 코트마다 눈부신 라인이 그어지고 경쾌한 유니폼들이 뛰논다. 벌써 나비도 보인다.

차는 작은 대신 날쌔게는 달아난다. 그러나 언제 내일 아침이 되어 동경에 내리나 생각하니 하품이 나고 사지가 쑤신다. 앞에 엎디었던 할머니, 지적지적한 눈을 뻐끔히 뜨더니

"이차가 급행차니껴?"

한다. 급행권을 사가지고 탔을 것인데 이런 것을 묻는다.

"네" 하니

"그래 자꼬 뛰디려패능그마."

한다. 쉬지 않고 자꾸 달아나기만 하는 것을 '뛰디려팬다'는 말은 우습고도 재미있는 말이다.

대판에서 이 할머니가 내린 뒤에는 차안은 붐벼졌다. 무릎이 맞닿는 자리에 둘씩 넷이서 마주앉으니 꿈속에 마음은 뛰려 하나 다리가 뛰어지지 않을 때처럼 안타까웁다.

괴롭기는 사지가 긴 나뿐이 아닌 듯, 옆에서 이런 의미의 대답이 일어났다.

"이 철도는 밤낮 이대롤까?"

"차를 크게 고치지 못하느냐 말이지?"

"그래."

"그건 불가능이지. 전국의 기관차 객차 전부를 못 쓰게 될 테니 돼? 총이나 대포와 달러서."

"총이나 대포와 달라서라니?"

"총과 대포는 헐어서 못쓰게 된 건 모두 전에 지나(支那)에 팔았거던."

"딴은……"

그들은 웃었다. 나도 혼자 웃었다.

오항을 지나 보는 것만 처음이 아니라 동해도선(東海道線)에서 단나(旦那) 혼넬로 '아다미(熱海)'를 지나 보는 것도 처음이다. 유감인 것은 이튿날 아침 동틀 머리에야 아다미를 지나게 되어 '강이찌'와 '오미야['금색야차(金色夜叉)」의 남녀주인공]가 산보하던 해변을 분명히 내다보지 못한 것이다.

나뿐이 아니라 이곳 사람들도 모두 동편 창으로들 몰리어 겨우 박명(薄明)이 트이기 시작하는 동해를 내다보면서 입마다 '강이찌 오미야'를 지껄이었다.

『조선중앙일보』, 1936.4.25

러스킨 문고
여잔잡기 7

   2·26사건의 직후라 차에서 경찰의 조사가 심하였다. 그러나 정작 동경에 내리고 보니 아직도 계엄령이긴 하나 생각던 것보다는 너무나 평온한 데 놀랐다. 중요 관청과 전기 와사(瓦斯) 같은 문제되는 재벌회사에 무장(武裝) 한두 명씩이 서 있을 뿐 행인이 보기엔 그리 긴장돼 보이는 데가 없다.

   역에 나와 준 K군을 따라 그의 아파트로 갔다. 에도가와(江戶川) 아파트라고 꽤 대규모의 것으로 육층의 대 건물이 5, 6백 평의 정원을 가운데 두고 둘렸는데 근 천의 가구가 들어 산다 한다.

   동경에 오면 마음이 조급해지는 것은 가보고 싶은 데는 많은데 바닥이 너무 넓은 것이다.

   먼저 긴자(銀座)로 가서 '코롬방'이란 다방으로 올라갔다. 순 불란서식의 커피와 캔디로 유명한 집이라는데 메뉴도 불란서 말, 걸상 테이블도 불란서 식, 천장에는 등전사치(藤田嗣治)의 벽화가 더욱 불란서 맛을 내는 것 같았다. 그러나 눈이 피곤한 나에겐 좀 단조스런 벽이 바라보고 싶었다.

   아직 오전이어서 그런지 남자들보다 부녀들이 많이 들어왔다. 대개는 양장인데 자리에 앉자마자 아직 이십 전의 처녀들도 담배부터 꺼내어 척 한 대 피워 물고 나서 메뉴를 집어 드는 것이다.

표정도 꽤 과민하게 구는 것 같다. 지껄이는 말은 모두 서양말이 아니면서 영어발음 연습이나 하듯 입술들이 말끝마다 어깨를 쓱 추키며 콧소리를 낸다. K군에게 들으면 그런 것은 명칭 떼도리히형(形)의 표정이라 한다.

영화문화의 세력은 전 세계를 식민화시키며 있는 듯하다.

좀 한참 앉아서 눈을 쉬일 데가 없느냐 물으니 K군은 '러스킨 문고'라는 데로 안내해 준다.

이층 양옥관인데 아래층엔 상품으로 영국 유의 신사숙녀의 의장품 약간과 존 러스킨의 저서들이 원문과 일문 역으로 진열되었고 윗 층에는 역시 차를 파는데 구석구석이 러스킨의 면영(面影), 러스킨 식 수공문화의 편영을 볼 수 있는 수집품들이 적의(適宜)한 장소마다 놓여 있다. 영리라기보다 모 부호의 취미사업으로 런던(倫敦)에 있는 '러스킨 티 하우스'처럼 한번 해보기 위해 해보는 것이라 한다. 자리에서 창이 먼 것과 걸상마다 푹신히 묻히는 것과 고전적인 화이어 플레이스, 그리고 녹슨 램프들, 불은 켜지 않은 낮이나 그 램프 밑을 이내 일어서고 싶지 않았다.

여기서 한참 쉬어가지고 우리는 골동가로 찾아 나섰다.

조선 것을 구경하기 위해서도 동경의 골동품점들은 우리의 걸음을 급하게 하는 것이다. 서울 상인들은 부호나 친면이 있는 객 이외에는 진품은 보이지도 않을 뿐 아니라 진품이라 할 만 한 급엣 것은 서울서 구경할 새가 없이 기민한 상인들의 연락으로 동경 와 떨어지는 것이다. 그래서 사실 고려자기나 이조자기나 간에 또 목공물에 있어서도 명품을 구하려면 대가는 몇 배라 하더라도 동경에 와 구하는 것이 훨씬 빠를 것이다.

명품을 구하기 위해서가 아니라 나의 욕망은 보는 것만으로도 반 이상의 만족이 있다.

이 날 도자기로는 이렇다 할 것이 눈에 뜨이지 않았으나 추사의 현판 하나는 훌륭한 것이 있었다. 얼마냐고 물으니까 비매품이라 했다.

『조선중앙일보』, 1936.4.26

기종신서일지란(幾種新書一枝蘭)

여잔잡기 8

동경서 간행되는 책이 대체로는 경성에도 나오나 좀 급이 높다든지 혹은 한정판 같은 특수한 책은 좀 체로 구경할 수가 없다.

그래 오래간만에 동경에 `와 간다(神田)이면 마루젠(丸善) 지점이나 산세이도(三省堂)나, 긴자(銀座)면 사이국옥(紀伊國屋) 같은 호화한 서점에 처음 들어서는 맛은 몇 달 잊을 수 없는 행복이 된다.

그 달에 신간된 것은 문학 방면만도 무려 수십 종, 어제 오늘에 나온 책도 으레 몇 권씩은 꽂혀 있다. 이런 여름의 과실 점처럼 늘 신선한 서점, 경성에도 하나쯤 있었으면 해진다.

동경 책들을 볼 때마다 내용도 부럽지마는 책 그 물건의 출판술도 부럽지 않을 수 없다.

지질에서부터 인쇄 제본에까지.

조선서는 아직 비관할밖에 없다. 첫째 마음에 드는 종이를 구하기 어려울 뿐 아니라 마음에 드는 한글 활자가 없고 전문가다운 기술과 설비를 가진 제본업자도 없는 것이다. 졸저 『달밤』을 그래도 조선서는 연조(年祖)가 오랜 한도(漢圖, 한성도서)에서 출판하였고 내 딴은 잔소리 마다나 하였건만 초판서부터 재판까지 몇천 권 속에서 등이 똑바로 붙고 전두리가 제 각도대로 잘려서 나온 것은 단 한권도 골라내지 못하고 말았다.

나는 책 치장은 몸치장 이상으로 관심하고 싶은 성미다.

여기는 서점들도 대개는 진열창이 있다. 몇 권의 신간서를 내어 놓고는 꺾어 꽂은 카네이션이 아니면 춘란 한 분씩을 내어 놓았다. 상업도 이만하면 아름답다.

마침 백만회(白蠻會) 양화전(洋畵展)도 구경할 겸 그 회장을 가진 긴자의 사이국옥 서점으로 갔다. 한참 신판 서를 구경하다가 황면도인(黃眠道人) 히나쓰 고노스케(日夏耿之介)의 역(譯)인 에드가 알랜 포의 시『대아(大鴉)』한 권을 샀다. 솜과 낙엽으로 만든 듯한 거칠고도 부드러운 황지에 박은 책인데 권두에는 에두아르 마네 필(筆)인 까마귀의 철(凸)판과 동판이 들어있다. 꽤 정역(精譯)한 것인 듯 권미에 '子の作時休止期に於ける創作的嗜感を感興とする譯時すなはち之也나의 시 창작 휴지기에 있어서의 창작적 기감(?)을 감흥으로 한 번역시가 즉 이것이대'란 후기가 있다.

백만전은 반가운 전람회였다. 구우 길진섭 군이 순수한 화(畵) 생활을 하기 위하여 재도(再渡)한 지 연여(年餘)에 신인 김환기 군으로 더불어 몇 화인을 더 모아 조직한 연구단체가 이 백만회(白蠻會)요, 또 이번이 그의 처녀전이다. 대전람회가 많은 동경에서 그리 큰 뉴스는 될 리 없으나 조선화인들로 동경에서의 이만한 활동은 전무할 일이었다.

그림을 잘 모르기 때문에 충분한 감상을 전하지 못하지 것이 유감이다. 다만 길 군의 화풍이 포비즘의 경향을 다분히 갖고 선에의 관심이 새로워진 것만은 느낄 수 있었다. 김 군의 작품들도 퍽 하이칼라였다. 양군 모두 순수회화에의 이상인(理想人)들이므로 앞으로도 화풍의 많은 변화와 함께 최후의 골ー까지 돌진하리라 믿는다.

『조선중앙일보』, 1936.4.29

온실의 자연들
여잔잡기 9

웬만한 상품진열창에는 으레 꽃이 놓여 있다. 꽃집에뿐 아니라 '아오모노야(채소가게)'에 야채장수 구루마에까지 오색의 카네이션이 난만하게 실려 다닌다.

서울서면 한 송이에 2, 30전 할 것이 단 5, 6전씩이다. 생화가 많은 거리는 미인이 없어도 아름답다. 서울서 종로로부터 서대문까지 걸어가보면 장님이 아닌 사람은 누구나 그 시뻘건 상여기구와 또는 혼인식에 쓴다는 때 묻은 가화환의 진열을 보게 된다.

아침에 일찍 거리에 나가면 책보와 함께 꽃들을 가지고 학교에 가는 여학생이 많다. 병에 꽃 꽂는 것을 보고 그 학생의 성정을 평점하는 학교도 있다 하니 꽃은 인생을 교육함이 이렇든 큰 것이다.

꽃뿐 아니라 천필옥(千匹屋) 같은 데 가 보면 새로 딴 딸기와 포도와 메론이 그야말로 저자를 이루었다. 경성보다 기온의 혜택도 있겠지만 아무튼 온실재배가 꽤 발달된 모양이다.

그러나 천 송이의 카네이션보다 만 송이의 포도보다 단 한 송이 꽃이로되 명란(名蘭) 한 분(盆)을 구경하는 것은 이번 동경여행에 가장 큰 기쁨이다.

마침 춘란이 피기 시작한 때라 상해로부터 직수입하는 경화당(京華堂)을 찾아갔더니 진종기화(珍種奇花)가 수풀을 이루었는데 상좌에 도연(陶

然)히 앉은 한 분(盆)이 말만 듣던 매화판(梅花瓣)이요 순백화요 반듯한 평견(平肩)이었다. 그 얼음같이 맑고도 날카로운 향기, 이 향기를 맡지 못하고 천하의 꽃향기를 말하지 못할 것이다.

송 시대에 발견된 매형화판(梅形花瓣)이어서 송매(宋梅)라 하는 것인데 이런 명품이라는 것도 원래는 절강성(浙江省) 일원에서 야생된 것으로 몇천 몇만의 잡란 속에서 대가들이 여러 가지 감상 조건에 비추어 한 포기 골라낸 것에 불과한 것이다. 그것은 여러 십 년을 두고 길러 뿌리가 올차면 거기서 한 뿌리를 찢어내어 또 몇 배의 정성으로 길러서 꽃을 보아야 비로소 동종의 명화가 천하에 둘이 되었다고 하게 되는 것이니, 이처럼 귀한 전통을 그대로 지니어 잎과 꽃과 향기에 변함이 없음을 가위 명화라 하는 것이다. 그러므로 한 포기에 5, 6백 금 하는 것도 결국은 그것 전통, 그 전통을 몇 줌 안 되는 적은 흙 속에서 보양해 온 그 애란가의 정성을 사오는 것이니 명란의 고가인 소이(所以)는 여기 있다 할 것이다.

보고 또 보되 5, 6백 금의 부가 내 수중에 있을 리 없다. K군과 함께 몇 해 후에 난의 원 집사지인 상해로 여행하기를 언약하고 그냥 돌아오고 말았다.

군데군데 고적전(古籍展)이 있다. 백목옥(白木屋)엣 것도 가보고 송판옥(松坂屋)엣 것도 가보았다. 고적에 식견이 없는 나이라 눈만 피곤할 뿐 얻은 것은 아무것도 없었다. 다만 한 가지 새삼스럽게 느낀 것은 명치 초년 대에 '한국' 즉 우리 조선에 관한 풍속, 자연, 정치, 신앙, 자원 등 전반에 대해서 연구한 책자가 얼른 보기에도 무려 수 삼십 종에 달하는 것이다.

고서는 아니지만 진서인 『조선고적도본(朝鮮古蹟圖本)』 같은 것도 전질이 나와 있었고 중국고대 법첩도 몇 가지 나와 있었다. 아쿠타가와 류노스케(芥川龍之介)의 엽서 편지 한 장이 오 원 정가에 나와 있는 것은 이채였다.

동경도 가서 일주일 동안 더 있을 맛은 조금도 없었다.

『조선중앙일보』, 1936.5.1

피서지의 하루

바다에 나가는 길로 철봉에 매달리었다. 보는 사람이 없어 마음 놓고 턱걸이를 대여섯 번 해 보았다. 제법 틀 위에 뛰어오르지 못하고 교수대에 달린 사형수처럼 길다란 사지가 늘어졌다가만 그만두는 것을 누가 본다면 픽 웃을 것이다.

하늘도 바다와 육지처럼 반이 갈리었다 진다.

정자로 올라가니 습자(習字) 교원밖에는 안 되는 해강(海岡)의 글씨가 정면에 걸린 것과 촌접장(村接長)들의 총석찬(叢石讚)이 난잡하게 자리를 다투어 걸린 것은 적이 불쾌하였다.

정자에 앉으니 극지에서 날아온 듯한 내풍 눈도 끝없이 멀어진다. 바른 편으로 외금강의 위용이 아득히 떠오를 뿐 동북간은 막막한 물나라 동해지동경무동감(東海之東更無東感)이 불무하다.

동해의 파도는 다 이곳에 몰려드는 듯. 그러나 엄연부동(嚴然不動)하는 총석의 기착 자세 군국정신을 고취시키기 좋은 배경이다. 경치로 즐기기엔 좀 무시무시하다. 여섯 시 차에 돌아오다.

『여성』, 1936.9

문인 상호(相呼)평, 김상용의 인간과 예술[24]

金, 尙, 鎔, 얼마나 조직적인 글자들인가? 더구나 채자(採字)를 고직구로 해보라 얼마나 더 목직 목직해지는 글자들인가? 성명이란 한낱 사람의 부호일것이나 이 '金尙鎔'에 한해서만은 그 주인공의 골격과 저육(筋肉)이 그대로 느껴지는, 일종 초상이다. 더구나 이 성명 3자가 철철이

'계절과 등산에 대하야'

'가을은 등산의 씨―슨'

혹은

'산악미에 대하야'

이러한 산악 제목 밑에 떡 버티고 나서는 것은, 만장봉 밑에 밧줄을 둘러메고 섰는 金尙鎔, 그 주인공의 사진을 보는 것 같은 실감이 나는 것이다.

다행히 이 명실 공히 조선의 '몬부랑의 왕자'에게도 월파(月坡)라는, 영어로 성별을 한다면 'SHE' 편에 속할 매우 보드라운 아호가 있다.

나는 월파의 과작(寡作)인 것도, 대부분을 읽지 못한 셈이다. 『신생』과 『시원(詩苑)』과 『시와 소설』에서 몇 편의 시를 읽었다. 동아지에서 무하선생(無何先生), 중앙지에서 루바이얄 번역을 띄엄띄엄 읽은 데

---

24 새로 발굴.

불과하다.

　그런데다 시과(詩科)는 내가 집필하고 나설 데가 못된다. 다만 단순한 인상만이라도 말할 수 있다면 월파의 시는 월파의 옥사(獄舍)가 아닌가 느끼었다. 페르시아의 이태백인 오마카얌을 좋아하는 분의 시로는 너머나 초점만을 향해 졸아드는 것 같았고 더욱 무하선생을 쓰는 분으로는, 여러 편이로되 시가 여기(餘技)요. 한 편이로되 산문이 본업이 아닐까 느낀 것이다. 과연 뒷날에 인간 월파와 조석으로 만나게 되여 그의 와이샤쓰 밑에 저육이 어떻게 발달된 것까지도 알게 된 오늘의 나는, 단연코, 월파는 산문인이요, 운문인은 아니란 것을 주장하려 한다. 생활하는 일파(日坡)로서의 발산하는 모든 것, 그것은 산문적인 것이 훨씬 우세인 것이다. 다만 그 동안에 운문에서 답보만 한 붓이 당분간 풍속을 고치기 어려울 것뿐이다.

　누구는 말하기를, 미인을 볼 때의 심사를 한 마디로 말한다면, 슬프고 쓸쓸한 것이라 하였다.

　나는 시인이란 미인과 같은 것이라야 할 줄 안다보면 그야말로 슬프고 쓸쓸해야 할 것이다. 우리 월파는 슬프기에는 너머 통이 크고, 쓸쓸하기에는 너머 지륵(脂肋)이 두껍다. 대산문가의 풍골일지언정, 소시공(小詩工)의 옥수(玉手)는 아니다. 정열은 많되, 작품은 적은 것은 공장설비에 맞지 않는 생산을 하는 때문이었을 것이다.

　아직까지의 월파는 확실히 인간과 작품이 동반이 아니였었다.

『삼천리문학』 제2집, 1938. 4

제가(諸家)의 서문초(序文抄)[25]
박태원 저『소설가 구보 씨의 일일』에

때마침 가을, 활자향기 새로워가는 독서하기 좋은 철이다. 불 밝은 책상머리에 이제 우리의 장거리선수 구보의 작품들이 일권서(一卷書)로 성책(成册)이 되어 놓이는 것은 얼마나 이 가을의 즐거운 과실인가!

나는 구보의 작품들처럼 읽기에 즐거운 것은 없었다. 그는 너무나 나와 다름이 뚜렷함에 즐거웠고, 그는 시대니, 민중이니 내세우기 전에 저부터가 즐거워서 쓴 것이 즐거웠고, 일견 농조인가 싶으나 그것은 문학을 단순히 보는 생각, 오히려 구보만한 진실 일로의 작품도 다른 작가에게서 보기 드무니 즐거웠다.

더구나 그는 늘 자기 자신이 주인공들의 인정세태에 대하는 감각이 구보 자신의 것들로 그 교양맛과 세련된 품이 모두 우리 지식인들에겐 구보 그를 만남과 다름없이 구수한 사귐성에 묻히고 말게 하는 것이다.

더구나 구보는 누구보다도 선각한 스타일리스트다. 그의 독특한 끈기 있는 치렁치렁한 장거리문장, 심리고 사건이고 무어던 한번 이 문

---

25 새로 발굴.

장에 걸리기만 하면 일사를 가리지 못하고 적나라하게 노출이 된다. 이 땅에서 예술에 살려는 부질없음, 그러나 운명임에 슬픔, 창백한 지식 유령군의 혼담, 가히 웃고, 가히 슬프고, 가히 저두침사(低頭沈思)케 하는 우리 자신들의 진열이 작품마다 전개되는 것이다.

더구나 문체의 완성에는 경의를 표하고도 남는다. 『소설가 구보 씨의 일일』이 발표된 후에 장거리문장이 얼마나 널리 유행하며 있는가는 예를 들기까지 구구하지 않아, 구보의 문장은 이제 온전히 조선문장의 한 문체로 존재하는 것이다.

이렇듯 내용으로, 문체로 독자적인 것이 너무나 뚜렷한 이 창작집 『소설가 구보 씨의 일일』은 훌륭히 조선문학의 새 봉우리로 올려 솟는다. 새로 발견된 우리 문학 금강의 한 봉우리요 한 골짜기라 하겠다. 문학을 높이 즐기는 강호 숙인군자는 수의로 이 신(新)금강으로 오르고 나리는 행복을 누리시라.

소화 무인 중구(重九) 선(先) 수일(數日)

『삼천리』 제12권 제7호, 1940.7

『동아』, 『조선』 양(兩) 신문에 소설 연재하던 회상[26]
「청춘무성(靑春茂盛)」과 「화관(花冠)」, 중단되기 양차(兩次)였다

『중앙일보』가 끝까지 있었다면 나는 『동아』와 『조선』에는 장편을 못 실어 보았을 런지도 모른다. 나의 첫 신문소설인 「제2의 운명」이 『중앙일보』에 끝나기 전에 『중앙』에 사원이 되었고, 「제2의 운명」이 끝나자 한 10여 일을 쉬어서는 곧 「불멸의 함성」을 썼다. 그 뒤를 이어 「성모」, 그리고는 동사의 객원으로 소설만 써대기로 하였다. 소설만 써대는 직분으로 「황진이」를 쓰는데 거의 끝날 무렵에 『중앙일보』가 정간이 된 것이다. 그 정간이 아주 폐간이 되자 그제야 나는 다른 신문들의 소설 주문에 응할 수가 있었다.

다른 신문에 처음 붓을 든 것이 『조선일보』에 「화관」이다.

「화관」 때 기분이 좀 새로웠던 것은 지면과 삽화다. 그전 소설들은 삽화가 나빴다는 것이 아니라 「제2의 운명」 「불멸의 함성」 「성모」 줄곧 심산(心汕)한 분 것뿐이다가 딴 그림과 섞여오는 맛이 좋았고, 신문지면도 활자, 잉크, 편집, 다 『조선일보』가 월등히 나았다.

---

26 새로 발굴.

인제 다 옛날이야기니 생각나는 대로 이야기하자. 사실『조선』에「화관」을 쓰기 전에 먼저 소설 주문을 받기는『동아』에서다. 서항석씨와 이무영 씨가『동아』에 있을 때다. 무영이 "다른 장편 하나가 있긴 허나 그건 나중으로 밀 테니 빨리 하나 시작해 주시오" 하였다. 나도 그러마 하였는데 바루 그 이튿날『조선』에서 달려와 사정이었다. 사정이란, 춘원이「공민왕」을 쓰다가 수감이 된지 40여 일인데 아직 나올 날이 막연하니 더 기다릴 수는 없고, 인제 갑자기 써내라고 조를 데가 달리 없으니 내일로 곧 '예고'를 달라는 것이다. 사정인즉『동아』에는 다른 장편이 하나 있고,『조선』에는「공민왕」이 첫머리에서 그렇게 됐으니『조선』이 더 딱하다. 또 내가 더 끌리기도『조선』에였다.『동아』에는 심산이 입사했을 때다.『중앙』에서 세 장편을 내려 씨름을 한 심산이 또 걸리는 것이다. (호인심산(好仁心汕)이여 대소(大笑)하라.) 다른 삽화 맛에『조선』에 끌린 것도 사실이다. 그래「공민왕」사정을『동아』서항석 씨에게로 편지를 띄고,『조선일보』에「화관」예고를 내인 것이다. 그랬더니『동아』에서는 동업자의 사정은 문제가 아니라 나를 불신한 자로 여겨 시시비비가 많았다 한다. 신문사끼리 얼마쯤 대립, 경쟁은 나도 짐작하지만,『동아』와『조선』이 그처럼 혈안이었음은 나는 그제야 처음 놀랐다. 작당 편파에 망했다고 밤낮 붓으로는 떠들던 그 지도자들이 다시 당(黨)으로, 파(派)로 몰려서 소곤소곤, 오글오글하던 것은, 차라리 지금 와선, 우리 자신을 깊이 반성하는 반동으로 시원스럽기도 한 것이다.

재작년 겨울이다.『동아』의 사회부장 임병철 씨가 찾아왔다. "『동아』에서 이 형에게 섭섭히 생각하는 것을 서로 풀어버리는 길은 장편을 하나 써주는 것밖에 없다" 하였다. 나는 그때 '문장'사 초창기요, 「문장강화」를 쓰던 때라 도저히, 틈이 없었다. 그러나 서로 오해를 풀자는 데는 동의할 수밖에 없었다. 그래 할 수 없이 성북동까지 조석으로 드나들면서는 더욱 시간이 없음으로 한 50회까지 나갈 때까지는 시내에 여관을 정하고 있었다. 그때 된 것이 「딸 삼형제」다.

김기림 씨가 선대(仙臺)서 나와 『조선』의 학예면 담당이 되며 첫인사가 장편 하나 준비해달라는 것이다. 명실공히 '장편장'이 되었다. "인제 신문소설은 안 쓰겠소" 하고 뻣대었으나 몇 달 쉬이면 또 붓이 근지러워지는 것도 사실이다. 이번에 신문은 끝났는데 소설은 끝나지 못하고 만 게, 곧 「청춘무성」이다. 『중앙』에서 「황진이」 때와 함께 두 번째다.

독자들은 「청춘무성」을 언제 책으로 내느냐, 은심이와 득주와 원치원이가 어떻게들 되느냐 궁금해서들 물으나 나 역 답답한 채 아직 붓을 내던진 채다. 날마다 써대일 때는 아침에 일어나면 어떻게든 한 회치씩은 얽어지든 것이, 요즘은 붓을 잡으면 이럭저럭 몇 줄 써보던 것을 찢어버리기만 몇 번 하였다. 그러나 박문서관에서 벌써 전반은 인쇄 중이라 9월 중에는 어떻든 먼저 써놓아야 책이 될 것이다.

『동아』, 『조선』, 인제는 다 없어졌다. 식자공들은 활자나 만지지 않는다. 붓과 종이를 그대로 만지는 우리는 문득 문득 원고 졸리던 생각이 아쉽게 나곤 한다.

『삼천리』 제12권 제9호, 1940.10

문호의 대표작과 그 인격[27]

체호프의 「오렝카」

'안톤·파블로비치·체호프'는 1860년에 낳아서 45세 되는 해인 1904년에 돌아갔다. 지금까지 살았다 치더라도 80세에 불과한 가장 근대적작가이다.

여기 소개하려는 작품은 그의 중년 작의 하나인데 영역으로는 "Darling"으로 세계문학전집 중 『로서아삼인집』에는 「可愛い女―귀여운 여인」으로 번역된 조고만 단편이다.

문호 체호프를 엿보기에는 너무나 소품이나, 그러나 체호프적 향기와 애수를 가장 짙게 풍기여서 세계 고급 독자들에게는 일찍부터 '딸링' 노릇을 해오는 작품이다.

히로인의 이름은 '오렝카.' 오렝카는 교외에 낡은 집을 한 채 가졌을 뿐, 고독한 처녀였다. 저이 집에 세 들어 있는 '쿠―킨'이란 노천극장의지배인, 그는 장마를 만나 날마다 하늘을 쳐다보고 원망이다.

"이런 정칠 비 또 오네! 날 어쩌나 보려구 이눔의 날이 날마다 이 천승을 부리지 않어! 하루 얼마씩 손핸지 알어? 비러 먹을, 내 목아질 졸라라. 이눔의 장마야!"

---

27 새로 발굴.

마음 착한 집주인 '오렝카'는 이 세 들어 있는 청년의 걱정을 자기 걱정처럼 같이 해주다가 그만 그 청년과 사랑까지 같이 하게 되었다. 외롭고 한가하던 '오렝카'는 노천극장 경영주의 아내로 즐겁고 바쁘게 되었다. 둘이는 사랑하고, 둘이는 사업에 열렬했다. '오렝카'는 연극이란 이렇게 인류를 위해 큰 사업인 줄 처음 깨달았다. 아는 사람을 만날 때마다 그들을 붙들고 '연극이란 인생에 가장 중요한 것으로, 극을 통해서만 진정한 희열을 누릴 수 있고, 최고의 교양을 받을 수 있는 거라'고 역설했다. 관중들이 저속한 연극이라야 좋아하고, 원작이 고상한 것은 몰라주는 것을 남편과 함께 탄식하고, 남편과 함께 배우들을 위로해 주고, 그리고 좋은 연극을 위해 사는 자기들의 생활을 신성하게 여겼고, 그럴수록 극장 경영인과 만난 것을 천행으로 알았고, 그럴수록 그날그날은 행복스러웠다.

그러나 1년 남짓해, '오렝카'는 지방 순회를 나간 자기네 극단에게서 남편 '쿠―킨'이 돌연히 별세하였다는 전보를 받게 되는 것이다. '오렝카'가 거짓말 같은 전보를 받고 가서 정말 남편의 장례식을 치르고 오고 말았다.

석 달 뒤, 어느 하로다. 검은 상복에 쌓여 교회에 갔다 오다가 이웃에서 재목상을 하는 '뿌스토와로'라는 신사에게 위로인사를 받는다.

"모든 게 운명입니다. 그런 훌륭한 사람이 가는 것도 다 하나님의 뜻인 겁니다. 우리는 오직 순종할 수밖에 없는 노릇입니다."

'오렝카'는 종일 이 신사가 위로해 준 말과, 그 말을 정중하게 지껄이던 입의 검은 수염이 작고 눈에 밟히었다. 그 신사도 이내 매파를 보내어 청혼하였다. 이리하여 '오렝카'는 다시 재목상의 안해로 새 일월을 맞이하는 것이다.

알고 보니, 재목이란 것도 인생에게 중요한 것이었다. '부스트와로'를 사랑하면 사랑할수록 재목상 그 일에 애착이 커갔다. '오렝카' 자신이 수십 년 채 해온 장사처럼,

"인제 보슈. 재목값은 해마다 오를테니! 이 근처야 어디 산판이 있나요. 우리 집선 저어 모키레후 현까지 가 사오니까 있지! 그리게 그 태까가 얼마나 비싸게 먹는지 아세요? 태까!"

이렇게 고객들에게 입심을 부렸다. 그리고 밤이면, 산처럼 높이 쌓인 재목더미와, 재목을 실고 어딘지 멀ー리 사라져 가는 마차의 긴 행렬을, 무슨 신화 속의 광경처럼 아름답게 꿈꾸기도 하였다. 그리다가 어떤 때는 삼림 그대로처럼 까마득하게 쟁여 세운 재목이 쓰러지는 바람에 소리를 지르고 자리에서 뛰어 일어나기도 하였다. 그러면 남편은 꼭 안어주고, 무슨 무서운 꿈을 꾸었느냐 하며 기도를 올리라고 하였다.

남편은 가끔 모키레후 현으로 재목을 사러 갔다. 그런 때면 '오렝카'는 집에 세 들어 있는 '스밀링'이라는 군대소속 수의와 함께 늦도록 차를 마시며 이야기 벗을 할 수가 있었다. 이 수의는 아들까지 하나 있는 아내를 행실이 부정타하여 헤어져 가지고 독신으로 지내는 것이었다. '오렝카'는 늘 이 수의더러, 무엇보다 아이를 생각해서 아내를 용서해주고 다시 가정을 이루라 권해 왔다. 그리고 자기내외에게도 어서 아이가 태이기를 바랐다. 그러나 6년이 되도록 아직 아이는 없고, 다만 부처 간 금슬만은 더욱 도타워 갈 뿐인데, 그만 남편이 우연한 감기가 빌미가 되어 그만 죽게까지 중해지고 만다. '오렝카'는 두 번째 과부가 된 것이다.

'오렝카'는 다시 긴 상장을 붙이고 꽃 달린 모자도 눈빛 같은 장갑도 다 집어 내던졌다. 다만 교회와 남편의 산소에나 나갈 뿐 아모 데도 나갈 일이 없어지고 말았다. 가끔 한 집에 있는 수의 '스밀링'과 차나 같이 마시고, 이야기의 벗이 될 뿐인데 날이 갈수록 수의와의 상대가 '가끔'이 아니라 '자주'가 되어버렸다. 어느새 '오렝카'는 수의 그것에 대한 열렬한 흥미를 갖게 되었다. 아는 사람을 만나는 대로,

"우리 동넨 가축들 검사에 너머나 무관심들이야! 큰일들 났어! 여러 가지 류행병 원인인줄들은 모르구…… 우유에서 전염병이 오구, 말이나 소한테서 병이 사람헌테 옮는 줄 모두 몰르나바!"

하고 수의의 존재가 인간사회에 얼마나 존엄하다는 것을 역설하기 시작하였다. '오렝카'는 무엇에게고 애착이 생겨서 그 자신이 열해지지 않고는 살 수 없는 성질이었다. 수의는 자기에게 아이까지 있는 처가 있으므로 '오렝카'와 동서생활을 되도록 남모르게 해나가려 했으나 '오렝카'의 그런 애착벽은 이내 동네 사람들이 눈치 채게 되고 말았다. 수의는 '오렝카'를 나무랐다.

"저 모르는 건 얘기허지 말라구 밤낮 일러두! 우리 수의들끼리 얘기 허는 데두 당신 뭘 안 다구 나서우? 참 질책이야!"

그러면 '오렝카'는 그만 놀람과 낙담하는 눈으로 수의를 물끄러미 쳐다보다가 얼굴빛이 달러지면서 이렇게 애원하듯 묻는 것이다.

"그럼, 난 무슨 얘길 해야 좋아요?"

그리고 눈물이 글썽글썽해 그에게 매달리고, 성내지 말아달라고 애원하는 것이다. 이리하여 그들은 고요히 행복스러움을 계속한다.

그러나 이 행복도 길이 계속은 못된다. 수의는 가버리는 것이다. 그

의 소속된 연대가 멀리 — 아마, 시베리아에 — 이동되는 데 따라 영구히 가버린 것이다. '오렝카'는 오직 혼자 남게 되어 버린다.

워낙 '오렝카'는 혈혈단신이었다. 그의 아버지마저 훨씬 예전에 돌아가셨다. 아버지가 쓰시던 팔바치 있는 의자는 다리 하나가 빠져, 먼지 투성이가 되어 광속에 던져져 있다. '오렝카'는 작고 파리해 갔다. 점점 볼 상이 숭해 갔다. 사람들은 '오렝카'를 만나도, 인제는 한참씩 보지도 않거니와 웃음도 주지 않는다. 분명히 이 여자의 성년기는 이미 지나가 버린 것으로, 아직껏 뜻하지도 않았던 어떤 새 생애가 시작되는 것이었다. 밤이 되면 뒷 복도에 앉아서 멀—리 노천극장에서 울려오는 군악소리와, 연화 터지는 소리를 듣는다. 그러나 인제는 아무런 감정도 일어나지 않는다. 아모 흥미도 없고, 아모 생각도 없고, 아모 희망도 없이 다만 망연히 뒤뜰 안을 내다 볼 뿐이다. 그리다 밤이 깊은 듯하면, 그만 침상으로 가서, 아무도 없는 비인 정원이나 꿈에 볼 뿐이다. 무얼 먹는 것, 마시는 것, 모다 싫증이 난 것뿐이다.

그중에도 제일 딱한 것은 무엇에 대해서나 아무런 의견도 가질 수 없게 된 점이다. 무어든 눈에 띠는 것은 보기는 본다. 무엇인지 알기도 한다. 그러나 그것에 관해서 무슨 의견이나 주장은 도모지 세울 수가 없다. 그러니까 다만 볼 뿐 아무 말도 내여 볼 필요가 없어진다. 무엇을 보나 아무 의견도 나지 않는다는 것, 얼마나 딱한 노릇인가! 이를테면, 병 하나를 본다던지, 비오는 것을 본다던지, 마차를 끌고 가는 농군을 본다던지 해도 유리병은 뭣 때문에 있는가? 비는? 농군은? 모다 무슨 의미가 있는 것인지 설명을 못하는 것이다. 누가 1,000루불을 준다 하여도 설명을 못할 것이다. '쿠—킨'과 또 '뿌스트와로'와 또는 수의와 같이 살 때는, '오렝카'는 무엇이나 설명해 낼 수가 있었다. 무엇에나 자기의견을 붙일 수가 있었다. 그러나 지금은 이 여자는 머리도 영혼도, 벌써, 아무 것도 없는 뒤뜰 안과 마찬가지 공허, 그 뿐이었다. 그리고 이런 사실은 치렬한 치통과 마찬가지의 아프고 신산한 것이었다.

　도시는 차츰 교외로 발전이 되어 나왔다. 좁고 좁던 길은 넓고 곧은 길이 되었다. 그래 노천극장이 있던 데와 재목 쌓아두던 데는 새로 상점 집들이 즐비하게 들어서고 네거리가 생기고 하였다. 시세란, 이런 데선 얼마나 눈에 보이게 빠른 것인가! '오렝카'의 집만이 두드러지게 빛이 낡고 한쪽으로 솔리고, 정원에는 잡초가 길길이 무성했다. '오렝카' 자신이 이미 늙었다. 여름이 되면 그는 뒤 복도에 앉았다. 그의 마음 역시 공허와 음울과 슬픔으로 찼다. 겨울이면 창 앞으로 와 눈을 내다 보았다. 봄이 되어 흙내를 느끼거나, 어쩌다 교회에서 울려오는 종소리를 듣는다던지 하면, 지나가버린 기억들이 불시에 올려 솟아 애틋한 마음 아픔을 느끼었다. 눈물이 흐르기도 하였다. 그러나 그것도 잠시일 뿐, 이내 다시 공허가 찾아오는 것이었다. 왜 사는지 모르는 막연히 계속 될 뿐이다. 새까만 새끼 괭이 '볼리스카'가 늘 '오렝카'의 곁을 따르고, 몸을 와 비비고, 목을 살랑거리고 하였다. 그러나 '오렝카'는 이 조고만, 귀여운 가축의 따름에도 아무런 감정도 일어나지 않았다. 그가 요구하는 것이 있다면 이런 것일 리는 없었다. 그의 전 존재를, 영혼을, 이성을, 뒤흔들어 놓을 만한 '사랑'을 요구하는 것이었다. '오렝카'에게 사상을 주고, 생활의 이상을 주고, 그의 식어버린 피를 다시 데워줄 수 있는, '사랑'을 요구하는 것이었다. 그러므로 '오렝카'는 가끔 치마폭에 매달리는 고양이를 밀쳐 버리며 이렇게 중얼거리는 것이었다.

"저리가, 귀찮데두!"

앞으로 오는 날들, 오는 해들, 모다, 이런 그날그날들이요, 그해 그해들이다. 아무런 즐거움도, 아무런 생각도 없는.

이런 몇 해가, 지난 후, 어느 여름날 석양이다. 의외로, 참말 의외로, 그 수의, 사별은 아니었던 때문이었든지, 그가 나타난 것이다.

"오, 당신이! 아니 어떻게 오섯세요?"

'오렝카'는 후둘후둘 떨면서 숨차게 말했다.

"나, 아주 살러. 연대는 인전 고만두고, 좀 나대루 살어볼려구…… 아이 학교두 인전 고등과에 입학시켜야 되겠구 해서…… 안해허군 화헬했지."

"그럼 부인은 어디 게세요?"

"아이 데리구 요 앞 여관에. 난 지금 셋방을 얻으려구 나선 길에."

"어쩜! 어쩜! 당신두! 왜 우리 집으루 오시잖구! 우리 집은 맘에 안드러요? 네? 방센 안 받을게요……" 하고 '오렝카'는 울어버렸다.

"이리 와서들 사세요. 네? 난 당신이 와 주시는 것만 해두 고마워요! 네? 난 그것만으로도 얼마나 질거울가요!"

수의네 세 식구는 정말 '오렝카'네 집으로 왔다. '오렝카'는 수의의 아내, 그들의 아들, 다 친절히 맞는다. 친절히 그날그날, 그들의 살림까지 보살펴 준다. 그런데 수의는 인젠 아내도, '오렝카'도 다 늙어버렸기 때문인지 밤낮 나가 술이나 먹고 밤이면 들어오지 않는 날도 많다. 그것을 빙자도 그의 아내는 이내 친정으로 다시 가버리고 아이만 학교에 다니니까 그냥 남아 있다. 어미는 친정으로 가버리고, 아비는 워낙 돌보지 않는 아들을 '오렝카'가 제 자식처럼 뒤치개질을 한다. 학교에서 올 때쯤 되면 미리 가 기다리고 있다가 데리고 온다. 공부하는 것을 옆에 가 들여다본다. 자는 것도 어루만져 까지 본다. 동네사람을 만나면,

"원, 요즘 고등학곤 안 배는 게 없어! 아이가 그만 공부에 시달려 어찌 축이 가는지!"

하고 아이에게 전념이 된다. 그리고 저녁마다 그 아이 어미가 아이 찾으러 오는 꿈을 꾸고는 깜작 놀라 뛰어 일어나군 한다. 꿈인 것을 다행하게 생각하면서 가만히 아이 자는 방을 엿보고 아이가 편히 자는 숨소리이면 그제야 마음을 놓고 자기 자리로 돌아오는 것이었다.

『삼천리』 제12권 제10호, 1940.12

감상[28]

　나의 책 읽던 즐거운 추억은 아모래도 동경시절로 날아 가군 한다. 사흘 나흘씩 세수도 않고, 봄비 뿌리는 '아마도'는 굼게 담은 채, '단넨도꼬' 속에서 보던 투르게네프의 장편들, 11월 말까지 가을인 무장야(武藏野)의 무발머리 길들, 참나무 숲의 '호소미찌'들, 거기를 거닐며 읽던 체호프의 단편들, 빠사로프와 함께 흥분하던 「허무」, 오텡카, 리―도치카, 그리고 카―챠와 더불어 머금던 애수의 눈물들, 어느 음악, 어느 미술, 어느 시에서 이처럼 인생을 눈물에 사무쳐 감동하였으랴! 지금 생각하면 나의 문학적 청춘시절이었고 나의 '독서의 운문시대'였었다.

　투르게네프의 것은 아직 재독한 것이 없다. 체호프의 것으로 단편인 것은 최근에 몇 가지 재독해 보았다. 나는 재독하는 작품마다에서 놀랐다. 전에 읽고 가졌던 그 작품에의 지식이란 하나도 믿을만한, 온전한 것이 못됨에서였다. 여주인공의 행동만 기억이 되던 「정조」에서 작자의 어느 작품에서보다 무르녹은 기술이 이번에야 눈에 띠었고, 「우울한 이야기」에서 젊은 카―챠의 심경이 니코라이 노교수보다 차라리 심각한 인생에의 절망이였던 것은 이번에야 비로소 맛볼 수 있었다.

28　새로 발굴.

한 예술품을 감상해 내는 힘도 체력이 아니라 심력(心力)인 이상, 일생을 두고 자랄 것이다. 「파우스트」 같은 것은 50 이후에 읽으란 말도 있거니와, 모든 산문의 산문다운 면목이란, 독자 그 자신이 인생으로 먼저 산문에 이르기를 기다려서 보이는 듯하다. 맛보기만도 그러하니 산문을 훌륭히 쓴다는 노릇이야 얼마나 벅찬 인생정치리오!

나는 요즘에 이르러서 남의 작품에 다소 터득이 생긴다. '불혹'이란 이처럼 연조(年祖)를 필요하는 것인가! 오! 나로 하여금 이로부터 문학의 진미를 향악시킬, 나의 거룩한 '독서산문시대'여!

감상난(鑑賞難)이란 문학에서 만도 아니다. 나는 「화단」이란 글에서, 나무를 가새로 자르며 철사로 동이며 사랑하는 정원주에게 강렬한 자유주의적 의분을 토한 적이 있다. 요즘만 같아도 나는 그런 말을 과감히 써내지 못할 것 같다. 재작년 겨울이다. 매화를 사러 어느 화원에 갔다가, 마침 매화 등분시키는 것을 구경하였다. 반백이나 된, 허리 굽은 '우에끼야상'은 온실 속에 들어앉아 조그만 조물주노릇을 하고 있었다. 먼저 ○목(木)을 이발을 시키듯 다듬고, 그 나무에 맞을 발딱한 분을 고르고, 나무 면과 분면을 맞추고, 보토(補土)를 하고, 그루 가까이를 비스듬히 언덕을 짓고 거기 바위를 하나 놓고, 그 바위 밑에 복수초를 심고, 복수초 피는 언덕 밑에는 얼마 안 가면 냇물이라는 듯이 새하얀 모새를 깔고 그리고 빙그레 웃는…… 물론 속취임엔 틀림없었다. 그러나 늙은 '우에끼야상'의 그 골독한 애무와 그 재주하나 밖엔 없는 자신에는, 좀 더 높이 평가해 주는 것이나, 또 그의 손으로 담겨지는 그런 한 그릇 앙당한 자연 우에도 사랑하는 시선을 보내는 것이 과히 관대의 남용일리는 없을 것 같이 느껴지는 것 이었다. 며칠 전에도 어느 친구가 수선을 사다 ○형(形)을 만드는 것을 구경하였다. 날카로운 칼끝으로 소녀의 정맥 같은 꽃 순은 다칠 세 손을 떨어가며 흰 살 쪽만 저며 내는 모양은, 그는 수선에게 잔혹한 사람이 아니라 누구보다도 수선을 살뜰히 사랑하는 사람이었다. 자연에의 가공이라기보다는 차라리 애호요 그렇게 하는 그 동안도 훌륭한 자연에의 완상이었다. 조물주는 결코 이들에게 분노하지 않을 것이다. 차라리 미소하리라.

서화, 고기도 감상 중에 어려운 것의 하나다. 서양화가 좋더니 차츰 동양화가 좋아진다. 채색보다 수묵에 더 애착이 간다. 낙관(落款)도 무관심한 것에 오히려 흥미가 있다. 같은 완서(阮書)도 작년 눈으로 보던 맛과 금년 눈으로 보는 맛이 다시 다르다. 한때는 무리를 해 입수한 그릇이 벽장 속에 감춰두기 조차 싫어진다.

자연이여 어찌하여 우리에게 나면서부터 완전한 눈을 주지 않았는가? 그러나 자연은 우리에게 이렇게 대답할 지도 모른다.

'너이에게 낳며서부터 완전한 눈을 주지 않은 것은 아니다. 너이들의 잡념무욕(雜念雜慾)으로 말미암아 그 눈을 흐렷뜨린 때문이리라.'

『삼천리』 제13권 제12호, 1941.12

연재 장편과 작가, 두 연재물에 대하여[29]

　신년호들부터 『신시대』에 「별은 창(窓)마다」, 『조광』에 「행복(幸福)에의 흰 손들」을 싣기 시작하였다. 오늘 마침 그 5월호 분들을 보내고 났는데 이 두 연재물에 관해 무슨 말을 쓰라는 부탁이 왔다. 그 의도하고 나가는 바를 한 번 설명해 보는 것은, 쓰는 내 자신에게 우선 요령과 신념을 굳게 함이 될지 몰라 붓을 잡는다.

　그러나 이로운 일은 흔히는 하기 싫은 일이었다. 같은 글에도 한사코 쓰기 싫은 글이 몇 가지 있으니, 그중에도 첫째 되는 것이, 자기 작품의 경개류(梗槪類)의 글인 것이다. 남들은 어떤지 모르나 나는 그렇다. 편집자마다 경개(梗槪)를 작자에게 청하나 나는 안 쓰는 주의라기보다 정말 쓰기 싫어서 흔히는 뭉때리고 만다. 이것은 경개보다도 좀 쉬울 듯하나 벌써 머리가 긁힌다.

　일전에 어느 여시인이 「별은 창마다」를 "남 시제로 썼음 좋을걸!" 하였다. 아닌 게 아니라 제를 이렇게 붙였음은, 이 소설에는 '시'를 흠뻑 넣어보고 싶어서였다.

29　새로 발굴.

현실은 반듯이 현실로만 살아야 하는가? 꿈은 현실을 빚을 수 없는 것인가? 꽃이 아무리 깨끗하고 고운들, 인간의 순진무구한 처녀를 당하랴! 처녀는 꽃의 장식이 아니 되나, 꽃은 처녀를 위해 꺾이고 묶임이 되지 않는가? 그런 훌륭한, 거룩한 처녀들, 청년들, 그네들이 너머나 헐하게, '환경이 그런걸!' '이게 현실인걸!' '인생이란 그저 이런 거지!' 하고 하로 아침으로, 현실이 주는 기성복에 만족해버리는 것은, 그런 여성들이 너무나 거의 전부인 시대인 것이, 나는 가끔 우울하고 걱정스럽기도 했다. 사랑이란 일종 정사로 타락하며 있다. 결혼이란 일종 취직으로 수단화하며 있다. 하늘을 보나, 꽃을 보나, 이성을 보나 신(神)도 시(詩)도 느끼지 못한다. 그런 것을 느낄 줄 아는 것은 허턱 감상이라 비웃고, 그런 것을 헌신짝처럼 여김을 지성인체 자존한다.

이런 풍조 속에 올연히 높이 앉아 자연과 인생과 이성에의 신과 시를 지켜 나가는, 한 향기로운 여성을 그려, 모─든 젊은이들의 인생의 향기 주머니」를 좀 툭 터뜨려 주고 싶은 것이다.

「행복에의 흰 손들」 거추장스러운 제목이나, 내 크고 험하고 붉은 손은, 진심을 열어 동정해주며, 격려해주며, 의논성스럽게 한 번씩 잡어주고 싶은 손들이다.

행복은 사람마다 구한다. 그러나 혼령기의 여성처럼 목마르랴! 딱한 사정도 사람마다 있다. 그러나 젊은 여인의 것처럼 미묘하랴! 더구나 여성도 가정만이 그들의 소재지일 수는 없는 시대이다. 그들의 행복권은 날로 넓어가며 있는 것이다. 재봉시간에 지은 수놓은 에이프런을 입고 신랑을 위해 아침 채단을 구상하는데도 여성의 행복은 있지만, 노트는 덮어 버린 채 대(大)현실에 직면해서 민중을 위해 어떤 임무와 어떤 무대의 히로인이 되는데도 현대여성의 당당한 행복의 깃발은 펄럭이는 것이다. 여성행로는 방사선으로 퍼지며 있다. 이 무수한 방사선속에서 내가 흥미를 가진 세 여성의 선로를 취해 나가는 것이 역시 이 소설의 나아갈 선로인 것이다.

『대동아』 제14권 제5호, 1942.7

의무진기(意無盡記)[30]

겨우내 가물더니 설을 쇠고 나서야 눈이 곳 잘 나린다.

글 지을 때처럼 시간이 빠르랴. 역사소설이 나딘 자리니 역시 역사물이 좋겠다하여 청정대인(靑汀大仁)의 사화(史畵)에서 힌트를 받은 것만으로 우선 『왕자호동(王子好童)』으로 예고부터 내였고, 워낙 굼뜬 붓인데다 사기가 영성(零星) 삼국시대, 그중에도 되도록 소박하게 써야 할 고구려의 초기라, 소박하게 쓰기는 화려하게 쓰기보다 차라리 힘들어 일회분만 얽으랴도 잘 나가야 두 시간, 오늘 같은 날은, 저녁상에서 눌러앉은 것이 어제 일회 분량의 반이나 나갔을가 말었을가 한데 시간은 벌써 열 시가 되었다. 더구나 창에 눈 뿌리는 소리와 화로에서 물 끓는 소리가 슬그머니 딴 정취를 깨닫게 하여 붓은 점점 헷갈리어 나가지 않는다. 드디어 일회 분을 채우지 못한 채 밀어 던지고 말았다. 단 일회 분이라도 끝을 맺어 덥는 때처럼 시원한 때는 없다. 그 반대로 일회분이나마 마치지 못한 채 밀어 던질 때처럼 찜찜한 때는 없다. 그렇기로 일 년에 한 두 저녁 있을 지 말지 한 이런 눈 뿌리는 소리 좋은 밤을 그 지긋지긋한 업필(業筆)로 씨름하기에 놓쳐버리고 싶지는 않다. 그 닥 취미도 아닌 것, 그다 예술적 감흥에서도 아닌 붓을 나는 업필(業筆)이라 불러본다.

---

30 김재영 발굴. 『상허학보』 13, 2004 소개.

좋은 차(茶)는 갖추지 못하였으나마 부글부글 물 끓는 소리, 시럭시럭 산창(山窓)에 눈 뿌리는 소리, 어느 금석궁상(金石宮商)의 소리가 이처럼 그윽하랴 싶다. 기다리던 수선(水仙)이 한 두 송이 피였고, 시든 모과 접시에서도 향기가 인다. 지벽(地僻)한데서 어찌 원방(遠方) 옛 친구야 기다리오만은 한 동갑인 근원(近園)이나 인곡(仁谷)쯤 쿵쿵 눈을 떨며 찾아든들 어떠리. 하기는 그네들 역(亦) 이 밤을 그분들 창에 청설(聽雪)하면서 남 오기만 기다리고 앉았을런지도 모를 일이였다.

다정(多情)을 병으로 밀운 것은 옛 시인의 노래려니와, 다정이란 다덕(多德)한 이의 뜻같이라 어찌 조시(朝市)의 사(士)로 바라리오만은, 때로는 고요한 밤저녁을 고요히 보내지 못하고 잊어도 좋을 것으로 마음을 번거로히 하는 적이 없지는 못하다. 이런 밤도 고요히 청설(聽雪)이나 하면서 저를 꿈 없이 재워 좋을 것을 그렇지 못하는 것은 대체 이런 것이 다정한 때문인가 객기(客氣)의 성(盛)한 때문인가

○

나도 이 겨울로 나이 사십이 되었다. 사십이 되었다기보다 사십을 범했다는 기분이다. 오두미(五斗米)[31] 절요(折腰) 않기로 했다는 뜻을 세운 진처사(晋處士), 그런 세계를 해탈한 진대(晋代)의 유일한 예술가 도잠(陶潛)으로도 '엄유수무성(淹留遂無成)'을 탄식하였거든 나 같은, 깨달은 바 없고, 이룬 바 없는 사십이로야 탄식할 말이나 있으랴. 다 못 먹지

---

31 다섯 말의 쌀이란 뜻으로 얼마 되지 않는 봉급을 비유한 말.

못할 것을 탐내 먹은 듯하여 속에 기울(氣鬱)을 느끼는 것만이 작금(昨今)
양동간(兩冬間)의 심사인 것이다.

내가 예술에 뜻을 두고 급(笈)을 강호에 부(負)했던 적이 이미 이십 년
전 일이다. 무정세월약유파(無情歲月若流波)란 말이 한문의 과정으로만
여겼더니 이제와 지나간 이십 년을 돌아볼 때 그 말이 얼마나 새롭고
실감이 나는지 모른다.

우리 때 중학은 오늘의 중학과는 여러 가지가 달랐다. 일학년에
나롯이 시커먼 삼십객이 수두룩하였고, 국어는 나부터도 '히라까나'를
몰랐고, 그 대신 한문으로는 칠서(七書)를 읽은 사람이 수두룩했다. 습
자시간에는 안노공(顔魯公)의 쟁좌위첩(爭座位帖)을 수(隨)해 놓는 사람까
지 있었다. 졸업을 하면 어느 학교시험을 치른다는 것이 문제가 아니
라 남아일생(男兒一生)을 무엇에 바칠 거냐가 문제였다. 나는 문학이로
라, 나는 정치로라, 하고 책상을 치는 영웅들이였고 정작 문학을 배우
려면 정작 정치를 배우려면 어떤 준비로 어떤 학교를 밟아 나가야 하는
지는 전혀 모르는 그들이었다.

나는 작문시간과 도화시간이 좋았다. 다른 시간은 대개 뒷줄엣 동무
와 자리를 바꾸어 딴 책을 보았다. 딴 책이란 것은 톨스토이의 『復活』,
투르게네프의 『その前夜』 그리고 도쿠토미 로카(德富蘆花)의 『自然と人
生』 요시다 겐지루(吉田絃二郎)의 『小鳥の來るた』 등이였다고 기억한다.
지금 생각하면 소설들은 수박겉핥기였고 고작 요시다(吉田) 씨의 감상
문이나 어느 정도 음미한 편이 아니었든가 한다. 작문 시간만으로는
정열이 소모되지 않었던들, 두 반위이던 지용일파에서 하는 『搖籃』을
본받아 등사○지(謄寫○誌) 해 보았고, 문우회에서 하는 『휘문』도 ○호

를 편집해 보았다. 그러나 정말 문학을 문장에서부터 지도받을 만한 선배나 기분은 얻지 못하고 있다가 문예지라고는 비로소 『백조』 창간호를 구경할 수가 있었다. 지금 보면 웃어 울 것이나 그때 『백조』는 모든 문학 지망생들에게 여간 신선한 오손이 아니었다. 그 이호(二號)가 난 후인가 전인가 해서 나는 동경으로 갔다.

나는 문학을 할까 미술을 할까 한동안 망설이었다. 미술을 공부하면서도, 문학은 할 수 있을 것 같았으나 동경역을 내렸을 때에 주머니에는 일원 육십전 밖에 없었던 나라, 결국 고학 하기에 편한 문학으로 쏠리고 말았다.

문과도 이 학교 저 학교 집적거리기만 하였다. 먼저 구복(口腹)에 몰리면서 학과 시간에만 충실할 수가 없었고, 한두 번 빠지면 버릇이 되어, 차라리 퀴퀴한 '가시후동' 속에서나마, 세수도 안한 입에 마른 빵 쪽을 뜯으며나마 그 '딴 책'을 읽고 딴 것을 끄적거리는 것이 낙이었다. 그 끄적거린 것 속에서 처음으로 제목을 붙여 『조선문단』에 투고한 것이 「오몽녀」였다.

「오몽녀」는 『조선문단』 편집자로부터 곳 소식이 왔다. 실릴만한 수준이나 잡지에는 통과되지 않을 듯한 대목이 있어 『시대일보』에 보내었다고 하였고, 며칠 뒤 『시대일보』로부터 「오몽녀」 전편이 한 페이지에 완재된 신문이 왔다. 고료는 투고자에겐 물론 없는 때였고, 아무리 단편이라 하나 그것 한가지로만 한 면 전부를 채웠다는 것은, 신문체제로 보더라도 지금 생각하면 금석지감(今昔之感)이 없지 않다. 그런 체제로 세상에 나온 나의 처녀작 역(亦) 지금 읽어본다면 그런 느낌이 없지 못할 것이다.

아무튼 「오몽녀」는 그 다음 달 『조선문단』 합평에 올랐고, 거기서 유망하다는 말을 들어 꽤 즐거웠었고, 그 후 얼마 지나지 않아, 서울로부터 도향과 김지원이 동행은 아니었으나 거의 한 무렵에 나타난 것은 매우 즐거운 일이었다. 도향과 지원은 모다 나와 생면(生面)이었다. 내가 서울 있을 때 망형(忘形)의 사이였던 이근창군의 소개가 있어 이분들은 동경에 나리는 길로 나를 찾아 준 것이다.

나는 그 때, 조대(早大)에서 미국정치사(米國政治史)를 강의하던 외국인 B씨의 헬퍼 노릇을 했다. 오전중(午前中)으로 그의 오피쓰에 가서 한자 봉투도 써 주고 등사(謄寫)도 해 주고 그에게서 지하실까지 4층인 양관 한 채에 들어 있을 권리와 월급 15전씩을 받고 있었다.

이 사층 양관이란 것이 걸작이었다. 워낙은 B씨 주관인 조대(早大)의 기독 청년회 기숙사였던 집인데 목조라 진재(震災)에 허물어지는 것만 겨우 면했을 뿐, 사기가 뻐개지지 않은 모서리가 별로 없고 흙 떨어지지 않은 벽이 별로 없어 고치자니 일이 벅차고, 허물자니 아까워 기숙사는 딴 곳에 새로 지어 옮기고 처치에 곤란한 채 비워 둔 집었다. 그러나 지하실에는 수도와 와사(瓦斯, 가스)가 그냥 통해 있었고 방마다 전구만 갖다 끼이면 불도 들어왔다. 지진은커녕 바람만 불어도 일, 이, 삼층 낭하마다에서 누가 오는 것처럼 삐걱 소리가 났다. 어떤 방문들은 지방이 씰구러져 문이 닫히지 않았다. 군데군데 열어 젖긴 문짝, 깨여진 유리창, 그리고 거미줄과 먼지, 바깥 현관에서부터 3층 내 방문 앞에까지 먼지 위에 내 발자국만이, 마치 눈 위에 나 있듯이 뚜렷해 있군 하였다. 무슨 탐정소설에 나오는 마굴 같은 이 살풍경한 양관 뒤에는 바로 절이 있고 묘지가 있었다. 밤이면 무섭기도 했지만, 낮에는 이따금 성

묘자들이 꽂고 간 萬○香 냄새가 을려 풍기는 데는 질색이었다.

그러나 이 집은 나의 천국이었다. 오정(午正)만 저 B씨에게서 해방되면 내 마음대로 생활을 요리할 수 있는 독낙원(獨樂園)이었다. 넓고 전잡한 동경 바닥 그중에도 한복판 반입구(半込口)에 이런 무인 절도가 나를 위해 존재해 있었던 것이다. 아모 때나 잘 수 있고 아모 때나 깨일 수 있고, 읽고 싶으면 읽고 쓰고 싶으면 쓰고, 그리다 거닐고 싶으면 정구 코트였던 넓직한 마당에 나려와 풀밭을 밟을 수도 있었다. 아쿠타가와 류우노스케(芥川龍之介)를 읽고, 체호프에 감격하고 하던 것은 이 벽 떨어진 삼층방과 이 풀 돋은 정구 코트에서였다. 다못 십오 원의 수입으로 최소한도의 시영(市營) 식당생활을 하더라도 일이 원밖에는 남지 못하니, 그것도 돈으로 가지고 쓰다가는 모자라기 때문에 미리 한 달 치 식권을 사는데, 겨우 남은 일이 원으로는 읽고 싶은 책을 못사는 것과 문학동호(文學同好)가 없어 너무 외로운 것이 이 독낙원(獨樂園) 중의 한사(恨事)였다. 그러던 차에 도향과 지원이 선후하여 이 절도에 표착(漂着)한 것이다.

『춘추』, 1943.5.1

목포 조선 현지기행

작년 여름이다. 나는 황해도 어디 갔다가 평양으로 해서 평원선을 들러 경원선으로 돌아온 일이 있다. 그때, 황해도 산기슭에서는 어떤 구가(舊家)의 울창한 묘림(墓林)이 깎이는 것을 보았고, 양덕(陽德)산협에서는 모범림(模範林)이 채벌되는 것을 보았고, 석왕사에서는 풍치림(風致林)까지도 골라서는 베여지는 것을 보았다. 모두 배를 만들기 위해서라 했다.

생각하면 적재적소란 말이 있다. 썩어 이름 없이 쓰러지는 것보다 어디로 유용하게 적재(適材)로 쓰여 진다면 나무로서는 그것 이외에 본원(本願)이 없을 것이다. 더구나 개인의 가옥이나 가구라 아니라 나라 일에 쓰여 지는 것이요, 나라일이라도 한 나라를 위해서가 아니라 전 인간사회, 전 지구 위에 큰 개혁을 위해 출정하는 것이라 생각하면 일개 초목으로서 이에 더한 영달이 없을 것이었다. 전에 어느 임금님은 한 소나무 밑에서 비를 궁구고도 그 나무에게 벼슬을 내리셨다. 잎새 하나 상하지 않고 한때 빗발을 막은 것으로도 공을 세웠거늘 몸이 베어지는 이 나무들이야 벼슬로 따진다면 얼마나 높을 것인가!

나는 이번 문인보국회의 일원으로서 총력연맹의 지시를 받아 이런 나무들이 환생하는 목포조선철공회사의 조선현지를 구경하게 된 것이다. 일행은 다만 운보 김기창 화백과 동반일 뿐.

4월 20일. 철공들과 현장에서 뒹굴 훌륭한 노무복장으로 밤 열 시 차에 경성역을 떠났다.

광주 이남은 초행이라 밝는 날 아침 차창 밖에 남국의 봄빛을 꿈꾸며 우리는 널찍한 자리에서 일찍 잠들기로 하였다.

웅성거리던 차 안이 자리 잡혀 갈수록 공기도 차졌다. 세 번째인가 눈이 떠졌을 때는 창밖은 안개가 자욱한 해돋이였고 지나는 역은 '함열(咸悅)' 안개는 밝아질수록 오색은 떠올랐다. 개나리는 지기 시작, 사꾸라는 만개, 도리(桃李)의 홍백이 점철된 배경인즉 일망무제(一望無際)의 녹색이었다. 벌써 무슨 풀이 저렇게 자랐을까 하고 자세히 보니 보리였다. 언덕과 산허리까지 보리여서 호남의 봄꽃들은 제가지의 눈록(嫩綠)보다도 오히려 생색(生色)나는 배경을 가지고 피고 있었다.

정읍을 지나면서부터 보리는 패기 시작하더니 목포에 이르러선 이해 새 곡식의 이삭이 사야(四野)에 물결로 출렁거리었다.

일견 목포는 아취 있는 항도였다. 석질(石質)이 물러 그런지 별로 고색을 띤 유달산, 산과 산 사이에 호수같이 고요한 바다, 언덕마다 전망을 위해 사는 듯한 집들, 그리고 어떤 집 정원에는 춘나무 꽃이 무겁게 열려 있었다. 김 화백은 가끔 걸음을 멈추고 목포의 색채를 감탄하였으나 요새 지대라 스케치북을 꺼내들지 못하였다.

우리는 마침 일이 쉽게 되느라고 역전에서 얼굴 익은 김 씨를 만났다. 그가 경영하는 다방 '백궁'으로 이끌리어 환담과 더운 점심으로 배를 불리고 김 씨의 안내로 봄볕 도타운 항구의 포도를 얼마 거닐었다. 대강 ○○의 개념을 얻고 나서 우리는 ○○여저 조선회사를 찾기로 하였다.

부두는 어디나 ○○○○○○○ 고(庫)의 거리를 이리 꺾고 저리 꺾어 늘어지게 걸어서야 배 돛대들이 나타나고 바다가 드러나고 하였다. 조선회사는 바로 ○○에 있었다. 강철 갈리는 소리, 나무 제재되는 소리, 여러 가지 금속성에 덜덜 떨리는 2층 건물에서 우리는 간판이 붙은 회사의 정문을 찾았다. 수부(受付)에 명함을 내이니 곧 사장실에 안내되었고 칠십 고령의 노(老)사장은 총력연맹과 연락이 있은 것이라 어제부터 우리가 나타날 줄 기다리고 있노라 했다.

남쪽으로 바다를 향한 유리창들. 진수식(進水式) 사진들이 걸린 벽면들, 밝고 아늑한 사무실이나, 역시 한편에서 울려오는 금속 소리와 타이피스트의 재빠른 타자 소리엔 어떤 제일선감(第一線感)의 긴장이 느껴졌다.

알고 보니 여기는 사무소와 선박의 수선공장뿐, 조선장(造船場)은 따로 있는 것이었다. 유리창으로 빤히 건너다보이는 ○○도라는 섬 속에 있는 것으로, 우리는 우선 사장의 안내로 여기 있는 수선장을 일순(一巡)하였다. 홀쭉한 발동선들, 넓적한 목선들, 대련서 온 거대한 정크, 어떤 것은 기관이 고쳐지며 어떤 것은 외판(外板) 부서진 것이 갈아지며 어떤 것은 미채(迷彩)가 칠해지고 있었다. 물에서 끌어올리기는 했으나, 아직 손을 대지 못한 배들도 있었다. 물에서 나온 배, 더구나 헐었다든지, 난파에 상처를 받은 침묵의 배들, 풍경으로 경이적이며 공리로 생각하여 머리가 숙여지는 거룩한 상이의 군병들 같았다.

이 움직이지 않는 배들을 보다가 물에 뜬 배를 보면 마치 산 고기들이었다. 그중에서도 가장 민활해 보이는 통탕 소리 야무진 발동선에 인도되어 우리는 이 길로 조선현장인 ○○도로 향하였다.

"바다라기보다 강 같습니다."

하니, 사장은,

"아닌 게 아니라 영산강이 연한 곳이요 물도 호수의 간만으로 늘 흐르고 있는 때가 많답니다."

하였다. 황하 넓이가 이만할까? 생각되는 데를 우리 똑딱선은 십 분에 건너는데, 목포에서는 보이지 않던 동남향으로 새 해빈(海濱)이 열리면서 아까 본 정크보다 배나 더 큰, 아직 돛대도 없이 미채의 선체만인 목선이 3, 4쌍 떠있었다. 진수(進水)된 지 얼마 안 된 의장(艤裝)을 기다리고 있는 ○○○돈(頓)의 기획선(企劃船)들이라 한다. 사장(沙場)에는 군데군데 재목의 산더미다. 재목(材木) 그것의 더미기도 하지만 구성 중의 배들인 것이 더 많았다. 개미떼 같은 공원들, 2백여 명의 그들의 손은 함마고, 메고, 도끼고, 까뀌고, 무엇이고 들고 때리고 찍고 하는 것이라 해안 일대는 일대 교향악을 이루고 있는 것이다. 모든 것이 우렁차게 날아와 함께 진행되고 있었다. 사장이 상륙되자 가장 가까운데 구미組에서부터 기착 호령과 함께 공무진행보고가 있었다. 현장에 조선(造船) 감독이 1인, 노무감독이 1인, 5인의 오장(伍長)과 조성되는 배마다에 책임자가 1인씩으로 부서가 잡힌 것인데 한 책임자에게 25~6명의 공원이 맡겨져 있는 것이라 한다.

조성중의 배는 여러 가지 단계로 구경할 수가 있었다. 먼저 청사진의 설계도를 놓고 선재(選材) 중에 있는 것, 용골(龍骨)에 선수와 선미만 붙어서 거대한 '곤도라'를 연상시키는 것, 용골에 늑골까지가 다 붙어 배의 건축감을 가장 잘 드러내고 있는 것, 외판이 붙어 비로소 선체감을 완상시키는 것, 외형은 끝나고 내부 장식에 있는 것, 마치 견학시키기 위한 좋은 순서의 표본들 같았다. 이 배 한 척이 진수되기까지 연인 원 천인, 재목은 조선가옥 천간치가 든다 하였다. 나무는 연재(軟材)가 대부분인데 솔과 낙엽송이요, 견재(堅材)로는 박달궤목이라 했다. 대범 주(大帆柱)에 ○○○마력의 '프로펠러'가 겸장(兼裝)되는 것이었다. 널찍 한 사장에서 창공과 벽해를 배경으로 구성되는 거대한 입체들, 그것이 그냥 건물이 아니라 하나씩 바다를 가르며 들어서 행동할 수 있는 것이 라 생각할 때, 배를 만드는 것은 한 생명을 한 영혼을 만드는 것이라 느 낄 수 있었다.

우리는 산하(山下) 감독의 집에 숙소가 정해졌다. 새파란 '다다미'에 서 아직 풀 내가 풍기는 새집, 조수(潮水) 냄새와 솔바람 소리엔 어느 해 수욕장으로 피서나 온 듯한 착각이다. 운보 화백은 가방을 끄르기가 바쁘게 사생첩(寫生帖)을 들고 나섰다. 나도 다시 현장으로, 사장이 가리 켜 주는 충무공의 고비(古碑)로, 섬 동리에 벌어진 잔치 구경으로 ○○ 도의 중요한 길은 한 바퀴 돌았다.

목욕 후에 목포로부터 똑딱선이 날아다 주는 남해의 세 가지 생선이 든 석찬(夕餐)을 만끽하고 우리는 고풍스러운 램프 밑에서 섬시악 씨 이 야기를 문답하면서 어젯밤 차에서 꾸긴 다리를 초저녁부터 뻗기로 하 였다.

22일. 일찌감치 6시에 현장에 나섰다. 책임자들은 벌써 자기 일터에 마다 일 준비들을 하고 있었고, 6시 20분이 되니 목포로부터 공원을 만 재(滿載)한 전용 통근선이 왔다. 6시 30분에 국기게양과 함께 국민의례 로서 이날 공무가 시작되는데 그 행동들의 일치 민속(敏速)함이란 놀랄 만한 훈련이었다. 김 화백은 사생으로, 나는 심리적으로 될 수 있는 대로 조선(造船) 환경을 만일(萬一)이라도 체득하려 해 보았다. 그들에게 방해되지 않는 한, 그들에게 물어 보고, 그들의 쓰는 도구도 들어 보고 하였다.

조선(造船) 일은 얼른 보면 거친 일이었다. 도끼 자리, 끌 자리가 듬성 듬성 그냥 남아 있기도 했다. 못(釘) 하나가 적어도 50메는 나갈, 모가 지고 험상궂게 친 것들이었다. 그러나 자세히 보면 조선 일처럼 오밀 조밀한 일은 없을 것 같았다. 판목과 판목의 접촉면도 그냥 대패질만 으로는 안 되는 것으로 꺾쇠로 가(假)고정을 시켜 놓고는 그 접촉된 판 목과 판목 사이를 다시 일일이 톱으로 켜서 한 나무를 켜낸 것처럼 요 철(凹凸)면이 동일하게 해 가지고 정식으로 접촉시키는 것이며 못 하나 라도 그냥 박는 법 없이, 하나같이 먼저 구멍을 뚫되 못이 빠듯이 들어 갈 정도를 지나치면 못쓰는 것이며 정두(釘頭)를 훨씬 깊이 숨기게 하고 그 위에 다시 나무로 때이는 것이었다. 외판과 외판의 사이마다는 썩 지 않는 ○○이로 밀봉이 되는 것이며 그위엔 다시 방부도료가 칠해지 는 것이었다. 집 천간을 지을 재목의 대공사이면서도 바늘구멍 하나만 한 허(虛)만 있어도 곧 물의 침입으로 발각이 되는 지엄 지밀한 공사가 배일인 것이었다. 또 배는 파도와 암초와 싸워야 하는 바다의 투우, 더 구나 대동아 해(海)에 나가선 적탄과도 싸워 내야할 전선(戰船)이기도 한 것이다. 체력으로 억세지 않으면 안 되는 것이며 또 그러면서도 어디 까지나 물리학적인 민감이 필요한 과학 형태에 우수해야 하는 것이었 다. 시종이 여일하게 한 사람의 정신과 기술이 최대한도로 집중되지 않고는 절대로 탄생할 수 없는 일종 생물이었다.

점심시간은 30분간, 오후 4시에는 '닝이리메시' 두 덩이씩의 특배(特

配)가 있고 6시 30분에 일손을 떼는 것이었다.

　이날 밤 우리는 조선(造船)의 책임자들만 다섯 사람을 산하 감독의 집에서 만났다. 그들은 하나같이 시국에 대한 인식이 예리했고, 전사로 자임하는 기개들이었다. 금년도 제작중인 기획선이 평상시라면 1년 가까이 걸려야 진수될 것이나 90일이면 선체만은 일단락을 지을 수 있게 된 역량에는 어느 정도의 자긍을 보이었고 자료만 좀 더 원활하게 대준다면 기간을 다시 더 단축시킬 여지가 있노라 하였다. 자기가 맡은 배가 완성에 가까워질 때는 옆에 배와 단 하루를 가지고 다투기에 밤에 꿈을 다 꾼다 하였다. 진수식 때에는 남들은 만세를 부르나 자기는 혹시라도 진수태(進水台)가 삐끗 어긋나가 쓰러지지나 않을까 주먹은 떨리고 등골엔 식은땀이 홍건해진다는 것이다. 무사히 진수태를 벗어나 완전히 배가 물에 둥실 떠졌을 때는 그것이 조선인(造船人)으로서 최대의 감격이라 했다.

　배마다 형체만 되면 그냥 뜨는 것 같으나 그들의 탄생, 그들의 진수에는 이런 조선(造船) 책임자들의 극적 산고를 반드시 경과하는 것이었다. 그리고 그 배의 무운을 장광설로 축복하는 이가 많되 가장 절실한 것은, 말은 내지 않아도 배의 산모, 그 조선 책임자의 심정일 것이었다. 자기 손에서 떨어진 배가 의장이 끝나 항구 밖으로 떠나가는 것을 바라볼 때는 자기 자식의 출정을 보내는 심사를 경험한다 하였다. 그러기에 누가 지은 배인지, 어느 회사 배인지, 무엇하는 배인지, 모르는 남의 배라도 배가 어디가 상해 가지고 다른 배의 부축으로 고치러 들어오는 것을 볼 때는 문득 자기가 지은 배가 생각나는 것이며 그 다친 배에게 가엾은 아픈 마음이란 조선인(造船人) 아니면 동감하기 어려운 일종의

기타

인간애에 못지않는 연민을 느끼는 것이라 했다. 나는 어느 서양 연극에서 자식들이 사회로 나가는 것을 배가 바다로 나가는 것으로 여기는 부모를 본 생각이 났다. 이들 조선공들은 그와 반대인 것이었다. 자기 배가 바다로 나가는 것을 자기 자식이 세상으로 나가는 것과 같다 하였다. 이들에게 있어 가장 숭고한 것은 사상이기보다 먼저 이런 본능적인 감정이었다.

23일. 이날은 진수된 배에 올라 의장 공사를 구경하였다. 의장이란 다지어 놓은 집에 도배, 장판과 수도, 전기를 끌어넣는 것 같은 일이었다. 그러나 장치만이 아니라 배에게도 '다쓰기'를 메우는 듯한 정신적인 것이 충만해 있었다.

24일. 아침부터 폭풍우. 노천인 현장은 그만 휴업할 수밖에 없어 우리도 묵묵히 젖고 있는 미완성의 배들을 한 바퀴 돌아 그들의 장래를 축복하면서 ○○섬을 떠나고 말았다. 목포 본사로 돌아와서는 조선사업의 고금담(古今談)과 진수식 절차에 관한 것을 듣고 목포서로 가서 김 화백의 사생한 것을 보이고는 이날 오후 3시 30분차로 회정(回程)에 올랐다.

김 화백은 자리 널찍하고 푹신한 찻간에서 스케치북을 베개 삼아 임무를 마친 듯한 기지개를 켰으나, 나는 인제부터 머리가 무거워지는 것이었다.

무엇으로 하나 작품화하나 …….

『신시대』, 1944.6

여성에게 보내는 말
선후의 분별

    사람의 가장 고귀한 권능인 '생각하는 자유'가 우리에게로 왔다. 여성 여러분도 지금 생각의 홍수 속에서 차라리 헤쳐 나갈 방향에 방황할 줄 안다.

    우리는 완전한 해방이 아직 아니다. 먼저 민족으로서 완전해방 완전독립에 매진해야겠다. 민족 자체의 해방이 없이 계급해방도, 여성해방도 존재할 수 없을뿐더러 의미부터 없다. 인류의 질서단위로 '민족'만이 가장 자연이요 가장 합리적인 것이다. 민족으로 해방되고도 민족 속에 권리 독점하는 계급이 남는다면 그때는 계급타파가 있어야 할 것이다. 계급의 차별마저 없어진 연후에 당연 등장할 것은 여성문제일 것이다. 남존여비의 현실은 그 관념에서부터 소멸되어야 한다. 그렇다고 여존남비로 내달아도 잘못이다. 그것은 폐해를 근절시키는 것이 아니라 폐해의 위치만을 바꾸어 놓는 것이니까.

    첫째, 민족의 완전해방

    둘째, 계급의 완전해방

    셋째, 여성의 완전해방

    이 순서가 없이 덤비면 서로 뒤죽박죽이 되고 말 것이다.

    민족의 완전해방이란 상당한 시일이 걸릴 것이다. 소군과 미군이 거둬 가고 우리 정부가 선다고 일이 끝나는 것은 아니다. 경제적으로 독립되지 않고는 사상누각인 것이다. 우리 정부가 섰다고 해서 곧 현재의 그렇지 않아도 미약한 이 생산 체제를 뒤엎는 날에는 일시 계급타파는 될지 모르나 우리 민족은 다시 전체가 경제적으로 남의 노예가 될 숙명에 있는 것이다. 공산주의라고 해서 전날 일본제국주의가 속여 인식시킨 대로 공연히 꺼릴 것은 없다. 생각해 보라. 제국주의란 얼마나 악독한 것이었는가. 나는 무슨 주의자는 아니다. 그러나 그 악독한 제국주의에 가장 준열한 처단을 내리었고 그 가장 많은 피해자 구출한 것이라면 민주주의거나 공산주의거나에 대하여 우리는 적어도 제국주의가 오인시켜 준 관념만은 버리어야 한다. 그리고 그 진의를 파악한 뒤에 그 두 가지 다 현대라는 것과 조선이라는 것에 합리화시켜야 할 것이다.

아무튼 우리는, 혈기에 치우치기 쉬운 청년인 우리는, 더구나 문화 면에 종사하는 우리는 남녀를 물론하고 민족의 총역량을 효과적이게 집중시키기를 의도하되, 우선 이런 선후의 분별이 필요할까 생각한다.

『여성문화』, 1945.12

산업문화에서의 창씨개명문제

8월 15일 이후 서울의 변모는 어디보다도 진고개다. '게다' 소리가 없어진 것은 물론이려니와 점포들이 주는 인상은 그전 '홈마찌[충무로]'는 아주 아니다. 갑자기 상품들이 없으니까 음식점만 늘어갈 것은 이해할 수 있는 일인데 점명(店名)에 외어(外語)가 많이 나오는 것도 이해할 수 없는 것은 아니나 이것만은 충분히 고려할 여지가 있을 것이다. 배타정신에서가 아니라 자국문화의 혼란을 막기 위해서다. 과거 일본을 보라. 물품 그것이 외국 것인 경우에는 할 수 없겠지만 저희 나라 물품인 것까지 약품, 화장품 심지어 빨랫비누를 'セソタツクス'라고 하는 데까지 이르러 이런 문화면에는 주권이 없는 나라의 추태를 드러내고 만 것이다. 외어(外語)로 해야만 좋아 보이고 미더워 보여서 나중엔 외어도 아니요 일본어도 아니요 다만 외어식인 'セソタツクス'니 양모제(養毛堤)를 'クウモトニク' 하는 등 그야말로 산업문화에 있어 창씨개명이었다.

한두 가지씩 외어를 즐기는 풍습은 우리에게 있어서도 그런, 나중에는 도저히 수습할 수 없는 산업문화의 창씨개명 시대가 오지 않으리라고 누가 단언할 것인가? 무슨 품명(品名)에나 무슨 간판에나 허턱 외어를 붙여 버릇하는 것은 민족문화에 지대한 악영향을 줄 가능성이 있다는 것을 충분히 고려하자.

도시에 있어 간판미라는 것은 중요한 것의 하나일 것이요, 따라 간판의 성격은 그 도시의 성격을 말하는 좋은 자료의 하나일 것이다. 조선적인 상품 이름, 조선적인 점포 이름, 그런 진열장과 그런 간판만이 조선 도시의 면목을 유지시킬 것이요, 허턱 외어의 진열장과 간판은 허턱 조선 도시들을 식민지적 인상만 주고 말 것이다. 아니 인상에 그칠 것이 아니라 문화 전체, 질(質)에까지 그런 독소를 매개시킬 것이다. 고객에게 신용과 인기를 끄는 방법이나 특히 외인(外人)에게 친절히 하는 방법으로는 품명이나 점명을 외어로 만드는 것 외에도 얼마든지 있을 것이다.

전에 일본 와 있는 어느 외인은 이런 말을 했다.

"나는 일본 안에서 나 혼자만 알고 비밀히 여행 가는 지방이 있다. 거기는 건물들 점포장식들 상품들 모두 일본것 그대로가 가장 많은 데다. 정말 일본 온 맛이 나는 데는 그곳인데 왜 널리 알리지 않고 비밀히 다니느냐 하면 널리 알려져 외인이 자꾸 가면 그곳마저 고객에게 영합한다는 그릇된 수단으로 일본적인 모든 것을 뜯어 버리고 서양풍으로 개장될 우려가 있기 때문이다."

어느 것이 외인에게 정말 친절한 것인가도 반성할 필요도 있지 않은가.

『우리공론』, 1945.12

인민대표대회와 나의 소감[32]

8월 15일도 이미 역사 속에서 사라졌다. 우리의 해방이 우리 자력 만에 의한 것이 아니었던 만치 우리에게는 자유의 열락을 만족할 겨를도 없이 너머나 비극적인 정치적 시련이 급박히 강요된 것이다. 민족은 하나이 되어 해방 즉후(卽後)부터 ○동하는 세력은 단일의 것이 아니었다. 연합군은 한편이 되어 승리 즉각(卽刻)부터 전후 처치는 통일된 한 개의 구상이 아니었다. 억압되었던 민중의 생활과 사상은 다색다○으로 산기 됨이 차라리 자연한 정세일 것이나 그 중에도 허턱 전설적인 ○○○에서 자본주의사회를 그대로 계승하려는 특권층의 요구와 이미 총독정치시대부터 부절히 싸워오던 노동 층의 혁명적 요구는 안으로 불상용의 대립이며 밖으로는 성격과 이해가 상반되는 미소의 대립이 우연이라기보다 이도 또한 자연한 정세로 우리 국토의 38도 선상에서 그 선봉을 맞대이게 된 것이다.

어찌될 것인가. 아니 우리는 어찌해야 할 것인가? 우리 민족은 결단하지 않으면 안 되는 절실한 정치적 관심이 어느 한 사람 등한할 수 없는 사정이었다. 이런 사정 하에서 오늘 11월 20일 우리 민족사상에 특기할 전국인민 대표대회가 열리었다. 나는 일개 예술가일 뿐 정치가나

---

32 새로 발굴.

어느 당원은 현재도 아니요 영원히 아닐 것이다. 민족문화건설을 위해 총독정치를 적극으로 대항할 힘은 없고 민족문화를 도외시하던 그 때의 좌익운동엔 가담할 필요가 없던 나는 서제 속에서 명맥을 지키는 길밖에 없었다. 그러나 우리 선열들과 정의연합군의 승리로 이제 우리 민족문화건설에 가장 진보적인 정도를 가질 수 있는 그런 정체(政體)의 수립을 우리는 누구보다도 요망에 그칠 것이 아니라 그런 정체의 수립 과정에 있어서 정치적 일익의 의무가 있다는 것을 자각한 것은 나 일인 뿐만 아니라 모든 양심적인 문화인의 결속인 '조선문화건설중앙협의회'로서 문화활동의 기본 방책을 공언한 바 있는 것이다. 그러므로 우리 문화인의 이 대회에 대한 기대는 범상할 수 없는 것이다.

대회는 순조로이 개최되었다. 결코 순조일리 없는 것을 순조화시킨데 먼저 진리 그것에와 당로제현(當路諸賢)의 열성을 감사한다. 칠백의 각도 각군 대표들 수천의 옥내외 방청자들 빛나는 눈물과 붉은 얼굴들 ○○와 ○○의 바다였다. 선출된 8명의 의장이하 수십 명의 역원(役員)들 모두 귀에 익지 않은 이름들이다. 일본제국주의 시대엔 무대를 못 가졌고 지하에 ○○에 묻히었던 투사들인 때문이다. 헌신적인 투쟁의 과거를 가졌고 민족의 ○○적 운명에 가장 과학적인 신념을 가진 그들임으로써 민중은 ○○하는 것이다. 이 대회가 질적으로나 양적으로나 민주주의인민대표대회로 충분한 것은 여운형 선생의 보고문으로 십분 긍정되는 것이며 무엇보다도 삼천만 민족의 다대수인 노동 층 인민을 가졌다는 것이 절대한 이 대회의 힘인 것이다. 설사 명○는 더 높다치자, 수완은 더 노둔(老鈍)하다 치자. 인민을 갖지 않은 정체(政體), 인민과 이해를 달리하는 정채이라면 더구나 민족의 경제적 운명에 과감하지 못한 정책이라면 그것은 민족전체가 ○○할 하등의 이유가 없는 것이다. 대하 자체가 그렇거니와 공산당대표의 시사에도 부르주아민주주의 혁명에 금융적 협력을 공언할 것은 여기 새삼스러 지적할 필요도 없거니와 공산주의와 진보적 민주주의의 이론적 합치는 미정청(米政廳)에 대한 ○○적 ○○이 아니라 이야말로 조선민족의 역사적 필연의 귀결인 것이다. 그럼으로 악질의 민족반역자 이외에는 양심적 반성과 민족의 운명이 경제선상에서 결정된다는 냉정한 사고를 거친다면 누구나 적어도 진보적 민주주의에 협력하며 따라서 진보적 민주주의가 공산주의의 ○○에 ○○하지 않을 수 없을 것이다. [문장 판독 어려움] 인민정체에 결국 ○○협력할 것을 믿는 바이다.

『자유신문』, 1945.11.22

먼저 진상을 알자(상·중·하)[33]

　8월 15일 우리는 곧 독립이 될 줄 알았다. 대통령에 누구, 육군대신에 누구, 민중은 우리 독립국의 각료 성명까지 외이며 있었으나 현실로 나타난 것은 36도선이요, 북에는 인민위원회 남에는 미군 하ー지 중장의 천하였다. 감격과 홍분은 늘 사태의 진상을 제대로 파악하지 못한다. 감격이 식는 반비례로 민중은 38도선 민족반역자들의 통일전선분열 모리배들의 경제혼란 외국 군경의 치안간섭 등으로 새 부자유와 짜증만 높아 가는데 삼상회의에서 기다렸던 자주독립이 아니라 신탁통치설이 불거진 것이다. 자라보고 놀란 가슴에 소당뚜껑이 떨어진 것이다. '국제노예가 되기보다는 차라리 죽어버리자!' '죽음으로 싸우자! 피로 대적하자!' 그리고 '미국인의 손으로 낙원이 되기보다 비율빈인의 손으로 지옥이 되자!' 한 비율빈 독립운동가들의 말까지 빌어다 부르짖을 만치 우리 또 한 번 홍분했던 것이다. 현재 조선인의 심리로서 결코 무리가 아니었던 것이다. 문제는 진상을 아는 데부터 있다. 저편의 진의를 알고야 절교를 하던 친선을 하던 정확한 판단을 할 것 아닌가. 이미 정계에서 그리고 일반 지도자층에서 삼상회담을 지지하자는 주장이 서고, 한편 '신탁 통치'라고 오전(誤傳)된 그 진상을 개명(開明)

33　새로 발굴.

소개하며 있으니까 이제 여기서 여러 말을 피하거니와 나는 우리 조선인이 연합국에 대한 '관념의 수정'을 이 기회에 말하고 싶은 것이다. 이것은 이 앞으로도 지피지기 즉 남을 알고 나를 알아 나가는데 필요한 근본태도 문제이기 때문이다.

최근 36년간 우리 민족의 교육 교화는 일제의 음모와 강제에서였다. 우리의 애국자를 부정선인이라 해서 우리 동포로서 제 손으로 잡아가고 고문하고 죽이고 한 일이 얼마나 많은가? 미국의 자유주의나 소련의 공산주의에 대해서도 일제가 우리에게 넣어준 관념이란 얼마나 그릇된 것이겠는가. 우선 연합국의 중요 국가의 하나일 뿐 아니라 지리적으로 미국보다 오히려 가까운 그리고 약소민족에는 어느 나라보다 도의적일 수 있는 가장 혁명 세력에서 통치되는 '소련'을 그 전 일제시대에 적대시해서 불리어지면 '무법소련' 그대로 '악도(惡徒)공산당' 그대로 부르며 그대로 알 뿐 인식을 못하거나 오식(誤植)을 고치려 하지 않는다면 그것은 누구나 그 자신의 중대한 불찰일 뿐 아니라 새 조선의 공민으로는 무자격자인 것이다. 일제시대에 행복했던 소수의 민족반역자 이외에는 민족 전체가 일제의 희생물이였었다.

그 악의 폭군을 물리쳐 준 것이 연합국이라면 연합국의 일국일 뿐 아니라 가장 발언권이 큰 나라의 하나인 '소련'에 대해서 우리는 원수 일제가 우리 귀에 불어넣어준 대로만 '소련'을 알고 있어서 될 것인가? 제국주의가 가장 꺼려한 것은 공산주의였었다. 일본이 '소련'을 나쁘게 선전했을 것은 정한 이치 아닌가. '소련'의 좋은 점을 한 가지라도 알까 보아 ○○○○은커녕 말만 배워도 잡아가지 않았는가. 우리는 연합국 중 '소련'에 대해서 제일 모르고 무식한 것이 사실이다. '소련'이 우리를 해방시킨 연합국의 하나요, 앞으로 관계가 깊을 나라의 하나요, 더구나 혁명의 나라인 점에서 우리는 '소련'의 정체를 알자면 먼저 일제가 우리 귀에 못이 되도록 악선전한 무법 '소련'에 대한 '악도(惡徒)공산당'에 대한 기성관념을 버리고 나서야 할 것이다.

'신탁통치'란 말도 그렇다고 생각한다. 연합국이 상항(桑港)에 모이여 전쟁을 벌써 이긴 것으로 가정하고 세계 문제를 토론할 때 일본은 얼마나 비위가 상했을 것인가. 그 곳에서 토의하는 것 의결한 것 그것들도 아직 자기 수중에 있는 약소민족들에게 나쁘게만 선전 했을 것이 사실 아닌가? '신탁통치'란 말도 속이 비틀린 일본 대본영에서 만든 말인 것을 기억해야 한다. 영어 '류—틸리즈'나 노어 '오쁘—까'는 '교조와 협력'의 뜻이지 '신탁통치'란 뜻 더구나 '통치'란 뜻은 없다는 것이다. 없다는 것을 있다고 덤벼 연합국에 대해 트집을 걸어 우리에게 유리할 것이 무엇인가?

미국에 대한 견해도 나는 적어도 두 면으로는 생각해야 할 줄 안다. 미국은 독립전쟁을 해서 독립한 나라요, 민주주의가 가장 원숙한 나라다. 국민 전원이 자유를 사랑하기 때문에 전국 여론이 언제나 약한 자의 편인 것을 믿는다. 이 점에 만은 절대의 신뢰를 보낸다. (…중략…)

소련은 어떤 나라인가? 나는 솔직히 말하거니와 아는 것보다 모르는 것이 더 많다. 그러나 '소련'은 위에서도 말한바 혁명의 나라인 점에서 (상해서 불란서가 우리 독립운동가들을 보호한 것도 그 나라가 혁명국이기 때문이었다) 인민의 나라인 점에서 이제 봉건적 잔재를 소탕하고 인민의 나라로 약진하려는 그래서 세계 민주주의의 일환으로서 발전하려는 오늘 조선민족운동에 가장 기여할 수 있는 국가인 것은 믿어 의심하려 하지 않는다.

그러나 약소민족인 우리로서 미(美)나 소(蘇)에 다 같이 일말의 회의가 없을 수도 없는 것이다. 미국은 자기 자신의 자본세력 유지와 실업문제를 방비하기 위해 조선을 저이 시장화 하지 않을까? 소련은 저이 세계 ○○○○에서 조선에는 당치 않은 계급혁명을 강요하지 않을까? 이 점은 조선 자체가 본질적으로 전자의 시장화는 가능하여도 후자의 계급혁명은 불가능한 것이다. 그것은 현재 조선 공산당의 태도에서 표시되는 것이다. 아무튼 조선 자신을 위해서는 미(美)나 소(蘇)나 다 같은 강자이므로 어느 일방만이 내면에서 간섭하는 것보다는 외면에서 강자쌍방이 화제(和制)해 준다면 차라리 실속으로는 조선의 이익인 것이다. 오늘 '신탁통치'라고 일제가 조작한 말대로 오용된 4개국의 '독립원조'라는 것이 다행히 조선에 대한 강자 저이 상○책이라면 이야말로 조선이 외교적으로 ○○해야 될 길일지언정 군이 사양할 필요는 없다고 생각된다. 일거에 자주독립이 못되는 것은 물론 유감이다. 그러나 왜 지금 새삼스럽게 유감인가? 사실은 8월15일의 해방부터가 유감인 것이다. 우리 자력으로 일본을 조선 전토(全土)에서는커녕 제주도 하나에서도 축출 못하지 않았는가? 물론 우리 지도자들의 해내해외 지상지하의 혈투를 모르지 않는다. 그러나 조선독립의 독립전쟁으로가 아니요 세계의 민주주의 대 파쇼의 전쟁으로 결정된 것이며 조선독자의 독립이기보다 세계민주주의건설로서의 조선독립인 것이다. 만일 강대국 중에 이 민주주의를 ○판으로 '민주주의조선' 건설에 ○○적(특히 민족분열)인 것이나 경제적(시장화)인 것이나 어떤 음모가 있다면 이는 민족적으로 항거하지 않으면 안 될 것이요, 또 대내적으로 우리 자신들이 ○○적인 ○당심으로 너는 친소파니 너는 친미파니 그러니까 너는 매국

노니 하는 등 이런 정신적 태도는 민족 분열의 자멸행동이니까 삼천만 서로가 ○○한 자기비판과 자기반성이 필요하다 생각한다.

『자유신문』, 1946.1.19~21

한자폐지, 한글 횡서가부[34]
전국적 심의로

어제 보도한 바와 같이 이번 군정청 학무국에서는 교육심의회를 열고 한자를 교과서에서 폐지하는 등서 일반적으로 사용치 말자는 것과 또 한글을 옆으로 횡서하라는 것을 결정지었는데 이에 대하야 각 문화 단체에서는 다음과 같은 정책을 가지고 있다.

문맹 이태준씨 담

국문에 있어 횡서나 한자폐지는 민족 문교의 전체 문제이기 때문에 전번 전국 문학자 대회에서도 일부기관에서 관료적으로 결정할 것이 아니라 전국적 지반을 가진 전문위원회에서 신중히 연구논의한 후 민주주의적 방법으로 결정하여야 진리에 가까울 뿐만 아니라 거족적으로 실행할 가능성이 있다고 결의한 것입니다. 우선 우리는 횡서가 가하니 한자폐지가 부하다느니보다는 이 문제를 진실하게 결정하기 위한 전국적 토의 기관의 조직을 주장합니다.

『자유신문』, 1946.3.5

---

34 새로 발굴.

금후 정치적 시위운동엔 학생은 절대로 참가불허[35]

지난 5일에 38도선 철폐 요구 국민대회가 끝난 후 시가행렬에 참가하였던 학도들이 모신문사에 들어가 폭언을 하고 또 모연합군영사관에까지 침입 난행한 사실이 있어 사회적으로 물의가 되는 이때에 를웩 경기도 지사는 7일 아래와 같이 학교당국자와 일반 학도들에게 경고를 발하였다.

학생들을 행렬이나 시위운동에 참가하도록 한 것은 일제시대의 통례였으나 자유민족에게는 적합지 않다. 더구나 도지사의 허가 없이 행진 혹은 시위운동에 참가토록 지도하는 도내 교장이나 교원은 즉시 징계를 받아야 한다. 또 정치적 색채를 가진 행렬이나 시위운동에 학생을 동원하는 것은 허가하지 않을 터이다. 학생은 정당관계를 떠나야 하며 당파적 목적에 종사하면 아니 된다. 그리고 앞으로 학생은 학업에 전심하고 단체의 이용도구가 되지 않도록 모든 필요한 방침을 취하겠다.

문제되는 학생들의 탈선행동에 대하여 민전문화부장 이태준 씨는 다음과 같은 담화를 발표하였다. 거(去) 5일 38선철폐요구 국민대회의

---

35 새로 발굴.

행렬도중에서 모 언론기관을 향하여 폭언을 가하고 모 연합국 영사구
내에까지 침입 난행함에 이르렀다는데 대하여 일찍이 교편을 잡았단
경험을 가진 한 사람으로서 나는 여기에 참가한 청년학생의 애국심을
추호도 의심코자 아니한다. 그러나 청년의 애국정열이 이 경지에까지
탈선함에 이름을 볼 때 나는 또한 통탄하여 마지않는다. 학생은 순진
하다. 그 순진한 학생으로 하여금은 방법으로 마음껏 국가와 민족을
사랑하게 하는 책임은 나의 경험에 의하면 첫째는 교사에게 둘째는 사
회에 지도자에게 있다.

　타오르는 청년학도의 정열에 이성을 부여하는 책무가 교사와 지도
자에게 속하기 때문이다. 따라서 이날의 학생행동의 책임은 첫째 동원
된 학생의 소속 학교 당국자가, 둘째는 그 대회를 지도한 소위 정치가군
에게 있다. 일찍이 학병학살사건을 ○기하여 동족 상살의 유혈참사를
일으킨 원인을 만든 학생폭동가들은 다시 자파(自派)세력신장의 도구로
청년학생의 유혈과 희생을 요구하고 있는 것이며 외국 공관과 언론기
관에 폭언을 가하는 것과 같은 민족의 수치가 될 난행에 인도한 것이다.
청년의 한 평생의 부끄러운 기억이 될 과실을 범케 한 도배(徒輩)는 후일
과연 무슨 면목으로 이들을 대할 것인가? 가장 순진하고 가장 진보적이
어야만 될 학생계에서 '반동(反動)학생'을 내게 된다는 것은 참으로 가석
(可惜)한 일이다. 우리는 조선학생의 명예를 위하여 이러한 악 선동가군
(煽動家群)을 ○○과 사회에서 일소하지 아니하면 안 될 것이다.

『자유신문』, 1946.3.8

일기

강아지

4월 3일 화(火)

뜰에서 놀던 유백(有白)이가 갑자기 보이지 않았다.

나는 방에 들어가 보고, 저희 엄마는 바깥마당에 나가 보아도 보이지 않았다.

"어디 갔을까?"

부엌에도 뒷간에도 없었다. 한참 찾아다니는데 키 작은 소명(小明)이가 먼저 보고

"엄마? 유백이 저기 있어."

하였다.

"어디?"

"마루 밑구멍에 …….."

우리는 그제야 마루 밑을 들여다보았다. 유백이는 정말 마루 밑에서 씨사(개)와 마주앉아 왜 그런지 끙끙거리고 있었다. 가까이 들여다보니 씨사의 볼따구니를 움켜쥐고 꼭 다문 입을 벌리게 하느라고 끙끙대는 것이었다.

유백이를 끌어내니 씨사도 꼬리를 흔들며 따라 나왔다.

유백이는 씨사를 좋아한다. 씨사도 유백이를 좋아한다. 유백이가 그

의 콧구멍에 손가락을 집어넣어 쑤시면 재채기를 하면서도 또 유백이는 씨사가 재채기하는 바람에 놀래어 뒤로 주저앉으면서도 그들은 강아지끼리 놀 듯 좋은 동무가 되어서 즐긴다.

나는 그들이 아무런 의사도 표현할 줄 모르면서 친구가 되는 데 생각해 볼 무엇이 있지 않은가 느끼었다.

『신가정』, 1934.5

미쓰 · 스프링

　(9년 전) 9월 27일 아침부터 오는 비, 으시시한 날씨, 물배인 구쓰구 뒤로 한나절을 돌아다니다 들어오니 M군이 이내 우산을 맞받아 나가 버렸다.

　편지 두 장을 쓰고 책을 보려 했으나 신열이 나고 골이 휘둘려 눕고 말았다.

　얼마를 잤는지 눈을 떠볼 때는 거리에서 비쳐 오는 불빛이 아랫방 유리창에 후련히 비껴 있을 뿐, 방 안은 캄캄하였다. 불을 켜기 싫었다. 저녁도 혼자 먹자고 짓기는 싫었다. 어두운 뜰 안에, 녹슬은 함석지붕에 판장에 뿌리는 빗소리는 아까보다 높아진 듯하다. 가만히 들으면 빗소리만 아니라 벌레 소리도 요란하다.

　목이 마르다. 그러나 물 달랄 사람이 없다. 새삼스럽게 고독이 슬퍼진다. 힘에 겨운 학교를 억지로 계속하면 뭘 하나? 책을 보면? 소설을 보면? 지식이 과연 고독한 나에게 한마디의 지팡이나 한 마리의 개 이상으로 선량한 가족이 되어 줄 것인가?

　준비! 자꾸 준비 ……. 오! 행복아? 너는 그렇게도 멀리 있는 것이냐? ……

동 29일

아쿠타가와(芥川)의 단편 「六の宮の姫君」, 「羅生門」, 「鼻」, 「藪の中」, 「運」, 「南京の基督」, 「一塊の土」, 「葱」, 「蜜柑」 등 9편을 읽다. 「南京の基督」과 「蜜柑」을 좋게 읽었다.

오후에는 장기촌(長崎村)을 지나 지대(池袋) 편을 향하고 밭길을 걸었다. 좋은 가을날이다. 농부들은 모두 밭에 나오고 비인 집 울안에는 고개를 살랑거리는 코스모스들이 한마당씩 갇혀 있다. 이따금 무 실은 구루마가 지나간다. 물결 기름진 도랑에서는 군데군데서 순박한 가족들이 무를 씻는다. 개는 길가에 앉아 그도 가을 하늘이 높은 것을 느끼는 듯, 사람이 가되 정신없이 먼 하늘 끝만 바라보았다.

그 개가 보는 서편을 보니 문득 조선의 가을이 그리웠다. 나무마다 극채색을 갖는 조선의 가을, 석양하여 가만히 산기슭에 앉으면 잔디씨 여무는 소리까지도 들리는 듯한 쨍쨍한 조선의 가을 햇볕, 그립구나! 방학이 되어도 갈 집이 없는 자기, 언제 나가 보나?

비행기가 한 채 지나간다. 개도 성큼 일어서서 쳐다보았다. 어려서 채마밭 울타리로 다니며 새빨간 잠자리 잡던 생각이 났다. 비행기는 이내 사라졌다. 좋은 목소리만 나온다면 아무 노래고 가슴이 뒤집히도록 한번 불러보고 싶었다.

동 30일

오래간만에 고대(高大) 앞 '스프링'에 갔더니 변한 것이 많았다. 도배도 새로 하고 걸상도 새것이고 소녀의 얼굴도 전 미쓰 스프링이 아니다.

"웬일요, 단발한 색신?"

소녀는 상긋 눈웃음을 보일 뿐, 대답하지 않았다. 나중에 조용히 물으니 그 단발한 색시는 죽었다는 것이다. 자살한 것인데 고대생과 사랑이 마음대로 안 되어 죽어 버렸다는 것이다.

나나 M군이 가면 으레 〈렉미의 벨송〉을 걸어 주던 미쓰 스프링! 유난스럽게 입술과 손톱 모양을 내던 색시였다. 그 베니 칠한 입술에도 진정이 있었든가? 사랑하기 위해 죽는 죽음! 남만 죽게 하고 저는 번둥번둥 사는 녀석, 잘못 사는 것은 잘 죽는 것만 아주 못할 것이다. 난 왜 이리 흥분하나?

밤에 자리에 누워 누가전 15장 11절부터 24절까지 정독하다. B선생 말씀과 같이 한편의 소설이라 할 수 있겠다.

『중앙』, 1936.4

작가 일기, 「이상견빙지(履霜堅氷至)」 기타[1]

1월 23일 (일)

창유리에 눈송이가 푸실푸실 지나간다. 앵두나무에서는 박새소리가 난다. 눈이 오면 박새도 산에만 있기는 심심한 듯.

나는 일기를 해오지 않았다. 주문이 있으니 한 이틀 적어보자.

일기는 반듯이 레알 해야만 할 것도 아닐 것이다. 묵직한 값진 종이로, 붉은 가죽에 금박을 한 표장을 가진 책에 스스로 관주(冠朱)를 그리며 공상을 써나가도 좋을 것이다. 그런 것을 게을러 못하고, 공상력이 적어 못하고, 또 내 자신이 아무리 비(非) 레알하게라도, 기록되기에는 너머 초라해서 못했을 것이다.

좀 더 찬란하고 싶다.

1월 25일 (화)

이번에 「패강랭」에는 시시비비가 많다. 나는 애초부터 소설의 체격

---

1   새로 발굴.

을 갖출 수 있기를 단념하고 쓴 제재이다. 다만 오늘에, 이런 말과 이런 글자로 글을 쓰는 우리의 어두워지는 심사를 어설프게나마 나타내보고 싶었던 것뿐이다. 잘 나타내지 못한 것은 객관적 정세에만 돌리려 하지는 않는다. 물론 내 부족을 모르지 않는다. 화돈(花豚) 군이 문청 기분이 있다고 한 말은 잘 지적한 말이다. 그러나 사담에서 했지만 패강랭이란 이름이 대동강이라고 함 만 못하다고 하는 유의 변은 아직 화돈에게 몽둥이가 있는 표다. 그는 누구보다는 날카로운 핀세트를 가졌으면서도 아직 다른 한 손엔 몽둥이가 잡혀 있는 것이 탈이다. 또 회남은 자기도취를 운운하였다. 주역의 불길괘 「이상견빙지(履霜堅冰至)」를 읽는 것이 자기도취라 하였다. 무슨 소리든 듣는 것은 안 듣는 것보다 나를 위해 유익하다. 그러나 자기도취란 말은 평가들에게 필요한 그만큼 작가들에게도 필요한 말인가 싶다.

작품이란 어떤 경우에서나 그 작가의 것이다. 아무리 소품이던, 태작(駄作)이던, 그 작품의 배후에서 그 작가는 도피하지 못할 것이다. 그러나 100작품이면 100작품 전체가, 하나하나가 그 작가의 전모를 대표하는 수는 없을 것이다. 가장 우스꽝스러운 작품 하나를 가지고 이 작가는 이전 고만이다. 기성작가 후퇴다! 하고 떠드는 데는 구경하는 사람도 웃음밖에는 나오지 않는다. 김동인의 「가두(街頭)」에 대한 세태가 그러하다. 속단을 잘못하는 것이 비판의 정신은 아닐 것이다.

1월 27일 (목)

며칠 전 어느 다방에서다. 우리는 옆에 사람들이 숭볼 것도 잊고 꽤 우리판으로 떠들었다. M여사는 나더러

"에그! 연애가 다 뭐야……."

하더니 혀까지 쯧쯧 채었다. C여사는

"아니야 그래두 꽤 낭만이 있어……."

하였다. 거의 멸시와, 거의 동정인 틈에서 나는 오직 얼떨떨하였을 뿐이다. 이건 잡담이었거니와 낭만, 이것이 없다면 문제는 문제다. 문학에 전진호령을 불은 것은 어느 시대에 있어서나 낭만이 아닐까? 그렇지 않아도 내 붓은 초점화했다는 말이 있다. 고고의 정신만이 현대문학의 동력이 되기는 어려울 것이다. 기질에 숙명적으로 인종하려는 것은 물론 아니다. 내 자신을 좀 더 응시하고 좀 더 해방할 시기는 온 듯하다.

『삼천리문학』 제2집, 1938.4

편지

평안할 지어다[1]

소파!

정말 그대는 이제부터 대답이 없으려나?

몇 군데 가지 않아서 당장 찾아 내일 듯한 그대를 모다 죽어 없어졌
다고 하네.

소파!

천재는 일찍 간다 한다. 그 예에 빠지지 않음인가? 그까짓 예엔 빠져
도 좋을 것을! 그까짓 '천재'는 떼어 버려도 그대는 얼마나 훌륭한 사람
일 것을!

소파!

그대는 가난하였다.

그러나 그대처럼 넉넉한 사람이 어디 있었으리요.

소파!

그대는 느리었다.

그러나 그대처럼 민첩한 사람, 그대처럼 지성스런 사람이 어디 있었
으리요.

그랬기 때문에 그대 가도 그대 남긴 자취 돌에 파놓은 듯 뚜렷하구

---

1 새로 발굴.

나. 오오 뚜렷한 그대의 자취 빗남이여.

소파!

이제는 전화를 걸어도 그대 목소리는 들을 수 없을 것이다. 이제는 화동 골목에서도 개벽사 어느 방안에서도 다시는 그대 얼굴을 만나지 못할 것이다.

이런 답답한 사실이 어디 있는가. 그러나…….

그러나 답답한 것도 아쉬운 것도 우리. 남아 있는 사람의 얕은 정. 죽음이 무슨 봉변이리요. 더구나 소파 그대만한 요량이 깊은 사람은 필시 사생일여(生死一如)의 경(境)에서 편안히 발길을 뻗었을 것이 아닌가. 이젠 그대에겐 검열 난의 고통도 없을 것이로다.

소파!

한 골짜기 물처럼 우리도 그대의 뒤를 흘러가도다. 고작 몇십 년 뒤, 그것이로다. 슬프니 언짢으니가 모두 간사한 엄살이 아닌가.

소파 그대 간 곳이 미국이던 독일이던 천당이던 극락이던 길이길이 평안할 지어다.

『별건곤』 제43호, 1931.9

편지
나의 존경하는 S군에게

S군, 나는 그대를 존경하오.

어데서 군의 그 힘줄이 산맥처럼 두드러지는 널따란 이마와 마주 앉을 때

어데서 군의 그 질주하는 기관차와 같은 호흡과 마주칠 때

나는 군의 위대함에 자지러짐을 느끼오.

나는 군을 우러러보곤 하오.

S군. 나의 존경하는 위대한 남아여!

과연 그대의 팔 다리는 우람하기 기중기 같소.

과연 그대의 가슴은 큰 화륜선의 기관실같이 지나기만 하여도 화끈화끈 뜨겁소.

위대한 남아여!

무서운 짐승이여!

그러나 S군, S군이여.

군은 왜 여태 우리에게 짜증만 주는가.

왜 활동사진장이처럼 예고만 하는가.

왜 당치 않게 나 같은 사람처럼 붓장난만 하는가

우리는 한낱 로맨티스트 그대는 영웅.

우리는 그대의 이름을 ××표로 찬 논설 아래에서 보고 싶지 않네.

그대는 그대 이름을 쓰지 않아도 상관없네.

좀 그대 이름은 신문사 윤전기에서 벽돌만큼씩한 활자로 굴러져 나오려마.

S군, 나는 그대를 존경하오.

그러나 그대의 그 기중기 같은 손아귀가 펜 꼬투리를 잡고 '××'나 그리고 앉았다면 나는 그대를 우리 같은 한낱 로맨티스트만 차라리 못하게 여겨 눈을 흘기겠소.

예고 또 예고 '××' 또 '××' ……

오 - 향락도 없는 권태여!

S군 때가 아니기 때문인가.

그러면 차라리 침묵하구려. 땅 속에 불처럼. 그러다가 한번 소리를 치려거든 3년을 울지 않던 새가 산을 울리듯 하소구려.

활동사진장이오?

예고 또 예고 '××' 또 '××' ……

오 - 향락도 없는 권태여!

『여인』, 1932.10

동경 있는 S누이에게

늦게 돌아온 밤이언만 자리에 누우니 낙숫물 소리가 그저 뚝뚝 ……
귀를 퉁긴다.

눈이 녹는 소리! 무슨 서정조의 음악을 듣는 것처럼 그 소리 다감하다.

S누이야, 동경은 예보다 봄이 이른데 벌써 '도야마하라' 같은 데는 나
비가 날지 않을까도 생각한다.

오늘 아니 어제 저녁 네 편지를 받아 읽고 나서부터 나는 틈틈이 너
의 지금 경우를 생각해 보았다. 그리고 지금 너의 경우가 우리 조선의
모든 졸업하는 여학생들의 공통된 경우일 것을 깨달았다. 이 편지를
공공한 지면에 쓰는 것도 그 때문이다.

S누이야.

네 말은 솔직한 고백이다. 너는 지금 투기욕으로 들뜰 때다. 여자의
일생 중에 학창을 최후로 나설 때처럼 투기욕에 눈이 뒤집힐 때 요행을
바라는 때 허영에 과민하기 쉬운 때는 없을 것이다.

결혼에 있어서든 취직에 있어서든 그야말로 한번 잘 걸리고 못 걸리
는 데 일생의 호강과 고생이 오고가고 하는 판이라 할 것이다. 그래서
십 년 이십 년씩 귀를 기울여 받은 교양도 한꺼번에 다 날려 보내고 가
장 망녕되이 계(禊)판에 들어선 사람처럼 요행에 목을 달고 늘어지기
쉬운 때가 이 졸업하고 나서는 때라 할 것이다.

어찌 여학생만 그러랴. 가만히 구경하면 요즘 야단들이다. 매관매직하던 이조 말은 차라리 우리끼리나 하던 짓이었다. 어떻게 그렇게들 자존심이 없을까 보냐!

S누이야, 살진 개의 열흘보다 여윈 사람으로 하루를 살지 않으려느냐?

첫째, 우리는 사람이다. 만물의 어른 노릇하는 인간이 아니냐. 우리 마음속에 떳떳함이 없을진대 우리는 수치스러울 것이요, 우리의 마음이 수치스러울진대 우리의 생명은 노예의 것일 것이다. 우리는 모든 행복을 소유하려 하기 전에 먼저 그 행복을 행복답게 소유할 임자 곧 '나'를 소유하자. 내 자신을 온전히 지배하자. 우리는 사업가가 되기 전에 예술가가 되기 전에 조선사람 아니 세계 사람이 되기 전에 먼저 나, 내가 되어야 할 것이라 느껴진다.

S야, 너의 편지는 다소 침착을 잃은 것 같았다. 네 말대로 뻔히 알면서도 '요행'을 건지려는 얄미움이 좀 보이고 팽창된 직역사상(直譯思想)의 흥분도 십분 느껴졌다.

나는 너에게 권한다. 먼저 고요히 눈을 감고 잊어버렸던 너 네 자신으로 돌아가라고. 그리고 네가 진정한 인간인 '너'의 주인이 되어 가지고 모든 빛나는 활약을 보여 달라고.

눈이 녹는 소리! 아마 내일 아침부터는 이 겨울 눈을 다시 보지 못할까보다. 그 대신 며칠만 지나면 너를 만나려니 기다린다.

『신가정』, 1933.4

문인 시객 서한, 남녀 문인 간의 십 통[2]

이태준과 최정희 편지

최정희 선생에게

이태준

뵈입지 못한 지 여러 날 됩니다. 그새 봄은 꽃이 많이 피였습니다. 최 선생께서도 꽃 피는 여러 날이였기를 바랍니다.

요전 모윤숙 씨의 편지를 받고, 두 분은 퍽 재미있는 새이시라 느껴졌습니다. 두 분이 한 자리였기 때문에 그처럼 유쾌한 낙서가 탄생된 줄 압니다. 좋은 친구끼리 만나는 것은 남에게 까지 훌륭히 미덕이십니다.

「인맥」은 어제 읽었습니다. 「인맥」을 쓰신 흥분은 혹 아직도 식지 않으셨을 런지 모릅니다. 「인맥」은 남에게 아니라 작자에게 적지 않게 짓밟힌 작품입니다. 제 옷자락을 짓밟는 흥분, 이것은 가혹하게도 기술 문제로서 이미 평가들의 포폄(褒貶)을 함께 받으신 줄 압니다.

---

2 새로 발굴.

소설 독자처럼 의심 잘 하는 인종은 없습니다. 작가와 독자는 영구히 일가족이 못 됩니다. 신문 기사는 무조건하고 믿되, 소설에선 인물, 얼굴에 죽은 깨 하나 돈을 우연까지라도 '필연'이기를 강요합니다. 어떤 화려한 인물이든 작자는 그를 한 번 머릿속에 구인한 이상 작자는 가장 엄격한 사법 주임으로서 냉혹한 취조를 해야 합니다. 그렇지 않으면 독자계란 검사국으로 넘어 가서 기소가 되지 못 합니다. 불기소는 사건의 부정, 즉 경찰의 실패올시다.

최 선생은 '선영'에게 동정하셨습니다. 결과를 동정하되 취조에서 동정이란 금물이올시다. 일인칭 소설의 인물은 곳 잘 작자에게 교언영색을 합니다.

'선영'은 문학 법정을 한 번 빛낼 만한 좋은 인물입니다. 선영의 불기소, 최 선생은 '선영'에게 분노하셔야 합니다. 피녀를 재검속하셔야 합니다.

최 선생은 소설 「인맥」을 쓰시며 왜 시인 노릇을 하셨습니까. 모시인과 만나시는 것이 그럼 소설에겐 불(不)미덕이였을까. 가가(呵呵).

문학 경찰의 동관(同官)의 하나로서 '선영'의 재검속을 위한 투서올시다.

4월 12일 이태준 배

이태준 선생님께

최정희

이 선생님, 지금 선생님이 삼천리사 편집부로 보내신 — 다시 말씀 하오면 이 선생님이 제게 주시는 혜함(惠函)을 읽었습니다. 실은 여기 편집부에서 제게 이 선생님께 디리는 글발을 쓰라는 명령을 내리든 날 로 당장 선생님께 글발을 썼든 것이오나 지금 선생님의 혜함을 읽고 다 시 붓을 든 것은 이 선생님이 제 「인맥」을 읽어주신 수고에의 감사와 또 그 우에 제가 깨닫지 못했든 곳을 지적해 주신 고마움에서입니다. 저는 「인맥」에 '나'라는 주인공 — 선영에게 동정했다는 걸 도모지 몰 랐습니다. 선생님이 그렇다고 일러주시고 본 즉 정말 제 옷자락을 제 가 밟고 일어서는 흥분을 가지고 쓴 것 같습니다. 이 뒤로는 극히 주의 하겠습니다. 이런 친절하신 이 선생님의 말씀은 제게 좋은 글을 쓰게 할 것 같습니다.

이태 전 제가 「정적기」를 썼을 때도 선생님은 그 일기체의 잘 되지 않 은 글을 조목조목 모조리 들어 평을 해 주시고 나무람 해 주시고, 그리고,

"우리는 소설을 읽을 때 무었이든지 일이 버려지기를 기대한다. 생 활과 운명의 충돌, 극적이기를 바란다. 인물이 생동해서 무의미하지 않기를 바란다"는 어느 분이 한 이런 말씀까지 인용해 주신 일을 기억 하고 있습니다. 정말입니다 마는, 저는 그때까지 — 지금도 마찬가지

오나 — 소설을 어떻게 쓰는지를 몰랐습니다. 그랬는데 선생님이 참으로 세밀히 타일러 주시고 자세히 평을 해 주신 때문에 그 뒤부턴 제멋대로 무얼 쓰다가도 선생님이 일러주시든 말씀을 생각해내고 멈추군 했습니다. 마는 아직 제가 몹시 부족한 탓으로 선생님의 가르치심을 그대로 좇지 못 하고 있습니다. 앞으로 많이 공부해서 좋은 글을 쓰겠습니다. 그럼으로 해서 '흠' 많은 제 자신을 성장시키겠습니다. 끝으로 제가 전번 선생님께 드리자든 글발의 내용을 여쭙겠습니다. 그 쩍엔 제 이야긴 도모지 안 하고 조선일보에 요새 쓰시는 장편 「청춘무성」을 아침마다 빼놓지 않고 마치 그걸 보길래서 잠을 일찍 깨는 것 같다는 이야기와 지금까지 신문 소설이라군 하나 본 것이 없는 것은 신문 소설이란 거저 흥미 본위로 마구 써 가는 것인 줄만 알았기 때문인데 「청춘무성」을 보는 사이에 인식을 달리 했다는 것, 「청춘무성」이란 제호가 제 비위에 덜 좋다는 것, 하나 글이 곱고 좋고 아름다웁기 때문에 제호에 대한 불만은 어느새 사라졌다는 것을 말씀드린 다음 선생님이 맡아하시는 「문장」지를 통해서 좋은 여류 문인을 많이 맨드러 달라는 부탁과, 한번 당선된 「봉선화」의 작자 임옥인 씨 같은 분을 버쩍 글을 쓰도록 하는 것이 좋겠다는 의견을 잠간 말씀 드려 보았든 것입니다. 그럼 오늘은 이만합니다. 내내 안강하옵소서.

최정희 배

『삼천리』 제12권 제6호, 1940.6

좌담, 대담

소설가회의, 『삼천리문학』 주최 문예좌담회[1]

 우리의 문예정책과 예술행동을 규정하며 또한 작품제작에 대한 여러 가지 문제를 논의하기 위하야 문인 제씨의 회의를 열기로 하였습니다. 그리하여 제1차로 이 '소설가회의'를 열었는데 계속하야 매호 본지 상에

 시인회의
 평론가회의
 여류작가회의
 문학청년회의

등을 개최하겠습니다. 다만 이번의 회합에 있어선 때마침 연말이든 관계로 소설가 제씨가 원만하게 모이지 못하였든 것을 유감으로 아옵니다. (모윤숙)

 시일 : 소화 12년 12월 11일 오후 6시
 장소 : 장곡천정 조선호텔 제1실

---

1 새로 발굴.

소설가 : 김동인, 박종화, 이태준, 유진오

본사 측 : 김동환, 최정희, 모윤숙

1. 순수소설과 대중소설에 대한 작가의 태도

모윤숙　요새 연말이 되여 시간이 퍽 바쁘실 텐데, 이렇게 왕림해 주셔서 감사합니다. 과거에는 보통 문예좌담회라 해가지고 소설가, 시인, 평론가할 것 없이 글 쓰는 사람이면 각 층을 망라하여 모였다고 생각합니다. 그런데 이번 『삼천리문학』에서는 조금 방식을 달리하여, 매호 한 방면으로 글 쓰시는 분들을 모시고자 생각해서 이번에 소설가 회의를 처음으로 개최했습니다. 생각나시는 대로 일상 말씀하시고 싶었든 것은 다 말씀해 주십시오.

이태준　제목을 말씀하셔야지요?

모윤숙　그럼 한 가지 여쭤 볼까요? 요새 조선서는 흔히 소설가들이 신문소설들을 많이 쓰시는데 순수소설을 쓰실 분도 대중소설가 노릇을 하게 되는데 아무러한 고심도 없을까요?

박종화　이태준 씨는 순수소설도 쓰시고 대중소설도 쓰시니까 잘 아시겠군요.

이태준　(김동인씨를 보며) 여기 대가가 계신데 왜 절보고 그러십니까?

김동인　순수소설과 대중소설을 꼭 구분하도록 마음대로 됩니까?

유진오　독자는 대개 그 구분성을 의식하지 못하지요? 아직.

이태준　아직 우리들이 가진 독자층에선 거진 구별 못 한 채로 읽지요?

유진오　그래요. 분화 못하지요.

모윤숙 그럼 독자는 그렇다 치고, 작가 측으로도 그렇게 구분이 안 될까요?

이태준 그렇지는 않지요? 단편을 쓸 때는 맘이 무척 즐겁고 기쁩니다. 그러나 신문소설을 쓸 땐 다분히 직업적 의식을 가지고 쓰게 되더군요.

박종화 제 생각은 좀 다릅니다. 아무리 대중소설을 쓰더라도 순수소설 기분이 통 없고야 쓸 수 있나요?

모윤숙 신문소설에 대한 문학수준을 어떻게 평가하면 좋을까요?

이태준 신문에 쓰더라도 여기 박 선생님이 쓰시는 「금삼의 피」 같은 것은 무척 애를 쓰시는 작품이지요.

유진오 저는 아직 신문소설을 못 써봤지만 이왕 무대를 제공받은 이상 순수성과 대중성을 잘 조화해서 작품을 구성했으면 하는 희망은 가집니다.

박종화 신문소설을 쓰면서 독자의 레벨을 끌어올리는 것이 작가의 본직이겠지요.

김동인 그것도 생각해 보았는데 이거 쓰노라면 자꾸 신문사측에서 레벨을 낮춰라 낮춰라 하고 성활 댑니다, 거참.

이태준 『중앙』 있을 때 어떤 작가의 소설을 받았는데 그분으로서는 대단히 애쓴 작품이였드랬는데 독자는 잘 이해를 못하겠다고 하니, 레벨을 끌어올린다는 것도 용이하지 않아요. 그저 신문소설가는 신문소설가대로 전업적으로 따로 해야 되겠습디다.

김동인 나도 전에 태평양이라는 작업을 아주 마지메²하게 『중외일보』에 쓰는데 이건 편집자 측에서 더 레벨을 낮춰 쓰라는 통에 혼이 낫습니다.

이태준　그런데 것도 그래요, 신문사선 한두 사람이 전화나 편지로 그런 불평을 말하면 그것을 전체화 해가지고 당황해서 작가 귀에까지 들려주는 일이 있는데 잘못이지요.

유진오　조선서도 일본내지처럼 대중도 아니구, 순수도 아닌 중간 것을 두어 달씩 게재했으면 좋겠습니다.

이태준　그리게 말예요, 연말에 광고로 작품을 모집하노라고 수선을 떨지 말고 독매(讀賣)처럼 다달이 작품을 모집하는 게 훨씬 유리할 걸요. 평론가들은 언필칭 침체침체 하나, 잡지는 『조광』 하나뿐이구 신문 학예면에선 평론가에게만 지면을 많이 주고 자— 어디다 무얼 어떻게 발표해요. 거 신문 학예면에다가 한 구석 내가지고 계속해서 단편이라도 실리게 하는 게 좋아요, 그런 제공도 못 받으면서 작품이 발전될 수 있어야지요? 그리구 신문사선 당선 됐던 사람의 뒤를 안보와 주는 게 큰 탈입디다. 작품을 다시 보내면 내용을 보기 전에 매수만 세여보고 돌려보내니 이거 되겠소?

유진오　잡진 정말 조광 하나뿐이지요?

이태준　신문사 측에 또 하나 요구하고 싶은 건, 적어도 연지계(年之計)가 미리 서 가지고 미리미리 모두 부탁했음 좋겠습디다. 급작이 소설 같은 것을 쓰라고 부탁을 한단 말이예요, 그럼 생활상 부득이 쓰겠노라 대답은 하지만 대단히 작품구성에 대해서든지 여러 가지 점에서 자미 없어요.

2　まじめ(真面目). 진심임, 진지함, 성실함.

2. 역사소설과 모델 문제

모윤숙 보통 소설 쓰실 때 모델이나 구성에 대해서 고심을 많이 하실 텐데 좀 말씀하셔요?

박종화 참 거 역사소설 겉은 거 쓸 때문, 책이 없어서 참고 할 길이 맥힐 땐 기맥히지요, 이조실록 같은 것도 그렇구, 다른 나라 같으면 도서관이나 박물관으로 찾아가지 않어요? 여기야 황무지라 빈약하기 짝 없지요? 박물관이 있으면 몇백 년 후라도 짐작해 낼 수가 있단 말이지요.

김동인 나도 한 번 옛적 의복에 대해서 참고 할 게 있어 지석영 씨를 찾았으나 못했습니다.

이태준 이왕가 박물관에 왜 그 혜원(蕙源)의 그림 같은 것을 보면 감흥이 일어나더군요.

박종화 사전이 없어 그도 큰 곤란입디다.

유진오 참 그래요, 사전이 없다는 건 그 어학회서 한다는 거 어찌 됐소?

모윤숙 아직 덜 됐나 봐요.

이태준 일본 어느 역사가의 말인데 역사가는 기록의 입장을 떠나서 못살지만, 창작하는 예술가들은 왜 문헌에 붙잡히는지 알 수 없다— 이런 말을 본다면 역사소설이라고 꼭 역사처럼 쓸 건 아니지요.

박종화 건 그렇지요, 역사소설이라구 하드래도 그게 소설이지 역사소설이라는 어떤 규율의 제재를 받으란 법은 없겠지요. 국지관이도 역사소설을 많이 썼는데 재료를 취할 뿐이지 소설이 역사는 아니란 말을 했습디다.

이태준 이광수 씨가 역사소설 쓰실 때 전라도 어떤 사람에게서 욕이

막 퍼부어 오더래요. 역사허구 틀리는 데가 많다구. (허허)

박종화　역사소설도 역시 예술품이라야겠지요?

이태준　그럼요. 할 수 있는 데로 그때 풍속이나 알리잔 게지 「림거정」 같은 건 한 300년 전 께니까 몰라도 황진이 시대의 것은 꼭 주역을 붙어야 하겠습디다.

박종화　그저 그때의 분위기나 나타내면 그만이지 꼭 얽맬 건 아니야.

이태준　그것도 불가능하지요, 바로 한 50년 전 께면 몰라도.

박종화　소설을 써서 한 100년 후에 본다면 큰 문헌이 될 걸요.

유진오　역사소설을 현대어로 쓴다면 어떨까요?

이태준　자신 있게 쓸 수 없을걸.

박종화　거 우스울 걸요.

모윤숙　현대소설의 내용을 꿈이시는데 고심도 크시지요?

이태준　너무 우리 생활이 평면적이어서— 천단강성(川端康成) 씨는 일본내지의 생활도 소설을 구성하기에는 너무 비입체적이라구 했는데 우린 그들보다 더구나 행동적인 인물을 찾을 수 없으니 원. 제한된 생활, 안정된 상황에서 어디.

차라리 역사소설에선 거대한 구성을 할 수 있지요.

유진오　우리 생활은 너무 유치해서. 그까짓 꺼 실생활에서 뚝 떨어져 공상에 둥둥 떠서 소설을 써 봤으면 어떨지!

이태준　그럼 아조 몽유병환잘 그리게 되게.

유진오　희극 같기도 하고 비극 같기도 할 걸.

모윤숙　애란 같은 나라는 예술운동이 퍽 성한 듯해요.

유진오　그래도 큰 건 없지요, 그저 섬세한 데로 진보되더군요.

김동인   우리 사회에서는 소설될 만한 사건을 얻어낼 수레 있어야지?

모윤숙   큰 천재가 나면 좋은 작품을 꾸밀 수 있다고 생각합니까?

김동인   꿈 이야기 꿈이 같지만 다— 써선 궤 속에 넣어 둬야 지요.

이태준   난 톨스토이 같은 분도 전쟁과 평화를 조선 같은 데서라면 못 썼을 줄 알아요.

김동환   「레미 제라불」 같은 작품을 구성할 수는 있을 듯한데.

이태준   거 안 그렇습니다. 거기두 상당히 입체적 자극이 필요하지요. 어디 조선에 좋은 수도원 또 그럴듯한 환경이 허락됐나요?

유진오   「쿼바디스」가 로마를 중심삼아 구성된 것 모양으로 딴 무대를 사용해 보면 어떨구?

이태준   그래도 역사소설에서 큰 행동 큰 자극을 얻을 수밖에 없지요.

3. 소설가의 여성관

김동환   외국문학에 관심하려면 어디로 향해질까요.

김동인   러시아 문학이지요. 선이 굵고 시원스럽지요.

모윤숙   그렇게 되면 자연 현대소설 중심테마는 연애문제 취급인데 참 현대 여성관의 초점을 어디 두십니까.

이태준   아유 참 여자들이 대화들을 왜 그리들 못하십니까? 참 유치해서 못 듣겠어요.

김동환   삼각연애 같은 것을 작품에서 곱게 처리해 넘길 수 있는 작가가 있을까요? 일본 내지 작가들은 그런 솜씨가 용합디다.

박종화 조선과 일본이 법이 다르니까.

이태준 그리구 조선선 애욕에 관한 사상들이 아직 원시적인 것 같애요.

모윤숙 남자들이 더 유치해요, 소설 쓰는 걸 봐두 여자를 너무 일면적으로만 해석해요!

김동인 아―니, 그럼 다른 면 두 있습니까? (一同笑)

모윤숙 글쎄 여자를 아주 치지도외하는 소설가 양반들이 무슨 훌륭한 작품을 쓴단 말입니까.

김동인 연애소설 많이 쓰기론 춘원이 제일일걸.

모윤숙 김 선생도 기생지식은 상당하시든 데요, 이젠 인텔리 여성을 좀 연구하세요.

김동인 허― 나―는 여자의 머리를 항상 의심하는데 어저께두 우리 마누라하구 최면제 때문에 (불면증으로 최면제를 너무 사용) 다투는데, 이건 여자의 두뇌란 통 융통성이 없단 말이야.

모윤숙 생각하고 조곰 잡수시랬는데 멀 그러서요?

김동인 아―니, 여자세계는 어디나 그럴걸.

박종화 나는 연애를 못해봐서 이젠 헐 능(能)도 없구 뭣 그저 그렇지요?

김동인 난「태평양」쓸 때 세 가지 여성을 모델 해봤는데 다 공상이지요?

박종화 그래도 요새 사람들은 좀 낫지요, 옛날 사람이야 어디 여성교제가 있었나요?

김동인 (모윤숙을 쳐다보며) 그러나 저러나 깐에 여성도 사람으로서의 특별점이 있습니까?

모윤숙 거 웨 선생님은 소설에서도 여자 때문에 잽혀 지내든데 그러서요? 남자보다 특별점이 많습니다. 웨그러서요?

김동인 (수건을 입에 대고 웃으며) 아―니 글쎄.

모윤숙 여자에게서 소설가로서 보는 미가 뭡니까?

이태준 첫째 육체미, 둘째 정신미, 셋째 복장미, 왈 이렇게 돼야 이상적 미인이지요.

김동인 잘 생긴 남자도 여자복을 입히면 좋겠더군요

모윤숙 역시 김 선생님은 화장미가 첫 조건이시군요?

김동환 건강미를 흔히 현대적 미라 보는데 또 어떤 사람은 폐병 타입을 좋아하지 않습니까?

박종화 감정이 예민한 분이면 흔히 그러시겠지요.

이태준 만약 지폐 속에 그림을 그린다면 건강미, 전진미를 주로 그리겠지만 개인적으론 세유(細柳)와 같은 여성을 좋아하게 되는 게 보통이죠, 김동인씨는 아이노꼬[3] 여인을 좋아하시지요.

김동환 조선에 「그 전날밤」에 나왔던 '에레나' 같은 여성은[4] 없을까요?

모윤숙 것두 다 작가의 눈에 달렸지요? 에레나 이상에 정열을 가진 여자도 있을지 모르지요.

유진오 작자는 잊었습니다만 러시아 작품인데 혁명 때 일어난 사실이지요, 대단이 건강한 여자로 그 사내 애인도 퍽 노동자격인 혁명아였지요, 그런데 혁명이 지나고 나니까 지식계급 남자에게로 가게 되는데 결국 취미방면으로 귀환하게 되더군요.

모윤숙 조선 작가들은 여성지식이 부족한 듯해요, 용감히 교제들을 못하시나 보지요?

---

3 あいのこ(合いの子・間の子). 혼혈아.

4 투르게네프의 장편소설. '에레나'는 작중 여주인공의 이름.

김동인　난거 기회 있으면 연애할 것 거 갓쉐다. (一同笑) 소설을 써 두 여자의 전체를 드러낼 순 없지요, 어느 일각이 나타날 뿐이둔요.

이태준　여성미 예찬도 같지 않어요, 아마 것두 교양관계루두 가나봅디다. 영변가 같은 데 보면 아래위가 팡파짐한 여자를 좋아했는데 선비들의 미인관이란 그렇지 않어요.

모윤숙　어떤 정열에 부대기면서 소설을 쓴다면 뜨거운 작품이 될까요?

이태준　시인은 그럴지 몰라도 소설가는 안 그래요, 연애를 하면서 그긴 소설을 어떻게 순서 있게 씁니까?

유진오　연애할 땐 연애만 해야지요, 소설은 무슨 소설을 씁니까?

이태준　소설가에겐 여행이 참 필요합니다. 인상을 많이 얻으니까요.

김동인　난 그 전에 파쓰를 얻어 쓸 때도 2등차보다 3등차가 좋아서 그걸 탔지요, 보는 게 많으니까. 2등차는 심심해서 못쓰겠습디다.

모윤숙　유도무량의 태도는 어찌 보십니까? 그 사람은 산문가로서보다 연문가의 연애 행동이지요?

김동인　그 사람 문장은 화려하지 과장이 많구.

유진오　누굿누굿하지.

4. 평론가에 대한 소설가의 감상

모윤숙　평론가들에 대한 요구는 없으십니까? 그들의 논(論)에 대해서 말씀해 주십시오.

김동인　원고료 때문에 그들두 글을 쓰지요.

박종화　나는 조선에 평론가가 없다고 봅니다.

이태준　작가와의 충돌은 당연하다고 봅니다.

김동인　차라리 작가의 평이 볼 게 있지. 평론가의 평이란 원 볼게 하나나 있나요?

전에 신문사 있을 때 어떤 평론가가 찾아와서 작가를 한 번 흥미 있게 욕을 할 테니 원고를 사달라고 합디다. 그러니 그게 원고 팔아먹자는 수작이지 다른 게 없거든요.

유진오　동경에 정야게일, 같은 이는 좌익 평론가이면서도 우익 편에서 보더라도 ナルホト[5]라고 할 많이 씁니다. 조선선 너무 쉽게 판단만 하려드니까 틀렸어.

김동인　어디 그 사람들이 소설을 알고 평하나요? 모릅니다 통.

이태준　문예학이나 사조의 각도에서 작품을 비판한다면 모르거니와 이건 소설 쓰는 사람의 입장은 통 이해 없이 자기의 각도에서만 정가를 붙이는 것은 수긍할 수 없습니다, 그저 얻어들은 논(論)으로만은 안 됩니다. 과거에 있어서는 그래도 작가의 평에서는 얻어들은 말이 있지만 평론가의 말에선 얻어들은 말이 없습니다. 동경만 하더라도 20여 년 읽은 감상역을 토대로 평론가 노릇을 하지 않습니까? 적어도 역사물부터 현대작품까지의 지식을 일관한 머리를 가지고 나섭니다. 이건 아모 것도 모르고 그냥 막 요리해 넘기니 돼요?

유진오　그러니까 대립의 정도를 높일 필요가 있지요.

모윤숙　문예지 발생의 필요를 느낍니까?

5　なるほど의 가타가나 표기로 보임. 과연, 역시.

김동인   모두가 가난한 탓으로 글쎄 시골 가서 여관에 들어두 무직이라 하구 들면 좋아도 문사라면 툇자로구려.

김동환   과거가 지금보다 로맨틱했지요? 방인근 씨 『조선문단』 시절이 좋았지요.

유진오   일전 어느 잡지 보니까 동경도 비관입디다.

이태준   도향, 시대엔 기생이 술을 가지고 밤에 찾아오고 그랬다는데 요샌 원 허허. 그런 소린 쓰지 마시오, 괜히.

모윤숙   웨 그리 떠십니까.

이태준   이제 문예지를 한다면 작가를 동원시킬 필요가 있지요, 춘원, 현진건, 파인, 홍로작, 양주동, 박종화 씨들을 동원시키는 게 좋을걸요.

유진오   문단에 출자하는 자본가가 왜 없는지? 눈에 뵈는 것만 모두 한단 말인가?

이태준   『삼천리문학』에서 1개월에 단 2, 30원만 줘도 작가들은 씁니다. 원고료만 주면 다른 직업은 해서 뭘 합니까?

유진오   그러니까 누가 우리 문단을 위해 출자하는 게 필요한데.

박종화   독자도 큰 책임을 져야지요?

유진오   의무적으로 한두 사람이 소설만 위해 꼭 들어 앉아 쓰면 어떨까?

이태준   그런 사람 둘이 있다 죽었지요, 이상, 김유정.

김동인   빈곤해 가지고는 도저히 못 씁니다. 도스토옙스키 같은 이도 정거장에 나가서 기차가 갈 때 원고를 보내면 돈이 곧 왔다니까. 조선서 같으면 얼어 죽었을 걸.

5. 문사의 사생활과 사회[6]

모윤숙　문인의 사생활을 사회적으로 도덕적으로 간섭하는 것은 어떻게 생각하십니까?

유진오　학교선생은 참 어려워요. 앱노멀한 심각한 연애 취급은 작품 속에 못하게 됩니다.

이태준　그렇지요, 실제와 혼동하게 되니까 딱해요.

모윤숙　그래도 작가로서의 개성을 힘껏 발휘하려면 그런 것은 개의치 말아야지요.

이태준　그래도 해석을 달리해 주면 곤란하거든요.

모윤숙　오랫동안 좋은 말씀 많이 해주어서 황송합니다.

(9시 폐회)

『삼천리문학』, 1938.1

6　원문의 소제목번호는 5 없이 4에서 6으로 넘어간다.

장편작가 방문기[7]
이상을 말하는 이태준 씨

작가와 생활

장편작가 방문이 두 번째 계속 됩니다. 제2회로 이번엔 우리의 친애를 받는 작가 이태준 씨를 찾기로 했습니다.

씨가 '문장사'를 새로 꾸미고 출판준비에 분망하시다는 소문을 들은 나는 씨가 한껏 한가할 듯한 때를 살펴서 오후 여섯 시 가까이 씨의 사무실을 찾았습니다마는 씨는 전혀 한가롭지 못하고 — 조용한 자세를 갖추어야 격을 이루는 씨임에도 불구하고 — 의자에 오래 안정할 수 없이 전화에 접객에 몹시 바빠하셨습니다. 그러하나 찾은 뜻을 버려둘 수는 없지 않습니까.

"바쁘신데 미안하지만 이 시간은 저를 위해서 말씀해 주십시요."

"그렇게 하십시요. 늘 바쁘니까요."

"조용한 틈을 타느라고 이렇게 늦게 왔는데 그저 바쁘시군요."

"대개 '문장사' 일은 요 때에 보게 돼서 그래요. 학교에서 돌아오든 길에 들리게 되니까요. 오늘은 학교에 안 나가는 날이 돼서 아침부터 좀 써보려고 했는데 하루 종일 원고질 펴놓기만 했지 석 줄밖에 못 썼군요."

---

7   새로 발굴.

"소설입니까?"

"네. 단편 하나를 벌써 시작은 해놓고 날마다 가방에 넣만 가지구 다니면서 아직 못썼습니다. 누구 할 것 없이 죄다 이런 형편이니 문필업을 한다할 수 있습니까. 어서들 다른 직업을 집어 치우고 글만 써야 할 텐데."

"글만 써서 먹고 살 수 있어야지요?"

"그러기에 말입니다. 원고료가 푹푹 나와서 글만 쓰구두 생활할 수 있다면 다른 직업을 가질게 없죠. 문학을 위해서 출자하는 좋은 친구들이 많이 나오기 전에야 그저 늘 이 모양으로 글다운 글두 못 쓰구 분주하기만 할 걸 생각하면 한심합니다."

"최소한도로 얼마 가량이면 생활해 나갈 수 있을까요?"

"200자 원고지 1매에 1원씩만 주더래도 굳이 다른 직업을 가지려고 들 들지 않겠더군요. 그리고 잡지사 같은 데서나 출판사에서 매월 정해놓고 단 2, 30원씩의 지정고료래도 있게 된다면 그럭저럭 살아 갈 것 같애요."

"그래도 선생님 같으신 분은 고료로 생활할 수 있을 것 같은 데요."

"웬걸요. 신문소설을 쓰면 괜찮은 편이나 그거 어디 늘 쓸 수 있는 겁니까. 어쩌다가 한번 차례가 돌아서 쓰게 되니까요."

장편과 단편

"그래도 선생님은 장편을 많이 쓰신 편이 아녜요?"

"한 7, 8편 가량 되나 봅니다. 「구원의 여상」, 「법은 그렇지만」, 「코

스모스 피는 정원」, 「제2의 운명」, 「불멸의 함성」, 「성모」, 「황진이」,
「화관」인데 그중에 「코스모스 피는 정원」은 잡지에 연재했던 것으로
장편이라고 할 것까지 못되나 그저 그대로 장편으로 해두지요."

"그중에서 가장 자신 있는 작품이 어느 것입니까?"

"글쎄요. 아직 대가가 아니어서 자신 있는 작품이 없기두 하려니와
그 말씀은 집에 아이들 중에 어느 아이가, 제일 나으냐고 묻는 거나 마
찬가지므로 대답하기가 곤란합니다."

"그러니까 다 좋다는 말씀이군요?"

"아닙니다, 우리가 지금까지 장편을 써온 것은 신문연재 소설인데
이건 날마다 한 회씩 써서 신문사에 보내게 되는 때문에, 좋은 소설을
쓰자는 마음보다 바쁘게 되면 어떻게 그날 하루치를 이럭저럭 얽어서
보내는 일이 많습니다. 그래서 자신 없는 대목이 수두룩 하구 보니 어
디 이게 잘되고 저게 못됐다고 대답할 수 있습니까. 못 돼도 우연 잘 되
도 우연 그저 되어지는 대로 쓰게 되니까요."

"그럼 단편 중엔 자신을 가진 것이 많으시겠군요?"

"네. 자신이랄 것 까진 없구요, 장편과는 달라서 잘 됐든 못 됐든 써놓
고 나면 뭘 하나 맨들었다는 다시 말하면 창조의 기쁨을 가지게 되죠."

"그렇다면 장편이란 건 도모지 쓰지 말아야 할 것이 아니겠습니까?"

"왜요, 그렇지두 않지요. 장편두 마음 대루 쓰자면 다— 써서 신문에
나 잡지에 실리면 마찬가지겠지요, 오히려 대사를 성취한 기쁨이 한층
더 할 수 있을 것이 아니겠습니까. 어쨌든 한 작품을 다 끝내지 않고 매
일 한 회씩 써주는 건 그건 완전한 창작태도가 아니죠. 말하자면 그건
문필노동인 셈이니까요. 그렇기에 작중 인물두 처음 3, 40회량까지는

작가 마음대로 요리를 하지만 그 다음부터는 작중인물을 작가 자신이 따라가게 되니까요."

"앞으로 장편을 쓰시겠습니까, 단편을 쓰시겠습니까?"

"별로 이렇다 할 계획이 없습니다마는, 시간의 여유만 있으면 좀 큼직한 것을 하나 맨들어 보려는 생각입니다."

어떤 것을 취재할 것인가

"어떤 소설을 쓰고 싶으십니까?"

"지금 소설쓰기가 참 거북합니다. 탐정소설이거나 역사소설이 아니면 쓸 수가 없어요. 우리 생활이 너머 평면적이거든요. 가와바타 야스나리(川端康成) 씨 같은 이는 일본 내지의 생활두 소설구성하기에 너무 비입체적이라구 했는데 우린 그들보다 더구나 행동적인 인물을 찾을 수 없으니……. 그렇다고 우리가 이상하지두 않는 인물 — 금광을 한다든지 주식을 한다든지 또 그 밖에 무슨 투기업하는 사람을 등장시킬 수는 없잖아요. 그러니까 결국 역사소설이나 쓸 밖에요……."

소설 황진이이 관하야

"그래서 「황진이」를 쓰셨습니다."

"그건 그래서 쓴 건 아닙니다. 『중앙일보』에 있다가 객원으로 나앉게 될 때 주필 이관구 씨가 황진이를 퍽 좋아해서 절더러 중앙지에 황진이를 쓰라구 하기 때문에 썼습니다."

"전부터 쓰시려고 벼르던 겁니까?"

"그렇지두 않어요. 객원으로 나앉아 곧 쓰라는 부탁이었음으로 미리 준비도 없었지요. 쓰면서 여기저기 다니며 조사했는데 황진이의 역사는 도무지 똑똑히 적히어 있지 않어서 퍽 곤란했습니다."

"대개 어떤데서 참고를 하셨나요."

"이왕직, 신윤복의 풍속화에서두 몇 가지 참고하구 또 오세창 씨한테서두 들었습니다. 그리구 개성 내려가서 서화담의 서사정을 구경하긴 했지만, 그래도 「황진이」는 끝에 가서 무리가 많었어요. 3분지 1은 신문에 싣고, 그 나머지는 신문이 나오지 못하게 되어서 쓰지 않고 있다가 서점에서 출판한다기에 끝을 막느라구 무리가 많었지요."

"무리라니요? 역사와 아주 동떨어진 사실로 꾸몄다는 말씀입니까?"

"그것과는 달러요. 오히려 난 역사소설이라구 해서 그 문헌에 붙잡히는 건 좋지 못하다구 생각하니까요. 일본 내지 어느 역사가두 말하기를 역사가는 기록을 떠나서 못 살지만 창작한다는 예술가들은 왜 그 문헌에만 사로잡히는지 알 수 없다구……. 이런 말을 보드래도 역사소설이라구 꼭 역사에 따라 쓸 건 아니라구 봅니다. 역사 그대로 쓴다면 그건 전기지 소설은 아니니까요. 가령 이순신을 쓰는데 이순신의 역사와 아주 틀리게 쓴다구 그걸 비평가들이 들고 일어선다면 그건 문학을 모르는 비평가랄 밖에 없어요. 혹 들을라치면 소위 지식계급에 있는 분자들 중에, 역사소설인데 역사와는 아주 딴판이라구 말하는 이들이 있는 모양이나 그건 아주 잘못된 생각이라고 봅니다. 가령 황진이 이면 황진이 역사야 어떻게 됐건, 작가가 어느 각도에서 봤다는 것만 정확히 표현됐으면 그만 아닙니까. 혹 역사소설 그대로 쓰는 작가가 있다구 치드래두, 그것이 절대로 역사 그대로가 아닙니다. 지금 홍벽초의 「임거정」이 옛날 풍속 옛날 말을 그대루 쓴다군 하지만 그것이 50년 전의 풍속과 말, 즉 벽초가 보아온 풍속과 말이지. 그 보다 더 올라가서의 것은 아닙니다. 몇백 년이나 몇천 년 전 것은 문헌이 있더래두 그걸 보구 알 수 없어요. 말과 풍속을 도저히 알아 낼 수가 있어야지요. 발성영화라면 몰라두 그렇지 않구서야 「임거정」만 해두 400년 전 것인데 어떻게 그 시대의 것을 그대로 그리겠어요. 그러므로 나는 역사소설을 쓰더래두 내가 본 각도에서 인물을 살리고 사건을 취급할 뿐이지 괜히 화장시키려고 하지 않겠어요."

최대의 이상(理想)

"선생님의 이상을 말씀해 주십시오."

"이상이요. 그저 분주하지 않고 좋은 서재에 들어 업데서 글이나 썼으면 하는 것입니다."

"그 밖에 다른 생각은 없으십니까?"

"없을 리야 있겠습니까. 뭣도 하구, 하구 싶은 것이 수두룩하지만 그 중에서 가장 하고 싶은 것이라면 지금 말씀한 것 같은 것입니다."

"그 다음에 원하시는 건요?"

"뭘 들으시려구 그러십니까. 연애하고 싶다는 말이래두 들으시려구 그러십니까? 하하."

"아녜요. 또 다른 이상이 많으실 것 같아서요."

"실상 연애 말이 났으니 말입니다 만은, 우리가 연애란 걸 너무 저속하게 생각들 해왔어요. 그저 신문 3면 기사에서 보는 치정관계를 연애로 알아오는 사람들이 많아요. 지금 내가 이렇게 연애문제를 이얘기한다구 욕할 사람들이 있을 지두 몰라요. 그러나 정말은 연애처럼 세상에 아름다운 것이 없다고 난 생각합니다. 연애하는 마음이란, 그건 하느님의 가까운 마음입니다. 연애하는 사람에겐 하느님이 필요치 않어요. 그만큼, 그들은 연애로 말미암아 높아지고 깊어지고 아름다워지는 겁니다. 이렇게 높아지고 깊어지고 아름다워질 수 있는 연애를 하는 사람이라면 그는 나라를 위해서나 인류를 위해서 능히 몸을 바칠 수 있습니다. 완전한 인간이 아니면 연애를 바로 못하는 것입니다. 이렇게 세상에서 무엇보다도 아름답고 귀한 것을 우리가 천대해서야 되겠습니까. 사랑을 하는 까닭에 사업에나 예술에 그 정열을 바친다면 그 사업이 그 예예(藝藝)이 얼마나 훌륭한 성과를 나타낼 것입니까. 서양 작가들은 작품을 쓸 때 누구 한 사람을 생각하고 쓴 것이 많습니다. 내 생각엔 그들의 작품은 그래서 더 위대하다구 생각합니다. 우리두 누구에게 바치겠다는 마음을 가지구 글을 쓸 정도가 됐으면 싶습니다."

"선생은 결혼과 연애를 분리를 시킬 것이라구 생각하십니까?"

"그렇게 생각지 않습니다. 사랑하면 결혼하는 것입니다."

"그러면 결혼은 연애의 무덤이라는 격언을 문질러 놓으십니다 그려."

"결혼이 연애의 무덤이라는 것두 일리가 있는 말이죠, 발달되지 않은 감정과 감정의 결합이면 그럴 수가 있거든요. 다시 말하면 맹목적으로 사랑하다가 결혼하면 결혼 후에 온갖 허물이 피차에 보여서 권태를 일으키게 되는 거죠 마는, 다─ 성숙된 감정과 감정이라면 도저히 그럴 리가 없습니다. 발달되지 않은 감정의 결합으로 파탄되는 거야 어쩌는 수가 있습니까. 억지로래두 얽어매어 놓아야 별수 없지요. 내 생각엔 서로 맞지 않는, 다시 말씀하면 성숙된 감정이 아닌 감정의 결합을 법률로 도덕으로 얽어매놓고 싶진 않아요. 그건 위정자에게 있어서나 매우 긴요한 윤리일지 모르지만."

"알겠습니다. 인제 선생님의 인생관을 말씀해주십시오."

"인생관이요? 대단히 막연합니다."

"위선 죽고 싶으십니까, 살구 싶으십니까?"

"난 낙관주의라 죽구 싶진 않아요. 잘 살어보구 싶습니다. 인생관이란 것두 사람이 성장함에 따라 자꾸 발육될 것이니까, 지금 내 인생관을 말한 대야 그건 온전한 인생관이 못 될 것이구 내 인생관을 아시려거든 이 앞으로 쓰는 소설 전부를 다 보십시오."

사숙하는 작가

"누구의 소설을 가장 좋아하십니까?"

"체호프를 좋아하구요. 또 도스토옙스키─두 좋아하지요."

"체호프와 도스토옙스키─는 아주 다른 경향을 가진 작가가 아닙니까?"

"그렇죠. 그렇지만 그 두 작가가 다─ 좋습니다. 체호프는 묘사를 잘하구, 도스토옙스키─는 줄거리가 있는 이얘기를 보여주구요."

독서

"요새 어떤 책을 읽으십니까?"

"바빠서 별로 못 읽습니다마는, 가와바타 야스나리(川端康成) 씨의『설국(雪國)』이란 것을 읽는 중인데 퍽 재미가 있습니다."

오락과 취미

"영화구경을 많이 하십니까?"

"잘 갑니다. 공부가 되니까요? 다른 사람들은 사진을 오락으로 생각하지만 난 문학과 영화를 늘 연결시켜서 보게 됩니다."

"오락은 무엇입니까?"

"오락이 별로 없습니다. 장기나 바둑을 안두고 마작을 못 하구 책 읽는 것이나 오락이 될 런지요? 그래두 인생을 연란(燃爛)하게 살어가구 싶은 마음은 있어요."

"선생님은 골동품을 좋아하신다구요?"

"네 매우 좋아합니다. 좋은 골동품 서화가 있다는 덴 다— 찾어가 보구 싶습니다."

"전엔 그런 것들을 가지구 동경 가셔서 전람회두 여시였다면요?"

"전엔 그랬습니다만 지금은 그만 됐습니다."

신진작가에 대해서

"선생님 이얘긴 많이 들려주셨으니, 인제 신진작가에게 대해서 말씀해 주십시오. 선생님은 신진작가 중에서 누구를 촉망하십니까?"

"현덕 씨라는 분이 퍽 재주 있다구 생각합니다. 「남생이」나 그 이후로 나온 작품들이 모다 몹시 애쓴 흔적이 있더군요. 처음 나온 작가지만 그 문장을 보아서 전부터 많이 준비했다는 걸 알 수 있습니다."

"그 다음엔 없습니까?"

"김동리 씨 이 분두 유망하다구 봅니다. 지금 어느 절간에 가 있다는 말을 들었는데 공부도 할뿐 아니라 역량이 있습니다. 정비석 씨 같은 분은 처음 작품 「성황당」은 좋았으나 그 뒤의 것을 보아서 그렇게 재주 있는 분이라군 생각지 않습니다."

『삼천리』 제11권 제1호, 1939.1

현대여성의 고민을 말한다

소설가 이태준, 여류평론가 박순천 양씨 대담

이헌구 날씨도 더웁고 바쁘신데 이렇게 오셔주셔서 고맙습니다. 현대 여성으로서 행복되게 살려면서도 살 수 없게 되는 고민에 대하여 두 분께서 좋은 의견을 교환해 주시면 『여성』에 실어서 일단 독자에게 전해드리고저 합니다.

이태준 여성 문제면 적절한 말씀이 박 선생에게 많으실 텐데 …… 혼인한 후에 생기는 고민이란 어떤 데서 오게 됩니까.

박순천 문제는 결혼한 후에 고민이라는 것이 여성에만 있는 것이 아니고 남성에게도 있겠지요. 부부간에서 서로 성격을 이해하지 못하면 여간 고민이 아닐 것입니다. 부부 생활을 하는 동안 고민이 주기적으로 오는 때가 많습니다. 가령 20대면 20대의 고민 30대면 30대의 고민이 돌아오는 것입니다. 그리고 어떤 때에 가서는 참기 어려운 권태기가 돌아옵니다. 이러한 시기가 닥칠 때마다 우리 여성들은 교양에서 탐하지 아니할 그러한 수양을 길러야 될 줄 압니다. 여성은 남성에 대한 예비지식이 없기 때문에 결혼 전에는 남편 될 사람을 신으로서의 존재로 알고 결혼을 했다가 나중에 가서 실망을 느끼게 되는 일이 많습니다. 그렇기 때문에 남자도 역시 우리 여성과 같은 그러한 인간인 줄을 미리부터 알고 남자의 세계를 이해해 주어야 될 줄 압니다.

지도와 교화

이태준　현대 여성의 고민이란 무엇이겠습니까.

박순천　그것은 여러 가지로 많을 것입니다. 첫째 이성 문제가 제일 클 것인 줄 압니다. 가난한 사람은 가난한 것도 고민일 것이나, 돈푼이나 있는 사람은 생활의 여유로 괴로움이 없을 것 같아도 도리어 여유가 있느니만치 남편이 첩을 몇씩 두고 방탕하게 지내는 것이어서 여성에게는 게서 더 크나큰 고통이 없을 것입니다. 제 친구 가운데 부부 사이가 여간 화합해서 지내던 이가 아니었는데 남편의 잠깐 외도로 가정에 대단한 불평을 일으키고 있는 것을 보면, 역시 부부 사이에 있어서는 성문제가 큰 원인인 것 같습니다. 그러나 남자의 일시적 탈선을 용허하고 아이들의 아버지 노릇을 완전히 해 주는 것으로 우리는 만족할 수 있을 것 같습니다. 하지만 언제까지든지 그러한 방탕한 생활을 지속한다면 그러한 남성에게는 우리의 자존심을 깨뜨려서까지 아내 노릇은 도저히 할 수가 없습니다. 대개 여자들은 결혼한 후에 남편에 대한 불평을 말하고 환멸을 느끼는 이가 많은 것을 봅니다. 이것은 아까도 말했지만 남자라는 그 인간을 몰랐기 때문에 그렇게 되는 것입니다. 우리 딸들에게는 할 수 있는 대로 기회를 따라서 남자의 사회와 그 주위의 생활을 가르쳐서 결혼 후 남편에게서 큰 실망을 느끼지 않도록 해 주고 싶습니다.

이태준　사회기관, 교화기관이 여자들을 교육하는 방도가 원활히 되어 있다고 보시는지 만일 못되었다면 어떠한 방법으로 고치고 지도해 가야 하는지 구체적으로 말하면 학교에서 가사과(家事科) 같은 데서 천 사는 것 같은 과학적으로 연구를 해서 지도를 하지만 그러한 방면에는 충분한 지식을 아직 못 주는 모양이 아닙니까.

박순천   우리 때에는 30이 넘도록 결혼 문제에 대해서는 그렇게 관심을 두지 않았습니다. 그러기 때문에 사치라는 것 말하자면 의복이나, 화장 같은 데도 몹시 등한하였습니다. 그러나 요즘 여학생들을 보면 여학교 2, 3학년부터 결혼이라는 것을 생각하고 그 어떠한 대상을 꿈꾸는 것같이 보입니다. 잡지 같은 것을 보아도 역시 그러한 기사에 눈이 가는 것 같고, 배우들의 뭐라고 할까 사진 같은 것을 보고 몹시 모방하는 그러한 경향이 현저히 보입니다.

이태준   그러나 보편적으로 보면 생활 전체가 조선 사람은 수입문화 영역을 벗어나지 못하고 있는데 이런 점에 있어서도 여성교육 방침이란 것이 현실에 맞도록 고쳐져야겠죠. 물론 선생과 제자 사이보다 또 어머니의 호흡하는 세계가 다르니만치 딸들의 교육을 학교와 협력해 사회 언론기관 같은 데서 간접 지도하는 것이 필요하지 않은가 합니다.

박순천   그러한 기관이 있었으면 하는 필요를 그렇지 않아도 느끼고 있습니다. 가정에 있어서 어머니는 학교의 선생님과 같이 어머니의 달콤한 애정만 쏟아 놓지 말고 때에 따라서는 엄격한 교육자가 되어서 현재 조선의 민중 생활을 토대로 해서 제 2세의 씩씩한 어머니를 기르는 정신으로 지도를 하여야 할 것입니다. 저는 남보다 계집애가 많습니다. 그 가운데 곧장 어머니 몰래 모양내기를 좋아하는 놈이 하나 있습니다. 그러지 말라고 해도 듣지 않고 거리에서 보는 것과 같이 그렇게 이상야릇하게 하는 것은 아니지만 하기는 합니다. 그래서 어머니의 눈에 그것이 보기 싫을 때는 남의 눈에도 보기 싫을 것이 아니냐구 엄격하게 일렀더니 잘못했노라고 하고 그 후부터는 하지 않는 것을 보았습니다. 그러나 화장이라는 것을 성년기에 이르러서 제 몸을 돌보면서 정도에 맞게 하는 것은 과히 나쁜 일이라고 할 수는 없습니다.

이태준 화장 이야기는 재미있는 이야기입니다. 학교에서 학생들의 화장을 엄벌하는 그러나 역시 화장들을 하는 모양입니다. 영국 어떤 사람의 소설을 보면 어떤 가정에 딸들이 많았는데 이르기를 연애는 해라 그러나 어떻게 해라 하는 가훈을 세웠습니다. 그런데 지금 학생들은 우리의 중학시절과는 달라서 연예관계 같은 것도 지금은 용허가 되니까 거리낌 없이 미용원 같은 데를 찾아가서 모양을 냅니다. 전발(電髮)이라든지 베니 칠은 엄금해야겠지만 화장 일체를 엄금해선 도리어 반동심으로 더하게 될 것 같습니다. 학교에선 엄금주의를 쓰지 말고 '화장은 해라 그러나 ……' 식으로 그 정도만을 간섭했으면 좋을 것 같습니다. 화장도 현대여성의 교양의 하나일진댄 도리어 지도하는 태도가 옳지 않을까요?

박순천 우리가 약 25년 전 동경 있을 시절에는 크림도 잘 모르고 화장이라는 건 전연 모르고 지냈습니다. 그러나 요사이 거리에서 보는 젊은 딸들의 그 야릇한 화장법은 미라고 하기보다는 도리어 미를 돕는 것이 되지 못하고 자연미까지 손상을 시켜놓습니다. 그러한 화장법에는 도저히 감심할 수가 없습니다. 이번에 동경을 잠깐 다녀왔는데 그곳 사람들의 화장법은 그 사람의 모양에 따라서 아주 자연스럽고 고상한 느낌을 주었습니다. 그것을 조선의 딸들에게 비추어 보니 어찌도 그렇게 화장법이 야비하고 천하게 뵈는지 역시 여기도 어머니된 사람의 주의가 필요한 줄로 압니다.

이태준 그런 게 오히려 지도층에 있어서 덮어놓고 금하니까 그렇지 않은가 합니다. 그러한 것이 다 동경을 거쳐서 조선으로 들어오는데 직접 서양을 가 보지는 못했습니다마는 사전 같은 데서 보면 물건이라든가 자동차라든가 모든 풍경이 다채 현란하니까 조화가 되지만 조선 환경에는 색채 농후한 화장이 전혀 조화가 되지 않습니다.

박순천   저도 거기에 동감입니다. 자기의 생긴 모양과 또 주위에까지 어울릴 그러한 화장법을 써서 조금도 어색함이 없이 그래서 그것이 자연미를 돕고 또 고상하게 해야 합니다.

정조문제

이태준   처녀시절에 고민되는 것이 정조 문제일 텐데 남자에게 대한 투시력이 없이 그저 그것이 미화되어서 신처럼 보여 지는 데서 해방을 하는 수가 있는 가 봅니다. 그리하여 그 당시에는 정열이 있으나 그 어떤 최후 일선을 지나게 되면 불행하게 되는 건 여자뿐인가 합니다. 그래서 여기에 고민이 크나 그것을 부모에게도 말을 못하고 선생에게는 더욱이 말할 수가 없고 해서 혼자 고민을 하고 있는, 이미 당해 놓은 이러한 사람들은 어떻게 했으면 좋을까, 여기에 선생의 의견을 좀……. 어느 소설에서도 그런 장면을 좀 써 보았습니다만 학교에서는 흔히들 정조를 잃어버린 사람이 들어오면 입학을 안 시키고 하여 겉으로는 다른 처녀들과 같이 처녀로 꾸미고 처녀 행세를 할 수 있는데 들어갈 적당한 학교가 없어서 나중에는 자포자기하는 수가 많은 걸 압니다. 이것은 사회문제로도 연구해 볼 문제가 아닙니까.

박순천 　학교에서 그렇게 합니까.

이태준 　엄격하게는 모르나 대체로는 구별하는 모양입니다.

박순천 　임신이 아니고서는 육체적 현상으로만은 모를 것 같은데……

이태준 　이미 그러한 경우에 처해 있는 사람에게 강박관념을 주지 않기 위해서 여자들에게 육체적인 과오를 범하게 됐을 때 이것은 마치 잘못해 넘어져서 몸 한군데를 다친 것과 같이 과실로 알도록 해서 정신적으로 구할 수 있잖습니까. 그렇다고 해서 한번 실수한 것을 가지고 자기는 정조를 잃지 않았다고 생각하는 것도 폐단이겠지요. 이런 점을 충분히 이해시키는 데는 좋은 문예 작품을 읽히는 게 좋겠어요. 소설이라면 일반은 이야기책으로 연상하기 때문에 도덕적으로만 그것을 비판하여 버립니다. 학생 시대에 정조관념을 가르치는 데는 오히려 연애소설을 읽히는 것이 좋지 않을까 합니다. 가령 톨스토이의 「부활」 같은 것을 연애와 타락 장면이 나온다고 읽히지 않는 것은 그릇된 생각인가 합니다. 자기가 몸을 깨끗한 채 인식 상으로 경험하는 것은 무엇보다 절실한 교육으로 압니다만……. 그러기 때문에 가정에서도 소설에 대한 태도를 고쳤으면 좋겠습니다.

박순천 　성년기에 들어가면서 아이들이 연애소설 같은 것을 일반적으로 좋아하는 것 같습니다. 나 자신도 27~28년 전 15~16세 시절에는 「추월색」이니 「장한몽」이니 하는 것을 선생님의 눈을 피해 가면서 기숙사이면 벽장 속, 운동장이며 숲속 같은 데로 들어가서 읽던 일이 있습니다. 소설을 이 선생님 말씀과 같이 아주 금하는 것보다는 학교에서 과외(課外)에 반성회 같은 그룹을 만들어 가지고 가령 어떠한 소설을 읽게 한 후에 지도자가 이런 점은 취하고 이런 점은 취해서 안 된다는 것을 잘 지도해 주는 것도 좋을 줄 압니다. 성년기에 들어가면 성에 눈뜨는 것을 주위의 사람들은 분명히 알 수가 있습니다. 그것은 여자면 고녀(高女) 일년급, 남자면 2년급 정도에서부터 시작되는 것 같습니다. 소학교 6학년까지는 의복 같은 데 그렇게 등한하던 것이 중학교에 들어가게 되면 옷 모양을 몹시 냅니다. 구두를 날마다 정성으로 닦는다든지 옷에 주름을 편다든지 하는 것은 성에 눈뜨는 것이라고 볼 수 있는 것입니다. 이것만으로서 그것을 탈선 행동이라고 볼 수는 없는 것이나 그 어떠한 탈선적 행동이 있다고 하면 현저히 그것도 나타나고야 맙니다. 나이가 들면 첫째 어린동생과는 같이 있기를 싫어합니다. 가끔 몸을 그르쳐 가지고 나를 찾아오는 젊은 여자들이 있는데 그 사람과 같이 울어 주는 데서 효과를 볼 수가 있습니다. 전엔 아내 있는 남자를 사랑해서 찾아와 가지곤 그걸 해결해 달라고 간절히 웁니다. 남의 첩이 돼가지고도 행복스럽게 사는지 그렇게 되지를 못할는지 ……

이태준 마음의 고민은 마음으로 다스려 줘야 하지 않습니까.

박순천 그러한 경우에서 다시 재출발을 하는 사람도 있지만 수도원으로 가겠다고 하는 사람도 있습니다. 그것도 역시 그 사람의 성격문제입니다. 그런 사람을 요새 세 사람을 두고 보는데 몹시들 괴로워하더군요.

삼각관계

이태준 처녀들이 삼각이 돼서 서로 연애를 하다가 혼자 남게 되는 처지에 있는 사람으로 그 사람을 붙들고 간호하고 지도할 그런 명안이 있을까요.

박순천　저는 이렇게 생각합니다. 연애도 한 병적으로 볼 수가 있는데 열이 오를 때에는 침착성을 잃어버리고 시비를 헤아리지 못합니다. 그런 걸 그 정도를 보아서 역시 타이른다든지 경우에 따라서 지도하는 것이 좋을 줄 아는데 그 사람이 몹시 슬픈 경우를 당한다든지 실연을 해서 어떻게 할 줄을 모르는 그러한 경우라면 아까도 말했지만 그저 그 사람과 같은 태도로 위로하면서 누구누구도 과거에는 그렇게 비참한 시절이 있었다고 종종 이야기해 주고 또 그 편에서 버림을 당할 때 당자가 인식하는 그 모욕감을 강조시켜서 자기가 버림당한 그 울분을 가지고 한 복수적으로 다시 보아라 하는 듯이 나갈 수 있는 용기를 북돋아 주는 것이 좋을 줄 압니다.

이태준　그런 사람한테는 말이 잘 들어가지는 않겠지만 어느 책에서 보니까 만일 실연했거든 저편이 다시 복연(復緣)하자고 해도 인격적으로나 무어로나 따라올 수 없도록 이쪽이 높아지라고 했는데 확실히 명안(名案)의 하나라 생각합니다. 와신상담해서 그 사람의 화가 복이 되게 지도를 할 필요가 있습니다. 죽는다는 데는 제삼자로선 간섭할 경지가 못되니까.

박순천　실연한 후에는 죽는다든지 수녀가 되겠다는 그런 말을 흔히 하는데 그런 친구를 알 때에는 할 수 있는 데까지 우리는 그러한 생각을 가질 한가한 시간을 주지 말고 무슨 일이든지 하여 바쁜 생활을 하도록 전보다 더 가깝게 친절하게 해 주는 것이 좋으리라고 생각합니다.

직업여성의 고민

이태준   직업여성들에게 고민이라면 어떤 게 고민이 되나요. 남들은 처녀 시절에 호화롭게 시집가는데, 직장에서 묻혀 지내는 그런데도 불만이 있겠지요. 그런 곳에 있기 때문에 혼기를 놓치는 수가 있지 않나 하는 데도 있을 것 같습니다만?

박순천   그런 사람들은 상급 학교에 못 가는 것이 제일 고통인가 보더군요. 제가 지금 있는 데서 일하는 계집애가 제 딸이 중학교에 입학시험을 친다니까 부러워하더니 입학이 되었다는 소리를 듣고는 그만 웁니다. 그리고 시간이 긴 것이 제일 고통이지요.

이태준   여성에 있어서는 소년과 마찬가지로 노동시간을 제한했으면 대단히 좋겠어요.

박순천   자녀가 있다든지 해서 아침에 아이들을 떼어놓는다든지 집안 살림 정돈이 또한 고통입니다. 젊은 처녀들에게는 주위에 있는 남성들에게 반말을 듣고 멸시를 받고 하는 것이 고통입니다. 직업여성이라고 지식계급에 있는 남성들도 직업여성이라면 그 사람의 인격여하를 불구하고 업수이여기고 낮춰봅니다. 여기 고통이 큽니다. 그리고 또 한 가지는 왜 여자로서 직장에 나가느냐하고 그것을 한 방종의 꿈으로 알고 시비를 하는 것입니다. 무엇보다도 일반 여성들은 가정에서 직장으로 나가기를 죽기보다도 싫어하는 것입니다. 심한 말 같지만 남편이란 사람까지 이것을 이해해 주지 못합니다. 직업여성의 비애가 이런 것들에 있습니다. 그리고 꽃다운 시절을 그런 직장 속에서 썩이고 만다는 데도 고민이 크지요.

사생자 문제

이태준 여성에 있어선 선천적으로 아이를 낳게 된다는 데 고통이 큰 줄 압니다. 남자는 아이를 낳지 않으니깐 모르지만 여성에게는 아이 때문에 범죄 하는 수가 많은 모양입니다. 가령 아이 때문에 일생을 바치게 되는 경우 물론 일정한 남편이 없이 아이를 낳는다는 것이 수치이긴 하지만 여성 중에는 이 사생자 문제로 고민이 클 텐데 이상적 해결 방도가 없겠습니까.

박순천 아직까지 사회에서 그런 사람을 멸시하고 결혼문제에 들어가서 차별을 받는 것입니다. 우리 친구가 사생아를 가지고 있는데 아이가 어떻게도 머리가 명민한지 천재적이라는 말을 듣고는 있으나 사위를 삼겠다는 사람은 없습니다. 그런 것을 볼 것 같으면 현저하게 멸시를 당하게 되는 것이 뻔한 일입니다.

이태준 사생아라고 천하게 여기는 것은 다소 지혜가 발달된 사회에서는 없어져야 할 문제입니다.

박순천 저의 친구가 탈선된 일이 있어 남편과 이혼을 했습니다. 그 친구의 딸이 아주 규수가 얌전하고 보는 사람마다 흠모하는 미인이구 성품도 말할 수 없이 고우나, 그러나 결혼 문제에 들어가서는 그 어머니의 실행(失行)으로 혼인길이 막히고 맙니다. 제가 그 아이를 중매하려고 이해가 있음직한 한 친구에게 그런 말을 했더니 누구의 딸이냐고 해서 바른대로 말을 하니까 당장에 거절을 하고 마는 것입니다. 그런 사람은 월매의 딸 춘향을 왜 생각을 못하는지 모를 일입니다.

이태준 일반이 인식을 좀 달리해야지 성인 교육을 잘해서 이러한 관념을 속히 없애 버려야 할 일입니다.

박순천　성인 교육이 여간 필요하지 않습니다.

미망인 문제

이태준　젊어서 미망인이 되었을 때 두 가지 길이 있을 텐데 자녀가 있다면 그들은 믿고 살 것이냐 또는 재혼을 할 것이냐 하는…….

박순천　그것이 제 개인 문제라면 결혼 생활을 두 번 가져 볼 필요는 없을 것 같습니다. 그러나 젊은 미망인으로 수절을 억지로 할 필요는 없지 않은가 합니다. 좋은 상대면 가서 좋을 것이겠지요.

이태준　이런 것을 동경서 보았습니다. 어떤 화가의 유작 전람회인데 회장에 썩 들어서니까 까만 옷을 입고 앉아 있는 미인이 있었습니다. 가만히 보니까 고인의 미망인으로 나이가 스물두 셋이나 그렇게밖에 안 되어 보이는데 말없이 남편을 위해서 상복을 입고 앉아있는 것이 여성 자신으로는 아름다운 일이나 남이 보기엔 산사람이 죽은 사람에게 포로가 된 것 같은 감상이었습니다. 무슨 부작같이 죽지 못하는 사람이라고 '미망인'이라 붙여 가지고 죽은 사람과의 약속을 지킨다는 것은 제 삼자로 볼 땐 너무 잔인한 것 같은 생각이 듭니다.

박순천　제 주위에 있는 미망인으로 지금 결혼해도 괜찮을 친구가 있는데 매일같이 만납니다. 보면 아이들을 데리고 살아가는 것이 가엾어서 결혼을 하라고 권하지요.

이태준　죽은 사람을 잊을 수 없어서 자신의 정열로 현실을 무시한다면 모르나 가문과 도덕에 얽매여 수절을 한다는 것은 생각할 문제입니다. 은근히 결혼이 하고 싶으면서도 그것을 억제하면서 고민을 하는 것보다 처녀와 같은 마음으로 인생에 대한 야심과 대담성을 가지고 새로 나아가는 것이 좋을 줄 압니다.

박순천　서양 여자 같으면 그렇게 되는데 조선서는 과부된 사람은 멸시를 받으니까.

이태준　그런 약점이 있는 여자를 다시 살리는 데는 남자가 책임을 져야 할 것입니다.

박순천　만일 결혼을 해서 잘되면 이연(異緣)이와, 그렇게 하는 것이 나중에 웃음거리가 되면 하는 두려움에서 주저를 하게 됩니다.

여성상담소

이태준　여성문제 같은 것을 토론하는 기관으로 관료적인 상담소보다도 우정으로 사귈 수 있는 그런 기관이 있었으면 좋겠습니다. 봉천에 가 보면 '동선당'이라는 자선기관이 있지요? 아이를 낳다가 집어넣으면 모든 경로를 불문에 부치고 길러주는, 그 결과만을 좋게 하는 기관인데, 그런 것이 있었으면 합니다.

박순천　도서실 같은 것도 있어서 심심하면 들려가 책도 보고 자신의 난처한 문제를 해결 못하고 방황하는 사람들을 서로 지도하고 토론하는 기관이 필요합니다.

이태준　그리고 가정적으로 통사정할 선배가 많이 있는 것이 좋습니다.

박순천   내가 아는 계집애로 연애 때문에 고민을 하면서 늘 편지를 하는데 우리는(우리집의) 아이들도 군사 교육처럼 시키고 그래서 별로이 가정에 화기가 없는 것같이 보입니다. 선생님도 과거에 자기와 같은 그런 불행이 있었느냐고 묻는 편지도 했더군요. 그 애는 문학에 취미를 가지고 글을 쓰는 아이가 되니까 감상이 예민해서 이런 것까지 살피게 되나 봅니다.

이태준   감각도 예전 사람보다는 날카로워지는 것은 사실인데 앞으로 고민 문제는 더욱 다각화할 줄 압니다.

이헌구   좋은 말씀 많이 들려주셔서 좋은 기록을 남기겠습니다. 그러면 여기서 그만두겠습니다.

『여성』, 1940.8

설문

신년 새 유행! 희망하는 유행·예상하는 유행[1]

될 듯한 유행

아직도 초가지붕은 간판 뒤에 숨어있을지언정 서울에도 시대는 시대라 제법 세기말의 도시풍경을 갖추려하는 것 같다. 그러나 지존(至尊)이 소위 모껄이니 모뽀이니 하는 분들로 구쓰를 끄르고 탕반(湯飯)에 오페라빡쓰를 시루꼬 집테불 같은 데 벗어 놓는 것은 암만하여도 초기 번역극을 구경하는 것과 같이 어색한 감이 없지 않은 것이다.

이를 보아 아무리 무신경한 상인들만 사는 종로라 하드라도 불원하야 끽다점 골목이 생길 것과 판박이 모던들은 물론이려니와 일반적으로도 끽다 도락(道樂)이 유행되리라고 생각한다.

되었으면 하는 유행

물론 유행을 기다리지 않고도 선선히 손을 내여 밀어 정분이 깊은 그만큼 만족한 예를 보이 신녀성이 아주 없을 것은 아니나 아직도 일반화

---

1   새로 발굴.

되지 않을뿐더러 이러한 여성을 특히 말괄량이시 하는 것이 사실이다.

오래간만에 만난 누이들에게 혹은 그러한 여자 친구들에게 너 잘 있었니 아무개 잘 있었소 하기에는 정에 막히며 너무나 무뚝뚝한 일이고, 그렇다고 모자를 벗고 허리를 굽힐 수도 업는 경우에는 말인사와 함께 악수가 좋을 것 같다. 더욱 오래간만에 맛난 여자 친구에게 정분대로 인사하지 못하는 딱한 경우는 나뿐이 아니리라 생각한다. 어서 남녀 간에 악수례가 대유행을 지어 일반화하고 평범시 되었으면 한다.

『별건곤』 제18호, 1929.1

내가 본 나, 명사(名士)의 자아관[2]

나는 '모던'을 좋아한다. 그러나 모던만을 좋아하는 것이 아니라 고전도 그만치 좋아한다. 그럼으로 나는 나의 성격에 있어서나 생활에 있어서나 가끔 부조화를 느낀다.

『별건곤』 제8호, 1930.5

2　새로 발굴.

일문일답기[3]

기자   신문에 보면 당신은 가끔 그림 평을 쓰시니 당신도 그림을 그리실 줄 아십니까.

이태준   나는 물론 그림을 그리지 못합니다. 그러나 평은 꼭 그림을 그릴 줄 알아야만 하는 것은 아닙니다. 조화옹(造化翁)의 일대 창작이라 할 만한 우주 대자연을 보고 누구나 가요(歌謠) 영탄(詠歎)하는 것과 마찬가지로 사람의 작품인 그림도 누구나 평할 수 있는 것입니다.

『별건곤』 제35호, 1930.12

---

3   새로 발굴.

독자 여러분께 보내는 명사 제씨의 연두감, 연하장 대신으로 원고착순[4]

  쓸데 업는 나이지만 한 살을 더 먹으니 기쁘기도 하면서 한편으로 슬픈 생각도 납니다.

『별건곤』 제36호, 1931.1

---

4   새로 발굴.

내가 본 내 얼굴[5]

    어느 친구가 내 얼굴을 그리려다가 실패하고 나서 한 말이 있습니다. "자네 얼굴은 넘우도 비조각적(非彫刻的)이라"고. 그것을 나도 시인합니다. 즉 비남성적(非男性的)이란 말이니까요. 내 얼굴은 그렇게 비남성적이면서 또 아무런 특징도 업습니다.

『별건곤』 제37호, 1931.2

---

5   새로 발굴.

현대인의 심경타진[6]

1. 귀하가 만일 다시 태어나신다면? 어떤 사람으로 — 그리고 어떤 일을 하시렵니까?
2. 귀하는 어떤 사람(남녀)을 좋아하십니까?
3. 영화가 귀하에 깨쳐 준 것은 무엇입니까?
4. 십 년 후의 조선을 어떻게 상상하십니까?
5. 귀하가 만약 귀하의 수명을 미리 아신다면? 어떻게 하시렵니까?
6. 연애를 한마디 말로 표현하신다면?
7. 귀하의 청춘에 영향을 준 서책은 무엇입니까?
8. 얻고 없어진 것 중에 가장 그리운 것은 조선멋 — 조선정조?
9. 조선에서 가장 먼저 생각하고 또 간수할 일은 무엇입니까?
10. 무엇이 없어지면 제일 곤란하겠습니까?

1. 나는 아직도 늙지 않았으니 지금이라도 얼마든지 되고 싶은 사람, 하고 싶은 일에 나아갈 수 있겠지요.
2. 모든 일에 정책을 쓰지 않는 사람.
3. 아직은 받은 것보다 이 더 많으니 그것은 시간.

---

6 새로 발굴.

4. 이것을 안다면 이런 붓이나 들고 앉았을 리가 있소.

5. 머리맡에 꽃을 준비하겠소.

6. 한마디로 말하기 어려운 것은 연애.

7. 고전태차랑(古田太次郞)의 『사(死)의 참회(懺悔)』

8. 고무신 때문에 전혀 없어지다시피 된 여자의 꽃신.

9. 우리의 어문 운동.

10. 동소문(東小門)단이라는 버스가 없어지×.

『별건곤』 제61호, 1933.3

돌연 눈이 먼다면

눈이 먼다면? 거참 기가 막힐 것입니다. 꽃을 못 보고 향기나 맡으며 그림을 보지 못하고 이야기로 들을 생각하니 어디 그러고 살 수가 있을까요.

그러나 그렇다고 억지로 죽지도 못할 것이라 생각합니다. 하루 이틀 몇 달만 견디면 소경으로도 꽤 견디고 살아갈 뿐 아니라 오히려 문예창작에는 더욱 정진되리라고 믿습니다. 옆에서 받아 써주는 사람만 있으면 눈을 뜨고 온종일 세속사에 뒤번쩍거릴 때보다 차라리 질로나 양으로나 우수한 작품을 낳을 것 같기도 합니다.

저에게 좋은 작품을 바라시거든 먼저 나의 눈이 멀기를 바라십시오.

『신동아』, 1933.7, 앙케이트에서

신문소설과 작자 심경[7]
「제2의 운명」을 쓰면서

'집필의 동기, 신문소설의 난점, 삽화소감, 독자로부터의 반향, 몇 회 예정, 모델의 유무, 고료 급(及) 작자로서 독자에게 하고 싶은 말'

이렇게 여러 가지를 물으셨길래 한 번 베껴 가지고 한 가지씩 보면서 대답하오리다.

집필의 동기란, 이렇다 할 것이 없고 자리가 났으니 하나 쓰라 해서 쓰는 것이며 신문소설의 난점은, 이번이 처음이라 이제야 난점을 자꾸 발견하는 중에 있소이다. 이미 느낀 건, 미리 써 놓은 것이 아니어서 그날그날 치를 쓸 때마다 그날그날 치에만 근시안적으로 들려다 보기 때문에 작품전모를 덜 생각하고 나가기 쉬운 것입니다.

삽화는 나의 글로서 훌륭한 호사라 여깁니다.

독자로부터 반향은, 아직 15, 6회에서 붓 씨름을 하는 중이므로 알 길이 없고

몇 회 예정인가는, 100회 이상 200회 이내로 생각합니다.

모델은 없고

고료는 이런 것은 묻지도 말고 대답도 마는 것이 피차의 존경이 될

---

7   새로 발굴.

줄 아오며 작자로서의 독자에게 하고 싶은 말은 그저 꾸준히 읽어달라
는 것입니다.

『삼천리』 제5권 제10호, 1933.10

『신가정』 1934년 1월의 앙케트에서

1. 개성이 뚜렷한 점으로 성악을 즐기오.

3. 축음기는 몇 푼짜리 안 되오.

4. 레코드는 그리 많지 못하오(조선판에는 아직 가난한 주머니를 털기까지 유혹을 못 받았소).

5. 샤리아 핀의 노래, 후베르만의 바이올린 같은 것을 많이 들었소.

9. 하루에 몇 번이 아니라 한 달에 한 번 정도 듣소.

10. 밤에 많이 듣소.

11. 마음으로 동양화가 좋고 눈으로 서양화가 좋다구 할까요.

12. 서양화로 풍경, 정물, 인물 등을 걸었소.

13. 우리 어머니와 아버지의 사진을 걸었소.

14. 조선위인 사진은 있으나 걸어놓진 못하였소.

16. 개가 한 마리 있소.

17. 무해무덕인가하오.

18. 강아지를 수놈인줄 알고 사다가 이름을 씨사ㅡ라고 했소. 그랬는데 크는 걸 보니 암놈이오. 그래서 이름을 카추샤라 고치고 웃어보았소. 지금 카추샤는 낙랑다점 주인이 데려다가 여급 대신에 두었는데 이름을 또 나나라고 갈았다하오. 카추샤 뒤에 들어온 개는 틀림없는 수놈이어서 정작 씨사라 부르오.

19. 닭을 좀 길러볼까 하오.

21. 화단은 있으나 화단에 있던 화초는 지금 죽었거나 움 속에 들었거나 할 터이오.

22. 수선화 분이 있소.

23. 봄, 여름, 가을은 다 잊어버렸고 지금 겨울엔 수선을 사랑하오.

24. 사랑하는 까닭? 화초는 여자와 같은 것이라 까닭을 들어 사랑한다면 야속타 하리다.

『신가정』, 1934.1

10만 애독자에게 보내는 작가의 편지[8]

오직 작품을 통하야—「성모」(중앙)의 작자로서

누가 한 말인지 '그 작자를 진정하게 예찬하는 것은 그의 작품밖에 없다'란 것을 어디서 읽은 생각이 납니다. 작자는 오직 작품으로만 독자와 이야기할 뿐 작품을 떠나 무슨 딴소리가 있겠습니까. 칭찬이 되던, 욕이 되던 작품에 충실할 것뿐입니다.

『삼천리』 제7권 제10호, 1935.11

---

8   새로 발굴.

도세문답(渡世問答)

1. 무엇으로 처세훈(處世訓)을 삼으십니까?

선량하게 살아야겠다는 것입니다.

2. 돈 모으실 생각은 없으십니까.

쓰고 싶기는 해도 모으고 싶은 생각은 별로 없습니다.

3. 생사를 같이 할 만한 친구가 있습니까.

글쎄요.

4. 선생은 세상에 무엇을 남기고 가시렵니까.

아직 갈 때가 멀었습니다.

5. 아주 조선을 떠나고 싶지는 아니합니까.

건강한 느티나무처럼 굳이 여기서만 뿌리를 박고 살려합니다.

『조광』, 1937.2

선생이 가지신 시계는

1. 언제 사셨습니까? 선물입니까?

회중시계는 15년 전에 고(故) 우민철과 바꾼 것입니다. 사람은 갔으나 시계는 지금도 태엽만 감으면 살아납니다. 요즘은 손목시계를 잘 차고 다니는데 작년 가을에 누가 선사한 것입니까. '티숏'이란 서선(瑞西) 태생입니다.

2. 꼭 정확합니까, 혹시 몇 분 틀립니까?

가시 같은 세 바늘은 언제든지 정각 위치를 잘 지켜 줍니다.

3. 거리에서 특히 유의해 보시는 공중 시계는 어디 것입니까?

화신 것과 경성우체국 것을 가끔 전차에서 내다보지요.

4. 지금 그 시계 때문에 생긴 일화, 로맨스 등 한 토막?

아주 엄숙한 비밀입니다.

『여성』, 1940.6

송년사

당신은 지난 1년 동안 운 일이 있소? 한 번도 없노라 하면 그건 오히려 진정한 행복의 1년 동안은 아니었다.

『신가정』, 1933.12

부록

수필, 기타 글에 대한 해설

안미영

1. 이태준에 대한 시선

이태준의 수필은 그의 소설 못지않게 많은 문인과 독자들의 사랑을 받았다. 1941년 수필집 『무서록』이 출간되자, 박종화는 금년 간 문단의 가장 큰 수확으로 『무서록』 출간을 꼽았다(「금년 일 년간 아(我)문단의 수확」, 『삼천리』, 1941.12). 이태준의 수필에는 이태준의 맨 얼굴이 드러난다. 그는 수필에서 자신의 가족사와 과거, 현재의 모습 등을 숨기지 않고 보여준다. 슬프면 슬프다고 말하고, 기쁘면 기쁘다고 말한다. 안타까운 것은 안타깝다고 하고, 좋은 것은 좋다고 표현한다. 그는 화초를 사랑하고 어여삐 여겼다. 책을 사랑하고 한적한 자연 풍광과 그림을 사랑했다.

문인들은 인간 이태준과 그의 작품에 대해 자별한 관심을 보였다. 모윤숙은 이태준을 다음과 같이 평가했다. "이태준 씨는 그 작품에서 인상되듯이 퍽 깨끗하고 고요한 분이더군요. 깊은 산 고요한 골짜기에 외로이 선 참나무 가튼 한정(閑靜)의 풍미가 도는 이더구만." 그녀는 단편 「가마귀」를 추천하면서 "제재는 평범하였으나 그분의 것은 어느 것이나 알기 쉽고 묘사에 향기가 돌아" "산뜻"하다고 호평했다(「여류작가 좌담회 — 여류작가가 본 남성작가의 인상」, 『삼천리』, 1936.2).

연재소설의 삽화가 노수현(『중앙일보』)은 이태준의 작품을 다음과 같이 평가한다. "자주 그려 보아서 그런지는 몰라도 이태준 씨의 작품이 내가 삽화 그리던 중에서는 가장 좋더군요. 이분의 작품은 선이 부드럽고 등장하는 인물이 적어서 간결한 맛이 나는 작품이므로 아주 쉽지요. 이분의 작품은 여러 번 대하여 보았지마는 거개가 그래요"(「화가(畵家)가 '미인'을 말함」, 『삼천리』, 1936.8).

이태준의 작품은 언어의 측면에서, 주제의 측면에서 조선을 대표하는 작품으로 지목되었다. 번역하여 해외로 보내고 싶은 우리 작품을 묻는 설문에서 유진오, 정래동, 장혁주는 이태준의 작품을 꼽았다. 여러 작가들을 대상으로 한 질문이었는데, 어떤 작가는 자기 자신을 지목하는가 하면 답을 피하는 작가도 있었다. 이러한 정황으로 미루어 다수의 작가들이 이태준을 조선을 대표하는 작가로 평가하고 있음을 짐작할 수 있다(「영어 또는 에쓰페란토어로 번역하여 해외에 보내고 싶은 우리 작품」, 『삼천리』, 1936.2).

『이태준 전집』 5권은 1941년 발간된 수필집 『무서록』(박문서관)을 재검토하여 수록했으며, 그 밖에 여러 지면을 통해 발표된 이태준의 다양한 글들을 '기타'로 분류하여 수록하였다. 깊은샘(『무서록』, 1994)본에 실리지 않은 수필 및 기타의 글들을 찾아 시기 순으로 배열했으며, 판독이 어려운 글들은 이 글의 말미에 서지목록만 정리해 두었다. 한 권의 수필집으로 묶인 『무서록』이 이태준이 보이고 싶은 부분을 의도적으로 깔끔하게 정리해 둔 것이라면, 기타로 분류된 다양한 글은 이태준 스스로도 인지하지 못한 다양한 면모들이 더 자세하게 드러나 나타나 있다.

이 글에서는 다양한 글을 찾아 정리하는 과정에서 발견한 두 가지 두드러진 점을 소개하려 한다. 하나는 '소설 「오몽녀」의 영화화'에 대한 문단의 지대한 관심이며, 다른 하나는 '안톤 체호프 소설의 번안과 영향관계'이다. 이태준의 처녀작 「오몽녀」가 영화로 만들어지기까지의 과정에 주목해 보고, 이태준이 가장 큰 감화를 받았다고 밝힌 안톤 체호프 소설과의 영향관계에 대해 소개하려 한다. 말미에는 이 책에 새롭게 수록한 글의 목록과 이 책에 수록하지 못한 글의 목록을 제시해 놓았다.

2. 소설 「오몽녀」의 영화화

영화인들은 이태준의 소설에 관심을 가졌다. 1936년 조선영화주식회사의 감독 박기채와 영화배우 문예봉은 김동환의 질문에 다음과 같이 답한다.

> 김동환 : 조선 문단에서 활약하는 어느 작가의 작품을 한번 영화화하여
> 보고 싶다는 야심이 없어요?
> 박기채 : 이태준 씨의 단편 중에 몇 개는 손대보고 싶은 것이 있어요. 장
> 편보다는 단편이 나아요. 그 단편들은 「고개」도 있고 스토리로

도 재미있고 ― 그래서 제작비도 턱없이 먹이지 않고서도 좋은
작품을 내일 수 있을 것 같아요.

(…중략…)

문예봉 : 그래요. 저도 이태준 씨 작품을 애독하는데 전번에 중앙일보에
연재되던 「성모」의 여주인공으로 꼭 나오고 싶어요. 그 성격이
라든지 환경이라든지 여주인공에서 받는 감격이 컸어요.

「명배우, 명감독이 모여 '조선영화'를 말함―문예작품의 영화화」,

『삼천리』, 1936.11

감독과 여배우의 문답에서 두 가지 사실을 알 수 있다. 첫째, 이태준
의 단편은 짧지만 전달하고자 하는 개성적인 메시지가 있다는 것이다.
다시 말해 단순 묘사에 능한 작가가 아니라 현실을 적확하게 추출해 놓
을 수 있는 감식안의 작가라는 것이다. 둘째, 장편의 경우 대중의 욕망
을 충족시키는 캐릭터를 그려내고 있음을 알 수 있다.

영화 〈오몽녀〉는 1937년 나운규 감독에 의해 만들어 진다. 영화감
독 나운규는 소설 '오몽녀'에 대한 기억과 원작자 이태준을 처음 만나
던 기억을 다음과 술회한다.

10여 년 전 아직 철없는 학도였을 때에 어느 무명작가 지방 청년의 단편
하나를 읽은 일이 있다. 10년 후 지금 와서 그 작품이 머리에 남는 기억이라
고는 「오몽녀」라는 제명이었던 것과 확실치 못한 이야기에 줄거리뿐이었
다. 작자의 이름은 물론이거니와 어디 발표되었던 것조차 모르겠다. 이 작
품을 영화해 보려고 원작을 찾았으나 찾을 길이 없었다가 누가 이태준 씨

작품에 그것이 있던 것 같다고 하기에 이 씨를 찾아 갔더니 그의 처녀작이라고 한다. 그 무명작가가 이렇게 되었는가 하고 생각할 때에 반갑기도 하였으나 그가 병중임을 슬퍼 아니할 수가 없었다. 병으로 약해진 내 몸을 두번 쉬어 넘어간 성북동의 곡(谷) 속에서 병으로 누워있는 그의 얼굴을 마주보고 앉았다. 10년 전 「오몽녀」를 쓰던 생활하던 그가, 그때에 「오몽녀」를 읽던 기운차던 내가, 병인의 심중은 병인이라야 안다. 이것이 마지막 작품이 아닐까하는 무서운 결심이 혈맥을 매일 찌르는 주사의 힘으로 억지로 땅을 밟는 내가, 여윈 몸에 말소리까지 힘없는 그를 마주보고 앉았다. 나는 내가 병인이란 말을 차마 못했다. 그가 내어주는 스크랩책 속에서 「오몽녀」를 다시 보았고, 그 속에 「오몽녀」와 같이 붙은 신문 조각지들이 10여년 전 그의 육체를 그려놓는 것 같다. 이 땅엔 10년 풍설이 그를 그렇게 만들었고 나를 이렇게 만들었다. 미리 생각했던 검열문제로 고친 몇 군데를 말했고, 쓸쓸한 초당에 그를 남겨 놓고 돌아왔다. 부대 건강이 회복되소서.

「영화시감」, 『삼천리』, 1937.1

당시 나운규도 폐병 3기로 폐결핵을 앓고 있었다. 병중인 그는 동병상련의 시각으로 젊은 예술가 이태준을 바라보았으며, 거기에는 자신과 이태준에 대한 연민이 들어있다. 당시 이태준의 병세가 얼마나 심했는지는 그의 수필 「병후」에 잘 나타나 있다. 나운규는 주치의의 도움을 받으면서 혼신을 다해 영화 〈오몽녀〉를 만들었으며, 이 영화는 그의 마지막 작품이 되었다. 1936년 12월 25일 저녁 〈오몽녀〉 촬영 장소에서, 나운규는 기자의 질문에 다음과 같이 답한다.

문 : 문사 이태준 씨 작품에 착수하게 된 동기는.

답 : 훨씬 예전에 내가 이 작품을 읽고 대단히 좋고 재미있는 것이라고 생
각했으나 그것이 누구의 작품인 줄 몰랐어요. 요전까지 내 기억에는
『개벽』 잡지에서 현상모집에 들어 온 어느 무명작가의 것인 줄만 알
고 있다가 비로소 이태준 씨의 원작이요 그것이 『개벽』이 아니라
『시대일보』에 났던 것인 줄 았았어요.

문 : 이번 작은 대작인가요? 강원도에 로케 – 슌고 오래 다녀오고.

답 : 상당히 큰 작품이외다. 우선 경비만 해도 6,500원 예산이었는데 아
무래도 초과할 것 같아요. 지금 주야불분(晝夜不分)하고 촬영 중인
데 아마 1월의 제2주나 제3주에는 봉절(封切)될 듯해요.

　　　　　　대담 좌담 「백만독자 가진 대예술가들」, 『삼천리』, 1937. 1

영화는 1937년 단성사에게 개봉되었으며 영화예술의 측면, 흥행의
측면에서 모두 성공을 거두었다. 1937년 잡지에는 다음과 같이 영화의
시나리오가 소개되어 있다.

신작영화 〈오몽녀〉

동해안에서 작은 포구

그래도 면사무소가 있고 우편소가 있는 해안시장으로 장날이면 근읍에
서 사람이 꽤 많이 모이는 동리다.

이 동리에 명물로 누구나 모르는 사람이 없는 지참봉네 집은 이 동리 북
편 좀 떨어진 곳에 있다.

그는 점 잘 치기로도 유명했지만 더구나 그가 여러 사람 입에 오르내리

기는 동리에서 제일 어여쁜 계집애 오몽녀와 단두 식구가 살기 때문이다. 열두 살 될 때에 백량 주고 사다가 길렀다하지만 그 내용을 확실히 아는 사람은 없었다. 참봉 본처가 살아있을 때는 수양딸로만 여겼던 것이 요새 와서는 둘이 같이 산다고 하는 풍설까지 들린다. 이 풍설의 내용이야 어떻게 되었든 오몽녀는 지참봉 응석 속에 함부로 자라서 어렸을 때부터 과자 같은 군것질을 좋아하다가 요새 와서는 도적질에도 선수가 되었다.

장님 주머니 털기는 여사지만 근래에는 해변에 매어있는 주인 없는 배를 찾아가 생선을 훔쳐다가 팔아서 군것질 미천 만들기가 시작되었다. 이 피해를 제일 많이 받은 사람이 동리총각 김돌이다.

김돌이는 매번 당하는 피해에 화가 나서 하룻밤은 해변에서 지켰다. 의외에도 적이 어여쁜 처녀 오몽녀인 것을 볼 때에 젊은 총각인 그는 잠을 힘조차 없었다. 그날부터 김의 이 평화하든 머리는 이 일로 얼크러지기 시작하였다.

오몽녀 때문에 마음 홀린 사람은 이 김돌이 뿐이 아니다. 과자상 하는 남민구와 자전차포 주인 임서방이 기중에도 제일 많이 오몽녀 때문에 애 타는 사람들이다.

박서방은 생각다 못해서 자전차포를 팔아가지고 오몽녀와 같이 도망하려고 했다. 이 눈치를 안 남민구는 이 일을 지참봉에게 일렀다. 박서방 때문에 아주 잃어버리는 것보다는 지참봉에게 맡겨두는 편이 낫기 때문이다. 남가에게서 이 말을 들은 지참봉은 그날 밤 자물쇠 다섯 개를 사다가 문이란 문은 다 잠궈 놓고 오몽녀가 들어올 만치 (부엌)문만 열어 놓고 오몽녀 돌아오기를 기다렸다. 들어오기만 하면 문을 잠궈 버리고 3년 전부터 준비해 두었던 비녀를 끼여 머리를 얹고 제 계집을 만들려는 것이다. 밤이 깊었다. 발자국 소리가 들린다. 지참봉은 숨을 죽이고 기다린다. 발자국 소리는 문안으로 들어왔다. 문은 잠궜다. 인제 오몽녀는 내 것이다 고 안심했으나 문 안에 들어선 사람은 오몽녀가 아니요 마음을 들이든 남가다. 성이 날 때로 난 지참봉은 남가의 멱살을 잡고 오몽녀를 내 놓으라고 소리를 지르니

(남) (자전차포를 오늘 팔았는데 박서방과 같이 도망한 게로군요.)

그러나 그것도 아니다.

자전차포를 팔아가지고 행장을 꾸려 가지고 오몽녀를 빼 내려 온 박서방이 지참봉집 문전까지 왔을 때다. 닭 우는 소리가 들린다. 그 때 오몽녀는 총각의 배로 생선 훔치러 들어간 때다. 그 빈 배는 움직인다. 오몽녀가 놀라서 뛰어 내리려고 보니 김돌이가 배를 젓는다. 배는 벌써 멀리 나왔다. 인제야 발악을 한들 무슨 소용이 있으랴. 총각 처녀 단 둘만 실은 이 배는 무인도를 향하고 떠간다.(끝)

조선발성 경성촬영소 작품 오몽극녀 전 7권

원작 : 이태준

각색 감독 : 나운규

촬영 : 이명우

녹음 : 산본경삼랑(山本耕三郎)

제화(製畵) : 황운조

배광 : 최진

출연

지참봉 : 윤봉춘

오몽녀 : 노재신

김돌 : 김일해

남민구 : 임운학

박서방 : 최운정

「신작영화」, 『삼천리』, 1937.1

3. 애수(哀愁)의 기원, 체호프

이태준은 '근대 세계문호의 명작'으로 체호프의 「오렝카」를 꼽았다 (「12월의 삼천리문단」, 『삼천리』, 1940.12). 일찍이 다른 지면에서도, 이태준은 감화를 받은 외국 작가로 단연 체호프를 꼽았다. 그는 안톤 체호프의 매력을 다음과 같이 평가한다.

> 무엇에 끌리어 그렇게 반해 읽었는가? 하면 '글쎄?' 하고 나는 얼른 대답을 내일 수가 없다. 그처럼 체호프는 얼른 드러나게 좋은 ○으로 설명할 수는 없는 작가라 생각한다.
>
> 그 시초도 없고 끝도 ○없는 이야기 그러면서도 구슬처럼 자리 없이 끊어진 아름다운 이야기, '치사스런 녀석!' 하고 옆에 있으면 침이라도 뱉고 싶게 미우면서도 어딘지 그와 손목을 잡고 울어주고 싶은 데가 있는 주인공들, 하늑하늑하는 애수가 전편에 흐르면서도 저가의 감상이 아니요, 생화(生花)의 향기처럼 경건한 분위기, 이런 것들이 그의 작품이 가지고 있는 특색일까 생각한다.

무엇보다 내가 체호프의 작품을 존경하는 것은 그의 작품은 작자 자신에게 이용, 유린되지 않은 예술품이기 때문이다. 그는 입센이나 톨스토이나 또 요즘 흔한 작가들과 같이 무슨 선전용으로 무슨 사무적 조건에서 예술품을 제작하지 않았다. 그는 누가보든지 가장 미더운 눈물어린 눈으로 사물을 보았고 가장 침착하고 평화스러운 마음으로 생각하면서 우리 인간의 편편상(片片像)을 기록했다. 그러므로 그의 작품은 어느 하나만이 뛰어나는 걸작도 아닐 것이요, 어느 몇 편만이 그 시대에 맞을 것도 아닐 것이다. 그의 작품은 영원히 새로울 것이요, 누구에게나 친절할 것이라 믿어진다.

「내게 감화를 준 인물과 그 작품 1 − 안톤 체호프의 애수와 향기」,

『동아일보』, 1932.2.18

인용문에서 알 수 있듯이, 이태준은 두 가지 관점에서 체호프의 소설에 매료되었다. 첫째 생생한 인물의 창조, 둘째 특정 목적성을 담고 있지 않다는 점이다. 요컨대 이태준은 체호프가 시간과 공간을 초월하여 유효한 인간의 면모들을 인물로 창조해 냈다는 데 주목하였다. 이것은 이태준 소설관과 합치한다. 그의 처녀작에서 '오몽녀'와 체호프 소설의 '오렝카'는 특정 목적을 구현해 내는 인물이 아니라 생생한 인간의 실제를 보여주고 있다는 점에서 합치한다.

이태준은 체호프의 「오렝카」를 직접 번안하여 잡지에 소개한다. 번안에 앞서, 작가와 작품의 특징을 간략하게 언급하고, 작중 주인공 '오렝카'를 중심으로 사건을 소개한다. 주인공 오렝카는 감성적인 캐릭터로서, 누군가를 사랑함으로서만 자기 존재의 의의를 지닌다. 오몽녀와 마찬가지로, 오렝카는 자신이 처한 현재에 충실해서 살아간다. 주변 사람들의 인식과 이성적 통찰에 구애됨 없이, 그들은 자신이 처한 상황에서 취할 수 있는 행복을 갈구한다. 이태준의 번안에서 인상적인 부분은 인물간의 대화에 주력하고 있다는 점이다.

그의 전 존재를, 영혼을, 이성을, 뒤흔들어 놓을 만한 '사랑'을 요구하는 것이었다. '오렝카'에게 사상을 주고, 생활의 이상을 주고, 그의 식어버린 피를 다시 데워줄 수 있는, '사랑'을 요구하는 것이었다. 그러므로 '오렝카'는 가끔 치마폭에 매달리는 고양이를 밀쳐 버리며 이렇게 중얼거리는 것이었다.

"저리가, 귀찮데두!"

앞으로 오는 날들, 오는 해들, 모다, 이런 그날그날들이요, 그해 그해들이다. 아무런 즐거움도, 아무런 생각도 없는.

이런 몇 해가, 지난 후, 어느 여름날 석양이다. 의외로, 참말 의외로, 그 수의, 사별은 아니었던 때문이었든지, 그가 나타난 것이다.

"오, 당신이! 아니 어떻게 오섯세요?"

'오렝카'는 후둘후둘 떨면서 숨차게 말했다.

"나, 아주 살러. 연대는 인전 고만두고, 좀 나대루 살어볼려구…… 아이 학교두 인전 고등과에 입학시켜야 되겠구 해서…… 안해허군 화핼했지."

"그럼 부인은 어디 게세요?"

"아이 데리구 요 앞 여관에. 난 지금 셋방을 얻으려구 나선 길에."

"어쩜! 어쩜! 당신두! 왜 우리 집으루 오시잖구! 우리 집은 맘에 안드러요? 네? 방센 안 받을게요……" 하고 '오렝카'는 울어버렸다.

"이리 와서들 사세요. 네? 난 당신이 와 주시는 것만 해두 고마워요! 네? 난 그것만으로도 얼마나 질거울가요!"

(…중략…)

어미는 친정으로 가버리고, 아비는 워낙 돌보지 않는 아들을 '오렝카'가 제 자식처럼 뒤치개질을 한다. 학교에서 올 때쯤 되면 미리 가 기다리고 있다가 데리고 온다. 공부하는 것을 옆에 가 들여다본다. 자는 것도 어루만져 까지 본다. 동네사람을 만나면,

"원, 요즘 고등학곤 안 배는 게 없어! 아이가 그만 공부에 시달려 어찌 축이 가는지!"

하고 아이에게 전념이 된다. 그리고 저녁마다 그 아이 어미가 아이 찾으러 오는 꿈을 꾸고는 깜작 놀라 뛰어 일어나군 한다. 꿈인 것을 다행하게 생각하면서 가만히 아이 자는 방을 엿보고 아이가 편히 자는 숨소리이면 그제야 마음을 놓고 자기 자리로 돌아오는 것이었다.

「문호의 대표작과 그 인격―체호프의 「오렝카」」, 『삼천리』, 1940.12

오렝카는 아무 것도 바라지 않는다. 사랑할 수 있는 대상이 있기를 바랄 뿐이다. 극장 경영주, 목재상, 수의사 세 남자를 사랑했으나, 세 남자 모두 떠났다. 두 남자는 죽었고, 나머지 한 남자는 자신의 가족을 찾아 떠났다. 오렝카는 떠난 남자가 그의 집으로 왔을 때, 그 남자가 아내와 아들을 데리고 자기 집에서 살기를 간절히 호소한다. 남자로부터 사랑을 받을 수 없을 지라도, 그 남자의 곁에 머물고 싶어했다. 남자는 아내와 아들을 데리고 오렝카의 집으로 왔으나, 다시금 남자는 떠나고 그의 아내도 떠났다. 오렝카는 남아있는 그의 아들에 대한 사랑으로 하루하루를 살아간다.

오렝카는 특정 이념의 구현자가 아니며, 이성과 합리의 인간이 아니

다. 오렝카는 그저 '여성'이라는 한 인간의 면모를 실현해 보일 뿐이다. 이것은 이태준의 처녀작 「오몽녀」와도 맞닿아 있다. 이태준은 오몽녀를 특정 목적을 실현하는 인물로 창조하지 않았다. 그렇다고 오몽녀가 근대적 이성과 합리의 세례를 받은 것도 아니다. 오몽녀는 과거에서부터 지금까지 존재해 온 인간, 여성이라는 존재가 지닌 본래적 성격을 창조해 냈다. 체호프와 이태준 소설에서 '애수'는 이러한 본래적 인간이 본의 아니게 문명과 합리의 세계와 충돌하면서 자아내는 슬픔의 정서를 일컫는다.

4. 새롭게 실은 글과 실리지 않은 글의 목록

새롭게 실린 글

작품명	발표지	발표연도
추감(秋感)	휘문 창간호	1923.1
살구꽃	배재 6호	1924.7.15
백일몽	동아일보	1928.7.11~12
신년 새 유행! 희망하는 유행 · 예상하는 유행	별건곤 18호	1929.1
女子에 對한 是非―물과 불	별건곤 19호	1929.2
絶處逢生 죽었던 生命이 살아난 實談集, 鴨綠江에서 죽었다 살아난 實話	별건곤 20호	1929.4
幽靈의 鍾路, 街頭漫筆	별건 23호	1929.9
一人一文, 張主事不知	별건곤 27호	1930.3
내가 본 나 名士의 自我觀	별건곤 8호	1930.5
신록	별건곤 29호	1930.6
자연음악관―귀뚜라미	별건곤 31호	1930.8
가을거리의 남녀풍경―천고여비(天高女肥)	별건곤 34호	1930.11

작품명	발표지	발표연도
일문일답기(7)	별건곤 35호	1930.12
독자 여러분께 보내는 명사 제씨의 연두감, 연하장 대신으로 원고착순	별건곤 36호	1931.1
내가 본 내 얼굴	별건곤 37호	1931.2
금화원(金華園)의 언덕길	신민 66호	1931.4
차창에서	동아일보	1931.6.9
7월의 수상(隨想) 백화난만(百花爛漫)	동광 23호	1931.7
평안할 지어다	별건곤 43호	1931.9
내게 감화를 준 인물과 그 작품(一)—안톤 체호프의 애수와 향기	동아일보	1932.2.18
현대인의 심경타진	별건곤 61호	1933.3
신문소설과 작자심경—「第二의 運命」을 쓰면서	삼천리 5권 10호	1933.10
양춘사중주(陽春四重奏)	별건곤 72호	1934.4
10만 애독자에게 보내는 작가의 편지 : 오직 作品을 通하야—「聖母」의(中央)의 作者로서	삼천리 7권 10호	1935.11
설중방란기(雪中訪蘭記)	시와 소설	1936
『조선문학』의 정의 이렇게 규정하려 한다!—한글文學만이 '朝鮮文學'(전집 7권에 수록)	삼천리 8권 8호	1936.8
소설가회의, 『삼천리문학』주최 문예좌담회 (一)	삼천리문학	1938.1
작가 일기, 「履霜堅氷至」其他	삼천리문학 2집	1938.4
文人相互評, 金尙鎔의 人間과 藝術	삼천리문학 2집	1938.4
장편작가 방문기(2) 이상(理想)을 말하는 이태준 씨	삼천리 11권 1호	1939.1
문인 시객 서한, 남녀 문인 간의 십 통—이태준과 최정희 편지	삼천리 12권 6호	1940.6
제가의 서문초—박태원 저 「소설가 구보 씨의 일일」에	삼천리 12권 7호	1940.7
동아, 조선 양신문에 소설 연재하든 회상—「靑春茂盛」과 「花冠」, 中斷되가 兩次였다	삼천리 12권 9호	1940.10
문호의 대표작과 그 인격—체호프의 「오렝카」	삼천리 12권 10호	1940.12
감상	삼천리 13권 12호	1941.12
연재 장편과 작가, 두 연재물에 대하여	대동아 14권 5호	1942.7
의무진기(意無盡記)	춘추	1943.5.1
인민대표대회와 나의 소감	자유신문	1945.11.22
먼저 진상을 알자(상·중·하)	자유신문	1946.1.19~21
한자폐지, 한글 횡서 가부—전국적 심의로	자유신문	1946.3.5
금후 정치적 시위운동엔 학생은 절대로 참가불허	자유신문	1946.3.8

실리지 않은 글[*]

작품명	발표지	발표연도
녹향회 화랑에서(1)~(4)	동아일보	1929.5.28~31
第1回 東美展 合評記(上)	중외일보	1930.4.2
제10회 조선서화협전을 보고(1)~(8)	동아일보	1930.10. 22~30
오호 서해형!	동아일보	1932.7.18
내가 感銘 깊게 읽은 作品과 朝鮮文壇과 文人에 對하야(三)	중앙일보	1933.1.3
관북(關北)이 그립다－산화(山火)같은 진달래	동아일보	1933.4.12
'무지한 평자'라는 것	동아일보	1933.12.6
문단인으로서 사회에 보내는 희망－특히 교육계에	동아일보	1934.1.1
기숙사 없는 학교는 삼가십시요	조선중앙일보	1934.1.3
문단 타진 즉문즉답기－'휴맨이즘' 운운은 평론을 위한 평론	동아일보	1937.6.4
평론태도에 대하야－평필의 집조성(集燥性)－먼저 책임감을 가지라(상)(하)	동아일보	1937.6.27~29
뿍 레뷰－훌륭한 고전『조선명보전도록(朝鮮名寶展圖錄)』	동아일보	1938.12.13
문학과 영화의 교류(상)(하)	동아일보	1938.12.14
우리 연극 창정의 성사. 본사 주최 제2회 연극경연대회 사회각계의 기대(상)	동아일보	1939.2.24
산문학(散文學)의 재검토－단편과 장편(掌篇)－환경에 적응하는 형태로서(상)(하)	동아일보	1939.3.24~25
초유의 예술종합론의－문화 현세의 총검토 토의되는 제문제에 문화인의 진지한 기염 (一) 평론계	동아일보	1940.1.1

---

[*]   상허학회(www.sanghur.org) 자료실의 작품목록에 없는 글(수필 및 기타)만 찾아 시기 순으로 정리한 것이다.

작품 목록[*]

작품명	발표지	발표연도	분류
五夢女	시대일보	1925.7.13	단편
구장의 처	반도산업	1926.1.1	단편
모던걸의 만찬(晚餐)	조선일보	1929.3.19	콩트
행복	학생	1929.3	단편
그림자	근우	1929.5	단편
온실화초	조선일보	1929.5.10~12	단편
누이	문예공론	1929.6	단편
백과전서의 신의의	신소설	1930.1	단편
기생 山月이	별건곤	1930.1	단편
은희부처(恩姬夫妻)	신소설	1930.5	단편
어떤날 새벽	신소설	1930.9	단편
구원의 여상(久遠의 女像)	신여성	1931.1~8	장편
결혼의 악마성	혜성	1931.4·6(2회)	단편
고향	동아일보	1931.4.21~29	단편
불도나지 안엇소 도적도 나지 안엇소 아무일도 업소	동광	1931.7	단편
봄	동방평론	1932.4	단편
불우선생(不遇先生)	삼천리	1932.4	단편
천사의 분노	신동아	1932.5	콩트
실낙원 이야기	동방평론	1932.7	단편
서글픈 이야기	신동아	1932.9	단편
코스모스 이야기	이화	1932.10	단편
슬픈 승리자	신가정	1933.1	단편
꽃나무는 심어놓고	신동아	1933.3	단편
法은 그러치만	신여성	1933.3~1934.4	장편

---

* 이태준의 전체 작품 수는 콩트 6편, 단편 63편, 중편 4편, 장편 14편이다.

작품명	발표지	발표연도	분류
미어기	동아일보	1933.7.23	콩트
제2의 운명	조선중앙일보	1933.8.25~1934.3.23	장편
아담의 후예	신동아	1933.9	단편
어떤 젊은 어미	신가정	1933.10	단편
코가 복숭아처럼 붉은 여자	조선문학	1933.10	콩트
馬夫와 敎授	학등(學燈)	1933.10	콩트
달밤	중앙	1933.11	단편
박물장사 늙은이	신가정	1934.2~7	중편
氷點下의 우울	학등	1934.3	콩트
촌떡기	농민순보	1934.3	단편
불멸의 함성	조선중앙일보	1934.5.15~1935.3.30	장편
점경	중앙	1934.9	단편
어둠(우암노인)	개벽	1934.9	단편
애욕의 금렵구	중앙	1935.3	중편
성모(聖母)	조선중앙일보	1935.5.26~1936.1.20	장편
색시	조광	1935.11	단편
손거부(孫巨富)	신동아	1935.11	단편
순정	사해공론	1935.11	단편
三月	사해공론	1936.1	단편
가마귀	조광	1936.1	단편
황진이	조선중앙일보	1936.6.2~9.4(연재중단)	장편
바다	사해공론	1936.7	단편
장마	조광	1936.10	단편
철로(鐵路)	여성	1936.10	단편
복덕방	조광	1937.3	단편
코스모스 피는 정원	여성	1937.3~7	중편
사막의 화원	조선일보	1937.7.2	단편
화관(花冠)	조선일보	1937.7.29~12.22	장편
패강냉(浿江冷)	삼천리	1938.1	단편
영월영감(寧越令監)	문장	1939.2·3월호	단편
딸삼형제	동아일보	1939.2.5~7.17	장편
아련(阿蓮)	문장	1939.6	단편
농군(農軍)	문장	1939.7	단편

작품명	발표지	발표연도	분류
청춘무성(靑春茂盛)	조선일보	1940.3.12~8.10	장편
밤길	문장	1940.5~6·7 합병호(2회)	단편
토끼이야기	문장	1941.2	단편
사상의 월야(思想의 月夜)	매일신보	1941.3.4~7.5	장편
별은 창마다	신시대	1942.1~1943.6	장편
행복에의 흰손들	조광	1942.1~1943.1	장편
사냥	춘추	1942.2	단편
석양(夕陽)	국민문학	1942.2	단편
무연(無緣)	춘추	1942.6	단편
왕자호동(王子好童)	매일신보	1942.12.22~1943.6.16	장편
석교(石橋)	국민문학	1943.1	단편
뒷방마냄	『돌다리』에 수록	1943.12	단편
제1호선박의 삽화(일문소설)	국민총력	1944.9	단편
즐거운 기억	한성일보	1945.10	단편
너	시대일보	1946.2	단편
해방 전후(解放前後)	문학	1946.8	단편
불사조(不死鳥)	현대일보	1946.3.27~7.19(연재중단)	장편
농토	삼성문화사	1948.8	장편
첫 전투	문화예술(4권)	1948.12	단편
아버지의 모시옷		1949	단편
호랑이 할머니	『첫전투』(문화전선사, 1949.11)에 수록	1949	단편
삼팔선 어느 지구에서		1949	단편
먼지	문학예술	1950.3	단편
백배천배로		1952	단편
누가 굴복하는가 보자		1952	단편
미국 대사관	『고향길』(재일본 조선인교육자동맹 문화부, 1952.12)에 수록	1952	단편
고귀한 사람들		1952	단편
네거리에 선 전신주		1952	단편
고향길		1952	단편
두 죽음	미확인	1952	단편

작가 연보[*]

1904   11월 4일 강원도 철원군 묘장면 진명리 출생. 부친 이창하(李昌夏), 모친 순
       흥 안씨의 1남 2녀 중 장남. 집안은 장기 이씨(長鬐 李氏) 용담파(龍潭派). (「장
       기 이씨 가승(家乘)」에 의하면 상허의 본명은 규태(奎泰). 부친의 정실은 한양 조씨이
       고 적자로 규덕(奎悳)이 있음). 호는 상허(尙虛) · 상허당주인(尙虛堂主人). 부(父)
       이창하(1876~1909)의 자(字)는 문규(文奎), 호는 매헌(梅軒). 철원공립보통
       학교 교원, 덕원감리서 주사를 역임한 개화파적 지식인.

1909   망명하는 아버지를 따라 러시아 땅 해삼위(블라디보스톡)로 이주. 8월 부친
       의 사망으로 귀국하던 중 함경북도 배기미(梨津)에 정착. 서당에서 한문
       수학.

1912   어머니 별세로 고아가 됨. 외조모 손에 이끌려 고향 철원 용담으로 귀향
       하여 친척집에 맡겨짐.

1915   안협의 오촌집에 입양. 다시 용담으로 돌아와 오촌 이용하(李龍夏)의 집에
       기거함. 철원 사립봉명학교에 입학.

1918   3월에 봉명학교를 우등으로 졸업. 철원 읍내 간이농업학교에 입학하나
       한 달 후 가출하여 여러 곳을 방랑하다 원산 등지에서 2년간 객주집 사환
       등의 일을 하며 2년여를 보냄. 외조모가 찾아와 보살핌. 이때 문학서적
       탐독. 이후 중국 안동현까지 인척 아저씨를 찾아갔다가 뜻을 이루지 못하
       고 경성으로 옴.

---

*   이 연보는 상허학회의 민충환 · 이병렬 교수 등을 비롯하여 그간 축적되어 있던 연보에, 박
     성란 · 박수현이 작성한 이태준 연보와 연구사를 참고하였고, 최종적으로 박진숙 교수가 오
     류를 바로잡고 일부를 추가하여 만들었다.

1920 4월 배재학당 보결생 모집에 응시하여 합격하나 입학금 마련이 어려워 등록하지 못함. 낮에는 상점 점원으로 일하며 밤에는 야학에 나가 공부함.

1921 4월 휘문고등보통학교에 입학. 고학생으로 비교적 우수한 성적을 받음. 이때 상급반에 정지용·박종화, 하급반에 박노갑, 스승으로 가람 이병기가 있었음. 습작을 시작함.

1924 『휘문』의 학예부장으로 활동. 동화 「물고기 이약이」 등 6편의 글을 『휘문』 제2호에 발표함.
      6월 13일에 동맹휴교의 주모자로 지적되어 5년제 과정 중 4학년 1학기에 퇴학. 이해 가을 휘문고보 친구인 김연만의 도움으로 유학길에 오름.

1925 일본에서 단편소설 「오몽녀(五夢女)」를 『조선문단』에 투고하여 입선, 『시대일보』(7월 13일)에 발표하며 등단함.

1926 4월 동경 상지대학(上智大學) 예과에 입학. 신문·우유 배달 등을 하며 '공기만을 먹고사는' 매우 궁핍한 생활을 함. 동경에서 『반도산업』 발행. 이때 나도향, 화가 김용준·김지원 등과 교유.

1927 11월 학교를 중퇴하고 귀국함. 각 신문사와 모교를 방문하여 일자리를 구하나 취업난에 직면함.

1929 개벽사에 기자로 입사. 『학생』(1929.3~10) 창간 때부터 책임자. 『신생』 등의 잡지 편집에 관여함. 『어린이』지에 소년물과 장편(掌篇)을 다수 발표함. 9월 백산 안희제의 사장 취임에 맞춰 『중외일보』로 자리를 옮김. 사회부에서 3개월 근무 후 학예부로 옮김.

1930 이화여전 음악과를 갓 졸업한 이순옥(李順玉)과 결혼.

1931 『중외일보』(6월 19일 종간)기자로 있다가, 신문 폐간과 함께 개제된 『중앙일보』(사장 여운형) 학예부 기자가 됨. 장녀 소명(小明) 태어남. 경성부 서대문정 2정목 7의 3 다호에 거주.

1932 이화여전(梨專, 1932~1937)·이화보육학교(梨保)·경성보육학교(京保) 등

학교에 출강하며 작문을 가르침. 장남 유백(有白) 태어남.

1933 박태원·이효석 등과 함께 '구인회(九人會)'를 조직. 1933년 3월 7일 『중앙
일보』에서 개제된 『조선중앙일보』 학예부장에 임명됨.
경성부 성북정 248번지로 이사. 이후 월북 전까지 이곳에서 거주함.

1934 차녀 소남(小楠) 태어남.

1935 1월, 8월 2회에 걸쳐 표준어사정위원회 전형위원, 기록 담당. 조선중앙일
보를 퇴사, 창작에 몰두함.

1936 차남 유진(有進) 태어남.

1937 「오몽녀(五夢女)」가 나운규에 의해 영화화됨(주연 윤봉춘, 노재신. 이 작품이
춘사(春史)의 마지막 작품임).

1938 만주 지방 여행.

1939 『문장(文章)』지 편집자 겸 신인 작품의 심사를 맡음(임옥인·최태응·곽하신
등이 추천됨). 이후 황군위문작가단, 조선문인협회 등의 단체에서 활동.

1940 삼녀 소현(小賢) 태어남.

1941 제2회 조선예술상 받음(1회는 춘원(春園)이 수상).

1943 강원도 철원 안협으로 낙향. 해방 전까지 이곳에서 칩거함.

1945 문화건설중앙협의회, 문학가동맹, 남조선민전 등의 조직에 참여. 문학가
동맹 부위원장, 『현대일보』 주간 등을 역임.

1946 2월부터 민주주의 민족전선 문화부장으로 활동. 남조선 조소문화협회
이사. 7~8월 상순 사이에 월북. 「해방전후」로 제1회 해방문학상 수상.
장남 휘문중학 입학. 8월 10일부터 10월 17일까지 '방소문화사절단'의 일
원으로 소련의 모스크바, 레닌그라드 등지를 여행.

1947 5월 소련 여행기인 『쏘련기행』이 남쪽에서 출간됨.

1948 8·15 북조선최고인민회의 표창장을 받음.

1949 북조선문학예술총동맹 부위원장, 국가학위수여위원회 문학분과 심사위

원이 됨. 단편 「호랑이 할머니」 발표. 이 작품은 해방 후 북한에서 발표된 '최고의 걸작'으로 평가됨.

1950 6·25동란 중 낙동강 전선까지 종군갔다가 돌아오는 길에 서울에 들러 문학동맹 사람들을 모아놓고 전과 보고 연설을 함. 10월 중순 평양수복 때 '문예총'은 강계로 소개(疏開)하였는데 이태준은 따라가지 않고 평양 시외에 숨어 있으면서 은밀히 귀순을 모색하였다고 함. 12월 국방군의 북진을 따라 문화계 인사들이 이태준을 구출하려 했으나 실패함.

1952 남로당과 함께 숙청될 위기에서 소련파 기석복(奇石福)의 후원으로 제외됨.

1954 3개월간의 사상검토 작업 중 과거를 추궁당함.

1956 소련파의 몰락과 더불어 과거 '구인회' 활동과 사상성을 이유로 1월 조선노동당 중앙위원회 상무회의 결의로 임화, 김남천과 함께 가혹한 비판을 받음. 2월 '평양시당 관할 문학예술부 열성자대회'에서 한설야에 의해 비판, 숙청당함.

1957 함흥노동신문사 교정원으로 배치됨.

1958 함흥 콘크리트 블록 공장의 파고철 수집 노동자로 배치됨.

1964 중앙당 문화부 창작 제1실 전속작가로 복귀함.

1969 김진계의 구술기록(『조국』, 현장문학사, 1991(재판))에 의하면, 1월경 강원도 장동탄광 노동자 지구에서 사회보장으로 부부가 함께 살고 있었다고 함. 이후 연도 미상이나 사망한 것으로 알려짐(북한의 원로 문학평론가 장현준과의 인터뷰 기사, 『한겨레』, 1991.12.19). 일설에는 1953년 남로당파의 숙청이 끝난 가을 자강도 산간 협동농장에서 막노동을 하다가 1960년대 초 산간 협동농장에서 병사한 것으로 알려짐(강상호, 「내가 치른 북한 숙청」, 『중앙일보』, 1993.6.7).